총체학과
개체학으로서의
한국구전동요연구

김헌선은
경기대학교 인문대학 국문학과 교수이다.
『한국의 창세신화』(1994), 『제주도조상신본풀이연구』(2006), 『설화연구방법의 통일성과 다양성』(2009),
『서울 진오기굿－바리공주 연구』(2011), 『서울굿, 거리 거리 열두거리 연구』(2011) 등을 냈다.

[
총체학과
개체학으로서의
한국구전동요연구
]

초판1쇄 발행 ┃ 2013년 1월 11일

지은이 김헌선   펴낸이 홍기원

총괄 홍종화
디자인 정춘경 · 김정하
편집 오경희 · 조정화 · 오성현 · 신나래 · 정고은 · 김민영
관리 박정대 · 최기엽

펴낸곳 민속원   출판등록 제18-1호
주소 서울 마포구 대흥동 337-25   전화 02) 804-3320, 805-3320, 806-3320(代)   팩스 02) 802-3346
이메일 minsok1@chollian.net   홈페이지 www.minsokwon.com

ISBN 978-89-285-0370-4   93810

총체학과
개체학으로서의

한국구전동요연구

김헌선

민 속 원

　동요에는 구전동요와 창작동요가 있다. 구전동요는 달리 전래동요 또는 전승동요라고 하는 말을 쓴다. 창작동요는 작곡가와 작사가가 따로 있는 것으로 현대의 동요를 이른다. 아이들이 부르는 노래가 이처럼 둘로 나뉜 것은 매우 불행한 일이다. 자신들이 짓고 구전으로 전하던 전통이 사라지면서 구전동요와 창작동요가 갈라져서 이중으로 고난의 시련이 겹쳐졌다. 이중의 고난은 전통적인 것을 찾으려는 고난이 하나이고, 찾은 전통을 현재에 어떻게 적용하고 원용해야 하는가 하는 것이 다른 하나이다.

　그러나 더욱 심각한 불행은 우리의 전통적인 구전동요를 집적할 수도 없는 사이에 일제시대의 일본동요들이 이 땅에 밀려와서 구전동요의 안방을 차지하게 된 사실에서 말미암는다. 우리가 우리 구전동요로 알고 불렀던 것들이 사실은 일본에서 온 것들이 대부분이었음을 알게 된 것도 금세기 들어서이다. 게다가 우리의 구전동요를 현재의 아이들이 알고 부르지 않는다는 사실도 단절을 부추기고 있다.

　모든 것들은 생성이 있으면 소멸이 있기 마련이다. 이처럼 자명한 이치 앞에 남아날 전통은 그다지 많지 않다. 이러함에도 불구하고 우리의 구전동요를 찾는 이유는 거기에 그리운 무엇인가가 있기 때문이다. 그 구전동요를 통해서 우리의 할아버지와 아버지를 떠올리고, 아이 적이었을 때를 떠올리는 것은 그렇게 나쁜 일은 아닐 것이다. 그러면서 누구나 겪는 아이들의 마음과 아이들의 시선을 찾아내는 것이 필요한 일이다. 구전동요의 중요성을 발견하고 연구하는 이유가 여기에 있는지도 모르겠다.

우리는 근대시기에 구전동요를 집적하지 못해서 자료의 빈곤이 더욱 심각해졌다. 이웃하고 있는 일본에서는 우리가 남북으로 갈려서 전쟁으로 신음하고 있을 때에 적절하게 구전동요에 대한 자료 집성집이 간행된 적이 있다. 그것이 키다와라 하쿠슈北原白秋[きたはら はくしゅう, 1885(明治 18)-1942(昭和 17)]가 펴낸 『일본동요집성日本傳承童謠集成』 1~5권이 적절한 사례이다. 이 책은 다시 1975년에 재간행되었는데, 여러 모로 우리에게 시사하는 바가 크다. 제1권 아이돌보는 노래편[子守唄篇], 제2권 천체기상요 · 동식물 노래편[天體氣象 · 動植物唄篇], 제3권 놀이노래편[遊戱唄篇(上)], 제4권 놀이노래편[遊戱唄篇(下)], 제5권 세시요 · 잡요편[歲事唄 · 雜謠篇] 등으로 다이죠大正 시대부터 지속적으로 수집해서 모두 3,500여 편의 전승동요를 수집하였다.

일본에서 이 저작이 나와서 과거 아이들의 동요 실상을 선명하게 찾아볼 수 있다. 구전동요의 전량을 구비하고 있는 것 하고 없는 것은 전혀 다른 문제이다. 곳간에 구전동요를 가득 채워 넣고 이를 연구하는 문제는 심각한 자료의 구축에 의한 가능성을 시사하는 것이기 때문이다. 우리에게는 구전동요의 자료가 없으므로 이를 연구할 수 없는 것은 아니지만 자료를 통해서 연구의 디딤돌을 놓는 점을 볼 때에 이 문제는 심각한 것이 아닐 수가 없다. 이를 돌이켜 보면서 구전동요의 수집에 한편에서 작업을 진행해야 할 것으로 보인다.

동시에 자료 부족과 함께 구전동요를 연구하는 학문적 관점의 일천함이 문제가 된다. 다학문적 접근의 적절한 본보기가 되는 구전동요를 다각도로 분석하는 연구 관점이 없어서 이를 시정하는 일이 급선무라고 생각한다. 이를 총체학적 관점에서 연구해야 한다고 생각하고 이를 시험적으로 보이는 것이 이 연구이다. 이 연구를 완성하려면 오랫동안 다각도의 모색을 해야 하겠지만 이러한 겨를 많지 않아서 기존의 연구 성과를 받아들이기보다는 현지조사에서 얻은 착상을 새롭게 전개하는 것을 목적으로 이 책을 펴낸다. 구전동요의 전통을 일구면서 새로운 연구를 할 수가 있는 점을 이 책의 존재 이유로 삼고자 한다.

이웃하고 있는 일본에서는 와라베우다童唄[또는 童歌(わらべうた)]의 조사와 연구가 활발하게 진행되고 있어서 자극의 하나로 된다. 가령 고이즈미 후미오小泉文夫[こいずみ ふみお(1927~1983)]의 『일본전래동요 와라베우다 연구わらべうたの硏究─共同硏究の方法論と東京のわらべうたの調査報告』(1969)가 적절한 사례이다. 이 연구서가 우리의 현대동요 연구에 일정한 지침을 주는 것이라고 생각한다. 현재 초등학교를 대상으로 하는 자료 조사와 연구가 소중한 이유를 분명하게 해주는 저작이라고 생각한다. 이처럼 소중한 타산지석이 어디에 있는가? 이 점에서 이 연구서는 현대구전동요 연구에 적절한 자극이 되었다. 아이들의 놀이와 소리가 서로 긴밀한 관계를 이루고 있으며 자연동요와 전승동요 연구를 위해서 지속적 작업을 해야 한다.

이 저작에 일정하게 자극을 한 일들이 있다. 1994년에 『한국민요대전』 경상북도편의 현지조사 작업을 하면서 구전동요를 만날 수 있었던 것은 소중한 자극이었다. 그 이후의 삶은 전과 달라지게 되었으며 구전동요를 중요한 학문의 시비 대상으로 삼을 수 있었다. 게다가 구전동요의 연구에 일정한 지침을 준 저작이 적지 않다. 그러나 대체로 연구의 일반화를 꾀하지 못하고 있으므로 이를 온전하게 연구하는 데는 일단의 장애가 있었다. 연구는 학문의 영역에 속하는 것이다. 이 학문적 작업을 통해서 일단의 작업을 하고 연구 일반화를 꾀하는 것은 학문적 영역에

속하는 것이므로 이를 통해서 구전동요 연구에 일정한 의미를 부여하는 것이 가장 중요하다.

오히려 구전동요를 연구 대상으로 한 학위논문이 일정한 지침을 주었다. 연구의 진전을 꾀하고 동시에 일련의 작업을 도모하는데 있어서 구전동요의 연구사를 흡수하고 자극을 준 바가 적지 않았기 때문이다. 그러나 이들 연구는 흥미로운 학문적 관점을 견지하고 있으나 문제는 자료의 현지체험이 없다고 하는 점이다. 현지조사에 입각하여 연구를 진척해야만 자료에 대한 해석과 연구에 도움이 되기 때문이다.

책 제목을 어울리지 않게 총체학과 개체학이라고 하는 거창한 부제를 붙였다. 허황한 이야기 같지만 이 책은 총체적 관점의 글과 개체적 관점의 글을 함께 이룩하였기 때문이다. 총체적 관점에서는 주로 1990년대 후반에 쓴 글들인데, 구전동요에 착상하고 이에 대한 접근 방법을 잘 몰라서 고민했던 흔적을 지닌 것들이다. 그러한 모색 과정에서 구전동요의 중요성과 연구 방법의 요긴함을 드러내려고 했던 것이 이 글들이라고 할 수가 있다.

개체적 관점에서는 현지조사를 하면서 현장에서 우러난 것에 기반하여 개체적 논의를 집중한 것들이다. 이 글들을 통해서 일련의 연구 방법에 대한 확신과 지평을 개척한 것들이 대부분이다. 연구를 하려고 하는 의욕은 앞섰지만 대상을 체계적으로 정리하려는 의식이 보이는 글들을 묶었다. 다만 제주도의 자료는 너무나 소중한 것들이고 애정을 가지고 찾았던 것들인데 이 글들 말고는 연구를 하면서 새롭게 개척한 것들이다. 체계적인 저작이 되어야 하는데 그렇게 되지 못한 것이 아쉬울 따름이다.

이 저작에서 필자는 문학과 음악 사이의 학문적 갈등을 지속하고 있다. 그렇기 때문에 문학적 관점에서는 이상한 말을 하는 격이 되었고, 음악적 관점에서는 거의 초보적인 작업에 매달려서 과연 이러한 것을 학문이라고 할 수 있을지 의문이 당연히 제기될 수 있을 것으로 예견된다. 더구나 이 책에서 악보를 채보하는 것을 거의 전적으로 정서은 선생의 저작에 의존하고 있다. 음악의 채보를 배우지 못한 필자의 한계로 말미암아서 전적으로 악보를 정서은 선생에게 의존할 수밖에 없었다. 그렇기 때문에 이 책의 공동 저자는 정서은 선생이다. 머리말에 그 사실을 밝혀 감사의 말씀을 드린다.

이 저작은 연구를 완결하였다고 하기보다는 험난하고 황잡한 중간보고서의 성격에 가깝다. 대단히 산만한 모습을 통해서 지난 학문의 여정이 험난하고 졸렬한 것임을 다시 깨닫게 된다. 학문의 진정성을 깨우치면서 학문의 이론적 업적을 완전하게 이루어질 날을 소망한다. 연구의 진정성을 절감하면서 한국구전동요 연구에 일조를 했으면 하는 바람이 있다. 이 책이 산만하다고 한국구전동요가 산만한 것으로 여기지 말아야 한다.

2011년 12월 26일
한 해의 세밑에 동요 연구에 매진을 다짐하며,
그리고 2012년 8월 8일에 머리말을 고쳐 쓰면서
김헌선

차례

제1부
구전동요의
총체적 연구

한국구전동요의 중요성

1. 아이의 눈, 아이의 마음, 아이의 노래

구전동요는 아이의 마음으로 아이의 눈을 가지고 아이가 노래하는 것이기 때문에 중요하다. 아이는 어른의 아버지라는 말은 헛된 격언이 아니다. 아이들이 하는 말이 우리의 중요한 상상력의 원천이 되고 마음의 깊은 심층을 울리는 가락이 된다. 소리는 아이나 어른이나 모두 하는 것이지만 아이들이 하는 동요는 아이들의 심성을 드러내는 것이므로 중요하다.

아이가 무엇을 주목하고 어떠한 소리를 하는지 매우 유념해서 살펴야 한다. 아이가 파악하는 대상에 대한 마음이 핵심적이다. 아이가 가령 해를 바라보면서 '햇님이 가버려!' '햇님이 나뻐!'라는 말을 했다면 이것이 아이의 마음이라고 할 수 있다. 아이가 자라는 정도에 따라서 이 말의 쓰임새나 의미는 곧 달라지겠으나 아이의 관점에서는 해와 자신이 비 분리되어 서로 연결되어 있는 상태이므로 이러한 말을 하는 것이다.

아이들이 하늘의 해를 바라보면서 부르는 소리가 갖는 의미는 이로써 자명해진다. 나와 다른 대상을 대립적으로 인식하는 방법으로 조화와 연속적 세계관에 기초해서 말을 말하고 있다. 아이의 마음은 갈등과 조화가 미분화된 채로 선명함을 가지고 있다. 아이의 마음으로 세상을 바라보고 아이의 눈으로 세상을 주목하는 일은 아이들이 만든 창조품으로 분명하게 알 수 있다. 그것이 바로 동요이다.

아이들은 이야기도 하고 노래도 하지만 이야기는 고요하게 머물러서 들어야 한다. 이에 반해서 아이들의 노래는 아이들의 행위와 놀이 및 마음에 밀착되어 있으므로 많은 역동성을 가지면서 아이들과 어울리게 마련이다. 아이들의 마음이 발견되는 것은 바로 이러한 노래의 본질과 관련이 된다는 점을 확인하게 된다. 아이들의 노래는 움직임에서 비롯된다. 아이들의 노래는 아이와 대상이 하나로 되는 데서 나와서 아이들의 마음을 움직이는 것이다. 아이들의 마음은 본디 비어 있는 것인데 그것에서 자연스럽게 어울려서 그것이 하나로 합쳐지는 것으로 다른 아이들을 움직이고 다른 아이의 마음을 움직여서 모두가 하나로 일체감을 갖는 것이다. 아이들의 노래가 중요한 것은 이 때문이다. 마음의 빈 곳을 채우고 자연스러움을 이루는 것이므로 이를 중심으로 아이들의 노래가 울려 퍼진다. 아이들의 마음이 선악이나 감정의 기복을 격심하게 타는 것이 아니므로 아이들의 노래는 한결같은 모습을 한다.

구전동요는 아이들이 지어내서 부르고 전달하며 이것을 받아들여서 입에서 입으로 주고받는다. 아이 혼자서나 여럿이서 부르고 그것을 거듭 반복해서 불러서 이어가는 것이므로 이 소리는 개인작과 공동작의 과정을 담고 있다. 한 아이만의 생각이 아니라 여럿이서 이 노래를 불러 전달하고 전승하므로 여러 아이들과 여러 시대의 아이들 생각이 옹골차게 담기게 된다. 그것이 구전동요의 중요성을 말하는 것이다.

아이들은 가볍고 유쾌하고 즐거운 일을 예사로 여긴다. 슬픈 일도 즐겁고 만들고 울던 아이도 눈물을 그치게 하고 웃던 아이가 우는 것도 놀림감으로 삼는 특별한 장난을 즐긴다. 아이들이 때 묻지 않고 즐겁게 살아가는 것이 노래에 나타나므로 이 노래를 널리 불러서 아이들이 자라는 것을 북돋아주어야 한다. 구전동요가 중요한 것은 바로 이 때문이다. 아이의 눈으로 보고 아이의 마음으로 생각하고 아이의 노래를 불러야 마땅하다.

2. 구전동요의 지역적 다원성

한국구전동요는 우리 민족의 범위에서 이루어지는 전승의 실체이므로 구전동요에는 지역적 다원성이 발견된다. 지역적 정체성을 근간으로 하면서 각 지방에 전승되는 동요를 마을마다 고을마다 가지고 있음이 확인된다. 의사소통이 활발하지 않던 시기에 비슷한 말로 된 비슷한 생각의 동요가 전승되는 것은 매우 각별한 현상으로 이해된다. 구전동요의 지역성이 곧 민족성이나 민중성에 근간을 두고 있는 점이 부정되지 않는다.

구전동요의 지역적 정체성은 두 가지 측면에서 발견된다. 하나는 말씨이다. 말이 고장마다 차이가 나므로 이를 일러서 사투리라는 말을 사용한다. 말을 내는 것도 차이가 있고 말을 하는 것도 차이가 있다. 말버릇새까지도 차이가 있음이 확인된다. 다른 하나는 장단과 선율로 이루어진 음악적 구조에 있어서 차이를 갖는다. 특정한 고장에 가면 특정한 동요가 발견되는 것도 사실이지만 특정한 곳에 가서도 여러 고장에서 두루 찾을 수 있는 동요를 널리 부르고 있는 것이 확인된다.

아이들이 자신의 자연지리적 배경과 인문지리적 배경을 빌미삼아 형성된 것이 곧 말씨이다. 아버지 어머니로부터 배운 말씨는 정서적 친밀도의 표시이자 동시에 문화적 구성원으로 동질감을 생성하는데 근간이 된다. 아이들이 부르는 동요에서 사투리로 된 말씨를 확인하는 것은 지극히 자연스러운 현상이다. 아이들이 부르는 동요에서 사투리의 참다운 맛을 보게 되는 것은 지역적 정체성을 확인하는 결정적 근간 요소가 된다. 한동순이라는 아이가 부른 동요는 사투리를 확인할 수 있다.

할	매	집	에	강	께	는	-
밥	-	도	-	안	주	고	-
쌔	리	기	만	쌔	리	고	-
예	-	끼	사	할	매	야	-

　이 동요에는 경상남도 남해의 고유한 사투리가 들어가 있다. 이 사투리는 경상도와 전라도 방언이 어비슷하게 섞여서 나오게 되는데 이 사투리의 출현이 의미하는 바가 무엇인지 명확하게 규명하기 어렵다. 아이들이 이 말을 구사하는 것은 자신의 선택은 아니지만 문화적인 선택에 의해서 문화적 전승력을 구현한 결과라고 보는 편이 적절하다.

　사투리는 동요에서 어떠한 기능을 하는지 쉽사리 입증하기 어렵다. 예사로이 하는 말을 주고받는 것이 아니라 이 말은 아이가 밥도 못 얻어먹고 얻어맞은 분풀이로 하는 소리이다. 사투리가 이 소리에 어떠한 영향을 미쳤는지 알기 어려우나 이 말을 하기 위해서 말의 높낮이와 길고 짧은 장단을 택하고 있음이 확인된다.

　아이는 일정한 장단에 말의 높낮이를 교묘하게 선택했다.[1] '할매집'에는 mi로 시작해서 sol로 끝을 들어 올렸다. 할머니 집에 가서 거는 기대감이 이렇게 표출되었다고 보는 편이 적절하리라 생각된다. '강께는'에는 mi로 회복되어서 다시금 re로 종지했다. 말을 앞의 끝은 높이고 뒤의 끝은 내렸다. 할머니의 집에 간 기대감과 함께 소리가 낮아짐으로써 왠지 모를 불안감을 이렇게 나타냈다. 상승과 하강이 대립적으로 제시되

1　임석재,『임석재채록 한국구연민요』(집문당, 1997), 212쪽. 실음은 장2도 위라고 했으므로 이하의 기술은 이러한 기보를 존중해서 살펴야 한다.

어서 복잡하고 미묘한 감정의 북받침이 이렇게 예고되고 있는 셈이다.

놀랍게도 '밥도 안주고'에서는 앞의 말에서 생긴 감정적 미묘함을 반복하고 있다. 다만 차이가 있다면 말의 장단 부침새를 다르게 함으로써 아이가 무엇 때문에 심통이 났는지 알게 하고 있다. '밥-도-'에서 밥은 한 음절을 길게 도에서는 한 음절을 낮은 데서 시작해서 높이로 이어나가고 있음이 확인된다. 그러면서 앞의 말을 거의 그대로 음악적으로 재현하고 반복하고 있음이 확인된다.

이에 견주어서 '째리기만 째리고'에서는 앞의 구절과는 전혀 다른 음의 구성을 보이고 있다. sol에서 시작하여 mi로 갔다가 다시금 re로 갔다가 mi로 환원되는 것을 확인하게 된다. 아이가 가지고 있던 기대감과 불안감이 여지없이 무너지고 할머니의 못된 짓에 격렬한 분풀이와 항의 및 심술이 잔뜩 담겨있다. 이 점을 선명하게 드러내기 위해서 아이는 높은 음으로 시작하고 낮추었다가 다시금 종지음이자 중심음인 mi로 환원하는 성향을 보이고 있다. 경상도 특유의 방언 구사가 이러한 분석과 일치하는지 자신이 없으나 아무튼 아이의 말투가 이와 같이 구현되어 있다고 보아야 적절하리라고 생각한다.

아이는 마무리를 하는 대목에서도 동일한 음악적 구사력을 보여준다. 높은 음인 sol로 시작해서 mi로 진행했다가 re로 낮춘 뒤에 다시금 mi로 종지하는 결과를 보여주고 있다. 아이가 '예끼사 할매야'라는 말을 하면서 앞의 말을 이어서 하는 것은 음악적으로 동일하다고 하겠는데 결과적으로 동요가 지니는 소박한 장단과 선율을 이해하는 중요한 전거가 된다고 할 수 있다.

아이가 경상남도 남해에서 살기 때문에 이렇게 부르는지는 당장 증명하기는 어려우나 동요가 일반적인 사투리를 따라서 흥미로운 선율 조직을 구현하고 있음이 확인된다.

할	매	집	에	강	께	는	-	밥	-	도	-	안	주	고	-
mi	mi	mi	sol	mi	mi	re	-	mi	-	mi	sol	mi	mi	re	-

mi-sol-mi-re 1형 1   mi-sol-mi-re 1형 2// 1형의 반복

쌔	리	기	만	쌔	리	고	-	예	-	끼	사	할	매	야	-
sol	mi	mi	mi	mi	re	mi	-	sol	-	mi	mi	mi	re	mi	-

sol-mi-re-mi 2형 1   sol-mi-re-mi 2형 2// 2형의 반복

1형은 가운데서 시작해서 위로 올라갔다가 가운데로 왔다가 다시금 아래로 내려가는 구성을 하고 있다. 이에 반해서 2형은 높은 음에서 시작했다가 가운데 음으로 내려왔다가 다시금 아래음으로 떨어졌다가 가운데 음으로 회복하는 특징이 있다. 1형을 반복해서 동요의 특징을 나타냈고 2형을 반복해서 동요의 기본 선율을 1형과 대립적으로 구현하면서 감정의 격앙된 면모를 확인하게 되었다. 그러면서도 2형을 반복해서 동요의 반복적 속성을 거듭 강조했다.

1형과 2형의 관계는 무엇이고 전체적인 의미는 무엇인가 검증할 필요가 있다. 1형은 가운데에서 높였다가 아래로 떨어뜨리고 2형은 높은 음에서 시작했다가 가운데로 갔다가 아래로 갔다가 가운데로 회복하는 특징이 있다. 순서는 다르지만 음의 구사 방식은 동일하고 게다가 기본적인 구성음은 변하지 않는다. 아래로 떨어뜨려 음을 마무리하는지 아니면 가운데로 끝을 마무리하는지 차이가 있을 따름이다. 1형과 2형은 구조적으로 동일한 형태임이 확인된다.

1형과 2형의 반복만은 아니다. 오히려 더욱 중요한 차이가 있으며 이 차이는 시간적인 질서에서는 잘 발견되지 않는 공간적인 구조에서 더욱 분명하게 발견된다. 11형과 12형에서는 발견되지 않던 것이 오히려 21형과 22형을 대비하자 선명하게 발견된다. 말의 끝을 길게 끄는가 아니

면 말의 처음을 길게 *끄느냐*가 교묘하게 대립한다. 11과 21은 말의 끝음절을 길게 끌고 12와 22는 말의 첫음절과 끝음절을 길게 끌고 있음이 확인된다. 이러한 현상은 시간적인 질서에서는 잘 발견되지 않는 공간적인 구성에서 확인된다. 단순하게 음의 길이로만 의미를 갖는 것은 아니다. 동요의 말부침새를 통해서 음악의 대립적인 시간과 공간이 창출하는 질서를 확인하기에 이른다.

경상남도 남해의 아이 말이 동요의 기본적인 말씨를 결정하고 이러한 소리의 형태가 좀 더 발전하면 일정한 지역적 특색을 가질 뿐만 아니라, 더 나아가서 음악적으로 지역적인 특색을 갖추게 된다. 동요의 음악적 특색은 지역적으로 결정되기 이전에 본질적으로 음악의 구조적인 형성을 이해할 수 있는 요소가 된다. 동요는 음악의 원천이 되는 것이므로 그 이면에 소리 또는 노래의 발생을 검증할 수 있는 요소를 가지고 있다. 고저를 가지고 소리의 선율을 형성하고 장단을 가지고 리듬을 형성한다. 그런데 고저장단이 일관되게 상호작용을 해서 문제가 형성되는 점이 확인된다.

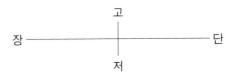

고저장단은 시간적인 질서의 요인이고 공간적인 질서의 요인이기도 하다. 고저장단은 단면적으로 시간적인 질서에서 결합하기도 하지만 복합적으로 시간적인 것이 공간적으로 확장되면서 질서를 입체적으로 형성한다. 높은 음이 길게 불리기도 하고 낮은 음이 길게 불리기도 하고 이와는 다르게 높은 음이 짧게 불리기도 하고 낮은 음이 짧게 불리기도 한다. 문제는 단면적인 호응 양상이 중요한 것이 아니라, 더욱 중요한

요소는 이러한 호응 양상이 총합해내는 상위의 복합적인 결합 양상이 더욱 중요하다. 앞에서 살핀 바대로 결과적으로 이루어지는 것이 아니라 고도의 연출과 음들의 적절한 안배, 그리고 가사가 지니는 의미의 정서적 표출 등이 문제로 되어서 복합적인 결합 양상을 아주 중요하게 문제 삼을 수 있으리라고 생각된다. 시간적 구조와 공간적 구조가 서로 호응하면서 이들의 결합양상이 긴요하리라고 판단된다.

우리는 동요의 음악적 본질을 말하는 접점에서 다시 한번 동요의 지역적 정체성을 새삼스러이 알 수 있다. 우리가 문제 삼았던 고저장단의 안배가 각기 지역에 따라서 다르게 나타난다는 점은 널리 알려진 사실이다. 고저는 단발적인 결합 양상에 아랑곳하지 않고 크게 보자면 sol-mi-re 등이 되는 것을 알 수 있다. 중심음과 종지음은 mi이고 상위의 음은 sol이고, 하위의 음은 re이다. 장식음이나 여타의 음이 사용되지 않고 있으며 sol과 mi는 mi가 중심이 되어서 상향 진행과 하향 진행을 동시에 진행한다. mi와 re의 관계 역시 동일한 면모를 지닌다.

이 동요가 지역적인 특색을 지니고 있다면 그것은 무엇을 기준삼아 그렇게 말할 수 있는가? 가능한 단서는 역시 경상남도 남해가 전반적인 민요 분류권으로 어느 지역에 소속되느냐 하는 것이다. 그것은 바로 일단 예측 가능한대로 메나리토리권으로 보아서 이러한 양상이 나타나는 것으로 볼 수 있다. 순수한 의미의 메나리토리권의 구성음을 갖추고 있는지 의문이나 메나리토리는 mi-sol-la-do'-re' 중에서 mi-la-do' 세 음을 골격음으로 하고 sol과 re'는 경과음으로 사용된다. 메나리토리는 기본3음이 mi-la-do'로 4+3도이다. 기본형이 4+2도인 것과 함께 광의의 계면조라고 지칭된다.

아이들이 부르는 동요가 이러한 소리의 지배를 받는 것은 지극히 당연한 제약이자 선택인데 메나리토리나 육자백이토리의 제한에 의해서 동요의 토리가 형성된다고 하는 것은 의미 있는 현상이다. 우리는 위에서 살핀 남해의 동요와 메나리토리가 무슨 관계인가 하는 점을 따져볼 필요가 있다.

전국적인 민요의 토리와 동요의 토리가 일정한 함수관계를 가질 수 있다는 가정 하에서 각 지역에서 나타나는 토리의 면모를 가상하고 실상이 어떠한지 논의할 필요가 있다. 그것을 정리해서 예시하면 다음과 같다.

메나리토리   :   mi-sol-la-do'-re'

경토리   :   sol-la-do-re'-mi'

육자배기토리 :   mi-sol-la-do'~si'-re'

동요가 일반적인 민요의 토리로 되어 있다는 것은 가정이다. 아이들이 사용하는 말씨에 따라서 자연스럽게 일반적인 동요의 특색을 가지고 있으리라는 가정은 타당할 수 있다. 그러나 분석된 결과는 전혀 의외의 결과로 나타난다. 가령 『한국민요대전』의 동요를 채록한 것을 비교해서 보면 동요의 지역적인 특색은 현저하지 않고 각 토리권의 선율이 혼재되어 있으면서 여러 가지 토리가 동요에서 동시에 구현되어 나타나는 것을 보이고 있다.

분석 결과가 사실이라면 우리는 이러한 분석을 통해서 동요가 지역적 다원성과 정체성을 말하는데 있어서 위에서 주장한 견해에 일단의 유보 조항이 부가되고 있음을 말하지 않을 수 없다. 이것은 정편의 문제이다. 두루 편재되어 나타나는지 아니면 한 곳에 편중되어 있는지 그 점이 문제이다. 이러한 결과를 조심스럽게 생각하면서 이렇게 된 원인에 대한 새로운 견해가 요구된다.

아이들이 부르는 동요의 표준화 문제이다. 제보자들이 이미 어른이 되어서 잃어버린 본디의 소리가 문제가 될 수 있다. 자신의 지역에서 부르던 동요가 표준화되면서 생긴 현상이다. 그러므로 제보자에 관한 심각한 분석과 정보에 관한 개략적 이해가 매우 긴요하다. 이에 관한 분석이 필수적으로 선결되어야 이러한 표준화가 발생했을 가능성이 있다. 다음으로 동요가 지니는 확산력과 전파력에 관한 문제이다. 동요의 노래 곡목과 특정 토리가 발견되는 곳에 관한 지역적인 특색을 면밀하게 분석하면서 이 문제를 예각화시켜서 논의했어야 이 문제가 온전히 검토될 수 있을 것이다. 아울러서 특정 토리의 결합 양상이나 혼재 양상에서 문제되는 친연성이 무엇을 의미하는지 논의했어야 한다.

구전동요가 중요한 이유는 지역적 정체성이지만 현재 현저한 쇠퇴의 길을 걷고 있음이 확인된다. 쇠퇴의 요인은 여러 가지로 잡아볼 수 있으니 하나는 동요를 위시해서 전통적인 음악인 민요와 민속음악이 급격하게 소멸되고 있기 때문이다. 전통문화가 소멸되는 이유는 시대의 선택이다. 그러나 이를 저주하고 원망하는 것이 능사가 아니다. 서양음악이나 대중매체에 의해서 전통이 단절되는 것은 불가피한 현상이고 저주를 그만하고 이 시대에 새롭게 살아나는 전통으로 동요나 민요가 어떠한 의의가 있으며 전통민요와 동요를 어떻게 혁신해야 하는지 진지하게 성찰할 시점에 이르렀다.

아울러서 전통이 소중하다고 거듭 말하는 당위론적 전제 역시 반성이 불가피하다. 당위론은 고착되기 쉽고 자칫 국수주의적 견해로 흐를 위험이 있다. 우리 것은 소중하고 남의 것은 소중하지 않다는 말인가? 유아원이나 유치원에서 받는 음악 교육의 결과가 소중하지 않다면 말이 되지 않는다. 우리 것이 소중하면 남의 것도 소중하고 남의 것이 잘못이면 우리 것도 잘못이다. 대등한 관점에서 보편성이 무엇인가 검증해야 타당하고 합당한 의의를 증명하게 된다.

구전동요에서 배우는 진리는 지역적 정체성이 곧 지역적 다원성을 가지는 것이며 지역적 다원성은 서로 대등한 관점에서 전국의 동요가 모두 소중하다는 생각을 갖게 하는 준거라는 점에서 소중하다. 과거의 유산은 지역적 다원성을 보편적으로 자연스럽게 갖추게 되었는데 이제 이러한 보편적 사고는 거의 무시되고 있다. 이 점을 반성하면서 구전동요의 지역적 다원성의 사고를 오늘날에 이을 방도로 동요가 소중한 것을 거듭 강조해야 마땅하다. 구전동요의 대립과 반복이 이루는 원리가 무한정한 음악을 만든 전례를 지역적 다원성과 함께 계승해야 한다.

3. 구전동요는 아이들과 자라며 함께 한다.

동요는 아이들의 성장 과정을 온축하고 있으므로 긴요하다. 동요가 아이의 성장 과정과 깊은 관련이 있다는 뜻은 여러 가지 의미를 담고 있다. 주요 요인을 정리해서 이해하면 하나가 어른이 아이를 대상으로 일정한 정보를 집약해서 전달하므로 동요 가운데 아이를 대상으로 하는 소리가 있다. 이른 바 아이를 대상으로 하는 소리로 자장가를 위시해서 여러 가지 소리가 이에 해당한다. 다른 한편에서 동요는 아이들의 소리로 자신들의 발달 과정을 담고 있다. 동요는 아이와 어른이 만나는 과정에서 중요한 과정을 집약하게 된다.

아이들의 언어 발달은 모방의 면모가 우세하다. 그래서 아이들의 언어발달 과정에 동요가 중요한 구실을 하리라고 하는 것은 지극히 당연한 예견이 된다. 말을 듣고 자는 과정, 옹알이 과정, 말을 본뜨면서 하는 과정, 온전하게 말을 익히는 과정 등으로 구분할 수 있다. 이 과정은 자의적인 구분이 될 수 있으나 이 과정을 통해서 아이가 말을 익히고 언어를 습득하는 과정을 겪게 된다. 그러므로 동요의 전반적인 효용이 일단 언어발달과 언어 습득에 있음은 물론이다.

갓 태어난 아이 시기에서부터 생후 1개월, 생후 1개월에서부터 생후 3개월 등이 요긴한 시기이다. 이들은 단계적 차이가 있다. 아이들이 이 시기에는 자신의 환경에 적응하면서 주요 감각을 소리와 말에 의존하면서도 동시에 촉감에 의존하는 시기이다. 자신의 의사를 절대적으로 울음으로 표현한다. 울음 역시 두 가지이다. 하나는 정확하게 분절되지 않는 울음이 있고 다른 하나는 분절된 울음이다. 이 울음의 변화도 단계적인 분화를 의미한다. 울음을 가지고 의사소통 하는 것은 매우 소중한데 이러한 의사소통이 동요의 근간 요소가 된다고 하겠다.

울음 단계를 지나서 약 3개월가량 되면 이른 바 옹알이 시기가 전개된다. 옹알이는 아이가 '옹알옹알' 하는 말도 아니고 소리도 아니고 분절이 잘 이루어지지 않는 옹알이 시기를 말한다. 이 시기를 달리 옹알이라는 말 대신에 새살, 남어喃語라는 말을 사용한다. 이 소리는 말의 기본을 다지는 일종의 입놀림이고 사람의 소리를 흉내 내는 아주 기초적인 단계라고 할 수 있다. 주로 사용하는 말은 자음과 모음으로 나누어 볼 수 있다면 자음은 주로 사용하지 않고 모음이 우세하다. 순음과 모음 특히 아 등이 우세하게 사용되는 것을 확인할 수 있다. 모음인 아와 순음인 'ㅁ' 등을 확인하게 되고 이것이 요긴하게 사용된다. 주요 동작은 아이가 어머니의 젖을 빠는 동작을 한다. 이것이 아이의 중요한 발달 단계라고 할 수 있다.

이 시기는 긴요하게 동요가 활용된다. 동요는 어머니가 아이에게 들려주는 소리가 전부이다. 특히 자장가가 압도적인 비중을 차지한다. 자장가는 할머니도 적극적인 전승자 노릇을 하게 되는데 할머니가 손자에게 소리를 전하는 것이 일반적이다. 따라서 아이를 양육하는 여성들의 적극적인 참여와 전승에 의해서 자장가는 불려진다고 하겠다.

머리끝에 오는 잠	깜빡깜빡 스르르르
살금살금 내려와	우리아기 잠드네
눈썹 밑에 모여들어	쌔근쌔근 잠드네

워리자랑 워리자랑
우리 아기 잠드네
귀밑으로 오는 잠
살금살금 내려와
눈썹 밑에 모여들어
깜빡깜빡 스르르르
　　우리아기 잠드네
　　쌔근쌔근 잠드네
　　워리자랑 워리자랑
　　우리 아기 잠드네
코끝으로 오는 잠
엉금엉금 기어와
눈썹 밑에 모여들어

깜빡깜빡 스르르르
우리아기 잠드네
쌔근쌔근 잠드네
워리자랑 워리자랑
우리 아기 잠드네
입 언저리 오는 잠
엉금엉금 기어와
눈썹 밑에 모여들어
깜빡깜빡 스르르르
　　우리아기 잠드네
　　쌔근쌔근 잠드네
　　워리자랑 워리자랑
　　우리 아기 잠드네

머	리	-	끝	-	에	오	는	-	잠	-	-
살	금	-	살	-	금	내	려	-	와		
눈	썹	-	밑	에	-	모	여	-	들	어	
깜	빡	-	깜	빡	-	스	르	르	르	-	-
우	리	-	아	-	기	잠	드	-	네	-	-
쌔	근	-	쌔	근	-	잠	드	-	네	-	-
워	리	-	자	장	-	워	리	-	자	장	-
우	리	-	아	기	-	잠	드	-	네	-	-

　이 자장가는 아이에게 들려주는 것으로 잠을 이기려고 안간힘을 쓰
는 것을 상상하면서 이 노래를 들어야 제격이다. 자장가는 가창자가 어
른이고 청자가 곧 아이이다. 아이들 모두가 대상은 아니고 생후 3개월부

터 대체로 4살까지가 주요 대상이라고 할 수 있다. 이 자장가의 말을 들어보면 단순하게 되어 있지 않다. 특히 주목되는 것은 의태어의 쓰임새가 활발하게 되어 있으며 더욱 주목되는 것은 아이의 신체 가운데 얼굴에 집중적인 배치가 이루어지고 있다는 점이다.

아이들에게 말도 가르치고 얼굴의 생김새를 익히도록 하는 말의 교묘한 쓰임새가 매우 의의가 있는 것으로 판단된다. 말을 맞춰서 쓰는 것을 보면 이 점이 선명하게 드러난다.

> 머리끝에 오는 잠 살금살금 내려와 눈썹 밑에 모여들어
> 깜빡깜빡 스르르르
> 귀밑으로 오는 잠 살금살금 내려와 눈썹 밑에 모여들어
> 깜빡깜빡 스르르르
> 코끝으로 오는 잠 엉금엉금 기어와 눈썹 밑에 모여들어
> 깜빡깜빡 스르르르
> 입언저리 오는 잠 엉금엉금 기어와 눈썹 밑에 모여들어
> 깜빡깜빡 스르르르

잠이 실제로 이렇게 내려오지 않는다고 하는 것은 너무나 자명한 이치이다. 아이에게 잠이 오는 과정을 이렇게 예시하고 보여줌으로써 잠의 실상을 실감 있게 생각하도록 유도하고 자신의 얼굴을 새삼스러이 인식하게 하고 눈썹을 중심으로 잠이 오는 것을 깨닫도록 하고 있다. 그러면서도 얼굴 부위를 어디 지정하는가에 따라서 이들에게 내리는 잠의 모습을 표현하는 것을 각기 다르게 나타내고 있다. 그것은 의태어로 구체화되는데 그것이 곧 '살금살금 내려와'라고 되어 있는 것과 '엉금엉금 기어와'로 갈라져 있다. 눈썹과 눈의 위치와 비슷한 것이 있는 곳은 내려와 라고 되어 있고 그보다 먼 쪽은 결국 '기어와'로 표현하고 있음이 확인된다.

머리, 귀, 코, 입 등의 얼굴에 있는 특정 신체 부위의 단초를 언급하고서 여기에 있는 잠을 눈썹 밑으로 집결시켜서 이러한 것들이 잠을 일으킨다고 했다. 동시에 이러한 현상 끝에 아이가 쌔근쌔근 잠이 든다고 했으니 잠이 드는 과정과 잠이 드는 모습을 정밀하게 관찰하면서 생긴 일들을 이렇게 정확하게 표현하고 있음이 확인된다. 아이는 말의 의미를 분명하게 알아듣는 것은 아니지만 어른이 일러주는 노래를 통해서 최초로 소리를 듣고 잠에 잠긴 여러 가지 비밀을 알아간다고 보아도 잘못이 아니다.

어머니나 할머니의 품속을 교실삼아서 처음으로 소리를 접해 나간다고 할 수 있다. 이 단계는 소리의 모방 단계이다. 먼저 말을 배우고 다음으로 어머니의 품속에서 숨결과도 같은 장단을 익히고 그리고 소박하기 이를 데 없는 음의 높낮이에 의한 선율을 익혀 나간다. 반복적인 의성어와 비슷한 말을 거듭 강조해 가면서 잠에 관한 밀도를 요구하고 반복적인 장단 그리고 소박한 선율의 힘에 의해서 이 소리를 해나가는 것이 자장가의 진면목이 있다고 하겠다.

자장가의 장단은 3소박 4박자로 구성된 것으로 리듬의 기본적인 요소는 여러 가지로 구성된다. 중중몰이와 한배가 맞는다. 3소박의 네 가지 형태가 사용된다. ♪♪♪/♩♪/♪♩/♩. 등이 그것이다. 그런데 흥미로운 것은 잦은 빈도수를 보이는 것은 ♪♩이다. 그런데 이 네 가지 3분박의 형태를 결합하는 방법이 각별하게 되어 있으며 이것이 원리를 창출한다. 모두 후렴과 사설을 합쳐서 보면 다음과 같은 규칙이 존재한다.

1: ♪♩/♩♪/♪♩/♩. // A
2: ♪♩/♩♪/♪♩/♩. // A
3: ♪♩/ ♪♩/♪♩/♪♩// B
4: ♪♩/ ♪♩/♪♪♪/♩.// C
5: ♪♩/♩♪/♪♩/♩. // A

6: ♪ ♩ / ♪ ♩ / ♪ ♩ / ♩. // D

7: ♪ ♩ / ♪ ♩ / ♪ ♩ / ♪ ♩ // B

8: ♪ ♩ / ♪ ♩ / ♪ ♩ / ♩. // D

　자장가의 리듬을 형성하는 소박한 요인을 3소박으로부터 얻을 수 있다. 2음보격 7~8음절의 사설을 가지고 리듬을 만들어 가는 규칙이 흥미롭다. 리듬을 형성하고 이 리듬을 구사하는 방법이 간단하면서도 입체적으로 변형되고 있음이 새삼스러이 구현된다.

　아이는 구전동요의 수용자이자 소비자이다. 이에 견주어서 어머니는 구전동요의 생산자이다 창조자이자 전달자이다. 아이들이 자유롭게 하고 듣는 말을 배우기 이전에 잠재적인 엄마 품속이라는 교실에서 노래를 듣고 말을 옹알거리면서 우리 소리를 배우고 익히고 잠재적인 생산자나 전승자로 자라날 가능성을 키우고 있음이 확인된다. 아이들은 일방적인 흡수 과정을 경험한다고 하겠다.

　아이들이 한 살에서 대략 두 살 시기(대략 4개월에서 20개월까지)에는 말이 분명하게 갈라진다. 자음과 모음이 갈라지고 한두 음절이 두 개씩 연결되는 어휘를 익히고 본뜨며 구사할 수 있게 되는 성장을 이루게 된다. 이 과정에서 주목되는 현상은 말의 분절에 대해서 보다 구체적인 습득과 모방이 이루어진다고 하는 것이다. 말을 1차분절은 물론하고 보다 중요한 것은 2차분절까지 확실하게 연습하고 있다는 점이다. 자음과 모음이 갈라지고 낱어의 단계에서 색다르게 말이 되는 소리를 점점 실현하게 된다.

　이 시기에 아이들에게 하는 어머니의 말을 주목할 필요가 있다. 자장가와는 판이하게 다른 아이를 어르고 키우는 말이 적극적으로 구사된다. 그러한 말 가운데 주목되는 것은 곧 아이가 누운자라기에서부터 발전하여 여러 동작과 결부된 말을 하게 된다는 점이다. 이 말을 단순한 말이라고 보기 어렵고 일정한 어휘로 되어 있는 말을 한다.

4. 구전동요는 아이들의 마음이 절실하게 드러난다.

아이들의 마음은 어디 있는가? 아이들의 눈은 무엇을 주목하는가? 요즈음 아이들은 도무지 마음을 알 길이 없고 아이들이 무엇을 바라보는지 헤아릴 길이 없음이 사실이다. 무엇엔가 가려져 있고 가로막혀져 있기 때문이다. 탁 트인 산천을 뛰놀고 깔깔거리는 자연의 생명체를 만나지 못해서 무언가 짓눌려 있다.

산천을 뛰놀고 시냇가를 다니며 돌을 뒤적이다가 하늘을 올려다보고 나무에 새를 보면서 부른 소리 가운데 〈새는 새는〉이라는 소리를 곧잘 부르곤 했다. '새는새는 낭게 자고/쥐는 쥐는 궁게 자고//어제 아레 시잡온 각시/신랑 품에 잠을 자고//우리 겉은 아이들은/엄마 품에 잠을 자고//새는 새는 낭게 자고/쥐는 쥐는 궁게 자고//돌에 붙은 따개비야/솔에 붙은 솔방울아/나는 나는 어데 자꼬/우리 엄마 품에 자지//'라고 소리가 그것이다.

이 소리는 전국적으로 널리 알려져 있는데, 소리는 대략 10여 편이 채록되었다. 도대체 이 소리가 어디에 쓸모가 있다는 말인가 의문이 들지도 모른다. 이 소리는 일단 사투리로 된 토박이말을 쓰고 있다는 점이 주목해야 한다. 아이들의 눈으로 관찰하고 읽어낸 것을 아이들의 말로 했으니 그 점이 주목되어야 마땅하다. 하나로 획일화되는 사투리에 자부심을 갖게 한다. 미래의 문화 자원이 고갈되지 않게 우리의 사투리를 되살려 쓰는데 이 소리는 결정적 기여를 한다.

이뿐만이 아니다. 이 소리는 아이들의 말로 리듬을 살리고 선율을 살려서 여러 가지 장단으로 된 음악적 교과서 노릇을 한다. 음표도 배우지 않은 아이들이 윗대에서 아랫대로 이어지는 입말의 힘에 의거하여 다양한 소리와 장단을 표현한다. 깜짝 놀랄 일은 아이들이 부르는 소리들이 하나도 어렵지 않게, 어른들이 부르는 장단의 씨앗을 간직하고 있는 점이다. 저절로 어려운 장단으로 부르는데 소리를 듣는 것이 어렵거나 어렵지 않다. 어른들의 어려운 소리와 장단을 이미 익혀서 알고 있다. 신명의 원천이 아이들의 동요에 있음이 확인된다.

이 소리에서 더욱 주목되는 사실은 아이들이 바라본 새, 물고기, 쥐, 아이와 엄마, 신랑과 각시, 따개비와 솔방울 등이 낱낱이 열거되면서 동시에 하나로 뭉쳐지는 느낌을 지울 수 없다. 하나인 까닭은 서로가 모두 의지하는 관계이지만 제 삶의 터전을 가지고 모든 것이 흩어져 있음이 확인된다. 외톨박이로 자라지 않고 여럿이 함께 어울려 살면서 고유한 제 자리를 차지하고 있다는 생각이 올곧게 드러난다. 혼자 사는 세상이 아니라 모두가 동아리로 얽혀 사는 슬기를 간직하고 있다.

아이들이 입으로 조잘대는 소리가 하나로 되어 있는 것도 아니다. 제멋대로 불러서 소리를 내도록 하는 여백을 많이 두고 있는 것이 이 소리의 특징이기도 하다. 채집된 소리를 모두 비교해서 보면 노랫말이 가지런하지 않다. 앞뒤가 바뀌고 사설이 제 각각이지만 얼개는 달라지지 않는다. 균등하고 가지런한 맛을 가르치는 오늘날의 가르침과 전혀 다른 점이 눈에 띤다. 아이들의 창조력이 여기에서 비롯된다. 이 소리에서 제멋대로 부르면서 얼개가 같은 소리를 해야 하는 비밀을 알게 된다.

5. 구전동요는 놀이와 더불어서 놀아지기 때문에 중요하다.

또래 아이들이 둘이서 함께 놀면서 하는 소리 가운데 적절한 사례로 〈놀귀들귀〉이다. 아이 하나가 살그머니 뒤로 가서 귀를 잡아서 '놀귀냐 들귀냐?' 또는 '놓을 귀냐 잡을 귀냐?' 하면서 묻는다. 귀를 잡힌 아이가 놀귀라고 하면 귀를 잡은 아이가 귀를 잡아당기면서 놀고, 귀를 잡힌 아이가 들귀라고 하면 귀를 잡은 아이가 귀를 위로 들어 올리는 놀이를 한다. 둘이서 귀를 잡고 흥겨운 놀이를 하면서 소리를 하는 특별한 놀이이

자 소리이다.

이 소리는 구전으로만 전하고 현재 채록된 것은 그다지 많지 않다. 이 소리의 전문은 다음과 같다.

놀귀냐 들귀냐	놀귀냐 들귀냐
놀귀다	들귀다
놀귀 놀귀 놀귀 놀귀	들귀 들귀 들귀 들귀[2]

놀이에 따른 소리이므로 이를 이해하는데 반드시 놀이와 노래를 함께 알아야 한다. 위의 구절에서 첫 번째 구절은 귀를 잡은 아이가 묻는 대목이고, 두 번째 구절은 귀를 잡힌 아이가 답하는 것이고 세 번째 구절은 잡은 아이가 놀이를 하는 것으로 되어 있다. 두 번째 연 역시 같은 방식으로 되어 있다. 차이가 있다면 놀귀는 귀를 잡고 놀면서 하는 것이고, 들귀는 귀를 바짝 들어 올리면서 하는 것이다. 말을 가지고 연상되는 기이한 말을 거듭 늘어놓는 마지막 대목은 인상적이다.

이 소리의 전통을 가져와서 아름다운 동시로 만든 작품이 하나 있어서 동요가 새삼스럽게 재인식된 사례가 하나 더 있어서 소개할 필요가 있다. 이 작품은 시조시인으로 이름을 떨친 김상옥이 동시집이라고 표방하면서 1952년에 낸 『석류꽃』에 수록된 작품인데 이름이 〈귀잡기〉라고 되어 있다.

"잡을 귀가?
놓을 귀가?"

2　편해문, 『동무 동무 씨동무』(창작과 비평사, 1998), 31쪽.

"놓을 귀!"

"놀놀놀 놀놀놀
노을빛이 고웁다."

"잡을 귀가?
놓을 귀가?"

"잡을 귀!"

"자불자불 자불자불
자부름이 오온다."[3]

　　동요는 시인의 창작에 중요한 지침이 되고 원천이 되는 것임을 절감
하게 된다. 시인의 어릴 적 체험이 있어서 아마도 이 동요를 기억해냈으
리라 짐작되고 이것을 소재 삼아 특별하게 변용했는데 이 변형이 아름답
다. 놀귀를 반복하던 마무리 구절을 '놀놀놀' 등을 반복해서 노을이 곱다
고 했고, 잡을귀를 바꾸어서 '자불자불'을 반복해서 자부름, 곧 졸음이
온다고 했다. 본디 소리에서 멀어진 감이 있으나 그 자체로 시간적 순서
를 가지고 저녁의 노을과 졸음을 일치시키는 색다른 변형이 생겨났다.
　　시조시인 김상옥은 동요에만 관심이 있었던 것은 아니다. 〈우닥방망
이〉〈마눌각시〉〈할만네〉 등은 도깨비 방망이 이야기, 풀각시놀이, 영
등할머니 신앙 등에서 소재를 취하여 동시로 작성한 것이다. 그런데 동요

3　김상옥 지음, 민영 엮음, 「귀잡기」, 『김상옥 시전집』(창작과 비평사, 2005), 182쪽.

의 전통을 이은 작품이 율격이나 시상에서 남다른 면모를 지닌다고 생각한다. 동요하면 일정하게 7·5조의 음수율을 구현하면서 서양식 곡조로 되어 있는 것이 관례인데, 전통적인 동요에 천착함으로써 율격이나 시상에 있어서 남다른 변형을 이룩한 것이 김상옥의 〈귀잡기〉이다.

〈놀귀들귀〉는 또래 아이들이 즐겁게 노는 대표적인 둘이서 하는 놀이이다. 이 비슷한 놀이가 전라도에도 전하는데 전라도에서는 아이가 귀를 잡고 "서울 봤니." 또는 "한양 봤니." 하면서 소리를 하는 것이 관례이다. 경상도에서 이러한 소리가 온전하게 전하고 있으며, 놀이와 소리가 온전하게 전하고 있음이 확인된다. 혼자 노는 놀이는 심심하고, 둘이서 노는 놀이는 정겹고 신난다. 귀를 잡힌 아이는 갑자기 당한 일에 놀라서 당황하지만 아픈 귓불의 얼얼함에도 혼자 노는 심심함을 잊어버릴 수 있었다.

아무도 없는 빈 골목길도 사라지고 있는 실정에서 또래들이 재잘거리고 깔깔거리는 웃음이 매우 그립다. 아이들은 신명난 놀이판을 이제 컴퓨터라는 것을 도구삼아 전개한다. 귀를 아프게 하는 또래 아이의 손길이 그립고 말로 묻고 말로 답하며 소리를 하고 놀이를 하는 인정이 그립다. 아이는 훌쩍 자라고 학교 운동장에는 땅거미가 내린다. 갈 곳 없는 곳을 찾아 헤매는 노인네들의 걸음만 바쁘다.

6. 구전동요에는 우리가 아는 모든 리듬이 다 들어 있기 때문에 중요하다.

〈비야비야 오지 마라〉가 있다. 이 소리는 언제 하는가? 이 문제는 매우 중요한 것이어서 이를 연구하는 것이 소중한 단서를 제공한다. 지금까지 동요 연구에서 긴요한 것은 동요를 실제 아이들이 부르고 놀이

하는 관점에서 현지조사를 하지 못했다는 점이 매우 취약한 문제로 제기된다. 이 점을 극복하기 위해서 치밀한 현지조사와 체계적인 연구 관점이 필요하다고 하겠다. 이 소리는 작품 자체로만 분석하면 비가 오지 않기를 바라면서 부르는 소리가 된다. 실제로 이를 이러한 각도에서 분석한 사례가 허다하다.[4] 그러나 텍스트만의 분석은 내용 이해에는 도움이 될지 모르나 이 소리가 어떠한 용도에서 쓰였는가 알지 않는다면 시체를 두고 생명의 근원이 무엇인가 논하는 것과 동일한 행위에 지나지 않는다.

이 소리는 아이들의 놀이와 더불어서 놀아졌다는 것이 명확하게 확인된다. 그렇다면 이 소리는 어떠한 놀이와 함께 놀아지면서 불렸는가? 구체적으로 확인되는 것은 아이들이 아이들이나 여자아이들이 둘씩 서로 마주서서 서로 손을 잡아 가마를 만들고 그 위에 투정부리는 아이나 시집갈 만한 아이라고 간주되는 아이를 태우고서 이 소리를 한 것으로 전한다. 그래서 위에 있는 아이가 먼저 소리를 하고 나중에 가마를 태우고 있는 아이가 이 소리를 하는 것이 이 소리의 특징이라고 할 수 있다. 서로 소리를 번갈아 가면서 부르는 것이 특징이다.

누나가 시집가는 것에 애달픈 심정과 누나가 시집을 가지 못하도록 하는 원망이 동시에 표출된 노랫말이 있어서 이 소리의 중요함을 더욱 일깨우도록 한다. 번갈아 가면서 부르는 소리의 사설을 한 대목씩 들면 다음과 같다.

---

4   김헌선, 「민요 사설 해설」, 『한국민요대전 – 경상북도편』(문화방송, 1995), 737~739쪽; 편해문, 『가자 가자 감나무』(창작과 비평사, 1998), 69~71쪽; 편해문, 『옛아이들의 노래와 놀이 읽기』(박이정, 2002), 82쪽.

비야 비야 오지 마라
우리 누나 시집갈 때
가마꼭지 다 젖는다
다홍치마 얼룩진다

우리 누나 시집가면
어느 때나 다시 만나
누나 누나 불러볼까
업어 달라 떼를 쓸까

비야 비야 오너라

주룩주룩 쏟아져라
우리 누나 시집가는 날
못갈 만치 쏟아지거라

내가 불어 못 건너그러
강이 불어 못 건너그러
길이 질어 못 가그러
옷이 젖어 못 가그러

권에 권이 되얐능가
장닭 국권 되얐능가

　소리의 전개가 단순하지 않다. 이 소리의 조각난 현재 전승의 본질적 면모가 무엇인가 거듭 일깨우는 소중한 전례이다. 처음에는 비가 오지 말라고 하더니 나중에는 비가 쏟아지라고 해서 모순된 사설이 등장했다. 시집가는 누나의 치장이 젖는다고 하더니 나중에는 시집을 가지 못하도록 해달라는 원망이 담겨 있다. 결말부에 이르러서는 내와 강의 물이 불어나고 이어서는 길과 옷이 젖어서 가지 못하도록 해달라는 시집가는 것에 대한 원망이 잔뜩 서려 있다.

　시집가는 일은 즐거운 일만 될 수는 없다. 오히려 시집가는 것은 아이의 처지에서 보면 누나를 빼앗기는 일이 될 수도 있으니 아쉬움과 원망이 교차할 수밖에 없는 사정이 되리라고 보인다. 그러한 심정과는 다르게 누나의 태도는 아랑곳하지 않고 결국에는 상대방 남성과 한 통속이 되어서 아이의 원망을 무시하는 행위를 하고 있어서 결말에는 파국이 왔다. 이것은 아이들이 하는 놀이에서 지나치게 나타나는 소리라고 할 수도 있다.

　그러나 혼인은 아이의 관점에서 보면 아쉬움과 원망 정도라고 할 수 있으나 혼인은 일종의 약탈 행위이다. 약탈이므로 신랑이 정상적으로 보일 리 만무하다. 아무리 어린 신랑이라고 하더라도 자신을 빼앗고 집안에서 자신을 빼앗아 가는 것만은 분명하다. 이에 대해서 그럴 듯한 소리가 하나 있다.

참새가 작아도	신랑 신랑 개자랑
알을 낳고	범의 가죽 통 가죽
이 내 나이 어려도	새악시 매악시
얼라를 맹글고	닭의 꼬랑지

참으로 괴상한 동요이다. 첫 번째 소리는 바로 생식력을 갖게 되는 여성의 처지에서 자신의 처지를 노래한 것이다. 새와 사람을 견주어서 아무리 나이가 어린 것이라고 하더라도 생식력을 가지고 있음을 이렇게 노래했다고 하겠다. 그런데 어린 신랑이 나타나서 여성을 데려간 것이 순순히 이루어진 것이 아니라 왜곡된 상황 설정이 있다. 그것은 다름이 아니라 신랑이라는 그럴 듯한 이름으로 나타났으나 사실은 개 자랑이고 이면에는 신랑이 있으나 겉보기에는 호랑이 탈을 쓴 존재임을 거듭 강조하고 있다. 호랑이 가죽을 썼으니 신랑은 분명하게 약탈자이다. 그런데도 불구하고 색시로 따라 나섰으니 이 여성은 아이들의 관점에서 보면 타당한 상황이 아니다. 나쁜 인물을 따라가니 덩달아서 나쁜 존재가 된다. 이를 비꼬는 소리이다.

결말부에서 한 말은 결국 시집가는 것을 인정하는 말이다. 결국에 못 가게 하는 시집이라도 그 집에 가서 그 집의 한 식구가 되는 것을 인정하는 일이다.[5] 이미 식구가 된 사정을 부득이하게 비꼬면서 인정한다.

이 소리는 용도가 가마타기 놀이를 하면서 시집가는 누나에 대한 원망과 시집식구가 되는 것을 인정하는 소리임을 보여주는 소리이다. 본디의 놀이나 사설이 망실되면서 이 소리가 조각으로 파편이 났을 가능성이 있다. 그래서 구전 자체에도 일정한 손상이 있었을 가능성이 있다. 작품으로 이해하면 잘 보이지 않던 진실이 이처럼 전혀 다른 각도에서 보일 수 있다는 사실을 거듭 깨우치게 된다. 현재 경상북도에 전승되는 소리는 모두 여덟 편이다.[6] 일곱 편의 소리를 정리해서 어떠한 특성이 있는지 논하기로 한다.

〈1. 경주시 건천읍 용명2리 황연분의 소리〉

비	야	-	비	야	-	오	지	-	마	라	-
콩	-	-	뽁	아	-	주	꾸	-	마	-	-
해	야	-	해	야	-	뜨	거	-	라	-	-

이 소리는 3소박 4박자로 되어 있으며 이른 바 자진몰이형의 장단으로 되어 있다. 비와 콩을 연결시킨 말은 흥미로운데 비, 콩, 해 등이 동시에 연결되어 있는 사례가 쉽사리 납득할 수 있는 것은 아니다. 말의 음절수는 일정하지 않으며 2음보로 된 것에 4음절 4음절을 기준 음절수

---

5 동일한 기능을 하는 소리를 하나 들면 이 결말부에 관한 이해가 진전되리라고 판단된다.
   권에 권이 되얏능가
   장닭 국권 되얏능가
   정에 정이 되얏능가
   김에 김이 되얏능가
   박에 박이 되얏능가
   무신 박이 되얀능고오
   결말 부분의 소리가 깨져나갔는데 이 소리가 전승되는 다른 소리를 찾아서 합쳐서 이해하면 이 소리가 사실은 문답법에 의해서 소리가 이어지는 것임을 알 수 있다.

6 강원도에서는 이 소리가 모두 5편이 채록되어 있다. 이 소리는 독창과 제창으로 불렸는데 소리의 실상이 경상북도처럼 다양하게 되어 있지 않고 간혹 소리의 틀이 무너져 있는 것도 있다. 그러나 소리의 가창방식의 차이에도 불구하고 2소박 4박자와 3소박 4박자로 된 장단구조가 두 유형으로 정리된다. 따라서 일단 특이 사항이 없으므로 논의에서 제외하기로 한다. 현춘녀와 이강월의 소리는 2소박 4박자이나, 이강월의 소리는 불규칙하게 부르고 있으며, 김장수, 전주옥외, 배귀연은 3소박 4박자로 된 것이 대부분이다. 김장수의 것은 사설 부침새가 이상해서 소리가 많이 흔들린다.

로 하되, 경우에 따라서 3음절에서 4음절까지 가변적이다. 이 가운데 흥미로운 사실은 줄이 홀수로 되어 있다는 사실이다. 음절, 음보, 시행 등의 연결이 선명하게 되는 것은 아니지만 자구장편字句章篇의 이치가 어느정도 골격을 이루고 있음이 확인된다.

비가 오는 것을 부정하고 해가 뜨게 하기 위해서 콩을 볶아주겠다고 하는 것이 사설 내용에서 발견된다. 아이들이 자연의 생명체가 있다고 하고서 그 존재를 일깨우는 것은 물활론적 사고의 요체이다. 콩을 볶아준다고 하는 것은 비를 오지 않게 하고 해가 뜨게 하는 데에 절대적인 방법이 아니다. 콩을 볶을 때에 불을 매개로 하고 소리와 껍질이 벗겨져 튀는 모습이 비를 부정하고 해를 긍정하게 하는 요소와 일치하기 때문에 사용되었을 가능성이 있다.

〈2. 고령군 성산면 박곡1리 박실 김성남의 소리〉

비	야	비	-	야	-	오	지	마	-	라	-
우	리	시	-	뉘	-	시	집	간	-	다	-
비	단	처	-	매	-	얼	룽	진	-	다	-
비	단	저	고	리	-	얼	룽	진	-	다	-
가	매	꼭	-	지	-	물	닿	는	-	다	-

이 소리는 2소박 6박자로 된 소리이다. 도드리형의 6박과 같은 것이다. 2소박이 집합된 것으로 3소박이 집합된 엇중머리형과 차이가 있다. 여기서는 2소박이 6개가 집합된 도드리형 장단 유형이라고 할 수 있다. 장단의 사설은 2음보로 되어 있으며 이를 구체적으로 정리하여서 보면 한 음보의 앞은 짧게 붙이고 뒤는 말을 한 음절씩 길게 늘인 방식을 취하고 있다. 이를테면 한 음보는 '비야비야'로 되어 있으나 앞에 것은 '비야'로 내고 뒤는 '비-야'로 냈다. 그래서 말을 뒤를 길게 끄는 방식으로 했음이 확인된다. 다른 음보도 모두 동일하게 처리해서 일정한 공통점을

드러낸다. 사설은 모두 5행으로 이루어져 있다.

사설의 내용은 흥미롭다. 비가 오게 되면 시집가려고 하는 인물인 시누이의 치마와 저고리가 얼룩진다고 했고, 게다가 시집갈 때에 타고 가는 가마 꼭지가 젖는다고 말하고 있다. 그래서 비에게 오지 말라고 사정하고 있다. 시집가는 주체가 자신이 아니고 시누이라고 해서 다소 엉뚱한 발상을 하고 있다. 시누이가 변덕스럽고 혹독하게 시집살이를 시키기 때문인지 아니면 진실로 시누이의 시집가는 사실을 방해하기 때문인지 가늠하기 어렵다. 만약에 아이들이 부르는 이 소리가 이처럼 시집의 갈등관계를 논했다면 단연코 특이한 반영의 결과라고 보인다.

〈3. 성주군 가천면 화죽2리 김순덕의 소리〉

비	야	비	야	오	지	마	래
우	리	시	뉘	시	집	간	대
비	단	초	매	얼	룽	진	다
연	지	찍	고	분	발	른	거
얼	룽	지	머				

이 소리는 2소박 4박자로 되어 있다. 마지막 대목은 온전하게 부르지 않아서 중둥무이가 되었다. 그러나 휘몰이 또는 단몰이형과 한배가 맞는 것으로 2음보로 된 사설을 이어서 불렀다는 점에서 위의 두 가지 사례와 전혀 다른 형식으로 소리를 했음이 확인된다. 사설은 모두 5행으로 이루어져 있다. 사설을 한박에 하나씩 배분하여서 규칙적인 장단과 사설의 붙임새를 완성하였다고 이해된다. 사설의 내용은 앞에서 살핀 소리와 일치한다. 다만 옷에만 국한된 것이 아니라 얼굴의 치장에도 비가 얼룩지게 한다고 해서 사설의 내용이 하나 더 첨가되어 있다.

〈4. 포항시 흥해면 북송리 북송 김선이의 소리〉

비	야	비	야	-	오	지	마	라	-
우	리	시	야	-	시	집	간	다	-
가	마	꼭	재	-	비	드	간	다	-
가	매	꼭	재	-	비	드	가	면	
모비	단	저	고	리	얼	룽	진	다	-

이 소리는 사설이 2음보로 되어 있으며, 사설을 장단에 얹어서 부를 때에는 2소박과 3소박으로 된 것을 부르는 것으로 되어 있다. 혼소박으로 4박자를 이루는 것이 이 소리의 특징이다. 2323으로 되어 있으며 엇모리형과 동일한 장단구성으로 되어 있음이 확인된다. 이렇게 부르는 방식은 동요에서도 일반적으로 확인되는 현상이며 기이한 일은 아니다. 사설은 모두 5행으로 이루어져 있다.

사설의 내용이 더욱 유기적인 구성으로 이루어져 있음이 확인된다. 유기적인 구성이라고 하는 것은 한 구절이 다음 구절과 긴밀한 연관관계를 가지며 단계적 진전이 있다. 이 진전은 우연한 것이 아니고 생각의 확장에 따른 것임이 확인된다. 시누이가 시집가기 때문에 비가 와서는 안되고, 가마꼭지에 비가 들어가면 시누이의 모비단 저고리가 젖기 때문에 안된다고 말하고 있다.

〈5. 포항시 청하면 서정리 이출이의 소리〉

비	야	-	비	야	-	오	지	-	마	라	-
우	리	-	언	니	-	시	집	-	간	다	-
가	매	-	꼭	대	-	물	흐	-	르	면	-
모	비	단	저	고	래	얼	룩	-	진	다	-

이 소리는 앞서 처음에 살핀 소리와 동일하다고 할 수 있으니 3소박 4박자로 된 것으로 자진몰이와 한배가 맞는 소리이다. 사설의 내용도 동일하다고 할 수 있다. 시집가는 주체가 여기서는 우리 언니라고 해서 다소 현실적인 방안을 택한 사설의 흔적을 만날 수 있다. 시누이와 언니의 말은 친밀도에 있어서 차이가 있다. 사설은 모두 4행으로 이루어져 있다.

⟨6. 울진군 북면 주인1리 이규형의 소리⟩

| 비 | 야 | 비 | 야 | 오 | 지 | 마 | 라 |

| 울 | 아 | 버 | 지 | 개 | 똥 | 밭 | 에 |

| 장 | 구 | 치 | 러 | 갔 | - | 다 | - |

| 비 | 야 | 비 | 야 | 오 | 지 | 마 | 라 |

| 울 | 아 | 버 | 지 | 개 | 똥 | 밭 | 에 |

| 장 | 구 | 치 | 러 | 갔 | - | 다 | - |

이 소리는 2소박 4박자로 된 것으로 단몰이와 한배가 맞는 장단이다. 사설은 모두 3행으로 이루어져 있어서 이것이 반복되다가 보니 6행으로 되어 있으나 기실은 모두 3행으로 이루어진 것으로 보아 마땅하다. 가장 이색적인 사실은 사설의 내용이 별나게 되어 있어서 아버지가 개똥밭에 장구 치러 갔다고 했다고 하는 사실이다. 이것이 가장 요해가 곤란한 점이다. 개똥밭에 장구치러 간 사실과 비가 오지 말라고 하는 것이 잘 연결되지 않는다. 이것은 따지고 보면 장구는 장구가 아닐 개연성도 있다. 장구는 장군일 수도 있다. 장군이면 사설 전체와 줄곧 연결되는 것도 아니다. 다만 더러운 똥장군을 지고 똥을 뿌리러 갔으니 오지 말라는 것으로 보아도 타당하지 않는가?

〈7. 의성군 신평면 중률리 밤고개 윤달순의 소리〉

비	가	오	네	- ‖ 비	가	오	네	-

남	산	우	에	- ‖ 비	가	오	네	-

비	야	비	야	- ‖ 오	지	마	라	-

우	리	언	니	- ‖ 분	홍	치	마	

비	가	오	면	- ‖ 어	룽	진	다	-

이 소리는 혼소박으로 되어 있다. 2323으로 되어 있는데 엇모리형 장단으로 되어 있음이 확인되며 앞에서 살핀 바 있는 4번째 곡과 곡의 장단이 유사하다. 그러나 사설은 아주 각별해서 다른 동요에 나오지 않는 남산이 언급되고 있다. '남산 우에 비가 오네'라고 하는 구절이 있어서 여느 소리와 다른 특이한 구성이 들어가 있다.

〈8. 의성군 춘산면 빙계2리 하리 김팔례의 소리〉

비	야	-	비	야	-	오	지	마	라	-	-

얼	근	빗	참	-	빗	주	-	꾸	마	-	-

김팔례의 소리는 일정하게 되어 있지 않다. 그런데도 불구하고 소리를 지속적으로 하면서 길게 이어나가 불규칙한 소리를 계속했음이 드러난다. 약간 억지스러운 소리의 측면이 있는 것인데 실상을 크게 벗어나지 않아서 소리의 면모가 작위적으로 되었다고 말할 수 없다. 대체로 3소박 4박자를 유지하면서 나중에 이 소리의 골격도 무너졌다. 사설의 이면을 살피면 오히려 주술적인 성격이 훨씬 우세하게 나타나는 것을 확인하게 된다. 이를 사설을 좀 더 살펴보면 확인할 수 있다.

비야 비야 오지 마라

얽은빗 참빗 주꾸마

햇빛이 나서

우리가 뛰놀기 좋고

　빗을 주는 것과 빛이 나는 것은 전혀 상관없는 현상이다. 빗과 빛이 같은 발음이 나기 때문에 이 소리를 해서 햇빛이 나도록 기원하고 있는 셈이다. 따라서 김팔례가 하는 소리가 전혀 엉뚱한 것이 아님을 분명히 인지할 수 있다.

　이 동요는 여느 동요와 다르게 이 소리를 하는 방식이 전혀 다른 것으로 되어 있다. 가령 〈별 헤는 소리〉와 구조적으로 비교해서 보면 이러한 특색이 쉽사리 드러난다.

별	-	하	나	따	-	서	-
별	-	하	나	내	-	하	나
별	-	하	나	내	-	하	나
별	-	하	나	내	-	하	나
별	아	별	아	별	-	떠	라

　이것은 전혀 다른 가창자가 부른 소리를 소리의 첫 대목만 따서 정리한 것이다. 결국 동살풀이와 같은 장단을 일률적으로 적용해서 2소박 4박자에다 부르고 있음이 확인된다. 그렇다면 우리는 동요에도 두 가지 유형의 장단구조를 택해서 가창하고 있는 사실을 정리할 수 있다. 장단은 말을 근거삼아서 이를 소리로 내면서 생긴 것임을 거듭 인지해야 하리라고 본다. 말에 의해서 장단이 생겨났다고 하는 것은 결국 동요의 사설에 입각해서 소리가 생겨났다고 하는 것을 말해주는 것이다. 동요는

특별하게 음악적 장식을 가하거나 기요를 내세우는 소리가 아니므로 소리의 발생이 자연적으로 이루어진 자연태의 소리임을 인정할 수 있다. 그런데 자연태의 소리임에도 불구하고 예술태의 소리에 못지않은 소리의 원박의 장단구조가 다양하게 도사리고 있음이 확인된다. 따라서 단순하게 규칙적으로 소리를 반복적으로 가창하는 것이 있고, 이와는 다르게 복합적으로 다양하게 소리를 부르는 소리가 있음이 확인된다.

리듬소가 단순하게 반복되어서 동일하게 사설을 반복하는 소리가 있는가 하면 이와는 다르게 동일한 사설을 전혀 다른 리듬소에 의해서 복합적으로 다양하게 부르는 소리가 있는 것이 확인된다. 자연태의 음악인 동요가 두 가지로 나뉘는 것은 위의 소리를 분간해서 분류할 수 있다.

(가) 단순반복의 장단에 의한 가창 동요 : 〈별 헤는 소리〉

　　　2소박 4박자의 장단 : 〈별 헤는 소리〉

(나) 복합다양의 장단에 의한 가창 동요 : 〈비야 비야 오지 마라〉

　　　1. 2소박 4박자의 장단 : 김순덕, 이규형

　　　2. 3소박 4박자의 장단 : 황연분, 이출이, 김팔례

　　　3. 2소박과 3소박의 4박자의 장단 : 김선이, 윤달순

　　　4. 2소박 6박자의 장단 : 김성남

(가)와 (나)의 차이가 생기는 것을 일단 몇 가지로 구분하면 가창자의 차이, 지역적 차이, 동요의 차이, 가창방식의 차이, 소리 표현의 심리적 저층의 차이 등으로 갈라볼 수 있다. 이러한 유형적 차이를 해명하는 데 있어서 이상의 요인을 차이를 해명하는 적절한 단서가 될 수 있으리라고 판단된다.

이 가운데 첫 번째 요인에 관한 고찰을 하기로 한다. 가창자의 차이에서 이러한 장단에 차이가 나는 것은 일면적 타당성이 있는 것이지만

전적으로 이에 의존할 수 없다. 가창자는 구비전승이라는 수단에 의존하므로 소리를 남에게 배워서 하기 때문이다. 따라서 개인의 차이에 의해서 이러한 소리가 나타난다고 하는 것은 납득하기 어려운 해명이다. 동요 역시 개인전승이면서 집단전승이기 때문이다. 개인작은 공동작에 엄격하게 제약을 받으므로 이를 일러서 개인적 차이라고 보는 것은 부당한 일이다. 오히려 공동작의 성향이 우세하므로 개인의 차이로 보기 어려운 사정이 있다.

지역적 차이 때문에 이러한 장단구조의 유형적 차이가 생긴다고 하는 것은 타당한 의견일 성싶다. 그렇다면 이러한 각도에서 (가)의 가창자가 속한 곳을 따져서 보면 문경시 영순면 율곡2리의 윤경임, 청송군 부남면 중기2리 중성지의 정말순, 포항시 구룡포읍 석병2리의 양분연, 포항시 흥해읍 북송리 북송의 김선이, 포항시 죽장면 입암1리 솔내동의 최상대 등으로 지역적 차이가 있음이 확인된다. (나)의 가창자와 일부 중복된다. 예컨대 포항시의 김선이는 (가)도 하고 (나)도 했으므로 지역적 차이 때문에 이러한 소리가 유형적으로 차이가 난다고 하는 사실은 해명하기 어렵다. 오히려 더욱 적극적 해명 방식은 다른 데 있는 것으로 간주해야 이 문제가 해명될 수 있으리라고 본다. 특정 지역에서 특이한 가창방식의 소리가 있는 것을 인정하겠으나 이것이 전부가 아니다.

오히려 일견 타당성이 있는 가설은 동요의 곡 때문에 차이가 생기는 것이라고 보아야 한다. 곡에 이미 내재된 전승 법칙이 있으므로 이를 구실 삼아서 구체적으로 곡의 차이에 의해서 이러한 장단의 차이가 있다고 미룰 수 있다. 그러나 (가)와 (나)는 갈라서 말할 수 있으나 (나)에서 생기는 하위의 장단구조 차이는 해명하지 못한다. 더욱 구체적으로 (나)와 같은 소리의 장단구조를 더욱 각별하게 차이 나게 보여주는 것은 〈새는 새는〉이다. 〈비야 비야〉보다도 더욱 다양하게 차이를 보여주는 것이 〈새는 새는〉이기 때문이다. 따라서 소리의 곡이 다르다는 이유로 차이를 해명하려는 것은 임시방편적인 성격이 농후하다. 오히려 다른 소리가 어떻게 공통점을 내포하고 있는지 해명해야 흥미로운 결론을 도출할 수 있다.

가창방식의 차이에서 이러한 소리를 차별적으로 해명하는 방법이 있다. 〈별 헤는 소리〉는 독창으로 하는 소리이고, 〈비야 비야〉는 교환창으로 하는 소리이기 때문에 이러한 소리의 차이가 장단으로 구현되었다고 보는 것이다. 그렇다면 문제는 현재 전승되는 것은 모두 독창으로 하는 것인데 오히려 가창방식으로만 이 문제를 해명하려는 것은 문제의 본질을 회피하려는 성향이 있음을 인정할 수 있다. 독창과 교환창으로 하는 가창방식을 설사 인정한다고 하더라도 교환창이 아닌 〈새는 새는〉은 왜 이렇게 다양한 가창방식에서나 확인되는 장단구조의 차이점을 다양하게 보여주는지 납득하기 어렵다. 따라서 가창방식만으로 이 문제를 해명하려고 하는 것은 곡의 차이로 해명하려는 것과 같은 우를 범할 우려가 있다.

소리 표현의 심리적 기저 차이 때문에 이 장단구조의 차이가 생긴다고 볼 수 있다. 공통점은 이 소리의 말에 있다. 동일한 사설을 전혀 다른 방식을 말하는 것은 단순한 것에서 복잡한 것으로 소리의 표현 방식이 달라졌다는 것을 말한다. 심리적 기저의 저층이 공통적으로 내재되어 있는데도 불구하고 이를 장단구조적으로 다르게 표출하는 것은 오히려 동요의 중요성을 말하는 결정적 증거로 된다. 차이점은 부차적인 문제이고 오히려 구조적 공통점에 입각해서 이 문제를 접근해야 마땅하다.

동일한 사설을 다르게 표현하는 것은 (가)와 (나)의 차이도 해명할 수 있는 단서로 된다. (나)의 하위 유형 가운데 하나에 속하기 때문이다. 동요는 원박을 비교적 충실하게 재현하는 자연태의 음악이다. 그런데도 불구하고 자연태의 음악에서 가지는 장단구조가 예술적인 음악이나 성인들의 민요나 무가에서 발견되는 소리의 장단구조를 동일한 사설을 가지고 다양하게 갖추고 있다는 사실은 무척 소중한 사실을 말해주는 증거이다. 공통점을 매개로 하는 차이점이 문제되어야 하므로 우선 공통점에 입각해서 논의를 해야 한다.

동일한 사설을 각기 다르게 장단에 얹어 부르는 것은 문학적 관점에서 전혀 논의할 수 없는 사실이다. 시가 율격의 관점에서 율격적으로 흔히 2음보격이라고 말하는 것이 음악적으로는 일견 타당하다. 장단의 길이를 가늠하는 준거가 되기 때문이다. 그러나 다른 각도에서 보면 장단의 길이를 가늠하는 준거이나 다른 각도에서 보면 그것에 준거하여 장단이 다르게 성립되기에 일면적 의의만 있다는 뜻이다. 음보를 준거삼아서 장단은 전혀 다르게 표출된다.

장단이 다르다고 하는 것은 시사하는 바가 크다. 일단 단순한 장단만 있는 것은 아니고 여러 가지 자연태의 장단이 원박으로 존재하기 때문이다. 원박이 아니라 변박이거나 밀고 당기는 박의 형태가 되는 것은 아니다. 그래서 예술태의 음악과 다른 고유의 음악이 장단구조로 잠재되어 있다는 사실을 일깨울 수 있으므로 동요의 중요성이 거듭 확인된다. 동요가 리듬꼴이 소박하고 다양한 표출 형태를 가지고 있다는 사실은 음악 이해의 소중한 단서로 된다. 박자에서 리듬이 당겨지거나 뒤로 밀리지 않고 규칙적으로 원박만 반복된다고 하는 사실은 다른 음악을 실험적으로 다룰 수 있는 준거가 된다. 자연태의 음악은 예술태의 음악을 구조적으로 접근할 수 있는 잣대가 되기 때문이다.

동요는 일종의 매직박스와 같은 것으로 장단의 마술 상자와 같은 것이다. 우리나라에 존재하는 장단의 박자가 모두 들어 있기 때문이다. 적어도 예측 가능한 것으로 보통박에 여느리듬소가 형성되는 것을 말한다. 2222//3333//2323//22222//222222//와 같은 것이 이에 적절한 사례이다. 다른 예술태의 음악에서 말하는 8박에서 15박과 같은 대박에서 리듬소가 형성되는 것은 아니다. 동요는 소박한 형태로 보통박에서 장단의 리듬소가 형성되는 것으로 소중한 의의가 있다. 민요에서 생기는 것과 같으면서도 다른 리듬소의 형성이 문제가 되는 것이 곧 동요이다.

동일한 사설을 가지고 다양한 리듬꼴을 형성하는 사실만으로도 이 동요의 중요성은 거듭 강조해도 잘못이 아니다. 우리는 다른 민요에서 살펴볼 수 없는 여러 가지 사례를 확장적으로 다룰 가치가 있다고 생각한다.

구전동요 연구 방법의 통일성과 다양성

구전동요는 너무나 간략한 연구 대상이어서 연구 방법이 필요하지 않을 것 같은데, 그렇지 않으며 그것은 구전동요에 대한 터무니없는 오해이다. 오히려 간단하기 때문에 더욱 연구 방법에 대한 문제의식을 가다듬어야 한다. 간단하게 써야 할 것과 같은 대상이 오히려 더욱 심오한 연구 방법과 경지를 자극하고 유인한다. 구전동요는 간단하다고 생각하면 간단하고 복잡하다면 복잡하다고 하는 것이 심각한 문제이다.

구전동요는 적지 않은 상처를 간직하고 있다. 이미 선행 연구자들이 지적한 것처럼 현장이 일정하게 훼손되었기 때문이다. 우리가 알고 있는 구전동요가 일본동요인 것이 적지 않기 때문이다.[1] 그래서 우리 아이들의 구전동요가 망실되어 이로 말미암아 정서나 문화를 빼앗겼다고 말하는 것을 볼 수도 있다. 그러므로 구전동요를 정당하게 연구해서 정서를 회복하고 문화를 회복하는 일이 매우 중요하다. 그렇게 하는데 가장 선행할 일은 우리의 구전동요를 모으고 자료를 적립하는 일이 긴요하다.[2]

---

1   홍양자, 『빼앗긴 정서 빼앗긴 문화』(다림, 1997).
2   좌혜경, 『제주전승동요』(집문당, 1993); 홍양자, 『전래동요를 찾아서』(우리교육, 2000); 편해문, 『동무

그러나 자료를 모으는 것만이 능사는 아니다.

구전동요를 연구하는 방법이 요긴한 것이 사실이다. 그러나 구전동요를 연구하는 일이 쉽지 않으며 연구 성과를 보아도 대체로 해설 수준에 머물러 있는 것이 사실이다. 연구 방법을 내세우고 이를 연구하는 것은 많지 않다. 대체로 음악적 연구에서 일정한 성과를 거두고 있으며,[3] 나머지는 일정하게 실증주의적 사실 해명의 작업에 머무르고 있다. 이 점에서 진정한 연구가 모색될 필요가 있다.[4]

연구 방법의 모색은 구전동요의 경우에 어떠한 점을 착안하여 볼 것인가 하는 점이 중요하다. 그래서 이 글에서는 〈해야해야〉라고 하는 전통적인 구전동요를 하나 선택하여 여러 가지 접근 가능한 문제를 관점을 대두시키는 방법으로 열거 하는 것을 중심으로 하고 있다. 이 방법을 선택하여 연구의 진정한 길을 모색하는 시금석으로 삼았으면 하는 바람이 있다.

연구 방법에 대한 논의는 다양성과 통일성으로 집약될 수 있다. 하나의 문제를 착안하여 다루는 것이 예리한 결론을 얻게 한다. 그러나 하나의 관점은 다른 관점에 의해서 대립관계를 가지게 되므로 다른 방법과의 연관성을 따지면서 관점을 비교하고 모자라는 식견을 넓혀 주는 것이 긴요한 일이다. 여기에서 통일성과 다양성을 내세우는 것은 그러한 뜻이 있다.

동무 씨동무』(창작과비평사, 1998); 편해문, 『가자 가자 감나무』(창작과 비평사, 1998); 류안진, 『딸아 딸아 연지딸아』(문학동네, 2003); 유창근, 『마음으로 부르는 전래동요』(학지사, 1999); 서오근, 『무안의 민속놀이 전래노래집』(무안문화원, 2001); 김소운, 『한국 구전동요』(앞선책, 1993); 이소라, 『아침 방아 쩌어라』(대전중구문화원, 1999); 『한국민요대전』 경상북도 동요편(문화방송, 1994).

3   김순제 외, 「구전동요의 음악적 분석」, 『인천교대논문집』 11집(인천교대, 1976), 강혜인, 「한국전래동요의 음악문화 연구」(동아대학교대학원 철학박사학위논문, 2006); 강혜진, 「한국전래동요의 음악적 분석」(서울대학교대학원 음악학과 국악이론전공 음악학 석사학위논문, 2004).

4   홍양자, 앞의 책(1997); 홍양자, 앞의 책(2000); 편해문, 『옛아이들의 노래와 놀이 읽기』(박이정, 2002).

1. 구전동요 〈해야해야〉의 실제

동요는 민요에 포함되는 것이면서도 민요의 소인을 집약적으로 가지고 있는 소중한 갈래 가운데 하나이다. 민요와 동요는 양대 갈래로서 우리 시가의 저층을 형성하고 있는 것이다. 동요 연구는 민요 연구만큼 진척된 결과가 산출되지 않는데, 이는 잘못이라고 생각된다. 동요 연구가 간단하다는 사설과 가락 때문에 그렇다고 하면 그것은 전혀 바람직하지 못하다. 동요 연구가 민요 연구에 일정한 기여를 할 수 있음은 물론이다. 동요는 여러 가지 각도에서 문제도지만, 서정시 발생의 한 가닥으로서 긴요한 구실을 할 뿐만 아니라, 가락과 리듬이 소박해서 우리 시가의 음악적·율격적 기저 층위를 알 수 있는 요긴한 자료가 된다. 본고에서는 동요에 관한 연구를 심화시키고자 하는 노력의 일환으로 동요 한 편을 들어서 여러 가지 연구 관점을 가지고 정리하고자 한다.

가장 교과서적인 동요한편을 들기로 한다. 실제 교과서에 실렸던 것인데, 그 출전은 『조선 구전 민요집』이다. 이 책이 다시 『김소운의 한국구전동요』로 간행되어서 마침내 여기에 소개할 수 있게 되었다. 여기 동요 한 편이 있다.

> 해야 해야 붉은 해야
> 김칫국에 밥 말아 먹고
> 장고 치고 나오너라 (2093-함경북도)

이 동요는 가창자에 관한 정보가 없으므로 단편적인 추정밖에 할 수 없다. 함경북도 지역에 전승되는 동요인 것만은 확실하다. 동요는 구전민요와 창작동요로 나눌 수 있다. 구전동요는 입에서 입으로 전승되는 동요이고, 창작동요는 구전동요를 빙자하거나 가탁해서 동심을 율격적으로 모방하고 재현한 것이다.

　김소운이 채집한 방법은 현지 조사 방법이 아니고 매일 신보 책상에 앉아서 경향 각지에서 날아드는 독자의 투고를 정리한 것이므로 선명하다고 할 수 없다. 독자의 투고를 믿고 민요를 연구해야 한다. 동요는 민요의 한 가지이므로 동요와 민요는 동일한 관점에서 정리해 접근할 수 있다. 동요 연구의 방향이 있다면, 그것은 연구사의 집약과 통찰에 의한 것이라고 할 수 있다. 트인 연구는 연구사의 집적으로 시작해야 마땅하다.

　노래하는 아이가 해에게 말한다. 아이가 밥을 급하게 먹을 때에 김칫국에다 밥을 말아먹듯이 해에게도 김칫국에 밥 말아먹고 나오라고 말하고 있는 것이다. 여름철에 멱을 감을 때에 구름 뒤로 해가 숨으면 물에 담갔다가 나온 몸이 쉽사리 추위를 느끼게 된다. 이때에 몸이라도 따뜻하게 할 요량으로 뱃덜미를 두드리면서 이 소리를 하게 된다. 하늘에 떠 있는 해에게 청유하는 아이가 자신의 배를 두드리는 것처럼 하늘의 해도 신명나게 구름 밖으로 나와서 햇살을 비추는 것을 이처럼 간절하게 노래했다고 하겠다. 밝은 햇살에서 따뜻한 온기를 느끼겠다고 하는 생각이 이 노래에 자연스럽게 우러나 있다. 이러한 발상은 신화적 세계관에 의거한 것이다. 동요는 기본적으로 신화적 세계관에 입각한 생각을 드러낸 노래이다.

2. 서정시발생론의 관점에서

　동요에서 가장 기본적인 연구의 관점은 문학 갈래론적 측면에서 접근하는 것이다. 문학 갈래는 대립을 기본적인 양상으로 한다. 대립은 조화와 갈등을 모두 포괄하는 용어이다. 기왕의 연구에서 서정은 세계의 자아화라는 전제를 제시한 바 있다. 세계의 자아화는 위의 동요를 해명하는데, 긴요한 구실을 한다.

해가 이 노래를 하는 창자와 동일시되고 있다. 해에게 청유한다는 설정은 해와 가창자의 동일시를 보여주는 결정적 증거이다. 자아와 세계가 연속적인 세계관 위에 기초하면서 조화롭게 연결되어 있다. 가창자에 의해서 연속적인 세계관이 조장되므로 그것을 세계의 자아화라고 하는 것이다.

그런데 노래는 두 가지 세계관에 의해서 파생된다. 자아와 세계가 조화로운 관계를 맺는 것이 그 하나이고, 자아와 세계가 갈등하는 관계를 맺는 것이 그 다른 하나이다. 연속적인 세계관의 조화로움은 희망이나 소망을 노래하기 일쑤이다. 불연속적인 세계관의 갈등은 절망이나 슬픔을 노래한다.

상대시가의 〈구지가〉는 희망을 노래하는 것이고, 〈공무도하가〉는 절망을 노래하는 것이다. 희망사항은 현실이 아니므로 그렇게 되도록 바라는 언어 주술이다. 절망 사항은 현실이므로 세계를 향한 한탄과 하소연이 있게 마련이다.

위의 해노래는 바람에 의해서 이루어지는 노래이다. 구름에 가린 해가 빛나기를 바라면서 간절하게 기원을 하고 있다. 김칫국에 밥을 말아먹고 신명나게 장고치고 나오라는 것은 주술적인 서정 동요로서의 면모를 선명하게 보여주는 사례이다.

문학 갈래론의 관점에 동요가 소중한 것은 서정시의 발생에 한 가닥을 동요에서 찾을 수 있기 때문이다. 서정시의 기원은 어디에서 찾을 수 있는가? 서정시의 기원은 세 가지 가설을 민요에서 구할 수 있으리라 생각한다. 첫째는 서정시의 기원은 남녀간의 사랑을 노래하던 전례에서 찾아야 마땅하다. 대표적으로 경상북도나 경상남도 등지에서 전승하는 남녀 교환창의 모정자소리 내지 정자소리에서 그 기원을 찾아볼 수 있을 것이다. 모정자소리는 남녀가 서로 소리를 바꾸어 부르는 것이 특징이기도 하지만, 남녀간의 연가라는 점에서도 요긴한 것이다. 형시과 내용의 측면에서 모정자소리는 연가의 본질적 면모를 보여준다. 남녀 교환창으로 부르는 모정자소리는 다음과 같이 되어 있다.

상주 함창 공갈못에 연밥 따는 저 처자야
연밥줄밥 내 따주마 요 내 품에 잠들어라

모심는 소리는 전형적인 연가이다. 모를 심는 상황 속에서 남녀가 사랑을 이루듯이 남녀의 애정적 연가가 유감주술적 원리에 입각해서 모가 부러나고 씨를 잘 키워 맺듯이 점진적으로 발전시키는 것이 이 소리를 하는 목적이다. 모가 자라고, 사랑이 이루어지고, 연밥을 따듯이 사랑과 주술이 구분되지 않고, 남녀간의 애정이 성취되는 것이 이 소리를 하는 기본적인 이유이다.

이러한 노래의 기원은 다음과 같은 『詩經』과 〈黃鳥歌〉에서도 확인되는 바이다. 『詩經』의 〈周南〉의 첫 대목을 보자.

關關雎鳩　　꽥꽥거리는 무수리
在河之洲　　물톱 가에 있네
君子之逑　　군자의 좋은 짝
窈窕淑女　　아리따운 아가씨는 어딨는고

앞의 두 구에서는 물수리가 우는 것을 묘사하고 있으며, 이 물수리는 암컷과 숫컷이 나란히 물톱 가에 있는 것이다. 남녀간의 사랑이 물수리로 일단 대유되면서 남녀 사이의 정다운 모습이 이처럼 묘사되어 있다. 남녀의 사랑 역시 그러해야 하기 때문에 참된 짝이 군자와 숙녀로 묘사되면서 남녀의 사랑이 이처럼 그려졌다고 하겠다. 그러므로 남녀간의 연정을 노래한 민요나 시경의 전례 역시 동일하다고 할 수 있다. 이러한 서정시의 전통은 〈黃鳥歌〉에서도 발견된다.

翩翩黃鳥　　펄펄 나는 꾀꼬리
雌雄相依　　암수가 정답구나
念我之獨　　내 고독 생각하니
誰其與歸　　나는 뉘와 돌아갈꼬

　　모정자소리와 『시경』의 그것과 발상은 비슷하지만 고독을 노래하고 있어서 차이가 있다. 암수 정답게 버드나무 사이를 넘노나는 것이 부럽지만, 자신의 처지가 혼자 되어 있으니 온통 고독과 그리움만 남게 된 것이다. 사랑의 노래가 곧 이별노래로 바뀐 것이다. 온전한 사랑을 취하고자 하는 남녀의 사랑 노래가 곧 남자의 고독 노래로 바뀌었다.
　　서정시의 기원을 이루는 노래 가운데 두 번째 것은 사랑의 노래가 아닌 이별 또는 고독의 노래가 한 가닥을 이루고 있다. 혼자서 부르는 독창에서 서정시의 기원을 찾는 것은 바람직한 가설 가운데 하나이다. 혼자서 하는 독창 민요 가운데 남성들이 부르는 〈어사용〉, 〈고기낚는 소리〉와 여성들이 부르는 〈흥글소리〉, 〈밭매는 소리〉 등은 이와 같은 민요의 적절한 사례이다. 이 가운데 서정시 발생의 긴요한 사례로 꼽히는 것이 곧 〈어사용〉과 같은 것을 들 수 있다.

　　구야구야 산에신곡산 가리갈가마구야
　　날이 새면 날건마는
　　밤이되면 집을찾아 가건마는
　　이내팔자 어이하여 집을찾아 어이갈고
　　검던머리 파뿌리되도록

부부해로하고 재미있게 살건마는
이내신세 어이하여 우리님을 이별하고
이신세가 웬말이요
검던머리 파뿌리되도록 살자더니
우리임은 날버리고 지망없이 걸었구나
어이어이 내신세야

이와 같은 민요는 상실감에 젖어서 혼자 부르는 소리이다. 그래도 앞서 살핀 〈모정자소리〉와 발상은 비슷하다. 자신의 신세와 비슷한 처지이면서도 깊은 산속의 가마귀는 집도 있고 자신의 짝도 있음이 확인된다. 고단한 처지가 한참 드러나면서 님을 여윈 슬픔이 진솔하게 드러난다. 함께 짝소리를 하면서 주고 받아야 할 노래가 혼자서 하기 때문에 이처럼 깊은 상실감을 갖는다. 독창 민요가 서정시의 기원을 한 가닥 해명한다는 것이 이러한 이유 때문이다. 님을 못만나서 괴롭거나 잃어버려서 슬픈 것은 독창 민요의 핵심적 주제이고, 이러한 주제 표출 방식이 곧 서정시 발생의 한 가닥 원천을 이룬다.

고대가요 가운데 〈공후인〉 또는 〈공무도하가〉는 민요 독창이 갖는 특징을 고스란히 간직하고 있는 셈이다.

公無渡河	님더러 물 건너지 말랬더니
公竟渡河	님은 마침내 물 건너고 말았네
墮河而死	물에 빠져 죽으니
將奈公何	나는 장차 님이여 어찌 하리오

님을 잃은 절실한 심정을 간절하게 노래했다. 직접 물 건너는 현장에서 님을 보내려 하지 않은 면모를 강조하고 있으면서 마침내 님을 잃은

슬픔으로 인한 깊은 탄식을 노래했다고 할 수 있다. 님을 보내지 않을 수 없는 사정이 절실하게 나타나면서 혼자서 상황을 받아들이고 노래할 수밖에 없는 사정을 〈어사용〉과 같은 사례에서 찾을 수 있다. 고대가요와 〈어사용〉이 일치한다는 사실은 서정시 발생에 있어서 독창 민요의 원천이 지속적으로 작용하고 있음을 말해 주는 증거이다.

서정시의 기원을 이루는 노래 가운데 세 번째 것은 바로 여기에서 살 피고자 하는 동요이다. 동요는 대상과 화합하려는 주술적 속성이 강한 노래이다. 동요에서 대상에게 무엇을 바라거나 기원을 하면서 노래하는 것은 자연적 대상물이나 가까이 있는 대상을 모두 가능한 것이 된다. 아이들이 부르는 동요에서 이러한 물활론적 사고를 발견하기가 어렵지 않다. 대상에 대한 사소한 바램이나 더 나아가서 대상과 화합하고자 하는 비유는 동요의 전통에서 흔하게 찾을 수 있겠다.

개야 개야 검둥개야
허리만 짧은 찹쌀개야
억수 같은 흰밥을
먹기 싫어서 너를 주냐
야밤중에 오신 손님
짖지 말고 너를 주지

새는 새는 남게 자고
쥐는 쥐는 궁게 자고
납딱납딱 붕어새끼 바위 틈에 잠을 자고
매끌매끌 미꾸라지 궁게 속에 잠을 자고
어제왔던 할마시는 영감 품에 잠을 자고
우리겉은 아이들은 엄마 품에 잠을 자고

개와 사람이 함께 대화할 수 있는가가 의문이다. 그런데도 개에게 밥을 주는 이유를 말하고, 개에게 짖지 말라고 말하고 있는 것이 첫 번째 동용에서 발견된다. 하늘에 있는 해에게 나오라고 말하는 것이나 개에게 말하는 것은 신화적 사고나 물활론적 사고의 자취이고, 그것이 서정시의 중요한 한 원천을 제공한다. 두 번째 동요에서는 면밀하고도 섬세한 관찰을 확인할 수 있다. 하늘에 떠 있는 새, 땅 구멍을 뒤지는 쥐, 물 속에 사는 붕어새끼와 미꾸라지를 어디에서 잠자는가 관찰해서 수직적 공간 이동의 변화를 제시했다. 동요에서 자못 차기 어려운 서정적 관심의 이동을 흥미롭게 제시했다. 이어서 '어제-오늘-우리'라고 하는 시간적 변화의 축을 제시하면서 할아버지와 할머니, 신랑과 신부, 엄마와 아기라는 대립쌍을 찾아서 잠을 자는 모습을 제시했다. 자연과 인간의 친화력이 어떻게 조성되는가 동요에서 높은 서정성의 성취를 보여주고 있다. 공간적 변화의 움직임에도 변하지 않는 아늑함, 시간적 변화의 움직임 속에서도 변하지 않는 따뜻함을 고취하고 있다. 따라서 동요는 자연과 인간의 접근을 주제로 하는 서정시의 원천이다.

이러한 서정시의 원천으로 앞에서 언급했던 〈구지가龜旨歌〉를 언급할 수 있다.

龜何龜何	거북아 거북아
首其現也	머리를 내어라
若不現也	내놓지 않으면
燔灼而喫也	잡아서 구워 먹겠다.

거북이를 이름 부르고, 그것을 잡아서 구워 먹겠다고 하는 생각이 결국 신을 탄생시킨 것이 곧 〈구지가〉의 핵심적 기능이다. 아이들이 부르는 동요의 전통에서 서정시의 기원을 찾으려는 것은 자아와 세계의 연속

적 세계관을 가지고 있는 것이라고 하겠다. 거북이와 신이 동일시 되고, 사람이 그것을 찾는 일이 곧 노래로 발전한 것이다. 이러한 동요나 노래는 혼자 하지 않고 여럿이 한다. 그러한 점에서 집단창과 일정한 관련이 있다. 집단창도 제창이 선후창과 같이 여러 가지 형태여서 단일화시켜서 말하기 어려운 형편이다. 그러한 점을 확인하기 위해서 여기서는 동요의 제창만 들어서 서정시의 기원을 해명할 수 있다고 보아 소개한 것이다.

이 세 가지 민요나 동요의 가창 방식에서 서정시 발생에서 어느 것이 우선 했는가 논의할 필요가 있다. 그것은 아마도 생산 주술을 염원하던 노래에서 사랑 노래로 전환되었을 가능성이 있다. 『성경』의 〈아가서〉에서 사랑 노래가 있는 것으로 보아서 서정시 발생에서 유력한 가설은 생산 주술에 근거한 사랑 노래라고 할 수 있으며, 남녀간의 사랑 노래가 그 원천을 서정시화한 범형이었을 가능성이 높다. 〈아가서〉의 첫 대목을 보자.

솔로몬의 아가라
내게 입 맞추기를 원하니 네 사랑이 포도주보다 나음이로구나
네 기름이 향기로워 아름답고 네 이름이 쏟은 향기름 같으므로 처
녀들이 너를 사랑하는구나
왕이 나를 침궁으로 이끌어 들이시니 너는 나를 인도하라
우리가 너를 따라 달려가리라
우리가 너를 인하여 기뻐하며 즐거워하니
네 사랑이 포도주에서 지남이라
처녀들이 너를 사랑함이 마땅하니라
　(중략)
나는 사론의 수선화요 골짜기의 백합화로구나
여자들 중에 내 사랑은 가시나무 가운데 백합화 같구나

히브리의 위대한 군주 가운데 한 사람이 솔로몬이 지은 것이라고 전하나, 노래의 실상은 그렇지 않다. 서정적 자아가 남자이기도 하고, 여자이기도 해서 주체가 달라지지만 대상을 들어서 사람을 은유하고 자신을 은유하는 사랑 노래는 서정시의 전통이 남녀간의 생식을 통해서 주술적 희망을 노래하던 것이 변질이 되면서 사랑의 노래로 발전했음을 말해주는 증거이다. 그것을 신과 사람의 사랑 노래로 해석하는 것은 후대적인 해석의 견해차라고 말할 수 있다.

3. 언어 주술적인 관점에서

주술은 언어주술과 행위주술로 양분된다. 성격을 갈라서 유감주술과 접촉주술로 나누기도 하는데, 그것은 그다지 긴요하지 않다. 언어주술은 말이 시작되면서 생겨났다. 언어주술의 관점에서 바위에 그린 암각화 역시 언어주술의 변형에 지나지 않는다. 성기를 드러내고 있는 원시인이나 성애에 휩싸여 즐거워하는 남녀의 성교 장면을 그리는 것 역시 생산을 기원하는 유감주술에 기초한다.

말이 주술하는 것이나 그림으로 주술하는 것은 동요와 신화를 연결시켜 이해할 수 있는 좋은 연구거리이다. 가창자가 위의 동요에서 없어진 해를 찾고자 이 노래를 했다. 구전신화에서도 없어진 해를 찾거나 너무 많이 있는 해를 하나로 만들기 위한 신화적 이야기가 있는데, 동요와 신화는 동일한 사고에 기초한다.

동요와 신화는 하나의 근원에서 갈라져 나왔다. 좀 더 대상을 확장해서 논의하자면, 동요, 동화, 신화 등이 자료 자체로도 얽혀 있고, 근본적인 주술 사고로도 얽혀 있다. 신화 속에 깃들어 있는 동요나 동화 속에 깃들어 있는 동요를 주목해야 하는 이유가 여기에 있다. 〈구렁덩덩신선비〉, 〈우렁각시〉 등은 이에 적절한 사례이다.

위의 동요는 구름 속에 가리워진 해를 찾기 위해서 부르는 노래이다. 해가 없어진 것은 천체 자연의 현상이지만, 사람의 마음이 그것을 움직일 수 있다고 해서 아마도 이러한 동요를 부른다. 동요는 언어 주술의 결정체이다. 동요는 그래서 상상력과 창조력의 원천으로서 요긴한 구실을 한다고 할 수 있다.

위 동요를 부를 때에 행위 주술도 함께 한다. 아이들이 배장고를 치면서 하늘을 향해서 이 노래를 부르면, 없어진 해가 금세 나타난다. 어찌 보면 우연한 일이겠지만 이를 부르는 아이는 이를 노래를 불러 실현한 양상이라고 하는 것을 강조할 수가 있다. 언어주술과 행위주술이 합쳐져서 그러한 일이 가능해진다.

제임스 프레이저의 『황금가지』에서 찾아보면 주술에 대한 체계적 접근을 보여주고 있는데, 그러한 주술을 크게 두 가지로 나누고, 다시금 둘을 다시 둘로 나누어서 넷으로 정리했다. 공감주술을 유사한 것이 유사한 것을 낳는다는 유사주술과 이전에 접촉이 있었던 물리적 접촉이 사라진 뒤에도 여전히 상호작용을 한다는 접촉주술로 구분했으며, 주술을 이론적 주술과 실천적 주술로 나누어서 의사과학으로서의 주술을 이론적 주술이라고 했으며, 의사기술로서의 주술을 실천적 주술이라고 했다. 『황금가지』에서 유사주술의 구현 과정에서 노래가 일정하게 쓰이는 점을 정리해서 말하고 있다. 고대 바빌로니아에서 적대자를 물리치기 위한 노래와 고대 힌두교의 노래가 적절한 예증으로 사용되고 있다.

우리 모습과 닮은 상을 만든 사람들,
내 목숨을 빼앗고, 내 머리카락을 뽑은 사람들,
내 옷을 찢고, 내 발이 땅을 디디지 못하도록 방해하는 사람들,
강한 신 불의 신이여, 그들의 마력을 깨뜨려 주세요.

너의 가슴에 느끼는 통증이여,

너의 황달이여,

태양까지 날아올라가라.

붉은 소의 빛깔로 너를 감싸라.

붉은 색이 너를 감싸 긴 수명을 주기를.

바라옵건대 이 사람이 건강을 해치지 않고 황색으로부터 해방되기를.

앞의 것은 고대 바빌로니아에서 적대자의 모습을 형상화한 인형을 만들고, 그 인형을 불의 신에게 희생하면서 바치는 노래이다. 언어로 하는 주술과 행위로 하는 주술이 이처럼 일치하는 면모를 발견할 수 있으며, 적대자를 물리치려는 부정적 주술의 사례이다. 마치 우리의 전통적 주술 가운데 방자하는 것과 일치한다.

그러나 뒤의 것은 고대 인도의 힌두교도가 시행하는 주술이다. 이러한 주술의 요체는 나쁜 황달을 특별한 의례에서 주술을 사용해서 극복하려는 것이다. 황달이라는 나쁜 병을 하늘의 태양에까지 날아올라가서 소진토록 하고자 하는 것이 곧 이 노래의 기원이라고 할 수 있다. 이러한 주술은 사람이나 적대자를 물리치는 부정적 주술이 아니라 사람의 건강을 회복하고자 하는 긍정적 주술이다. 이러한 긍정적 주술은 아이를 낳지 못하는 여자에게 아이를 낳게 하는 데서도 확인이 된다.

우리 나라 동요에서도 접촉주술이 있는가 이 문제는 고려를 요한다. 가령 이 빠지는 아이를 가지고 또는 이가 빠지게 되는 것을 두고 하는 노래가 있다. 또한 앞니 빠진 아이를 두고 놀리는 노래가 있다. 이러한 동요가 접촉주술과도 일정한 관련이 있다.

까치야 까치야

헌 이 물고 가고

새 이 물어다 도고
박씨 같은 이를
강냉이 씨 같은 물어다 도고
〈이 빼고 하는 소리〉

앞니 빠졌는 갈가지
언덕 밑에 가지 마라
송애 새끼 놀랜다
산 지술에 가지 마라
솔개이 새끼 놀랜다
마구에 가지 마라
산지 새끼 놀랜다
밴소가에 가지 마라
굼벙이 새끼 놀랜다
〈앞니 빠진 갈가지〉

〈이 빼고 하는 소리〉는 빠진 이를 지붕 위에 던지면서 하는 소리이다. 빠진 이를 던지고, 그 이를 까치가 물어다가 새로운 이를 가져다 줄 수 있다는 희망에서 이러한 소리를 하는 것이다. 빠진 이가 새 이를 가져다준다는 설정은 접촉주술이면서 음감주술이기도 하다. 〈앞니 빠진 갈가지〉는 빠진 이가 여전히 여러 사람을 놀라게 한다는 설정이 들어있다. 동요가 주술에 근거하고 있다는 생각은 동요의 본질을 이해할 수 있는 요긴한 것이다.

주술은 인간의 지혜가 석명하게 발달하지 못한 시대의 산물이다. 주술과 가장 구별되는 것이 과학이다. 그러나 언어주술은 낡은 시대의 산물이 아니다. 인간 이해의 진정한 길이 모르고 살았던 시대의 잘못을 기억하는 것이다. 과학의 위대한 업적 앞에서 인간은 위대하여 보여도 인류의 진화 과정 속에서 끝내 해결하지 못한 것이 인간의 죽음이다. 그러므로 과거의 구전동요에 담긴 주술을 아이들의 깨끗한 마음으로 이해하는 것이 요긴한 일이다. 그러한 점에서 이 언어주술을 이해하는 것이 바람직하다.

4. 율격적 측면에서

위 동요는 율격론적 관점에서 논할 수 있다. 율격은 등가성에 의한 반복성과 가변성을 전제한다. 본디는 율격을 언어적 기저 자질이 율격적 전제를 좌우한다. 그리고 이와 아울러서 가창 방식이나 가창의 휴지 내지 분절이 율격을 구성하는 요인이 된다. 언어의 분절이 제1차분절과 제2차분절 등으로 나누니다. 제1차분절은 '해야/해야/붉은/해야//김칫국에/밥/말아/먹고//장고/치고/나오너라///'로 이루어지고, 제2차분절은 '히읗+애' 등으로 미시분절된다. 우리말은 교착어에 해당하므로 말이 분절 자체도 동일한 무더기를 구성한다. 율격 분석의 언어적 자질과 가차에 의한 음악적 자질을 동시에 고려해야 한다. 상수와 변수를 잘 가려서 문제의 핵심을 가려야 한다.

율격은 등가성을 상정한다고 했다. 그렇다면 위 동요는 다음과 같은 율격으로 되어 있다. '해야 해야/ 붉은 해야// 김칫국에 / 밥 말아 먹고// 장구치고 / 나오너라//'가 그것이다. 반복성은 2음보로 구현되고, 가변성은 2행 두 번째 음보에서 이루어진다. 각 음보는 기준 음절수가 $n-1 < x < n+1$로 계산할 때에 x가 4임을 알 수 있다. 모두 4자 내외로 되어 있으며 n+1로 5박자가 노정되기도 했다.

율격적 반복에는 의미적 반복의 뜻도 있다. '해야 해야/ 붉은 해야'의 경우에 동일한 음절의 반복과 변형이 개입되어 있다. '해야'가 세 개이지만, '붉은'이 개입됨으로 해서 의미의 중첩과 강화가 이루어졌다고 할 수 있다. 동요에서 율격적 언어 자질을 중시하자는 이유는 단순한 말의 강화에 의해서 심각한 의미를 갖도록 하는 비밀이 숨어 있기 때문이다. 예사로운 단순함 속에서 예사롭지 않은 의미가 생기도록 하는 신비로운 율격적 비약이 여기에 깃들어 있는 셈이다. 가다듬어진 기록시가 구비시를 능가할 수 없는 것은 이 때문이다.

우리말이 기본적으로 교착어적 성격을 지니고 있으므로 교착어에 의한 말의 토막이 분절되는 것이 당연하다. 교착어적 성격은 말의 덩어리를 어떻게 나누는가? 그것은 형태소를 어휘와 합쳐서 분절한다. '나는 + 학교에 + 간다'라는 문장에서 말의 의미를 되게 하는 토막이 그것을 상정한다. 이러한 분절보다 더 미세한 분절이 필요하나 그것이 미세한 분절에까지 이를 필요가 없다. 왜냐하면 언어학적 분절이 곧 율격적 분절 모두를 결정하지 않기 때문이다.

율격적 분절은 말의 의미가 되는 분절과 음악적 분절의 중간 대목이라고 할 수 있다. 말의 의미 분절이 자의적일 수 없듯이 율격적 분절 역시 자의적일 수 없다. 율격적 분절은 말의 음절수에 의한 분절인 것처럼 오해되었으나 그것은 이제 불식되었다. 음절수의 가변성보다 더 상위의 고정적 규칙이 발견되었기 때문이다. 그것은 다름이 아니라 음보적 규칙이다. 음보의 고정적 규칙은 예사말의 언어적 분절을 포용하면서도 그것을 넘어서서 존재한다. 위의 동요 분석에서 확인되었다시피 말의 언어적 분절과 말의 율격적 분절은 일치하지 않는다. 그것을 다음과 같은 악곡에 의해서 삼차원의 층위에서 분절하면 이러한 특색이 발견된다.

언어적 분절 : 해야 / 해야 / 붉은 / 해야 //
율격적 분절 : 해야 해야 / 붉은 해야 //
음악적 분절 : 햐애 해야 / 붉은 해야 //

○ ○ ○ ○ / ○ ○ ○ ○ // (1)

○ ○ ○ ○ / ○ ○ / ○ ○ ○ ○ // (2)

해야해야 붉은 해-야

세 가지 분절에 의한 토막은 일정한 관계가 있다. 세 가지 가운데 우선하는 것은 언어적 분절이다. 언어적 분절에 의해서 율격적 분절과 음악적 분절이 결정되는데, 율격적 분절이 언어적 분절과 깊은 관련이 있으나 언어적 분절보다 상위의 차원에 말의 토막을 합치는 것으로 나타난다. 따라서 언어적 분절보다 상위에 있는 분절의 토막은 율격적 분절이라 할 수 있다. 율격적 분절과 음악적 분절이 일치하는가 불일치하는가 하는 문제는 간단하지 않다. 율격적 분절과 음악적 분절이 일치하는 수도 있으나, 반드시 그런 것만도 아니다. 음악적 분절 (1)과 율격적 분절은 일치해서 맞아떨어지지만, 음악적 분절 (2)가 율격적 분절과 어긋난다. 음악적 분절 (2)는 '붉은 해-야'라고 해서 해야를 강조해서 길게 장음화했다. 그렇다면 음악적 분절은 언어적 분절을 기저 층위로 사용하면서도 기본적인 리듬 요소를 다르게 가지고 있기 때문에 실제로 구현되는 과정에서 달라지는 것이다. 2소박 4박자와 2소박 5박자는 기본적으로 다른 음악적 분절이라고 할 수 있다. 따라서 '언어적 분절 〈 율격적 분절 〈 음악적 분절'에 의한 토막이 형성된다는 사실을 알 수 있다.

율격은 리듬의 문학적 파악이다. 율격론에 대한 결론이 이미 났다고 생각하는 것은 착각이다. 율격의 비밀이 리듬의 음악적 규정과 어떠한 관계에 있는지 살펴야 한다. 그런 점에서 율격론에 대한 해명이 필요하다. 율격론을 통해서 할 수 있는 몇 가지가 있는데 그 가운데 가장 긴요한 것은 율격비교론이라고 할 수가 있다. 이미 이에 대한 훌륭한 견해가 있지만 아직 결론이 난 것은 아니다. 그러한 점을 구전동요에서 연습하여 이를 확장하여 가는 것이 요긴한 일이라고 할 수가 있다.

5. 음악적 리듬구조와 장단의 측면에서

동요는 모든 민요의 리듬 생성구조를 이해할 수 있는 기본문법이라 해도 지나치지 않다. 동요에는 리듬이 잠재적이고 역동적으로 구성된다. 리듬을 통해서 생명의 약동하는 리듬을 구성한다고 하는 전제는 무의미하지 않다. 리듬 생성구조를 정리하면 그 비밀을 쉽사리 알아 낼 수 있다. 먼저 정간보로 동요의 기본적인 구조를 정리하면 다음과 같다.

해	야	해	야	붉	은	해	야
김	칫	국	에	밥	말아	먹	고
장	고	치	고	나	오	너	라

위의 결과는 2소박 4박자의 구조로 이 동요가 되어 있다는 사실을 절감하게 한다. 기본적인 리듬 구조는 '♪♪♪♪♪♪♪♪'의 자질을 지니고 있으며, 상위의 기저 자질은 '♩♩♩♩' 네 박자이고, 다시금 '♩♩'의 상위의 자질이 되고, 다시금 상위의 '♩+♩'의 자질이 된다. 그래서 동살풀이형 가락이 된다. 동요가 소박하게 긴요한 까닭은 모든 음악의 리듬 생성의 구조를 요해할 수 있는 요건이 되기 때문이다.

이렇게 정리하는 것은 분할론과 정반대의 논리적 가설에 근거한다. 집합론과 분할론이 서로 대립적이고 보편적인 시각에서 서로 작용한다. 분할론과 집합론은 서로 중요한 것이지만 우리음악의 기본적인 리듬을 정리하는데 있어서 집합론의 관점이 가장 중요한 것이 된다. 집합론의 관점에서 이상의 것을 정리하였다.

만약에 이 동요를 '♪♪♪♪♪♪♩♩'라고 불렀다면 리듬의 기저자질 층위에 가변성이 생기게 된다. '♪♪♪♪♪♪♪♪♪♪'가 되고, '♪♪/♪ ♪/♪♪/♪♪/♪♪/♪♪'로 되어서 '해야/ 해야/ 붉은/ 해-/야'가 된다. 그렇게 되면 2소박 5박자가 되며 보통박에서 리듬소를 구성하지 못하고, 대박에서 리듬소를 갖게 된다. 2소박 5박자형은 불림장단과 동일한 구조로 된다. 이것을 정간보로 옮기면 다음과 같다.

| 해 | 야 | 해 | 야 || 붉 | 은 | 해 | - | 야 | - |

동요의 언어적 기저 자질이 동일함에도 무한 변형이 가능하며, 음악적 생성 구조에 의해서 음악적 리듬 구조가 생성될 수 있다. 동일한 사설을 기반으로 하면서 이를 다시 2소박 6박자로 이 소리를 한다고 하더라도 두 가지 변형이 모두 가능하다. 2소박 6박자의 것으로 나누어서 정리하게 되면 다음과 같이 된다.

| 해 | 야 | 해 | 야 | 붉 | 은 | 해 | 야 | ○ | ○ | ○ | ○ | (도살풀이형장단) |
| 해 | 야 | 해 | - | 야 | - | 붉 | 은 | 해 | - | 야 | - | (엇중머리형장단) |

이상으로 보여준 것이 기본적으로 논리적 가상이라고 할 수가 있지만 기실은 특정한 동요에서는 이러한 현상이 실제로 발생하며 이에 대해서 장차 뒤에서 증명하고자 한다. 많은 형태의 리듬은 가창되는 과정에서 여러 가지 장단과 관련되지 않을 수 없다. 그래서 동살풀이, 불림염불, 도살풀이, 엇중머리 장단이 예술태의 그것에서 발생하는 것을 볼 수가 있다. 이 점에서 동요는 모든 리듬과 장단의 기본적 속성을 가지고 있는 것이라고 하겠다.

구전동요에는 우리가 감지할 수 없는 숱한 리듬이 잠재되어 있다. 이 리듬을 달리 이름할 길이 없어서 예술태의 장단을 가져다가 이를 표현하는 일을 하지 않을 수 없다. 아이들의 창조는 어른보다 우선하고 어른들의 창조는 아이들의 창조를 베낀 것에 지나지 않는다. 아이들의 무한한 창조력을 볼 수 있는 것이 리듬이고 장단이다. 그런데 이들의 창조를 통해서 우리는 우리 민족의 리듬과 장단을 다시 만날 수가 있다. 한류라고 하는 것은 구전동요에 비하면 세련된 것 정도에 지나지 않는다.

6. 현장론적 관점에서

동요는 텍스트의 층위에 머물 따름이 아니고, 반드시 콘텍스트 속에서 존재한다. 이 동요는 아이들이 주로 냇가에서 멱을 감다가 여름철이라 할지라도 해가 구름 속에 숨어버리면 물에 담근 몸이 춥게 마련이다. 그때에 하늘을 보고 자신의 배를 두드리면서 이 노래를 한다. 그렇게 되면 여러 아이들이 이 노래를 함께 부르고, 마침내 해는 구름 밖으로 모습을 내비친다. 그렇게 되면 아이들은 다시금 멱을 감는 것이 예사이다.

텍스트와 콘텍스트의 검토는 종국에는 문화론적 관점의 분석까지 해야 완결된다. 이 동요가 현재 전승되지 않는 것은 전승 문화의 기반이 사라졌기 때문이다. 놀이의 현장이 사라지고 놀이 자체가 변질되었으므로 노래도 죽고, 아이들의 심성도 사라지고, 상상력과 창조력의 원천이 사라져버렸다.

동요가 소중한 까닭은 컨텍스트의 총체성이 구현되던 삶을 응축하고 있기 때문이다.[5] 해와 아이, 아이와 아이, 사람의 심성과 심성 등의 분리

5　Alan Dundes, "Texture, Text, and Context", *Interprtating Folklore*(Indiana University Press, 1989). 알랜 던데스가 문화인류학적 견해를 존중하면서 학문적 편향성을 극복하고자 신선한 제안을 했대동일한 발상을 한 글이 있다. 그것은 다음과 같고 핵심만 일단 정리해두기로 한다. Roger D. Abrahams, "The Complex Relations of Simple Forms", Dan Ben-Amos ed. *Folklore Genrees*(Texas: Texas University Press, 1976), pp.197~199 요소의 구조 structure of the material, 극적 구조 dramatic structure, 상황의 구조 structure of context 등이 그 이론의 핵심이다. 구조적 요소는 이른 바 어휘, 어조, 행위 등으로 민속자료를 구성하는 항목들의 상호관련성을 말한다. 극적 구조는 인물들 사이의 갈등, 줄거리의 전개 과정, 문학적 양식 등으로 갈래를 통찰하는 긴요한 차원의 구조를 말한다. 미학적

되어 있지 않고, 뚜렷하게 연결되어 있었기 때문에 이러한 동요가 생산되었다. 동요를 살리는 유일한 컨텍스트는 학교와 대중매체인데, 인위적인 재현이 되어서 안타깝다.

아이들이 현장에서 노래를 하고 현장에서 어떻게 이 소리를 인지하고 있는지 살피는 것이 매우 중요한 연구 과제이다. 실제로 이러한 노래를 부르고 있는 사람은 많지 않다. 그러나 이 노래가 한 때의 광휘로 긴요한 구실을 하였으므로 이를 현장에서 찾아서 정리하면서 현장에서 우러난 관점에서 연구하는 것은 동요 연구를 풍부하게 하는 것일 수가 있다. 이 점에서 이러한 연구는 단단히 한 몫을 할 수가 있다.

특히 현장론적 관점에서 문제되는 것은 동요에 대한 개념이 토착갈

처리 과정에서 연행에 참여하는 사람들 사이의 관련양상을 말한다. 그래서 재담 갈래 conversational genres, 놀이 갈래 play genres, 꾸며낸 갈래 fictive genres, 고정적 갈래 static genres 등으로 새롭게 재정립하고자 했다. 전승의 결과물인 속담, 설화, 민요 등에서 한편의 생산된 결과물에만 집착해서 이를 극복하고자 하는 제안을 한 셈이다. 그것은 지나치게 한 곳으로만 쏠려있는 것에 대한 불만을 말한 것이다. 텍스트에만 집착하고 일부의 연구영역은 언어학자에 의해서 강조되고 있는데, 그것을 학문적 위계와 방법론으로 혁신하자고 하는 생각을 제안했다.

그래서 세 가지 차원을 혁신적으로 나누어서 이를 재정립하는 생각을 제안했는데 이것이 발상의 전환을 알리는 선언이었다고 해도 지나치지 않는다. 그것을 단계적으로 정립했다. 이를 원문을 옮겨서 말하기로 한다.

가) Texture: 대부분의 갈래들 그리고 언어본질 모든 갈래들에서 텍스춰는 특정한 음운들 그리고 형태소들에 의해 원용되는 언어적인 것이다. 그렇기 때문에 민속학의 형태들의 언어적 형식들에서 텍스춰의 자질들은 언어적 자질들이다. 예컨대, 속담의 언어적 자질들은 압운과 두운을 포함한다. 그리고 공통적인 텍스춰의 자질들은 어세, 말투, 접속, 어조, 의성 등을 포함한다.(22쪽)

나) Text: 민속학에서의 용어로 텍스트는 본질적으로 각편 또는 이야기의 단일한 발화된 것, 속담의 시연된 것, 가창된 민요 등을 말한다. 분석의 목적 때문에 텍스트는 아마도 그것의 텍춰를 독립적으로 고려될지도 모른다. 전체적으로 텍스춰는 번역 불가능한 것에 견주어서 텍스트는 번역 가능한 것일 수 있다. 가령 속담 텍스트 가운데 "끓고 있는 커피는 망쳐진 커피이다"라고 하는 것은 이론적으로 다른 언어로 번역되지만, 압운의 텍스취적 자질들은 생존할 기회를 실질적으로 좋아하지 않는다(23쪽).

다) Context: 민속학에서의 용어로 컨텍스트는 특수한 용어로 역동적으로 사용된 것으로 특정한 사회적 상황을 말한다. 컨텍스트와 기능은 구별되어질 필요가 있다. 기능은 본질적으로 몇 가지 컨텍스트들의 토대를 만드는 요약이다. 의례껏 기능은 민속학의 주어진 갈래 용도 또는 목적이 무엇이건 간에 분석자의 진술이다. 그렇기 때문에 신화의 기능 가운데 하나는 현재의 행위에 대한 신성한 판례를 제공한다. 속담의 기능 가운데 하나는 현재적 행위에 대한 세속적 판례를 제공한다(아프리카의 재판 과정에서 속담의 인용은 오늘날 우리 문화에서 법적 판례와 같은 사례로 인용하는 것과 유사하다는 점을 상기할 필요가 있다). 이것은 역동적인 사회적 상황에서 특수한 신화 또는 속담이 사용되는 것과 같은 것은 아니다(23~24쪽).

래로서 어떠한 의의를 가질 수 있는가에 대한 깊은 반성을 요청하고 있다.[6] 특히 분석 범주에 익숙한 학자들은 이에 대한 지속적 논의의 결과 전래동요, 구전동요, 전승동요 등을 이미 학문적으로 굳혔을 뿐만 아니라, 이에 대해서도 여전이 무엇이라고 해야 할지 논란을 야기하고 있다. 그러나 필자가 보기에는 아이들소리, 아이들노래 등이라고 하는 사례가 흔하다. 놀이를 하면서 자신들이 놀이의 일환으로 하던 전통을 더욱 중요하게 여기면서 이에 대한 소리를 했음을 명확하게 확인하게 된다. 현장론의 관점에서 이러한 분석 범주보다 토착갈래에 대한 기본적 생각을 찾아보면서 구전동요를 연구하는 것이 하나의 방법이다.

구전동요에서 해결해야 할 핵심적인 현장론적 관점의 문제는 아이들의 구전동요를 현장에서 채록하는 것이다. 전통적인 구전동요도 긴요하지만 아이들이 자신들만의 고유한 놀이와 노래를 학교의 현장에서 충분하게 구현하고 있다. 그렇기 때문에 이를 찾아서 정리하는 일이 이 시대 학자들의 기본 임무이다. 이 기본적 임무를 저버리고 있는 것은 안타까운 일이라고 할 수가 있다. 학교마다 지역마다 다양하게 발전하여 있는 구전동요의 자료를 수집하는 일이 긴요하다.

이러한 자료를 채록하여 어떠한 것에 소용되고 기여하는 것인가? 그것은 분명하고 예리한 것이다. 첫째, 아이들의 현장을 이해하는 길이 열린다. 정서적으로 놀랍도록 예민한 아이들이 굳어진 어른들의 세계 공교육의 현장을 어떠한 시각으로 보고 있는지 정확하게 볼 수 있다.

둘째, 그러한 이해를 기반으로 아이들의 정신세계를 존중하는 법을 배울 수가 있으며, 무엇을 주목하고 있는지 아이들을 어떻게 가르칠 수 있는지 방법을 찾을 수가 있다. 놀고 싶은 아이들을 위해서 우리가 할

6　Dan Ben-Amos, "Analytic Categories and Ethnic Genres", *Genre* Vol. 2, pp.295~301; *Folklore Genres*(University of Texas Press, 1981), pp.215~242.

수 있는 일이 아무 것도 없다는 사실을 알아내는 것만으로도 현장에 대한 채록은 매우 값진 교훈을 줄 것이다.

7. 유형과 각편의 관점에서

구비전승되는 자료는 반드시 유형을 구성한다는 사실이 19세기 무렵에 발견되었다. 유형은 전승력을 구성하는 추상적 실체이다. 이에 반해서 각편은 실제로 전승되는 구상적 실체이다. 각편은 무한하지만, 유형은 유한하다. 무한과 유한이 실제적으로 만나는 사례이다. 유형과 각편은 설화 분류에서 생성된 개념인데, 민요 분류와 분석에도 적용될 수 있는지 그것은 미지수이다. 그래서 개체군과 개체요라는 대안이 제시되었으나, 적절한지 의문이다.

우선 유형과 각편을 존중하고 동일한 유형의 각편들을 소개하면 다음과 같다.

〈각편 1〉
해야 해야
물 떠먹고 장고 치고
막대 짚고 나오너라 (2056-함경남도)

〈각편 2〉
해야 해야 나오너라
구름 속을 나오너라
앞 뒷문을 열어놓고
물 떠먹고 나오너라

제금 장귀 둘러치고

구름 속을 나오너라 (2229-경상북도)

애초에 제시했던 동요와 이 두 가지 각편은 상통한다. 의미소와 주제소라는 것을 가정해서 보면, 그 핵심은 해를 나오라고 하는 주제소에 빨리 나오되 신명나게 나오라고 하는 발상이 동일하게 개입되어 있다. 첫번째 각편은 정제되어 있으나, 각편 1은 율격과 의미 구성에 손상이 되어 있다. 각편 2는 율격의 구성이 고정되어 있으나, 의미의 중첩과 주제의 강화가 선명하게 두드러져 있다. 각편 0, 1, 2는 서로 어긋나지 않는다. 지역적 차이와 가창자의 차이에도 불구하고 동일한 유형의 각편이 구현되어 있는 셈이다.

그러나 동일한 제재를 전혀 색다르게 구성하고 있는 각 유형과 각편이 있다. 다음의 각편은 매우 어긋나는 것으로 이채로운 설정을 하고 있다.

〈상이 유형 1〉

참깨 줄게 볕나라

들깨 줄게 볕나라 (188-충청남도)

〈상이 유형 2〉

여-갠 쨍쨍

저-갠 꾸물 꾸물

여- 갠 양반

저-갠 쌍놈 (1683-평안남도)

〈상이 유형3〉

볕을 아비 저리 가고

그늘 아비 이리 오라

우리 애기 귀한 애기

낮 타지면 어찌하리(1304-평안남도)

상이 유형1과 2는 다른 동요와 매우 흡사하다. 상이 유형 1은 아이들이 멱으르 감다고 몸을 말리면서 부르는 동요이고, 상이 유형 2는 아이들이 서로를 놀릴 때에 부르는 노래를 변형시킨 것이다. 상이 유형3은 오히려 아이를 보면서 어른이 햇빛을 피하면서 부르는 민요이다.

유형과 유형, 상이유형과 하위유형 사이에 일정한 관련이 있으므로 이를 중심으로 하면서 서로 비교하고 분석하는 것이 구전동요 연구에서 중요한 연구 과제이다. 이러한 유형의 상관성을 뒤에서 자세하게 분석하겠지만 유형과 각편을 서로 비교하고 논의하는 것은 이 구전동요의 특성을 연구하는데 요긴하게 활용될 수가 있다.

유형과 하위유형의 관계를 살펴보면, 이 노래가 어떠한 관점에서 생성되었으며 아이들의 관점에서 이러한 사고를 어떻게 변형시키고 있는지 알아낼 수가 있다. 수많은 자료의 변형에도 불구하고 기본적으로 언어주술이라고 하는 것을 다양하게 표현하고 있는 것을 유형과 각편의 관계에서 찾을 수가 있다. 해가 나라고 하는 것과 참깨라고 하는 것을 준다고 하는 것은 우연한 결합이 아니다. 그러한 심상이 맞물리게 되는 것은 중요한 결과이다. 그러한 관계를 유형과 각편의 관계 속에서 찾을 수가 있다.

8. 구비시가론적 관점에서

구전동요가 구비시가의 핵심적인 부분 가운데 하나라고 인식하는 것은 너무나 당연한 처사이다. 그런데 이러한 엄연한 사실에 아무도 주목하지 못했다. 아이들이 하는 예민한 언어감각과 다양한 사고, 다채로운 사물에서 얻은 놀라운 표현의 묘미를 이해하는 것은 중요한 연구 과제이다. 이 연구 과제를 해결하기 위해서 필요한 일은 자료의 집적과 연구 관점의 혁신이다. 구비시가의 입체적 연구를 위해서 구전동요의 구비시가적 면모를 정리하는 것은 매우 중요한 일이다.

동요는 구비시가이다. 구비시는 무엇인가? 이 물음은 무엇을 구비시가 아니라고 할 것인가? 라는 반문과 관련된다. 구비시는 구비전승의 비밀을 가지고 접근한다. 구비전승은 항상 상수와 변수를 지닌다. 단순한 암기가 아니라 즉흥적으로 변형되는 무엇이 있다. 기록시와 다른 요인이 이것이다.[7]

그것을 작시, 전달, 수용 등의 관점에서 정리할 수가 있을 것이다. 구비시가로서의 성격을 결정하는 것은 작시 방식이다. 작시는 단순한 기억을 뜻하기도 하지만 의미가 있는 기억이 되기 위해서 필요한 일은 일정하게 말로 짓는 방식이 있다고 하는 것이다. 이 말의 의미를 강화하는 것이 긴요한 작업 방식이다. 기억과 작시의 다양한 관점에서 대해서는 이를 충분하게 논의한 전례가 있다. 구비전달 역시 구비시가의 연구에서 긴요한 대목이라고 할 수가 있다. 단순한 수용과 구비시가의 수용은 전혀 다르

---

7   다른 나라에서 이루어진 구비시에 대한 대표적인 저서를 개괄적으로 소개하고자 한다. 이 저작들에서 구비시의 중요성을 자극받을 수 있다.
     Ruth Finnegan, *Oral Poetry: Its Nature, Significance and Social Context*(Cambridge University Press, 1977); Jeff Opland, *Xhosa Oral Poetry*(Ravan Press, 1983); Saad Abdullah Sowayan, *Nabati Poetry: The Oral Poetry of Arabia*(Univ of California Press, 1985); Isidore Okpewho, *The Heritage of African Poetry: An Anthology of Oral and Written Poetry*(Longman Publishing Group, 1985); Paul Zumthor, *Oral Poetry: An Introduction*(University of Minnesota Press, 1990); Mark C. Amodio, *Oral Poetics in Middle English Poetry*(Routledge, 1994); P. M. Kupershoek & P. Marcel Kurpershoek, *Oral Poetry and Narratives from Central Arabia: The Story of a Desert Knight : The Legend of Slewih Al-Atawi and Other Utaybah Heroes*(Brill Academic Publishers, 1995); Said S. Samatar, *Oral Poetry and Somali Nationalism: The Case of Sayid Mahammad Abdille Hasan*(Cambridge University Press, 2009); Jeff Opland, *Xhosa Oral Poetry: Aspects of a Black South African Tadition*(Cambridge University Press, 2009).

다. 일체적 공감에 의해서 이루어지는 작업이 되어야 한다.

그 비밀의 근저에 무엇이 도사리고 있는가? 그것은 다음과 같다.

A: 해야 해야 붉은 해야
B: 달아 달아 밝은 달아

A와 B는 말은 전혀 다르지만, 담고 있는 구비시의 창조 과정은 동일하다. 말을 거듭거듭 반복하면서 율격적 긴장을 자아내게 하고, 큰 덩어리를 반복할 때에는 색다른 말을 끼워넣어서 대립을 시키고 의미의 변화를 주고 있다. 구비시가에서 율격적 긴장과 그것의 구체적 내용을 변화시키는 장치는 시가의 핵심적 요인이 된다.

말이 묘미 있게 결합하는 구비갈래는 많으나, 동요나 민요처럼 율격적 긴장을 시키면서 짜임새를 갖추게 하는 갈래는 무가와 판소리 및 탈춤 재담 외에는 존재하지 않는다. 그 가운데서도 율격적 편안함이 있는 갈래는 민요이고, 그 가운데서도 동요는 압축적이고도 기초적이다. 동요의 대립과 반복이라는 자질은 구비시가의 구비 전승력을 해명할 수 있는 요소라고 하겠다.

구비전승은 두 가지 측면이 있다. 하나는 그 이전 자료를 전승해서 반복하는 것이다. 기억하고 작시해서 연행 현장에 부른다. 다른 하나는 기억되고 암기된 것을 새롭게 창조하는 것이다. 그래서 전승과 변이가 이루어진다.[8] 구비시가에서 상수와 변수는 결국 반복과 대립이라고 하는 원리에 입각하여 다양한 변이를 일으키는 것이라고 할 수가 있다.

구비시가에서 특정한 요소를 반복하고 반복에 의해서 대립적으로 전

---

8   Ruth Finnegan, *Oral Poetry*(Cambridge University, 1977).

개하는 것은 특징적으로 노래로 가는데 핵심적 구실을 하게 된다. 기억하여 재생하는 요인과 기억을 지속적으로 이어가는 것은 어떠한 의의가 있는지 구비시가의 연구의 핵심적인 문제인데 구전동요가 이를 감당할 수 있는 적절한 사례일 수가 있다.

9. 민요와 동요의 갈래론적 측면에서

민요와 동요는 같은가 다른가? 같은 관점에서 보면 같고, 다른 관점에서 보면 다르다. 그런데 같은 것은 다른 것의 한 측면이고, 다른 것은 같은 것의 한 측면이므로 민요와 동요는 아이가 부른다. 소박한 규정이므로 언뜻 이해가 간다. 그런데 아이가 어른 노래를 불렀을 때에. 달리 어른이 아이 노래를 불렀을 때에 위의 구분은 무의미하다.

민요와 동요를 가창자, 노래, 수용자의 관계 속에서 규정하는 방식이 있다. 어른이 부르고 어른의 관심사를 주로 하고 어른들에게 들려주는 것이 민요이고, 아이가 부르고 아이의 관심사를 내용으로 하고 아이가 듣는다면 동요이다. 창자와 청자의 가변성이 있다고 하더라도 엄격하게 이러한 규칙을 적용한다면 민요와 동요의 차별성을 찾을 수 있겠다.

동요는 어른이 아이들에게 들려주는 것이라고 하는 것을 정의하는 것은 어려운 일이 아니다. 동요는 아이들이 부르는 것이다. 어른들이 아이들을 위해서 들려주는 것이라고 하는 점에서 구전동요는 반드시 중요한 구실을 하는 것이지만 아이들을 가르치기 위해서 어른들이 꾸며 만든 노래라고 하는 인식이 일부 있는데 이러한 사고방식은 흥미로운 견해이기는 하지만 과연 그런지 의문이 있다.

어른이 아이들을 위해서 부른 민요를 구전동요로 볼 수 있는 문제를 야기하는 것이 있다. 그것이 바로 아이들을 대상으로 해서 부르는 노래들이다. 아이를 자라나도록 하고 아이들의 발달 과정을 돕는 것들이 있다. 이는 부르는 주체는 어른이지만 아이들은 수용자에 불과하다. 아이들이 자라는 과정에 듣고 배운 것을 다시 부른다면 이는 관계가 역전되는 것이다. 양상이 복합적이고 다양하므로 이를 주목해서 살피면서 둘 사이의 문제를 엄격하게 정의하는 것보다 다양하게 열어놓는 것이 필요하다.

또한 특정한 동요의 경우에 증언이 엇갈리는 사례들이 있다. 가령 서사민요의 경우에 흔하게 발견되는 사례가 서사민요를 아이들이 놀이를 할 때에 불렀다고 증언을 하는데 이러한 경우에 이는 어른과 아이들이 공유한다. 삼삼기를 할 때에 불렀다고 하는 것과 아이들이 꼬방살림을 할 때에 불렀다고 하는 것은 천차만별이다. 그러므로 구전동요와 구전민요의 관계는 매우 역동적인 양상을 보이는 것이고 함부로 논단할 수 없는 복합적 문제를 야기한다.

그렇기 때문에 무엇을 동요라고 하고, 무엇을 동요라고 하지 않는가 하는 문제점이 이 과정에서 제기되고 해명될 수 있을 것으로 판단된다. 민요와 동요는 경계면이 모호하지만 그것이 누구를 향해서 쓰이는가 하는 점을 문제삼아 논할 때에 성격이 규정될 수 있음을 새롭게 인식할 수가 있다. 동요와 민요의 경계면은 항상 모호하고 문제를 새롭게 일으키는 대상이 된다.

그러나 구전동요의 음악어법에 기초하면서 민요와 함께 비교하고 공통된 점을 유지하는 것은 중요한 문제일 수 있다. 음악적으로는 민요와 동요는 서로 유사하면서 구전동요의 기본적 음악 어법을 통해서 일련의 비교치를 제공하고 있다는 점에서 구전동요는 긴요한 구실을 하게 된다. 구전동요의 음악어법에 근거하면서 이를 형성한 보편성이 무엇인지 연구하는 것은 민요 연구를 위해서도 중요하고 구전동요를 위해서도 아주 긴요한 근거를 제공할 수가 있다. 구전동요와 구전민요의 갈래론은 문학적으로 음악적으로 기능론적 관점에서 중요한 비교 연구거리이다.

10. 구전동요와 창작동요의 비교 관점에서

구전동요와 창작동요가 문제가 된다. 일단 논의의 차분한 전개를 위해서 창작동요는 아니지만 먼저 시를 한편 보기로 한다. 박두진의 〈해〉가 적절한 예증이 된다. 작품을 원래대로 쓰여진 그 모습 그 자체로 보기로 한다.

해야 솟아라. 해야 솟아라. 말갛게 씻은 얼굴 고운 해야 솟아라. 산너머
산 너머서 어둠을 살라먹고, 산 너머서 밤새도록 어둠을 살라먹고,
이글이글
앳된 얼굴 고운 해야 솟아라.

달밤이 싫여, 달밤이 싫여, 눈물 같은 골짜기에 달밤이 싫여, 아무
도 없는
뜰에 달밤이 나는 싫여…,

해야, 고운 해야, 늬가 오면, 늬가사 오면, 나는 나는 청산이 좋아라,
훨훨훨
깃을 치는 청산이 좋아라, 청산이 있으면 홀로래도 좋아라.

사슴을 따라 사슴을 따라, 양지로 양지로 사슴을 따라, 사슴을 만나면
사슴과 놀고,
칡범을 따라 칡범을 따라, 칡범을 만나면 칡범과 놀고…
해야, 고운 해야. 해야 솟아라. 꿈이 아니래도 너를 만나면, 꽃도
새도 짐승도
한자리 앉아, 워어이 워어이 모두 불러 한자리 앉아, 앳되고 고운 날을
누려 보리라.

이 작품은 박두진의 〈해〉이다. 1946년 5월에 쓰여진 것이다. 우리가 시가 연구 방법의 일환으로 〈해야해야〉를 논하고 있기 때문에 이 작품을 골랐으며 그 이유는 자명하다. 해를 소재로 하기 때문이다. 이 작품은 매우 격정적인 운율로 이루어져 있다. 시에서 중요한 것이 행과 연인데 행은 산문시처럼 썼지만 산문시의 이면에 율격이 출렁거리고 있다. 그것이 무엇인가?

우리가 동요에서 확인한 것은 리듬과 장단으로 노래를 하는 것이었다. 이 시는 겉으로는 산만하게 되어 있지만 이론적으로 정리하면 매우 엄격한 정형률을 고수하고 있는 것을 볼 수가 있다. 한 연의 삼행으로 이루어진 시를 첫 행을 다시 정리하면 2음보로 된 것들을 연속적으로 보여주면서 한 행을 바꿀 때에 귀걸이행의 어휘를 걸어놓았다. 그래서 행과 행이 연결되는 즐거움을 안겨준다.

그러므로 이 작품은 많은 율격적 실험을 하면서 창조적인 율격을 자아내고 있는 것을 볼 수가 있다. "해야 솟아라./ 해야 솟아라.// 말갛게 씻은 얼굴/ 고운 해야 솟아라.// (산너머)/// 산 너머서/ 어둠을 살라먹고,//"라고 하는 흥미로운 율격 배치가 이 작품을 생명력있게 만들고 있다. /은 음보이고, //은 율격적 음보이고, ///은 한 행이다. ///으로 마무리된 마지막 음보는 1음보이고, 1음보는 다음 행의 1음보와 걸리도록 구성되어 있다.

박두진의 〈해〉는 창작시임에도 불구하고 정형시로서 규범적인 성격을 가지고 있으며 민요적 율격이나 동요적 율격에 상당하게 근접하고 있음을 부인할 수가 없다. 정형시로서의 성격을 구전동요로 직행하는 것은 바람직하지 않다. 〈해〉는 그 자체로 율격적으로 정리되어 있으며 작품이 생동감 있게 구현되어 있으므로 중요한 가치를 가지고 있다.

창작동요는 일제시대에 등장하면서 지속적인 정서적 자극 장치로 활용되었다. 창작동요는 율격적으로도 전통적인 것과 다른 성격을 가지고 있다. 가령 우리가 아는 대부분의 창작동요가 율격적으로 중요한 특징을 가지고 있다. 일단 두 가지 사례를 통해서 이를 확인하기로 한다.

박태준朴泰俊(1900~1986)은 우리나라 최초의 창작동요 작곡가이다. 1925년의 최순애가 쓴 노랫말에 곡을 붙인 것이 널리 세상에 유통되었다. 그 작품이 〈오빠생각〉이다. 〈오빠생각〉의 노랫말과 곡은 위와 같이 되어 있다. 이 작품의 면모를 보면 창작동요가 어떠한 공과가 있는지 살펴보고자 한다.

창작동요에서 주목되는 것은 일단 노랫말이다. 이 노랫말은 구전동요에서 발견되는 것과 거의 같은 양태를 보여준다. 이른 바 경음으로 된 의성어가 다수 쓰이고 있으며, 그것으로 주요한 시상을 전개하고 있는 점이 남다른 특징이라고 할 수가 있다. 어린아이들이 언어에 매우 민감할 때에 이러한 노랫말을 통해서 자신의 창조적 생각을 전개하게 되는데

최순애가 불과 12세의 어린아이로 이러한 말을 사용하였기 때문에 가능한 일이 아니었던가 싶다.

다음으로 주목되는 것은 노랫말의 율격이다. 노랫말의 율격은 전통적으로 말하는 7·5조의 3음보에 의존하고 있다는 사실이 긴요하다. 이 율격은 전통적인 것은 아니라고 보인다. 대체로 구전민요에서는 2음보가 우세하고, 이러한 각도에서 본다면 7·5조는 음수가 비대칭적으로 구성되는 율격이다. 이것이 비정상적인 것이라고 보이고 대체로 전통적인 구전민요가 대칭적으로 사설의 음절이 구성되는 점을 본다면 이는 분명하게 달라진 점이다.

7·5조 음수율의 정체는 표면적으로 일본식 정형시의 영향을 적지 않게 받았다. 가령 와카和歌나 하이쿠俳句에서 보이는 5·7·5·7·7이나 5·7·5의 일본식 정형시를 모범으로 삼은 것이었을 개연성이 있다. 그런데 우리는 5·7·5를 중심으로 해서 7·5조를 가다듬어 결과적으로 비대칭의 3음보로 구성해서 일본식과 다른 면모를 가지게 했다. 창가와 같은 것에서도 서양식의 곡조에 이를 구성하려는 시도가 다수 있어서 가령 〈경부철도가〉와 같은 자료는 율격 구성에서도 유사점을 가지고 있다.

더구나 주목할 만한 변화는 구전동요가 뒤에 숨쉬기를 길게 하거나 잇달아 다음의 행으로 진행되는 것과 달리 창작동요에서는 음절의 비대칭이 형성되므로 이를 자연스럽게 길게 음을 끌거나 이것에 입각한 한 행을 마무리하는 방식을 선택하여 가장 크게 분절되는 특징을 가지고 있다.

창작동요와 구전동요는 서로 깊은 관련을 가지고 있는 것 같은데도 불구하고 이를 본다면 구전동요의 현상을 일정하게 어긋나게 하면서 발전시킨 특징을 부정할 수 없다. 전통적인 리듬과 다르게 한 행을 악절로 구성하면서 생긴 변화라고 간주된다. 이 점에서 창작동요와 구전동요에 일정한 차별성이 생겼다.

반달

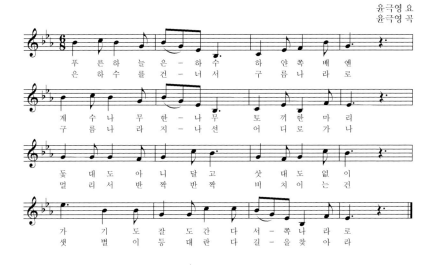

윤극영 요
윤극영 곡

위의 작품은 윤극영尹克榮(1903~1988)이 1924년에 작곡하고 1926년에 낸 최초의 창작동요이다. 일단 창작동요에서 발견되는 가장 큰 문제는 전통적인 구전동요와 다른 현상이 하나 있는 데서 발견된다. 그러한 요소가 노랫말의 율격에 있다. 그것은 전통적이라고 과장되어 있는 이른바 7·5조의 율격을 유지하고 있다는 사실이다. 이 율격은 3음보의 변형이라고 하는 사실이 이미 상식화되어 있지만 아직까지 일반화되지 않은 특징이 있다. 4·3·5 또는 3·4·5의 율격적 음수율을 기저로 해서 노랫말이 만들어진 것을 볼 수가 있다.

이러한 음수율적 3음보의 구성은 결과적으로 악보로 작곡되는 과정에서 비대칭을 형성하게 되어서 굿거리 장단 한배로 두 개가 열거되어 있으며 두 번째 장단에서 한 음절을 길게 지속하는 특징이 발견된다. 노랫말에서도 비대칭이 되었으며, 그 점은 전래되는 구전동요와 노랫말이 가장 다른 점이라고 할 수가 있다. 두 개의 동기가 작은 악절로 되는 것을 확인하게 된다.

이러한 현상이 윤극영의 작품에서만 확인되는 것은 아니다. 더 기본적으로 일제시대에 교육받은 인물의 작품에서 이러한 현상이 보편적으로 발견되는 점이 있다. 가령 박태준이 최순애의 노랫말로 부친 작품 역시 이러한 현상을 지속적으로 구현하고 있기 때문이다. 일제시대의 작곡가들이 창작동요를 이렇게 만든 근본 원인이 무엇인지 확실하게 알 수가 없지만 그러한 현상을 두루 확인하는 것은 어렵지 않다.

그러나 창작동요라고 해서 모두 문제가 있는 것은 아니다. 간혹 탁월한 구성을 가지고 있는 작품도 있기 때문이다. 그러한 작품의 본보기로 다음과 같은 작품을 보면 그 점이 명료하게 확인된다. 홍난파가 작곡한 〈퐁당퐁당〉은 적절한 예증이 된다.

퐁당퐁당

〈퐁당퐁당〉은 홍난파가 1927년에 작곡하여 1931년에 발표한 곡으로 매우 흥미로운 곡이라고 할 수가 있다. 우선 노랫말에 파격이 있는데 이

것이 가령 전통적인 구전동요와 말버슴새가 일치한다. 그 점이 이 노래를 가장 신명나고 흥미로운 곡조로 만드는데 일정하게 기여를 하였다. 동살풀이 장단이나 휘몰이 장단에 맞는 것에다 사설은 구전동요의 구성과 일치한다.

위의 두 악절과 아래의 작은 악절 구성에서 남다른 면모를 발휘하는 것은 구성 방식이다. 전형적인 대칭의 원리를 그대로 적용하게 되면서 동시에 쉼표를 중간의 작은 악절에 두고 뒤의 쉼표와 대응하도록 하였다. 그 점에서 악절과 작은 악절, 그리고 동시에 말을 놓는 방식에 있어서 긴요한 일치점을 갖도록 하면서 전통적인 구전동요와 많이 닮도록 하였다. 그 점에서 홍난파의 곡은 많은 것을 환기하도록 하는 것임에 틀림없다.

홍난파는 비록 서양음악에 깊이 침잠하였지만 우리네 곡을 쓸 때에 이러한 고민의 양태를 자신의 혼으로 활용하는 적극성을 가지게 되었다. 전통적인 논란 가운데 동도서기라고 하는 것을 본다면 이러한 전통의식은 홍난파를 재평가하는 요소로 될 수가 있다. 창작동요에서 보여준 이러한 비약과 발전이 우연이 아닌 것을 볼 수가 있다.

홍난파의 〈봉선화〉와 〈옛동산에 올라〉는 파격적인 전통 계승의 작품이라고 하지 않을 수 없다. 〈봉선화〉에서 보이는 이른 바 어단성장이라고 하는 기법은 우연한 것인지 논란거리로 된다. 먼저 곡이 작곡되고, 노랫말이 나중에 붙었는데도 불구하고 우리의 민요나 판소리, 예술태의 음악에서 보이는 현상을 체계적으로 구현한 것을 볼 수가 있다. 가령 〈봉선화〉에서 보이는 현상은 우연은 아니다.

홍난파는 전통을 무의식적으로 계승한 장본인이다. 자신의 창조의 방향이 무엇인지 잘 모르면서도 우연하게 전통의 심층에 깊이 들어가는 경우가 있다. 홍난파는 어떤 작품에서는 전통에 깊이 발을 딛고 있는 현상을 볼 수가 있다. 홍난파의 예술가곡은 가령 전통적인 가곡의 정수를 이은 작품도 있다. 이은상의 작품에 노래를 짓는데 이 작품이 시조인 것

봉숭아

김형준 작사
홍난파 작곡

을 자각하게 되면서 이를 가곡과 같은 것으로 짓는 구실을 했을 가능성
이 있다. 이 점에서 홍난파의 전통계승은 주목할 만한 본보기라고 하지
않을 수 없다.

　홍난파의 창작동요가 각별한 이유는 이와 같은 데서 연유한다. 그런
데도 불구하고 이들의 전통 계승이나 전통 변질이 타당하고 옳다고 하는
것을 말하려는 것은 아니다. 그러한 전통을 통해서 이룩하려는 기본적인
면모를 점검하면서 구전동요와 창작동요의 차별성을 논하는 것은 매우
주목해야 할 단절임을 환기한다.

　이상으로 해서 대략 여덟 가지 정도로 구전동요 연구에 대한 관점을
예시하였다. 추상적이고 막연하게 들릴지 모르겠으나 구전동요를 대상
으로 다양한 연구를 하는 것이 필요하다는 점을 다시 강조한다. 구전동

요의 연구 관점이 이상의 것이 전부는 아니다. 오히려 더 다양한 방법을 낼 수도 있다. 그러한 방법론은 자료에서 비롯해야 의의가 있다. 자료로부터 방법이 나오고, 방법의 일관성이 결과적으로 방법론이자 이론으로 발전할 수가 있다는 점이 만고불변의 진리라고 생각한다.

구전동요에 대한 개략적 연구 방법의 메타이론적 관점을 핵심적인 방법으로 규정하면서 이를 선택하여 정리할 필요가 있다. 성글고 거친 이야기를 마구 내놓았다. 다양한 관점을 일관되게 한 자리에 모두 적용하는 것은 어리석은 일이다. 오히려 대상의 성격과 주제에 의해서 단일한 것을 선택하여 연구하는 것이 바람직하다고 하는 것이 결론이다. 그러면 그렇게 할 일이지 이렇게 허다한 말을 마구 늘어놓았는가 하는 점이 문제일 수 있다. 연구 방법의 중요성을 강조하고 방법론적 일관성을 가지는 것보다 대상의 성격을 드러내는 연구 방법이 중요하다는 점을 밝히기 위해서 이러한 연구 관점을 성글게 제시하였다.

구전동요 연구에서 가장 필요한 것은 학문에서의 융·복합적 관점을 견지해야 한다는 사실이다. 학문의 융합적 연구가 필요한 시점에 구전동요를 대상으로 이러한 연구를 개척하는 과업이 매우 중요한 길이라고 할 수가 있다. 구전동요는 학문적 성격으로 본다면, 세 가지 학문의 분야가 존재한다. 구전동요는 문학연구의 대상으로 된다. 구전동요는 음악학의 대상이 된다. 구전동요는 사회학의 대상이 된다. 이 가운데 문학연구와 음악학은 동일한 대상을 핵심적이고 공질적으로 연구하지만, 사회학은 공통적 대상을 내재적 의식과 외재적 합일체를 중심으로 하는 일련의 사회와 맥락에 의한 것이 된다. 아이들의 현실과 문맥을 검토하는 분야이다.

세 가지 학문은 서로 배타적인 관계에 의한 것은 아니다. 오히려 서로 깊은 관련이 있으며 이를 통괄해서 연구해야 할 문제의식이 착안이 긴요하다. 특히 이 가운데서 중요한 것은 세 가지 학문의 역사를 합쳐야만 한다는 것이다. 그러나 학문적으로 단순한 동거만을 해서는 안된다.

이들을 일관되게 구성하는 통합적 관점을 지향해야 마땅하다. 이것을 합치는 관점을 학문적으로 각기 나누어서는 되지 않는다.

구전동요는 다면적 학문의 대상이 되는 것은 마땅하다. 이 일을 통해서 연구를 다시 하면서 이러한 연구를 극대화해야 마땅하다. 대상의 다면성을 기준으로 삼아서 이 점에 대해서 연구하는 것이 긴요한 일이다. 구전동요는 문학연구, 음악학, 사회학 등의 일관된 관점을 하나의 대상으로 한다면 진정한 구전동요학의 성립을 해상으로 하고 있는 것은 아니라고 생각한다. 이 점에서 매우 이례적인 일이 된다.

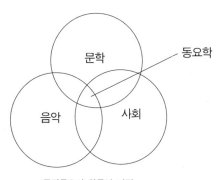

구전동요의 학문적 관점

구전동요는 위에서 살핀 것처럼 구비시, 민속음악, 아이들의 사회조직 등에서 사용되는 것이므로 중요한 공통점을 서로 함의하고 있다. 이 공통점을 가지고 있는 것을 압축해서 말하자면 일단 말로 된 사설이 중요한 한 부분이고, 이 사설을 일정한 장단과 선율된 가락에 얹어 부르는 부분이 다른 한 축이고, 이것을 통해서 무엇을 하면서 사회조직을 이룩하면서 기능을 구현하는 것이라고 할 수가 있겠다.

동요의 지역성과 광포성 및 분절에 관한 연구

-〈새는새는 남게자고〉 유형을 중심으로-

1. 〈새는새는 남게자고〉 유형 동요의 지역적 분포

이 소리는 동요이다. 동요는 아이들이 부르는 소리라고 간단하게 규정할 수 있다. 이 동요는 흔히 아이들이 소꿉장난을 하면서 아이를 재울 때에 하는 소리이거나 실제로 할머니들이 아이들을 재울 때에 불러주는 자장가로도 쓰인다. 동요가 중요한 까닭을 여러 가지 거론할 수 있으나 동요는 소리의 소박한 장단과 선율을 고유하게 간직하고 있으므로 마땅히 긴요하게 연구의 대상이 된다. 동요를 섬세하게 분석한다면 음악의 심층구조인 장단과 선율을 이해할 수 있는 단서가 마련된다. 그러나 이와 같은 연구의 중요성 때문에 동요를 중요하게 생각한다면 이는 편협한 생각이다.

동요는 본래 주술적인 목적으로 불려진 전통이 있다. 주술적인 전통을 고려한다면 동요에 잠재된 사고의 분석을 필요로 한다. 이 분석을 일관되게 유지할 수 있다면 동요의 신화적 사고의 원형을 읽어낼 수 있으리라 예측된다. 동요의 신화적 기반은 여러 각도에서 확인된다. 실제로 동요의 대부분은 신화적 줄거리 속에서 확인된다. 구체적인 사례로 〈구렁덩덩신선비〉에 있는 〈새쫓는소리〉나 〈우렁색시〉의 〈팥밭쪼는소리〉

등에서 동요가 어떠한 신화적 문맥을 갖고 기능하는지 확인이 가능하다. 따라서 이러한 전통 속에서 동요의 의미를 분석해야 세계관적 근거에 대한 분석이 가능하리라 예견된다. 그러나 이러한 분석이 이러한 동요의 전체적 의미를 담보하지 않는다.

동요는 시가의 율격적 의의를 보여주는 적절한 사례이다. 동요가 소박하게 불려지고 율격 구조가 간단하기 때문에 율격의 근저가 다양하게 갈무리되어 있다고 생각한다. 시가의 율격을 논의할 수 있는 단서가 다단하게 마련될 수 있으므로 동요의 시가 율격적 의의에 관한 분석은 매우 소중한 연구의 측면이라고 말할 수 있다. 동요와 민요가 상당 부분 겹치지만 시가의 율격적 분석의 모델로서는 전혀 다른 각도의 의의를 갖는다고 하겠다. 동요의 의의를 시가의 율격적 관점에서 분석하는 구조에 관한 논의는 필요한 연구 관점이 되리라고 판단된다. 동요의 여러 가지 관점에 대한 논의는 이미 다른 글에서 상세하게 전개했으므로 이 자리에서는 동요가 왜 중요한가 하는 연구 관점의 의의만을 세 가지로 압축해서 말하기로 한다.[1]

동요 〈새는새는 남게자고〉는 전국적으로 모두 여섯 편이 채록되었다. 여섯 편이 채록된 지역과 가창자를 예시하면 다음과 같다.

(1) 새는새는 남게자고, 경상북도 경주시 산내면 내칠1리 상개태, 김태조, 여, 1942.

(2) 새는새는 남게자고, 경상북도 청송군 부남면 중기2리 중성지, 정말순, 여, 1928.

(3) 새는새는 남게자고, 경상북도 성주군 가천면 화죽2리 하법림, 김순덕, 여, 1921.

---

1 김헌선, 「동요연구방법의 통일성과 다양성」(이 책의 제2장이다). 이 글에서 동요에 관한 여덟 가지 연구 방법을 제시하고 이를 통일적으로 인식할 수 있는지 논의의 단서를 마련하고 실례를 들었다.

(4) 새는새는 남게자고, 강원도 삼척시 원덕읍 노경2리, 김영조, 74세.

(5) 새는새는 남게자고, 강원도 삼척시 노곡면 발리, 이종일, 78세.

(6) 새는새는 남게자고, 전라남도 진도군 지산면 인지리 독치, 박종
    단, 60세.

위의 동요는 채록된 시기와 장소가 다른 데도 불구하고 외관상 뚜렷
한 공통점이 존재한다. 우선 모두 여성 가창자가 노래한다는 공통점이
있다. 여성들이 예전의 기억을 더듬어서 소리한 것이므로 본래 여자 아
이들이 부르던 것이라고 보아야 적절하다. 여자아이들의 소리가 곧 위의
동요라고 판단된다. 다음으로 지역적인 분포가 강원도와 경상북도 동부
지역에 주로 전승되며 유다르게 전라남도 진도군에서도 한 편이 채록되
어 있어서 주목된다. 전국적으로 널리 전승되던 동요인데 이 동요가 뒤
늦게 인지되면서 채록되어 아직 더 채록될 여지를 안고 있는 자료임이
확인된다. 사리가 이렇다면 우리나라 동해안 일대와 동부 지역에서 널리
채록되므로 동부지역이 주산지임이 확인된다.

지역적 분포에 유념하면서 이 동요의 사설이 어떻게 구성되었는지
한 편씩 살펴보기로 하고 이를 구실삼아 다음 단계의 논의를 준비하도록
한다. 먼저 (1)을 보도록 한다.

새는 새는 남게 자고	꼬꿀꼬꿀 꼬꿀할매
쥐는 쥐는 궁게 자고	영감 품에 잠을 자고
우리겉은 아이들은	납딱납딱 송애새끼
엄마 품에 잠을 자고	방구 밑에 잠을 자고
어제 왔던 새각씨는	미꿀미꿀 미꾸라지
신랑 품에 잠을 자고	꿍께 속에 잠을 자네[2]

---

2   『한국민요대전 - 경상북도편』(문화방송, 1995), 706쪽.

사설의 인과적 전개가 온당한지 의문이 있다. 새-쥐-아이-새각씨-꼬꿀할매-송애새끼-미꾸라지 등의 주체가 순차적으로 전개되는 것이 일관성이 있으나 이것이 범형에 해당하는지는 의문이 있다. 공간적으로 수직적 분포가 있어서 공중의 새, 지상의 쥐와 사람, 물속의 송애새끼와 미꾸라지 등이 일관성을 가지고 있으나 수직적 분포에도 불구하고 과연 온당한 것인가 하는 의문이 없지 않다. 사람의 단계적 전이는 흥미롭게도 일관성을 가지고 있으니 아이-어른-노인 등의 순서는 일치하나 시간적으로는 아이가 현재이고, 새색씨는 어제이고, 아주 오래된 과거는 노인이라고 예시되어 있다. 또 하나 인과적 순서와 무관하게 주목되는 현상은 전반부에서는 단순하게 말만 반복하다가 후반부에서는 집중적으로 의태어가 쓰이고 있는 점이 발견된다.

사물에 대한 명확한 관찰과 이치를 내재적으로 갖추고 있는 것은 이 동요가 오랜 전승 속에서 가다듬어지고 단순한 의미를 넘어서서 깊은 통찰을 갖춘 민요임을 새삼스러이 깨닫게 하는 민요임을 알게 하는 요인이다. 아이들이 부르는 민요가 과연 그러한 통찰을 담을 수 있는가 의문이 있다면 그것은 온당하지 못한 평가로 된다. 아이들이 작은 우주의 본성을 갖추고 있음을 부인하는 견해이기 때문이다. 소우주인 아이들이 사물의 이치를 갈무리하고 이를 그들의 소리에다 담는 것은 당연한 일이기 때문이다. 사설이 요긴한 이유는 이 때문이다.

(2)는 (1)과 사설의 측면에서 거의 동일하나 약간의 차이가 있다. 다음과 같은 사설로 이루어져 있다.

새는 새는 남게 자고
쥐는 쥐는 궁게 자고
납딱납딱 붕어새끼
바위 틈에 잠을 자고

매끌매끌 미꾸라지
궁게 속에 잠을 자고
어제 왔던 할마시는
영감 품에 잠을 자고

오늘 왔는 새악씨는   우리겉은 아이들은
신랑 품에 잠을 자고   엄마 품에 잠을 자고[3]

　　이 동요는 정말순이 부른 것인데 사설의 논리적 전개가 비교적 정연
하게 이루어졌음이 확인된다. 사설에서 두 가지 질서가 확인되는데 새 -
쥐 - 붕어새끼 - 미꾸라지 등은 수직적인 공간 분포에 의해서 이루어진
것에 견주어서 할마시 - 새악씨 - 아이들 등은 시간적 순서에 의해서 짜
여져 있음이 확인된다. 위에서 아래쪽으로 쳐다보고 다시금 어제부터 오
늘로 진행되는 인과적 짜임새는 이 동요가 논리적 짜임새가 완벽하게 되
어 있음을 보여주는 것이라고 보아도 지나치지 않는다. 과거와 현재라는
시간의 가로축과 공중과 수중이라는 공간의 세로축이 교묘하게 짜이는
특성을 알 수 있으리라고 판단된다.
　　(3)은 김순덕이 부른 것으로 사설의 짜임새가 위에서 살핀 두 각편보
다 해체되어 있는 특성을 보여준다.

새는 새는 남게 자고   신랑 품에 잠을 자고
쥐는 쥐는 궁게 자고   우리 집에 할머니는
아리 왔던 새내애기   할부지 품에 잠을 자네[4]

　　이 동요는 새 - 쥐와 새내애기 - 할머니 등이 대립적으로 제시되어 있
을 따름이고 다른 부가적인 요소는 제시되어 있지 않다. 그러나 근간에
있어서는 소리의 사설이 전혀 엉뚱하게 전개된 것은 결코 아니다. 핵심
적인 사설이 전개되고 있으며 다른 요소가 생략되어 해체된 것으로 보아

3　위의 책, 707쪽.
4　위의 책, 같은 쪽.

야 마땅하다. 발상이나 동요의 근간을 짐작하는데 어려움이 없으리라고 판단된다.

(4)는 강원도에서 채록된 자료이다. 삼척시에 동일한 동요가 있다는 것만으로도 이 동요가 소중한 사실을 일러준다. 사설의 내용을 소개하면 다음과 같다.

<blockquote>
새는 새는 낭게 자고   신랑품에 잠을 자고
쥐는 쥐는 궁게 자고   우리겉은 아해들은
저기 가는 저 아가씨   엄마 품에 잠을 자네[5]
</blockquote>

동요의 사설이 3번 각편처럼 거의 유사한 사설로 되어 있음이 확인된다. 새-쥐와 아가씨-아해 등으로 전개되고 있음이 확인된다. 다른 점이 있다면 새애기와 할머니로 된 구조가 여기에서는 아가씨와 아해로 대치된 점이 다른 면모이다. 기본적으로 소박한 사설의 짜임새에도 불구하고 이 동요의 근간이 대립에 의한 정감을 일으키고 상대방을 중요하게 일치시키는 특성이 있음을 일깨우는 자료임이 확인된다. 그에 견주어서 1과 2는 매우 복잡하게 사설이 짜여지고 있으나 단순한 사설구조와는 다르게 복잡한 사설구조로 되어 있음이 확인된다.

(5)는 역시 같은 강원도 자료인데 사설의 구조가 특이하게 변형되어 있어서 주목된다. 사설의 실상을 살펴보도록 한다.

<blockquote>
새는 새는 낭게 자고   새는 새는 우뗘 우나
쥐는 쥐는 궁게 자고   짹짹짹 울고 있고
아기 아기 방에 자고   쥐는 쥐는 우뗘 우나
</blockquote>

---

5 『강원의 민요 해설집』(강원도, 2004), 12번 5번 트랙음반 자료집.

찍찍찍 울고 있고	앙앙앙 울고 있소[6]
아기 아기 우떠 우나	

사설에서 격심하게 달라진 사실은 새 - 쥐 - 아기 등이 특정한 장소에 잔다는 사실을 말하고 곧 이어서 새 - 쥐 - 아기의 울음 소리가 어떻게 우는가 하는 점을 강조해서 말했다. 새는 의성어로 짹짹째 운다고 했으며, 쥐는 찍찍찍 운다고 했고, 아기는 앙앙앙 운다고 했다. 앞에서 살핀 동요와 전혀 다른 각도에서 사설이 짜이고 있음이 확인된다. 그렇게 하면서 기본적인 사설에서 어긋났으나 새로운 인과성을 획득하면서 소리가 전개되는 점이 확인된다. 잠과 울음이 대립적으로 제시되면서 그 상황에 맞게끔 사설의 논리적 전개가 이루어진다. 그러나 이것이 이 동요의 본질적인 측면이라고 보기 어려운 실정이다.

(6)은 우리나라의 동부 지역에서 채록된 자료와는 전혀 다른 쪽인 서부 지역 그 가운데서도 서남단의 진도 섬에서 채록되었는데 의외로 자료의 내용이 요긴하게 짜여져 있어서 주목된다. 가창자가 다른 자료를 채록하다가 우연하게 제공해준 것이어서 이 자료의 신뢰성이 높은 것으로 판단된다. 진도군에서 채록된 이 각편의 사설은 다음과 같이 되어 있다.

새는 새는 낭개 자고	다 지지리 지지지리
쥐는 쥐는 궁개 자고	새는 새는 낭개 자고
우리 같은 아그들은	쥐는 쥐는 궁개 자고
엄마 품에서 잠을 자고	우리 같은 아그들은
날아가는 참새 주머니	엄마 품에서 잠을 자고
지스럭에서 잠을 잔다	참새 참새 참새 참새는

---

6 위의 책, 12번 5번 트랙음반 자료집 다음 쪽.

지스럭에서 잠도 자고   지스럭에서 잠을 자냐
우리 같은 소년들은   신랑 신부 곤각시는
신부 신랑에 잠을 자고   신랑 품에서 잠을 자네
각시 각시 곤각시는   새는 새는 낭개 나고
신랑 품에서 잠을 자고   쥐는 쥐는 궁개 자고
새는 새는 낭개 자고   우리 같은 아그들은
쥐는 쥐는 궁개 자고   엄마 품에서 잠을 자고
우리 같은 아그들은   각시 각시 곤각시는
엄마 품에서 잠을 자네   신랑 품에서 잠을 잔다[7]
새야 새야 참새 참새야

　사설이 필요 이상으로 길어졌는데 사설의 근간 구조는 위에서 살편 1에서 4까지의 자료와 그다지 다르게 되어 있지 않다. 핵심은 간단해서 새-쥐-아기-참새-곤각시 등이 어디에서 자는가 하는 점을 사설로 보이고 있다. 그러나 동일한 사설을 거듭 반복해서 부르고 있는 점이 남다르다 하겠다. 사설의 반복에도 불구하고 이 사설의 실제적인 내용에는 변함이 없다.

　사설에 있어서 세 가지 형태가 확인된다. 우선 이 동요의 근간이 되는 단순구조의 사설로 된 자료가 있으니 그것이 곧 3과 4이다. 사설이 복잡하게 되어 있지 않고 일단 단순하게 되어 있는 점이 요긴하게 발견된다. 동요의 사설이 대립에 의해서 제시되는 전례를 확인할 수 있다. 이와는 다르게 1, 2, 6 등에서 확인되는 바와 같이 사설의 복합구조를 보이는 각편이 있다. 논리적 전개를 중심으로 하면서도 대립구조의 근간을

---

7 이 각편은 전라남도 진도군 임회면 인지리 독치마을에 거주하는 남도들노래 박종단 전수교육보조자 의 제공 자료이다. 이 녹음은 2004년 7월 31일에 있었다.

흔들지 않으면서 다면적 실상을 보여주는 사례가 있다. 이와는 다르게 사설의 변형구조를 보이는 사례도 존재하니 그것이 곧 5이다. 단순구조, 복합구조, 변형구조 등은 이 동요의 전승과정에서 당연하게 생긴 결과라고 이해된다.

이 동요는 사설의 구조적인 측면에서 동일한 자료임이 확인된다. 이 각편이 전국적으로 확인되지 않지만, 동일한 동요가 널리 전승되었을 가능성을 배제하기 어렵다. 이 동요를 사설의 구조적 측면을 논의하면서 전국적으로 이 동요가 널리 분포하는 광포유형이라고 말하기 어려운 실정이다. 이 동요는 지역적으로 지역적 특성을 반영하는 지역유형의 각편이면서 동시에 전국적이면서 보편적으로 발견되는 광포유형의 각편임을 쉽사리 인지할 수 있다. 이 동요의 각편이 이를 증거한다. 그런데 지역성을 어떻게 증명할 수 있는가 하는 문제가 남는다. 앞에서도 말한 바와 같이 이 동요의 사설적인 면모를 들어서 이를 증명하기는 어렵다고 판단된다.

이 동요의 지역성은 두 가지 측면으로 나누어서 해명이 가능하다. 그것은 말이 지니는 사투리의 음악적 어법을 구체화하는 것으로 이른 바 음악학자들이 말하는 토리의 차이로 지역적 특색을 드러낼 수 있다고 판단된다. 실제로 동부의 동요는 모두 메나리 토리의 기본적인 선율유형에서 벗어나지 않는다. 진도의 동요는 육자배기토리의 선율유형을 갖는다. 그러므로 이 동요의 선율에 의한 대가닥은 잡을 수 있다고 생각한다. 문제는 이 동요의 지역성을 대가닥은 잡을 수 있으나 이 동요를 구체화하는 지역적 특색을 드러내는데는 이 동요의 선율유형적 분석만으로는 이 동요를 구체적으로 지역적 차별성을 드러낼 수 없다고 판단된다. 따라서 이 동요의 장단으로 혹시 특징을 분별해서 예시할 수 있을 가능성이 있다고 예견된다.

2. 〈새는새는 남게자고〉 유형 동요의 장단구조에 의한 지역적 특징 추론

동요를 부를 때에 이미 처음 소리를 낼 때에 장단이 어떻게 구성되어 있는가 하는 리듬꼴을 예시하게 되어 있다. 그것을 농악이나 판소리에서도 동일하게 발현하므로 이를 따로이 일컬어서 내드름이라고 말한다. 내드름을 처음 내는 가락이 장단을 지시하고 이 장단의 지시에 의해서 내드름 가락을 낸다. 이 장단의 내드름을 분명하게 분석하게 되면 이 장단이 지시하는 가락이 무엇이고 장단의 특색을 감지하게 된다.

이 내드름 가락을 변형하면서 변주하는 것이 기본적으로 장단의 주기를 형성하고 생사맥을 형성하는 것이 기본적인 특색이다. 그러나 민요나 동요에서는 내드름 가락이 특별하게 변형되거나 달라지지 않기 때문에 동일한 반복적 장단 주기를 형성하게 마련이다. 따라서 첫 대목만 분석해도 동요의 장단구조를 감지할 수 있다. 다소 예외적으로 발달한 민요에서는 장단이 달라지게 마련인데 이것은 극히 예외적이거나 통속민요나 잡가에서만 발견되는 사례로 이해해도 무방하리라고 생각된다.

대부분의 동요나 민요 자료에서는 이와 같은 현상이 없으며 동일한 내드름의 리듬꼴이 반복되어 전개된다. 동요의 경우에는 이러한 현상이 다분하게 나타난다. 이를 구체화하기 위해서 여섯 편의 동요가 지니는 리듬꼴을 분석해서 말로 예시하기로 한다.

(1) 새는 새-는-ㅣ낭게 자고-ㅣㅣ쥐는 쥐-는-ㅣ궁게 자고-ㅣㅣ
(2) 새는 새는 낭게 자고-ㅣ쥐는 쥐는 궁게 자고-ㅣㅣ
(3) 새는 새는-ㅣ낭게 자고-ㅣㅣ쥐는 쥐는-ㅣ궁게 자고-ㅣㅣ
(4) 새는 새-는---ㅣ낭게 자고---ㅣㅣ쥐는 쥐-는---ㅣ궁게 자고---ㅣㅣ
(5) 새는 새-는---ㅣ낭게 자고---ㅣㅣ쥐는 쥐-는---ㅣ궁게 자고---ㅣㅣ

(6) 새-는 새-는 낭게자 고--|쥐는- 쥐-는 궁게자 고--||

이렇게 된 장단의 표지를 정간보를 계승한 방법으로 다시금 환원해서 그리면 다음과 같이 바꿔서 그릴 수 있다. 점선은 소박을 가리키고 실선은 여느박을 가리키고 실선의 겹선은 장단의 주기를 가리킨다.

(1)

새	는	새	-	는	-	낭	게	자	-	고	-
쥐	는	쥐	-	는	-	궁	게	자	-	고	-

(2)

새	는	새	는	낭	게	자	-	고	-	쥐	는	쥐	는	궁	게	자	-	고	-

(3)

새	는	새	는	-	낭	게	자	고	-
쥐	는	쥐	는	-	궁	게	자	고	-

(4)

새	는	새	-	는	-	-	-	낭	게	자	-	고	-	-	-
쥐	는	쥐	-	는	-	-	-	궁	게	자	-	고	-	-	-

(5)

새	는	새	-	는	-	-	-	낭	게	자	-	고	-	-	-
쥐	는	쥐	-	는	-	-	-	궁	게	자	-	고	-	-	-

(6)

| 새 | - | 는 | 새 | - | 는 | 낭 | 게 | 자 | 고 | - | - | 쥐 | 는 | - | 쥐 | - | 는 | 궁 | 게 | 자 | 고 | - | - |

(1)은 2소박이 세 개가 모여서 하나의 장단 주기를 형성하는 것으로 2소박 3박자로 된 장단이다. 새는 새-는이 반복해서 장단을 이루는데 이하의 말은 동일하게 붙어 있어서 2/2/2//의 근본 요소가 동일하게 적용된다. 그러나 사설의 의미가 완성되기 위해서는 이것이 다시 반복되어야 하므로 '새는새는 낭게 자고'까지 겹으로 반복되어야 한다. 그러므로 6박자의 구조를 형성한다고 할 수 있다. 사설을 얹어서 가는데 불편하지 않고 자연스러운 것이지만 이면에 이러한 장단구조가 내재되어 있음이 확인된다.

(2)는 동일한 사설을 전혀 다르게 운용하니 2소박이 모두 다섯 개로 되어 있는 것이 두드러진다. 사설은 '새는 새는 낭게 자고'라고 하는 것이 모두 붙어서 길게 이어지는 것이 (1)과 다르게 '새는 새는'만 붙는 경우와 다르다고 할 수 있다. 2/2/2/2/2//의 구조로 되어 있는 것이 특징이고 이면에 장단구조가 숨어 있음이 확인된다. 그러므로 2소박 5박자로 되어 있음이 확인된다. 사설의 붙힘새가 하나의 장단만으로도 완성되는 것이므로 의미가 있으나 장단의 주기로 본다면 2소박 5박자가 두 개가 반복되어야만 사설의 전체가 완성되는 특징이 있다. (1)의 곱이 되어야 장단의 주기가 완결된다.

(3)은 2소박과 3소박이 합쳐져서 5소박이 되어서 혼소박으로 되어 있는 장단이다. 사설의 붙힘새에서 완성은 혼소박이 두 개가 되어야 완성되는 특징이 있다. 혼소박으로 4박자가 되어야만 사설의 의미도 완성되는 특징이 있다. 따라서 2/3/2/3//의 장단구조를 지니고 있는 것이 (3)의 특징이 된다. 장단이 절름거리기는 해도 사설의 의미 전달이나 장단의 특성을 이해하는데 아무런 불편이 존재하지 않는다.

(4)와 (5)는 함께 논의해도 좋을 만큼 장단의 근간이 같다고 할 수 있

다. 2소박 4박자로 되어 있는 것이 이 장단이고 사설의 붙힘새 역시 이 장단에 의해서 반복되어 나타난다. 2/2/2/2//의 근간을 형성하고 있으며 2소박 8박자로 되어야 사설의 의미가 완결되는 것이 이 장단의 특성이라고 할 수 있다. 그러한 점에서 이 장단은 아주 각별하며 드물게 보이는 장단이라고 하겠다.

(6)은 3소박 4박자이다. 그런데 리듬의 붙힘새가 다른 동요와는 다르게 변화 있게 구현되고 노래를 진행하면서 달라지기 때문에 변화무쌍한 리듬꼴이 형성되고 있음이 확인된다. 3/3/3/3//의 리듬꼴이 구성된다. 사설의 의미는 동일한 구조가 반복되지 않아도 자연스럽게 형성되는데 그 점에 있어서 결국에는 (2)의 사설 붙힘새와 동일하게 나타난다. 왜냐하면 동일한 사설의 반복 장단 주기는 위의 리듬꼴이 3소박 4박자로 구현되어 반복되어 확인이 가능하기 때문이다.

그렇다면 (1)에서 (6)까지의 장단구조는 근간이 되는 구성 요소에 따라서 다음과 같이 정리된다.

> (가) 2소박 3박자의 반복적 중첩에 의해서 6박자로 사설을 완성한다.:(1)
>
> (나) 2소박 4박자의 반복적 중첩에 의해서 8박자로 사설을 완성한다.:(4)(5)
>
> (다) 2소박 5박자에 의해서 사설을 완성한다.:(2)
>
> (라) 3소박 4박자에 의해서 사설을 완성한다.:(6)
>
> (마) 2소박과 3소박의 혼합 2박자의 반복적 중첩에 의해서 4박자로 사설을 완성한다.:(3)

이 말을 알아듣기 쉽게 정리해서 말한다면 이와 같이 정리된다. '새는새는'이라는 구절만으로 사설의 의미는 형성되지 않는다. '새는새는 낭게자고'라는 말이 합쳐져야 사설의 근간이 '새는 나무에 자고'라는 말이 완성된다. 이렇게 하는 데에 있어서 일단 2소박 3박자나 2소박4박자 그리고 2소박과 3소박의 혼합박자는 단일하게는 사설의 의미를 형성하지 못한다. 그래서 이를 거듭 반복해서 중첩시켜야만 위에서 예시한 사설의 의미가 전달된다. 그러나 2소박 5박자나 3소박 4박자는 그 한 장단으로도 위의 사설이 의미를 갖도록 형성시킨다. 사설의 붙힘새와 장단이 긴요한 것은 이 때문이다.

동요의 사설은 간단한데 장단의 구조가 복잡한 것은 무엇 때문인가? 일단 오해를 없애기 위해서 주목해야 하는 것은 동요를 부를 때에는 이러한 장단의 복합성이 저항감을 갖지 않고 자연스럽게 소리로 응용되어 발화되고 가창된다는 사실이다. 이것은 달리 말한다면 소리로 내는데 불편함이 전혀 없이 장단의 이면구조가 운용되고 있다는 사실을 말해준다.

그러나 다른 한편에서 동요에 상식적으로 예견했던 것처럼 단순한 장단의 구성요소로 되어 있지 않다는 사실을 다시금 환기할 필요가 있다. 그것은 동요의 장단구조가 단조로운 것이 아니라 우리나라 소리의 장단에서 발생할 수 있는 모든 범형範型적인 장단구조의 구성 요소를 갖추고 있는 점이 주목된다. 그것은 다른 말로 하면 동요의 사설 표현력이 훨씬 다채롭고 다양하며 동시에 소박한 것에 복잡한 구조가 개입되어 있다는 사실을 절감하게 한다.

우리는 이와 같은 장단의 특성을 들어서 지역성을 논할 수 있는 단서를 마련하게 되었다. 동요의 지역성을 위의 정리된 사실대로만 말한다면 지역마다 다르게 부르기 때문에 그러한 사실을 들어서 지역성을 논의할 단서를 마련하게 된다. 그렇다면 우리는 이렇게 말할 수 있다. 강원도의 동요는 2소박 4박자의 장단으로 노래 부르고, 경상북도는 경주, 청송, 성주 등은 동일한 경상북도 지역인데도 불구하고 각기 차이가 있어서 2소박 3박자로 노래 부르기도 하고, 2소박 5박자로 노래 부르기도 하고, 2

소박과 3소박의 혼합박자로 노래 부르기도 하며, 전라남도 진도에서는 3소박 4박자로 노래 부른다고 지적할 수 있다. 그렇다면 이러한 사실이 과연 타당한지 두 가지 각도에서 반론이 가능하다.

하나는 동일 지역의 다른 동요나 민요의 장단구조도 동일하게 해명할 수 있는가 하는 점이다. 일반적으로 동일하게 동요를 같은 창법으로 부를 만한데 사실은 그렇지 않다. 오히려 동요마다 장단구조가 모두 다르고 심지어 민요에서는 전혀 다른 장단구조로 된 소리를 하고 있으므로 동요의 동일한 장단구조가 지역성을 담보할 수 있다고 믿는 것은 커다란 착각이다. 장단구조에 의해서 지역성을 논단하는 것은 자칫 커다란 오해를 불러일으킬 수 있는 소지가 있으므로 신중하게 생각해야 할 문제이다. 동요가 동일 지역의 장단구조를 대표할 수 있다고 생각하는 것은 잘못된 생각이다.

다른 하나는 강원도의 경우에 인접하고 있는 지역이므로 동일한 장단 구조가 발견되나, 경상북도에서는 인접한 지역이 아니기는 하지만 전혀 다른 장단구조로 된 동요가 각기 불리기 때문에 이는 동일한 지역성의 원리를 위배하고 있다는 사실이다. 그러나 다른 각도에서 보면 우리가 아는 지역성이라는 것이 사실은 더 세부적 지역성을 염두에 두어야 한다는 것을 깨닫게 한다. 소리가 물 하나 건너 산등 너머 다르다는 말을 자주 하곤 하는데 이는 어찌 보면 더 세부적인 지역적 한정성을 말하는 것일 수도 있다. 따라서 동일한 경상북도 지역의 테두리를 설정했다고 하더라도 그보다 더 하위의 지역적 특색을 드러내는 것이 있음을 장단구조로라도 깨우쳐 알 수 있다. 지역유형의 저변에 더 하위의 지역성을 드러내는 지역유형이 있음을 판단할 수 있다.

게다가 이러한 반론을 종합해서 보면 동요의 지역성을 증명하는 일이 장단으로 해결될 수 있다는 것은 사실은 어려운 측면이 있음이 확인된다. 선율유형은 대가닥을 가를 수 있으나 장단유형에 의한 구분은 더욱 혼란스러운 결과만 낳는다. 그러므로 이를 정리하면서 논의하기로 한다. 장단에 의한 동요의 지역성을 논의한 사실을 정리하면 동요의 사설과 장단의 결합은 임의적이고 자의적으로 결합한다는 사실이 확인된다. 그렇다면 장단구조의 유형에 대한 논의는 동요의 채록 지역에 대한 정보를 집약할 수 있을 따름이고 본격적인 논의를 할 수 없으리라고 생각된다.

동요를 산출한 집단이 세 가지 공동체로서 일정 부분 작용하는 점은 인정할 수 있고 이러한 요인에 의해서 동요가 지역성을 가지고 있음이 증명되리라 예견된다. 동요는 지역의 생활공동체 의식 아래서 산출되는 것임이 강조되어야 하리라고 본다. 문화적 산출 자체가 생활공동체를 유지하니 아이들이 자연스럽게 생활공동체의 일원으로 동요라는 문화적 창조물을 산출했으리라 추정된다. 대신에 아이들은 별도의 의식공동체를 유지하고 있으므로 아이들만의 독자적인 어법에 의한 동요를 불러서 문화물을 창조했으리라 짐작된다. 아이들의 노래와 어른들의 소리가 다른 것은 이러한 각도에서 해명이 가능하다. 아울러서 아이들이 부른 동요는 예술공동체에서 비롯된 것임을 잊지 말아야 한다. 아이들의 동요에 대한 예술적 창조가 긴요한 것은 이와 같은 시각에서 매우 중요하다.

아이들이 부른 동요의 진정한 가치가 어디에 있는지 따져보기로 한다. 아이들의 동요를 지역성으로 논의하는 것도 긴요하나 더욱 중요한 사실은 아이들이 부르는 소리의 장단이 어떠한 심층구조를 지니고 있으며 이것이 다른 공동체의 소리와 장단구조적 측면에서 어떻게 같고 다른지 비교하고 분석해야만 참다운 의의가 있으리라고 생각한다. 동요에는 장단의 명칭이 존재하지 않는다. 장단은 다른 의식공동체나 생활공동체 및 예술공동체에서 가지고 있는 것이다. 아이들이 장단을 말하고 고집하면서 동요를 부르는 것은 아니다. 그러나 아이들의 잠재된 의식 속에 장단의 주기와 장단의 원초적 무의식이 심성 속에서 작동하고 있음을 부인할 수 없다. 동요가 긴요한 이유가 바로 여기에 있다. 장단이 생성되어 표출되고 의식화되기 이전에 잠재적으로 발현되어 있는 장단의 인지가 있다. 자연적인 음악의 생성 속에서 이러한 장단의 심층이 존재한다.

이를 증명하기 위해서 장단의 구조가 같은 다른 사례를 차례대로 비교하면서 논증하기로 한다. (1)은 엇중머리와 한 배가 맞는 장단구조로 되어 있다. 엇중머리는 판소리에서만 등장하는 장단인데 동요에서도 발견되니 판소리에서만 발견되는 특별한 장단이 아니라고 본다. 2소박의 6박자로 된 장단이다. 유사한 장단으로 2소박6박자의 도살풀이 장단이 있으나 전혀 다른 각도에서 여느 박이 형성되는 특징이 있다. 둘의 차이는 말이 놓이는 배자에서 차이가 생긴다. 도살풀이는 8자 내외로 말이 놓이고 그것이 1에서 4박까지 말이 놓이고 나머지 2박은 말이 쉬는 공박이 된다. 그러나 엇중머리의 경우에는 여덟 자가 말이 놓이지만 동요에서처럼 말이 반씩 나뉘어서 네 자를 세 박으로 나누어서 뒤를 끄는 멜리스마로 가는 것이 특징이다. 그래서 장단의 표층이 달라지는 기이한 현상이 벌어진다.

(2)는 아주 특별한 장단인데 이러한 장단은 남해안 지역의 무가에서 발견되는 장단이다. 남해안 지역의 굿에서 불림장단이 있는데 이를 달리 불림 염불형 장단이라고 해도 무방하다. 2소박 5장단으로 되어 있으며 다른 장단과 다르게 8자가 두 번 반복되어 16자에서 장단의 주기가 확인되는 장단이다. 남해안 별신굿에서도 주로 염불을 외는 장단에서 불려지는 특별한 장단인데 그 사설은 8자 내외가 한 장단에 배열되는 특징이 확인된다.

(3)은 이른 바 엇모리형 장단이다. 동요에서는 이를 지시하는 장단의 명칭이 없기 때문에 앞에서 언급한 바와 같이 다른 곳의 유사한 사례를 가져와서 해명해야 하기 때문에 이를 엇모리형 장단이라고 말하는 것이다. 2소박과 3소박이 합쳐지고 이 장단이 거듭 중첩되어서 4박자에서 장단이 완성되기 때문에 이를 엇모리형 장단이라고 말한다. 엇모리형 장단을 특정한 지역에서 확인하기 어렵고 경상북도나 전라도 일대에서 널리 확인되는 장단이라고 하겠다. 그리고 혼소박 장단이 아주 고형의 특색을 지니고 있음

을 확인하게 되는데 이는 혼소박 장단의 특색이 제의적 비의성이 높은 것이기 때문이다. 그러나 동요에서도 소박하게 발견되는 현실정을 감안한다면 이는 무가에서나 타당한 이야기가 아닌가 한다.

(4)와 (5)는 2소박 4박자로 된 것으로 유사한 장단이 이른 바 동살풀이 유형의 장단이 이에 속한다. 동살풀이라고 하는 것은 농악장단에 사용하는 장단이 아니고 이른 바 전라남도 무가에 쓰이는 장단으로 2소박 4박자의 무가 유형이라고 하겠다. 동살풀이 유형의 장단은 무가를 청배하는 과정에서 쓰이는 장단인데 제석굿 무가에서 쓰이는 것으로 청배를 하고 이어서 다른 장단이 복합되어 이어지는 과정에서 쓰이는 장단이다. 동요에서 이러한 장단이 쓰이는 것은 매우 이례적인 현상인데 게다가 강원도에서 이러한 장단이 발견되어 동요의 풍부한 표현력을 엿볼 수 있는 사례이다.

(6)은 전형적인 굿거리 장단형인데 이를 전라도에서는 중중몰이 장단의 유형이라고 말한다. 사설의 붙힘새가 완전히 굿거리 장단의 전형적인 구조에 맞게 배치되는데 장단의 주기는 16자에서 확인된다. 그런데 이를 부른 가창자가 특별하게 변형시켜서 불렀으므로 사설의 부침새는 활발하게 변이형이 많고 일정한 원리가 마련되지 않는다. 판소리의 사설 부침새 유형이 많은 것이 인상적으로 나타난다. 민요에서 발견되는 것보다 다양한 사설 배분이 이루어지는 것은 인상적이다.

우리는 이러한 장단유형의 비교를 통해서 동요가 지니는 장단구조의 창출에 있어서 원초적 시원성을 거듭 확인하게 된다. 동일한 사설을 배분하고 장단의 유형구조로 가져가는 데 있어서 전혀 어색함이 없이 그 자체로 여러 가지 장단의 유형을 심층에 간직하고 있다는 것은 동요의 중요성을 역으로 보여주는 사례이다. 동요에 나타난 리듬과 장단이 소중한 이유가 여러 가지 각도에서 해명될 수 있으나 심층적 장단의 요소가 발현되면 예술적으로 가다듬어진 음악을 새로운 각도에서 해명할 수 있는 단서로 사용될 수 있다는 가능성을 해명하는 것이기도 하기 때문이다.

아울러서 동요가 소박하리라는 상식적 발상을 원칙적으로 봉쇄하는 것이 장단구조의 발현에 있다. 동요는 소박하나 그 이면에 여러 가지 다양한 구조를 쉽사리 드러낼 수 있는 풍부한 표현력에 입각하고 있다는 생각을 읽어낼 수 있다. 지역적 차이에 입각해서 자생적인 문화 창출력을 지니고 있으므로 다양한 문화적 생명력을 지니고 있음이 확인된다. 문화는 자신의 문화적 환경을 독자적으로 드러내며 이러한 창조의 저변에 문화를 올곧게 지방화 하는 지역유형의 특색이 드러나기도 한다. 동요의 창조력은 다양성에 있으며 다양성의 근거가 곧 장단구조에 있음이 뚜렷하게 확인된다.

동요는 잠재적인 장단구조를 발현하고 있으나 정형화된 민속음악 갈래에서는 구체적인 장단구조를 표출하고 있음이 확인된다. 잠재적인 장단구조라고 하는 것은 현재적인 장단구조와 대응되는 말이다. 현재적인 장단은 장단의 인지가 구체화되어 있을 뿐만 아니라, 실제 학습에서도 장단구조가 인지되고 소비되는 것이다. 이에 견주어서 아이들이 부르고 즐기는 장단은 무의식적으로 부지불식간에 쓰이는 장단이므로 장단의 인지 여부보다도 이를 노래로 부르는 것에 더욱 긴요한 관심을 갖는 것이라고 보인다. 아울러서 이를 소통하고 즐기는 것에 더욱 관심을 두고 있는 것이 잠재적 장단구조의 특색이라고 할 수 있다.

3. 동요의 음악적 분절과 율격적 분절의 상관관계

동요의 장단구조가 어떠한 방향에서 문제가 될 수 있는가 따져볼 필요가 있다. 장단구조는 사설의 전달을 규칙화하는 방향에서 나온 음악적 구조이다. 음악적 구조는 동요에서는 전적으로 사설에 입각하고 있으므로 사설의 전달 수단으로 음악적 구조가 창출되었다고 보는 편이 적절하리라고 판단된다. 그러나 음악의 전달 구조가 사설에 있다고 하는 것은 사설을 중심으로 당양한 논의를 펴야 마땅하다는 근거가 된다. 사설을 두고서 우리는 다시금 논의를 하고 사설의 문학적 구조와 음악적 구조가 어떠한 상관성을 지니고 있는지 따져서 논의해야 마땅하다. 그것을 다른 말로 하자면 음악적 분절과 문학적 분절의 상관관계라고 지칭할 수 있으리라고 판단된다.

동요의 사설을 중심으로 다시 동일한 동요를 살펴보자. 사설은 의미를 통해서 활용할 수 있는 것은 다음과 같은 것이다. 사설은 이렇게 유형화할 수 있다.

1. 새는 새는
2. 새는 새는 낭게 자고
3. 새는 새는 낭게 자고 쥐는 쥐는 궁게 자고

1은 반복이고 그 자체로 말의 뜻이 성립되지 않는다. 이는 〈구지가龜 旨歌〉에서 '龜何龜何'와 같은 것이므로 말은 성립되나 의의가 무엇인가 확립되지 않는 것이다. 동시에 율격적으로도 불안정하다. 이렇게 되면 음절수가 네 자이고 이를 한 음보로 삼을 수 있는 율격이 매우 불안정하다. 한 음보에 음절수가 두 자로 되어 있는 형국이다. 그러나 일상적인 용례로 비추어서 본다면 이것은 온당하지 않다. '옹헤야/ 옹헤야// 여기 보소/ 옹헤야//'에서 확인되듯이 일음보가 중첩되는 구조라고 하더라도 음절수가 3~4자로 배분되는 것이 확인된다. 1은 음절수는 4자이기도 하고 2자이기도 한데, 이 자체로 성립이 안되는 것이다. 게다가 〈보리타작 소리〉처럼 선후창의 가창방식도 아니다.

2는 여러 모로 문학적 분절과 음악적 분절이 일치하는 구조로 된다. 음절수가 네 자씩 되어 있으며 두 음보로 되어 있으므로 확인된다. 네 자씩 합치자 여덟 자가 되고 전형적인 2음보의 율격이 형성된다. 이것이 음악적 구조는 각기 달라서 2소박 3박자가 중첩되어 나타나기도 하고, 2소박과 3소박이 합쳐진 것이 중첩되어 나타나기도 하고, 2소박 4박자가 중첩되어 나타나기도 한다. 2음보의 율격적 분절이 세 가지 다른 음악적 분절로 되어 나타나기도 한다. 율격적 분절과 음악적 분절이 일정한 함수관계를 지니고 있는데 율격적 분절이 고정되어 있으나 음악적 분절인 장단구조가 가변성을 지니면서 변이형을 창출한다.

3은 2음보의 율격이 중첩되어서 4음보가 된 경우에 해당한다. 2음보가 장단의 주기가 되므로 이를 사설에서 온전하게 확인하기 위해서 필요한 것은 4음보의 길이가 장단의 주기를 확인하게 한다. 사설은 두 가지 사설이 열거되는 구조로 되어 있다. 열림불림유형의 장단구조인 (2)와 중중몰이유형의 장단구조인 (6)이 이러한 사설을 요구하고 있다. 사설이 중첩되자 장단의 온전한 길이가 확인되는 것이 있음이 확인된다. 이치가 이렇다면 사설과 장단이 필수적으로 요청되는 것임이 밝혀졌다.

1, 2, 3 등은 율격적 분절과 음악적 분절을 함께 다룰 수 있는 적절한 사례이다. 실제로 필요한 것은 1은 가상의 모델이고 소리가 아니므로 제외하고 이를 구실삼아 다양한 소리를 검토할 수 있는 길을 열 수 있으리라고 본다. 민요의 사설을 비교하면서 이를 정리할 수 있겠다.

2: 오호호 가래야
   오호호 가래야
2: 이 가래가 뉘 가랜공
   오호호 가래야   〈가래소리〉

3: 모를 찌세 모를 찌세 이 모판에 모를 찌세
   모를 찌세 모를 찌세 이 모판에 모를 찌세   〈모 찌는 소리〉

담박담박 수지비 사우상에 다 올랐네

요노무 할마이 어데 가고 딸을 동자 시키노   〈모 심는 소리〉

2는 동요가 아닌 선후창에서 흔하게 발견되는 유형이다. 호흡이 길게 된다고 하더라도 사설의 배분이 긴밀하게 연결된다. 3과 같은 것은 흔히 교환창에서 발견되는 유형이다. 첫 번째 유형은 정형적인 음절수 배분이 이루어지는 것이라면, 두 번째 유형은 비정형적인 사설 배분이 이루어지나 근간은 4음절수가 되나 경우에 따라서 가변적인 음절수가 형성되는 비정형의 음절수를 유지하고 있다. 동요에서는 2가 절대적으로 우세하고 4와 같은 호흡은 잘 보이지 않는다. 동요는 2음보로 된 4음절수가 근간이 되는 것임이 구체적으로 확인된다. 4/4로 배분되는 사설의 원칙은 경상도와 전라도에서 흔하게 발견되고 동요에 있어서는 일반적으로 발견된다고 하겠다.

음절수는 음보를 이루는 기본적인 것이고 음보는 문장 단위의 의미 확보와 관련된다는 사실이 발견되었다. 마찬가지 관점에서 음절수가 일정한 의미를 갖는 것은 형태소와 직결된다. 일차분절에서 형태소와 직접적인 관련이 이루어지며 '새는 새는'을 반복해서 어떻게 음악적 주기를 갖는가 하는 것이 반복의 궁극적인 의의이다. 둘이 반복되면서 하나로 합쳐지는 것이 곧 일정한 소박의 장단 리듬소를 형성하게 된다. 그런데 리듬소는 분절적으로 되어 있고 리듬소가 중첩되어야만 사설의 의미가 완성되는 것으로 되어 있다. 결국 율격적 분절과 음악적 분절은 전혀 다른 방향으로 진행되는 성격이 있음이 확인된다. 기본적인 단위가 각기 다르고 율격과 음악의 구조가 전혀 다른 각도에서 시작하고 있음이 확인된다. 문장의 전체를 가져다 놓고 이를 세밀하게 따져보기로 한다. 이것은 장차 커다란 논의를 하기 위한 밑받침이다. 이러한 논의의 기본적인 맥락을 정리하면서 문장, 율격, 장단 등의 상호관계를 명시할 수 있을 것으로 기

대된다. 논의의 요점을 정리하면서 이를 심도 있게 논의할 단서로 삼고
자 한다. 이를 일반화할 수 없으나 생각의 개요를 정리하면 다음과 같
다. 그 점을 명시하면 다음과 같다.

<blockquote>

새는 새는 낭게 자고 쥐는 쥐는 궁게 자고

A새 : 음절수-동요 율격의 기본 단위

B새는 : 어절-동요 리듬의 기본 단위

C새는+새는-1.동요 율격의 기본 단위: 음보

　　　　　　2.동요 리듬 장단소의 중첩 단위: 악구

D새는 새는 낭게 자고-1. 소박의 중첩에 의한 장단과 사설의 일치

　　　　　　　　2. 소박의 단일한 제시에 의한 장단과 사설
　　　　　　　　　　의 일치

　　　　　　　　3. 어절이 합쳐져서 율격의 음절수가 고정
　　　　　　　　　　되고 사설의 의미 완성

E새는 새는 낭게 자고 쥐는 쥐는 궁게 자고 : 소박의 중첩에 의한
　　　　　　　　　　　　장단과 사설의 일치

</blockquote>

음절은 2차분절의 출발점에 있는 단위이다. 2차분절은 음절을 분할하
는 것으로 ㅅ+ㅐ+ㅇ의 결합체이다. 1차분절은 새는/낭게/자고의 덩어리
분할이다. 음절수는 율격의 기본을 이루는 1차적 요소이다. 이것은 장단
의 리듬소가 되지 못한다. 어절 단위의 기본 음절수가 장단의 리듬소를
이루는 요소라고 판단된다. 어학적 분절에서 상위의 단위로부터 출발하
는 것이 동요의 리듬구조이다. 동요에 어절 단위의 반복적 리듬소가 거듭
사용되는 것이 곧 동요의 특징으로 일반화할 수 있는가 의문이다. 그에
견주어서 율격에서는 음절의 단위가 어절에 중첩에 의해서 의미를 형성
한다. 최종적으로 D3에 가서 율격의 모형이 완성된다. 그런데 음악적 분

절은 D1에서도 완성되기도 하고 E에서 완성되기도 한다.

역으로도 해명이 가능하다. 동요의 음악적 분절은 E에서 출발하여 D를 거쳐서 B로 귀착된다면, E에서 출발하여 D를 거쳐서 C를 음보로 하고 A로 귀착되는 특징이 있다. 음악적 분절과 율격적 분절이 각기 다른 유통 구조를 형성하고 있음이 확인된다. 그런데도 불구하고 D와 C에 이르러서 율격과 음악의 분절이 공동의 저층을 형성한다. 그러나 C에서는 음보든 악구이든 의미를 완전하게 갖추지 못하는 특징이 있음이 확인된다. 1음보도 불완전하고 1악구 역시 불완전하다. 그래서 D가 필요하다. 동요에 있어서는 D가 도달점이 된다. 그러나 민요의 경우나 다른 성악곡에서는 경우가 다르게 형성되리라고 판단된다.

C의 차원에서는 음보의 다양성은 억제되고 고정되게 마련이다. 이에 견주어서 음악적 다양성을 이 과정에서 폭넓게 확인하게 된다. 얼마나 동요가 다채롭고 흥미롭게 생각할 수 있는지 이 과정에서 확인이 가능하다. 동시에 D의 차원에서 음보가 고정되고 음악적 구조도 완성된다. 하나는 불완전하다. 둘이 합쳐져야 의미가 완성될 뿐만 아니라, 사설도 균등감을 가지고 안정감을 가지게 마련이다. 이것이 핵심적인 원리이리라 추정된다. 어른들이 부르는 민요나 판소리는 4/4가 일반적이나 경우에 따라서 4/4/4/4// 등이 완성되는 면모도 확인하게 된다. 그것이 남다른 진전이라고 생각한다. 이렇게 해서 얻은 결론이 일반화될 수 있는지 의문이다. 이러한 결론은 순수한 동요에서만 한정되는 의의를 가질 따름이다.

새는 새는

새는 새는

경북 청송군 부남면 중기2리

새는 새는 낭게 자고 - 쉬는 쉬는 궁게 - 자 고

납 딱 납 딱 붕 어 - 새 끼 바 위 틈 에 잠 을 - 자 고

매 끌 매 끌 미 꾸 라 지 - 궁 게 속 에 - 잠 을 - 자 고

어 제 왔 던 - 할 마 시 는 영 감 품 에 잠 을 - 자 고

오 늘 왔 는 새 악 씨 는 신 랑 품 에 잠 을 - 자 고

우 리 겉 은 아 이 들 은 - 엄 마 품 에 잠 을 자 고

새는 새는

강원 삼척시 원덕읍 노경2리

새는 새는 낭게 자고 쥐는 쥐는 궁게 자 고

저 기 가 는 저 아 가 씨 신 랑 품 - 에 잠 을 자 고

우 리 겉 은 아 해 들 은 엄 마 품 - 에 잠 을 자 네

새는 새는

강원 삼척시 노곡면 발리

새 는 새 는 낭 게 자 고 쥐 는 쥐 - 는 궁 게 자 고

아 기 아 기 방 에 자 고 새 는 새 - 는 우 떠 우 나

찍 찍 - 찍 울 고 있 고 쥐 는 쥐 는 우 떠 우 나

찍 찍 - 찍 울 고 있 고 아 기 아 기 우 떠 우 나

앙 앙 - 앙 울 고 있 소

새는 새는

전남 진도군 지산면 인지리

새 는 새 는 낭 - 게 자 고 쥐 는 - 쥐 - 는 궁 게 자 고

우 리 같 은 아 그 - 들 은 엄 마 품 에 서 잠 을 자 고

날 아 가 는 참 새 주 머 니 지 쓰 러 게 - 서 잠 을 - 잔 다

다 지 찌 지 찌 찌 지 새 는 새 는 낭 - 게 자 고

쥐 는 쥐 는 궁 게 자 고 우 리 같 은 아 그 들 - 은

엄 마 품 에 서 잠 을 자 고 참 새 참 새 - 참 새 - 참 새 는

지 쓰 러 게 서 잠 도 자 고 우 리 같 은 소 - 년 들 은

신 부 신 - 랑 에 잠 을 자 고 각 씨 각 씨 - 콩 각 - 씨 는

총체학으로서의 구전동요 연구
- 〈비야비야 오지마라〉 유형을 예증삼아 -

1. 논의 착상

구전동요가 소중한 이유는 소리 발생의 비밀을 풀 수 있는 단서를 지니고 있기 때문이다.[1] 구전동요는 전래동요와 같은 뜻을 가진 말이나, 이 글에서는 이 용어를 선택한다. 구전동요는 자연태의 소리로 말과 소리의 성격을 구체적으로 중첩적으로 지니고 있다. 구전동요의 유형이 적지 않은 점도 유리하다. 동시에 소리와 말의 경계면을 통해서 소리의 분화와 생성 과정을 선명하게 집약하고 있기 때문이다. 아이들이 복잡한 소리를 하지 않으면서도 우리 소리의 음악적 단서와 생성 과정을 소박하게 보여주는 점 때문에 입체적 논의를 할 수 있는 실마리를 제공한다.

구전동요에 대한 착상이 가장 중요하다.[2] 무엇을 어떻게 다룰 것인

---

[1] 구전동요의 문제를 한 차례 다룬 바 있다. 그 때에 다룬 것이 바로 〈새는새는 남게자고〉의 사례였다. 그 자리에서 일련의 작업을 진행한 결과가 나왔다. 그 결론을 이 자리에서 다시 확인하고자 하지 않는다. 이러한 논의 기반을 중심으로 새삼스러운 접근을 이 글에서 하고자 한다.

[2] 구전동요의 연구는 이루 헤아릴 수 없이 많다. 그러나 이 글에서 특히 요긴한 것을 추리면서 학문적으로 가다듬어진 연구만을 몇 가지만 예시하기로 한다.
강혜인, 『한국전래동요의 음악문화 연구』(동아대학교대학원 철학박사학위논문, 2006); 강혜진, 『한국

가? 일단 구전동요에서 중요한 요소가 바로 리듬이다. 리듬이 제한적인 용어이므로 가락이라고 해도 무방하나, 이 글에서는 리듬론을 다룰 예정이므로 이를 기본적으로 선택한다. 가락의 형성에 있어서 리듬꼴을 기반으로 구전동요의 소리가 불려지기 때문에 이 점을 중시하면서 이에 대한 말과 소리의 패턴을 구조적으로 검증할 수 있는 단서를 찾고자 한다. 말의 길이와 높낮이를 통해서 다양성을 구현하므로 이에 대한 구체적 양상을 정립하고 이론화하는 작업이 필요하다.

구전동요의 리듬론을 전개하기 위해서 다양한 양태가 나타나는 유형을 통해서 리듬론에 대한 일반화를 꾀하는 것도 요긴하다. 말에서 소리로 전환되기 때문에 소리의 다양한 리듬론이 가능하다. 말을 어떻게 효과적으로 표현하는가 하는 점을 중점적으로 다룬다. 특히 유희와 전달을 목적으로 동아리를 위계적으로 짓는가 하는 점이 소리의 리듬론에서 가장 긴요한 문제이다. 구전동요는 자연태의 소리이고 예술태의 소리가 아니다. 일단 소리의 리듬론에 일정하게 자연태의 리듬론이 예술태의 리듬론에 대한 기본적 착안과 자질을 공유하고 있으므로 이를 중심으로 논의를 전개하고자 한다.

구전동요에서 더욱 중요한 면모는 바로 음의 높낮이와 함께 음의 질서를 통한 선율론을 전개하는 것에서 발견된다. 구전동요에서 선율론이 가능한가 하는 의문이 있을 수 있다. 그러나 자연태의 선율론이 소박하고 원칙적이므로 이를 다루는 것이 절실한 문제이다. 이것이 검증되지 않는다면 이는 매우 잘못된 견해를 낳을 수 있다. 구전동요의 선율론이

전래동요의 음악적 분석』(서울대학교대학원 음악학과 국악이론전공 음악학 석사학위논문, 2004); 유안진, 『딸아딸아 연지딸아』(문학동네, 2003); 좌혜경, 『제주전승동요』(집문당, 1993); 편해문, 『가자가가 감나무』(창작과비평사, 1998); 편해문, 『옛아이들의 노래와 놀이 읽기』(박이정, 2002); 편해문, 『어린이민속과 놀이문화』(민속원, 2005); 홍양자, 『빼앗긴 정서 빼앗긴 문화』(도서출판다림, 1997); 홍양자, 『전래동요를 찾아서』(우리교육, 2000).

일정하게 이론적 수준이 진작되지 않는 것도 이러한 각도에서 재론할 필요가 있는 문제이다.

구전동요에서 특정한 유형을 선정해서 일련의 논의를 하고 이를 유형적으로 확대하는 작업 방식이 필요하다. 구전동요의 유형적 정립에 대한 논의를 모두 한꺼번에 하는 것은 긴요한 작업 과정이지만, 이것이 일관되게 연구되기 위해서 필요한 일이 바로 구전동요의 특정한 유형에서 일반론으로 확대하는 작업이 요구된다. 그러므로 일단 이 자리에서는 이 문제를 풀기 위해서 〈비야비야 오지마라〉의 구전동요 유형에 집중하고자 한다.

이 유형에서 가장 중요한 사실은 바로 이 소리를 해서 아이들이 무엇에 주목하고자 하고, 무엇을 하고자 하는가 하는 점을 해명할 필요가 있다. 결국 이 소리를 통해서 언어적 주술을 중심으로 비가 오지 않게 하는 것이 가장 선명한 답이다. 그러한 주술의 심리적 기저를 해명하는 것이 궁극적인 도달점이 되어야 하겠으며 이 소리를 통해서 일련의 언어주술을 구현하는 표현적 구조의 심층을 밝히고자 한다.

2. 사례 분석

〈비야비야 오지마라〉는 경상북도 민요의 동요를 조사하는 과정에서 필자가 주목한 것 가운데 하나이다.[3] 특히 많이 채록되었던 구전동요 가운데 한 유형이다. 소리가 소박하고 내용이 단순하다. 작품에서 화자가 누나의 분홍저고리가 비가 오면 젖기 때문에 비가 오지 마라는 기원을 담고 있으므로 주술적 성격이 매우 강한 소리임이 명확하다. 이 소리의 설정이 단순하지만 소리의 양상은 경상북도 한 지역에서 매우 다양하게

---

3   문화방송, 『한국민요대전』 경상북도편(문화방송, 1994).

나타나는 점을 인정할 수가 있다.

　이 소리의 전통적인 표현 형태에도 불구하고 이 소리의 일반적 양상이 과연 온당한가 하는 점을 검토하지 않을 수 없다. 곧 소리의 전통성은 있는가? 소리의 리듬은 검증할 만한가 하는 문제가 선결되어야 한다. 소리의 전통성은 분명하게 확인된다. 소리의 리듬 역시 다양하게 나타난다. 선율에서도 전형적인 메나리토리는 아니지만 메나리토리에 가까운 소박한 것과 본질적으로 메나리토리에 부합하는 것 등으로 나타난다. 그런 점에서 이 소리는 검증할 만한 것이라고 할 수가 있다.

　대체로 여덟 곡이 채록되었다. 채록 지역이 각기 다르고 가창자도 다르다. 이 소리를 절대음감으로 부른 인물이 있어서 이 소리의 전통이 간단하지 않음을 볼 수가 있으며, 경상북도가 이 소리의 주산지 노릇을 하였다. 구전동요의 유형으로 손색이 없으므로 이를 중심으로 하는 이론적 구성을 핵심으로 하고자 한다.

1) 말의 길이로 하는 동요

(1) 일정하게 말로 하는 동요 : 황연분의 구전동요[4]

<경북15-31-1>

창: 황연분
채보: 정서은

♩. = 100

비야 비야 오지 마라　콩 볶아 주꾸 마　해야 해야 뜨그 라

4　채보는 한국학중앙연구원 박사과정의 정서은에 의해서 이루어졌다. 기왕에 강혜진의 채보가 있었지만 보다 정확성에 의해서 채록된 것과 함께 이론적 구성을 위해서 특별하게 부탁하여 다시 정리하는 수고를 아끼지 않기로 한다.
　　강혜진, 앞의 논문(2004), 143~146쪽. 이에 대한 보례가 예시되어 있다.

황분연의 구전동요는 높낮이가 없이 장단의 리듬만이 등장한다. 같은 말로 된 구비시의 반복구를 통해서 일련의 반복과 함께 다음의 악절에서 전복이 있다. 전형적인 반복의 사례와 전복의 사례를 들면 이 소리의 장단이 어떻게 만들어지는지 알 수 있다.

　　♪♩: 이러한 리듬꼴이 우세하다. 그러므로 이 리듬꼴을 통해서 일련의 반복이 소리의 기본적 특징과 관련된다. 전형적으로 어단성장의 특성과 관련된다.
　　♩.: 다음 어구에 이러한 요소가 처음에 등장하였다. 그래서 이 어구를 통한 전복이 생겼다. ♩.는 ♪♩과 ♩♪로 될 수도 있어서 어느 쪽에도 무게를 둘 수 없다. 다만 어절의 끝에 오는가 서두에 오는가에 의해서 의미론적 결정이 달라진다.

　　리듬꼴이 등장하는 양상에 의해서 소리의 말이 달라진다. 길게 끈다고 하는 것은 어구나 음절의 분절에 강조점을 둔다는 말이 된다. 말을 띠어 하듯이 이러한 구성에서 일련의 특성을 반영하면서 변화를 주고 분절을 한다고 하는 사실과 깊은 관련을 가진다. 3소박 4박자의 리듬꼴에 일정한 반복적 효과를 주고, 어절에 분절이 이루어지면서 변화적 차원의 변인을 '콩--볶아'에서 최대한 뒤집어서 표현하였다. 전복을 통해서 의미를 강화하는 면모를 강조하였다.
　　소리의 높낮이가 없이 구전동요가 이루어진 사례이다. 전형적인 어절이나 문장 단위의 특징적인 변화를 강조하지 않은 채 변화를 안겨주는 한 번의 전복을 통해서 변화를 강조하고 있으면서 동시에 다른 의미를 강화하는 일련의 특징을 구현하면서 세 문장을 구현한다. 한 문장에 반복과 그치기를 희망하는 내용을 담았다.
　　말과 리듬이 일정한 꼴을 가지면서 말을 간단하게 소리내서 소박한 리듬꼴을 갖게 하면서 이와 같은 말과 리듬의 경계면에 닿으면서 일정한 소리를 가지게 된다. 소리로 전환하면서 소리의 일반적 구성과 관련되는 말의 길고 짧은 것을 온전하게 하기도 하고, 뒤집기도 하면서 소리의 기본을 형성하였다. 소리의 전반적 전개가 가지고 있는 일련의 특징을 가장 소박하게 보여주는 사례이다.

사설에서는 비가 오지 말라는 기원과 함께 햇빛이 나라는 기원이 어우러져 있으므로 유형적으로 특정하게 변이된 소리이다. 콩을 볶게 되면 뜨겁게 열기가 나고 소리가 튀면서 빛이 난다고 하는 생각과 연결되면서 이 소리가 복합되었을 개연성이 있다. 구전동요의 간단한 구성에도 여러 가지 이질적인 요소들이 복합되는 특징이 있음이 확인된다. 구전동요의 엉겨붙는 성격을 이 자료에서 잘 파악하게 된다.

(2) 길이가 다르게 말로 하는 동요 : 김팔례의 구전동요

김팔례의 구전동요는 특별한 변이를 일으킨 사례이다. 앞의 황분연이 하는 기본적인 구전동요의 리듬꼴을 유지한 것과 다르다. 김팔례의 소리는 두 가지 특징적 요소에 의해서 변화를 야기하고 있는 점을 볼 수가 있다. 하나는 전반적으로 3소박 4박자로 기본적 골격을 유지하면서도 자신만의 특징적인 어구나 어절을 삽입하면서 장단의 리듬꼴로 달리 구성하도록 하고 있다. 3소박 6박자가 되는 것은 이러한 변화와 유관하다. 자신의 작시에 의해서 개인적인 방언을 구사하듯이 말을 개입하여 넣는다.

개인의 방언에 가까운 작시에 의해서 사설이 첨가된 것은 구전동요에서 일어난 파격적 변화이다. 리듬꼴에서 일어난 변화가 전혀 구전동요의 어법적이지 않고 일상적 발화의 형태로 들어갔다. 개인적 발언의 경우처럼 들어간 사설을 직감할 수 있다. 개인적 발언과 같은 대목에서 변이가 생겨서 구전동요의 문법을 해쳤다. 그런데도 불구하고 이것이 전면

적이지 않고 부분적으로 작동하면서 구전동요의 성격을 회복하고 있다. 김팔례가 사용한 것이 전혀 이질적인 사례로만 되어있지 않다.

다른 하나의 요소는 시행과 문장의 길이가 일치하지 않는 특성을 구현한다. 황분연의 시행이나 어절의 안정적인 배분과 다르게 김팔례는 불안정한 배분을 하고 있는 점이 두드러진다. 소박의 언어와 다른 상위의 언어적 구성에 있어서 일련의 변화를 보이고 있는 점이 확인된다. 달리 말한다면 한 행의 2음보로 된 정형성을 상실하게 된다. 그러므로 이 소리는 매우 예외적인 것이라고 하지 않을 수 없다. 개인의 발화가 중시되고 자신만의 작시를 감행함으로써 전혀 다른 구전동요를 생성하고 있다.

구비작시의 예외적 현상을 긍정적으로 평가할 것인가 아니면 부정적으로 평가할 것인가 하는 점이 최종적으로 판단해야 할 문제이다. 소리를 길게 한다고 해서 잘 부르는 것이 아니다. 길게 불러서 망친 소리가 이러한 개인적 발화가 많아진 점에서 생긴 현상이라고 할 수가 있다. 이 점에서 구비작시의 기본적 양상을 통해서 일련의 변화를 시도한 소리인 점은 인정되지만 리듬꼴을 훼손한 것이므로 이 점은 많은 문제가 생성된다.

황분연과 김팔례의 구전동요는 여러 가지 문제를 생각하게 한다. 공통점은 말이 곧 말이 아닌 소리가 되는 점을 명시하고 있다. 말로 하는 분절과 소리의 분절이 거의 일치하고 소리의 형성에 기초가 되는 말의 리듬꼴을 형성하는 문제를 찾아낼 수 있다. 그런데 말로 이루어지는 리듬꼴이 단순한 사실의 열거는 아니고 공통된 어구나 문장 단위로 이어지는 구비공식의 형태를 지니고 있는 점을 확인할 수 있다. 이로부터 벗어나게 되면 곧 이상한 어절이 되고 개인적 발화가 되고 만다. 개인적 창조는 공통적 전승의 범위 내에서 주어지는 창조이다.

말이 높낮이가 없이 길이로 되는 구전동요라고 하는 점에서도 두 가지 구전동요는 평가되어 마땅하다. 우리네 구전동요와 우리네 가락이 장단이라고 하는 것은 여러 모로 이 구전동요에서도 의의를 찾아낼 수가 있다. 길고 짧은 요소에 의해서 말이 일정하게 마디가 결성되는 점에서 우리 구전동요의 특성이 구현된다. 소리의 기본적 성격 형성에서 음절과 함께 일정한 길이를 형성하는 점에서 일련의 의의를 부여해도 좋다.

2) 말의 길이와 높낮이로 하는 동요

구전동요는 말의 장단과 함께 높낮이에 의해 형성되기도 한다. 리듬꼴이 긴요하지만 음의 높낮이가 이루는 소인에 의해서 일정한 선율형이 나타나는 것은 구전동요의 기본적 소인이 된다. 따라서 장단만을 가지고 연구하는 것은 타당하지 않다. 달리 선율에 의한 분석을 통해서 일련의 의미를 부여하는 작업이 별도로 요구된다. 구전동요에서 이러한 소인에 의한 분석은 자료의 전반적 성격을 부여하고 논의를 하는데 있어서 핵심적 수단이 된다.

(1) 2소박 4박자

① 이규형의 구전동요

이규형의 구전동요는 2소박 4박자로 되어 있다. 사설은 전형적인 유형의 기본적 사설에서 시작하였으나 전혀 다른 것이 들어와 있다. 이 사설은 달팽이를 놀리는 소리에 있는 것인데, 여기에 삽입되어서 이질적인 요소들이 결합되어 있다. 이질적 요소의 결합은 구전동요에서 흔하게 나타나는 현상이다.

제보자인 이규형은 일제시대 일본에 유학하여 일본 대학에서 교육을 받은 인물인데, 구전동요에 깊은 관심을 가지고 열심히 수집하였던 인물이다. 그래서 해박한 구전동요를 제공하였는데도 사설에 특이한 것이 많아서 의문이 있는 대목이 많다. 이 경우 사설에서 그렇다. 많은 사설을 알고 있으면서도 간혹 사설에서 의문이 일게 한다.

사설은 2음보로 되어 있으며, 이 사설을 거의 같은 길이로 반복하다가 소리를 마치는 과정에서 길게 끌어서 종지를 하였다. 메나리토리의 핵심인 미-라-도-레-미의 구성 가운데 세 가지 음인 솔과 라, 그리고 미만을 사용하였으며, 솔로 마쳤다. 솔은 하행종지에서 나타나는 현상이므로 예외적이 않다. 간단한 음의 질서로 되어 있지만 경상북도 지역의 구전동요임을 명시하는 것임을 알 수가 있다. 그러나 완전하게 경상도의 메나리토리를 구현한 것은 아니다.

구전동요에서 장단이 간결하고 선율이 간결하게 결합하면서 구전동요의 기본틀을 완성한다는 점을 알 수가 있다. 높낮이의 변화가 심각하지 않고 예사로운 말을 자연스럽게 변형하면서 일련의 소리를 창출하는 점을 이 구전동요에서 확인할 수 있다. 말을 간결하게 하면서 길이를 대등하게 하고 최소한의 높낮이를 갖추면 소리가 된다는 점을 이 구전동요는 분명하게 보여준다.

② 김순덕의 구전동요

김순덕의 구전동요는 2소박 4박자로 되어 있는 것이지만 이규형의 그것과 달리 높낮이가 정확하게 표현되어 있는 전형적인 구전동요의 성격을 가지고 있다. 서두와 결말이 정확하게 시작음과 종지음이 상호관계를 유지하면서 라로 종지하면서 휴지를 제공하여 소리가 마무리되었음을 신호하고 있다.

전형적으로 ♪♪의 형태로 소박을 표현하고 기본적 배자법의 근거로 활용한다. 2음보의 사설을 한 행으로 하였지만, 시행과 악구가 일치하면서 소리의 사설과 장단이 함께 가는 점이 확인된다. 사설과 함께 악구의 면모가 온전하게 결합되어 있는 것이므로 음악적으로도 사설적으로도 서로 긴밀한 관계를 유지하는 점이 있다.

김순덕의 구전동요는 높낮이가 분명하기 때문에 앞서 문제가 된 이규형의 그것과 거리가 있다. 온전한 메나리토리 하행형인 미-레-도-라-솔-미의 형상을 그대로 유지하고 있기 때문이다. 그러나 몇 가지 구성음은 등장하지 않는다. 구전동요의 골격이 완전하게 구성음을 사용하는 것은 아니므로 이 소리의 경우에 거의 메나리토리에 가까운 것으로 볼 수가 있겠다. 구전동요의 전통을 통해서 일련의 토리를 확인하고 선율을 논하는 것은 소중하다.

(2) 3소박 4박자 : 이출이의 구전동요

이출이의 구전동요는 전형적으로 3소박 4박자로 된 굿거리형과 한배가 맞는 장단의 형태를 하고 있다. 리듬꼴은 ♪ ♩로 되어 있다. 이것을 네 개로 운용하면서 1행의 2음보를 표현하면서 말을 놓고 있다. 선율적으로는 하행형인 미-레-도-라-솔-미의 음구성이 나타난다.

가창자 이출이는 심성이 고운 인물이었다. 소리의 결도 곱고 표현도 순조로운 면이 있어서 기본적으로 색다른 맛을 낸 구전동요라고 할 수 없다. 이 점에서 기본적으로 가창자 이출이의 이 동요는 이 소리의 심성과 의미를 선명하게 드러낸 사례가 될 수가 있다. 차분하면서도 소리의 안정감을 주는 것은 사람의 심성과 관련된다는 점을 보여준다.

굿거리 형태의 선율과 리듬은 가장 소박하면서도 표현이 자연스러운 특징이 있다. 선율적으로 안정된 기반이 있으며, 동시에 장단이 부드럽게 의사표시를 할 수 있도록 천연적 특징이 있다. 장단이 넷으로 우수를 채운 점도 이 대목에서 주목해야 할 대목이다. 표현의 비약이 없이 음악적으로 가다듬어져 있으며, 안정적인 기반을 소리 자체에서 구현하고 있는 점이 드러난다.

사설의 구성에서도 이 소리의 유형적 내용과 일치한다. 음절의 표현법과 내용의 전개가 거의 일치한다. 소리의 전통적인 면모가 일치하는 발성법과 시상을 전개하고 있는 점에서 이 소리의 중요성이 부각된다. 아이들의 동요에서 이 소리와 같은 장단은 많이 등장하지 않는데 굿거리형으로 나타난 점이 인상적이라고 할 수가 있다.

모비단저고리와 같은 표현은 흔한 사설이 아니다. 중국에서 난 아름다운 비단인 모본단저고리를 표현하는 것인데 아이들의 와음으로 전환되어 사설로 나타났다. 아이들의 구전동에서 사설이 뒤죽박죽되거나 사설의 와음이 생기는 내력을 이처럼 명확하게 볼 수 있다. 저고리의 사설적 표현 역시 주목할 만한 것이라고 하겠다.

(3) 3소박 6박자

구전동요에서 2소박 6박자인지 3소박 6박자인지 심각한 논란이 있다. 도드리형 장단이라고 해서 이 장단의 전통적 견해에서 본다면 도드리장단의 소종래는 전혀 다르다. 구전동요에서 이로한 논란이 생기는 것은 두 가지가 모두 나타나기 때문이다. 그렇기 때문에 이를 도드리형의 장단이라고 보는 편이 적절하다. ♩를 여섯 개로 구성하는 것도 있고, ♩.를 여럿 개로 구성하는 것도 있다.

① 김성남의 구전동요

창: 김성남
채보: 정서은

비야비야 오지마라 우리시뉘 시집간다 비단처매 얼룽진다
비단저고리 얼룽진다 가매꼭지 물닿는다

김성남의 구전동요는 3소박 6박자의 도드리장단으로 되어 있다. 시행 하나가 2음보로 구성되는 점이 구체적으로 증명된다. 그런데 김성남의 구전동요에서 음절을 표현하는 구성 요소가 특정하게 달라져 있다. ♩♪로 된 것을 기본적 음절 표현법으로 드러내고 있다. 그러므로 ♩♪의 구성 요소를 어단성장의 구성으로 보면 이것은 위배되는 것이다. 오히려 말을 온전하게 의미를 갖도록 하려면, ♪♩로 하는 것이 일반적이고 우리말의 성음 표현으로 적절한데 이를 뒤집어서 표현한다.

반행이 끝나는 데서는 이를 길게 끌어서 표현한다. 그렇게 해서 반행이 끝나는 표시를 분명하게 하고 있다. 구전동요에서 표현되는 말의 길이를 통해서 분절하는 전통을 이처럼 구현한다. 한 행과 반행의 표시가 드러나는 전례를 통해서 우리말의 음악적 표현 양태가 매우 소중한 점을 다시 환기한다.

선율적으로는 하행형인 미-레-도-라-솔-미의 음구성이 나타난다. 소리의 전형적인 표현방식으로 선율이 나타나는 점이 확인된다. 메나리토리의 구성과 같다고 하는 것은 의미심장한 것이다. 구전동요에서 이러한 현상은 장차 검토해야 할 큰 문제이다. 김성남의 전반적 구성은 자체로도 긴요하다. 동시에 이러한 구성 속에서 구전동요의 표현법이 음악적으로 긴요하게 구성되어 나타난다.

② 윤달순의 구전동요

<경북15-31-7>

창: 윤달순
채보: 정서은

♩.=104 실음은 단2도 아래

비가 오 네 비가 - 오 네 남산 - 우 에 비가오 네 비야 비 야 오 지 - -마 라 -

우 리 언 니 분 홍 치 마 비 가 오 면 - 어 룽 진 다

김성남의 구전동요와 거의 같은 면모를 지니고 있으며, 3소박 6박자
로 된 점에서 일치한다. 몇 가지 측면에서 윤달순의 구전동요는 우리네
의 전통적인 배자법이나 장단의 표현 형태와 일치한다. 앞에서도 언급한
바와 같이 리듬꼴을 한 행을 모두 6박의 구조로 구현하면서 리듬꼴을 ♪
♩을 기본으로 하고 있다. 그리고 반행이 끝나는 대목에서 1음보를 길게
둠으로써 어절 표현을 분명하게 하고 있다. 이 점에서 윤달순의 구전동
요는 기본적 리듬을 표시하고 있다.

한행과 반행의 상호관련이 유기적으로 구성되어 있는 점은 인상적이
다. 더구나 선율적으로도 이 소리는 안정되어 있다. 미-레-도-라-솔
-미의 메나리토리가 하행형으로 구현되어 있는 점은 더욱 인상적인 대
목이라고 할 수가 있다. 구전동요를 가장 잘 부른 점은 이 점에서 지적
되어야 할 사항이다. 음보와 시행의 관계가 유기적으로 맞물려서 표현을
정확하게 한 소리가 바로 윤달순의 구전동요이다.

이 소리는 소리의 감칠맛이 있으며 사설의 구성에서도 이 소리의 전
형적인 성격을 명확하게 보여준다. 비가 오면 분홍치마가 젖기 때문에
비가 오지 말라고 하는 전통을 그대로 구현하였다. 이이들의 심성에서
우러난 소리의 전통을 한껏 들어낸 점에서 이 소리는 매우 중요한 성격
을 지니고 있다고 본다.

(4) 혼소박(3 · 2 · 3 · 2) : 김선이의 구전동요

김선이는 구전동요의 명수이자 타고난 소리꾼이었다. 타고난 음성이 구성지면서도 날카로워 카랑카랑한 맛이 있다. 기억력이 비상하고 탁월하여 여러 가지 구전동요를 불렀다. 그 가운데서도 이 동요는 매우 이채로운 맛을 내는 특징이 있다. 사설은 이출이의 구전동요와 몇 자만 달라서 이출이의 부드러운 맛을 새삼스럽게 다르게 나타낸다.

김선이의 구전동요는 경상북도 포항시 흥해면 북송리의 사투리가 확인된다. 가령 '시야', '비드간다', '비드가면', '저고레', '얼룽진다' 등의 표현이 이에 적절한 사례이다. 소리를 하게 되면 이것이 변형되면서 말이 다른 맛을 내게 되는데 김선이의 구전동요는 비교적 경상북도의 방언을 버리지 않고 있어서 주목을 요한다. 김선이의 구전동요는 귀감이 될 만한 근거를 지니고 있다.

김선이의 구전동요는 일단 장단에서 특징적이다. 전형적으로 혼소박으로 되어 있다. 그래서 ♪♪♪|♪♪의 구성 요소를 표현하는 맛을 낸다. 한 행을 들어보면, 절대음감으로 장단을 표현하고 있음이 확인된다. "비야비/야//오지마/라"라고 하는 것이 그것이다. 오히려 이를 뒤집어서 ♪♪|♪♪♪의 구성으로 바꾸어서 "비야/비야"라고 했으면 더 맛이 안정적이었을 터인데 이를 뒤집어서 표현한 것은 소리꾼의 탁월한 표현력으로 보아도 좋다.

선율은 하행적인 메나리토리를 사용하고 있다. 미-레-도-라-솔
-미의 전형적인 성격이 드러난다. 소리의 음감 역시 불안하지 않다. 선
율의 표현력이 직절하고 동시에 소리의 맛과 멋을 드러내는데 선율에서
음 하나 하나를 틀리게 부르지 않는 절대음감의 보유자가 바로 김선이
소리꾼이었다.

김선이는 구전동요만 잘 부르지 않는다. 민요에도 탁월한 솜씨를 발
휘해서 민요 전문 가수로 여길 만한 남다른 실력을 가지고 있다. 김선이
의 민요들은 우리가 잃고 있는 것이 진정으로 무엇인가 환기하게 하고
있다. 더구나 소중한 것이 바로 구전동요이다. 소리의 나라에서 태어난
즐거움을 가장 선명하게 보여주는 소리꾼이 김선이임을 환기하게 한다.
이 점에서 소리의 전통과 의미를 되새기게 하는 가창자였다.

3. 분석의 종합과 해석

이상에서 정리한 여덟 개의 사례를 통해서 우리는 몇 가지 주요한 점
을 귀납적으로 정리할 수가 있다. 그러므로 분석된 결과를 종합하자. 일
단 구전동요의 리듬을 구성하는 점에 근거하여 이를 유형적으로 정리할
수 있겠다.

    1. 말에 가까운 리듬 유형
        11. 말에 의한 균등분할
        12. 말에 의한 비균등분할
    2. 리듬과 선율의 유형
        21. 2소박 4박자: 휘몰이
        22. 3소박 4박자: 굿거리

23. 3소박 6박자: 도드리

24. 3소박+2소박의 혼합 4박자: 엇모리

　이상의 사실에 의거해서 우리는 말의 끊어 읽기가 우리의 소리 근간이 되었음을 분명하게 알 수가 있다. 자연태의 음악인 동요에서 이러한 면모를 확인하는 것은 소중하다. 다른 예술태의 음악에서는 이것이 어긋나기 때문이다. 세련되게 부르고 소리를 강조해서 부르게 되면 장식도 해야 하고 율격적인 말을 뒤집어서 사용하는 것이 혼하기 때문이다. 그런데 말에 가까운 리듬 형태가 있다는 사실에서 우리는 구전동요의 중요성을 확인할 수 있다. 구전동요에서 보이는 일련의 특징을 1에서 확인하게 된다.

　2에서는 자연태의 구전동요가 가지는 음악적 속성과 유형을 새삼스럽게 알 수 있는 대목이다. 여러 가지 장단이 다양하게 등장하는 사실은 자연태의 구전동요에 예술태의 음악적 장단이 내재되어 있으며, 이로부터 어긋나지 않는다고 하는 점을 새롭게 규명할 수 있는 요소이다. 자연태와 예술태의 음악 장단에서 차이점보다 공통점이 훨씬 우세하다. 그러므로 예술태의 음악에서 장단이 선재하고 미리 존재하는 점을 이러한 특징 속에서 구현할 수가 있는 점이 확인된다.

　동일한 장단을 사용하는데도 리듬꼴을 구현하는 방식은 제각기 다르다. 가령 쟁점이 될 만한 소인은 간단하다. 3소박과 혼소박을 구성하는 데 있어서 장단의 배열을 어떻게 할 것인가가 문제이다. 가령 3소박에서는 ♪♩과 ♩♪가 문제이다. 혼하게 등장하는 것은 말의 장단에 의한 어단성장을 중심으로 하는 ♪♩이 우세하게 나타나고, ♩♪은 자주 등장하지 않는다. 그런데 동요에서도 이와 다른 ♩♪도 있으므로 일방적으로 앞의 것이 있다고 말하기 어렵다.

　혼소박으로 된 리듬에서도 마찬가지 문제가 발생한다. ♪♪♪┃♪♪

과 ♪♪♩♪♪♪가 있는데 앞의 것이 보다 세련된 구사라면, 뒤의 것이 소박하고 자연스러운 구사라고 하는 점을 볼 수 있다. 혼소박으로 된 리듬에서도 마찬가지 문제가 생긴다는 점은 구전동요에서도 자연태의 속성과 함께 이를 세련되게 표현해야 하는 음악적 창조가 단순하게 되어 있지 않음을 알 수가 있다. 이 점에서 혼소박으로 된 표현적 기교가 문제된다는 점이 확실하게 드러난다.

이상에서 얻은 결론이 너무나 간단해서 과연 그런지 의문이 있을 수 있다. 그러나 다른 유형의 작업 결과에 의하면 이러한 속성은 구전동요에서만 발견되는 것이라고 하겠다. 그러므로 이를 해석하는데 다른 유형의 분석에서 얻은 결과를 함께 합쳐서 해석하는 것이 바람직하다. 〈새는 새는〉의 분석에서 얻어진 결과를 옮기면 다음과 같다.[5]

(가) 2소박 6박자.: (1)-도드리

(나) 2소박 4박자: (4)(5)-휘몰이

(다) 2소박 5박자: (2)-불림염불

(라) 3소박 4박자: (6)-굿거리

(마) 2소박과 3소박의 혼합 4박자: (3)-엇모리

〈새는새는〉 장단의 유형 분석과 일치한다. 다른 점이 있다면, 2소박 5박자 된 것이 나타나지 않았다. 그 장단은 남해안 별신굿과 같은데서 등장하는 특별한 장단인데 청송에 사는 구연자 정말순이 그러한 방식으로 불렀다. 이밖에 것은 모두 등장한 셈이다. 그러므로 동요에서 나온 유형의 틀은 거의 대동소이할 가능성이 있으므로 더 이상의 분석은 요하

---

5 김헌선, 「동요의 지역성과 광포성 및 분절에 관한 연구-'새는새는 남게자고' 유형을 중심으로-」(미발표 원고). 이 사례들은 실제 분석에서 예증으로 삼았던 번호이다.

지 않는다. 구전동요 가운데 가장 다양하게 나타나는 사례가 바로 〈새는 새는〉이다.

이와 달리 〈비야비야〉에서는 장단의 유형이 하나 덜 나온 셈이다. 곧 불림염불로 하는 장단으로 부르는 방식이 나오지 않았다. 구전동요 두 유형의 장단을 비교하니 문제가 되는 장단이 있는데 바로 도드리형 장단이다. 〈새는새는〉에서는 6박자가 2소박으로 되어 있는데 반해서 〈비야비야〉에서는 3소박 6박자이므로 커다란 차이가 생겼다. 이 차이가 구전동요의 불완전성을 말하는 것이 아니라 격식화되어 있지 않은 자연 태의 가능성을 말해주는 증거이고, 도드리형 장단의 다양한 가능성을 말 하는 것이다.

구전동요는 아이들이의 놀이나 장난에서 비롯되었다. 아이들에게 비 가 오는 것은 을씨년스러운 것일 수 있다. 이 상황을 타개하기 위해서 비를 오지 않게 하는 주술적 염원을 담았다. 그렇기 때문에 비가 오지 말라는 말을 반복하면서 비가 와서 자신의 누이가 시집갈 때에 젖어드는 모본단저고리를 걱정하는 점이 나타났다. 구전동요에서 벌어지는 일련 의 문제점이 주술에 있음이 사실이다.

이 소리는 놀이와 더불어서 불렀다고 하는 점을 다시 생각할 필요가 있 다. 아이들이 터무니없이 이 소리를 했는가? 그렇지 않다. 일정한 놀이에 수반되면서 이 소리를 했을 가능성이 있는데 이를 확인해줄 증언자를 만나 지 못했다. 다행스럽게도 유안진교수가 이 놀이의 배경을 말한 기록이 있어 서 이 소리가 어떠한 놀이와 관련이 있는지 추정할 수 있게 되었다.

주로 어린아이들이나 여아들이 둘씩 마주 서서 각자의 오른손을 자 기의 왼손 팔꿈치게 올려놓고 두 아이가 두 손을 마주 잡아 한 아이가 올라탈 만한 가마를 만들어, 투정을 부리는 어린 동생이나 친구 여아를 올려 앉히고 불렀던 노래이다. 가마에 올라앉아 시집가는 여아와 가마를 만든 여아들이 교대로 부르는 노래였는데, 누나가 시집갈 때의 서운함과 원망 어린 마음이 잘 나타나 있다.[6]

이 사실이 적실하다면 아이들이 가마놀이를 하면서 불렀으며, 그 과정에서 주술적인 기원이 드러난 점이 확인된다. 놀이와 염원이 반드시 일치하지 않기 때문에 이 소리는 일련의 타당한 추론을 용납할 수가 있으리라고 본다. 나머지 여러 가지 사실들을 해석한 글들에서는 구구각색으로 지적하고 있으나 공통적으로 비가 오지 않도록 하는 기원의 소리라고 했다.[7]

4. 총체학으로서의 구전동요 연구

구전동요 연구의 새로운 방향은 선행의 연구사에서 찾아야 한다. 그러나 선행연구 자체가 편향성과 경향성을 가지고 있으므로 이것이 문제이다. 특히 선행 연구사에서는 총체학을 지향하고 있지 못하므로 이를 온전하게 연구하는 방법이 긴요하며, 그렇게 할 수 있는 방안을 찾아보자는 것이 여기에서 시도하는 바이다.

구전동요 연구 역시 총체학으로서 연구해야 마땅한 방향을 찾을 수 있다. 앞에서 우리는 총체학적 관점의 연구를 반복하여 왔다. 아리랑을 다루면서도 이 점을 강조하였으며,[8] 아울러서 민요 자체의 통일성과 다양성을 다루면서도 이 문제에 대한 기본적 입론을 전개한 바 있다.[9] 구전동요에서 이 점을 중점적으로 검증하면서 다시 점검하고자 한다.

---

6   유안진, 「비노래」, 앞의 책(2003), 237쪽.
7   편해문, 앞의 책(1998), 69쪽; 홍양자, 앞의 책(2000), 50~51쪽; 편해문, 앞의 책(2002), 82쪽.
8   김헌선, 「아리랑의 역사성과 학문적 총체성」(미발표 원고).
9   김헌선, 「민요 연구의 통일성과 다양성」(미발표 원고).

언어는 언어의 구성요소와 실제적으로 지역적 사투리라고 할 수 있
는 방언이라고 하는 두 관점에서 구전동요 연구에 일정하게 기여한다.
가령 이 소리의 처음에 등장하는 대목이 가장 중요한 분석 대상이 된다.
모든 사설을 대상으로 해야 하지만 앞의 대목 하나에서 분석의 소중한
틀을 얻을 수 있다.

음절·어절·구절·문장 등의 상호관계가 긴요한 연구의 몫이다. 음
절을 더 분절할 수도 있지만 세련된 예술태의 음악에서만 이것이 문제되
므로 이 이하는 분석을 보류한다. 음절은 낱낱의 단어를 구성하는 것이
다. 어절은 이것이 일정한 단위로 묶여지는 것이다. 구절은 어절이 모여
서 말이 하나의 단위를 이루는 구성 요소이다. 문장은 하나의 뜻을 완결
하는 최상 단위이다.

비야비야 오지마라

음절

어절

구절－－－｜ 구절－－－

문장－－－－－－－－－－

음절은 최소 단위이다. 더 상세하게 이중분절의 근거로 나눌 수 있으
나, 여기에서는 그다지 중요하지 않으므로 더 이상 나누지 않는다. 어절

은 음절이 모여서 의미를 가지는 요소이다. 어절이 모여서 일정한 호흡을 형성하면서 의미를 가지게 하는 것을 구절이라고 한다. 구절이 모여서 바로 문장을 이룬다. 네 가지 요소가 의미를 형성하는 것을 일컬어서 언어적 분석의 위계라고 할 수 있다.

방언은 매우 중요한 요소인데 여지껏 분석하지 않았다. 이제 이러한 사례가 발견되었으므로 이에 대한 연구 가능성을 진단할 수가 있다. 가령 김성남과 윤달순의 경우에도 방언이 확실한 구실을 한다. 가령 '우짜 겠노', '어룽진다' 등의 방언이 실제적 사례이다. 이와 달리 김선이의 구전동요에서 이러한 양상이 발견되었으며, 다른 동요에서도 이러한 사례를 얼마든지 확장할 수 있다. 김선이는 경상북도 포항시 흥해면 북송리 출신이므로 이 지역의 방언을 상세하게 반영하였으며, 구전동요의 맛을 한껏 살리는 점이 확인되었다.

방언에서 구체적으로 중요한 사실은 어휘와 억양인데, 이 가운데 억양은 경상도 언어에 익숙하지 않아서 자신이 없다. 다만 어휘의 측면에서 이런 사례를 얼마든지 찾을 수 있다. 경상북도 포항시 흥해면 북송리의 사투리로서의 사례로 '시야', '비드간다', '비드가면', '저고레', '얼룽진다' 등이 언어적 현상이 실제의 사설에서 선명하게 드러난다. 말맛이 살아나고 의미가 복원된다고 할 수 있다. 방언이 민요나 구전동요에 기여하는 바가 있다.

시학은 구비시로서의 성격을 결정하는 것인데 이 가운데 소중한 것이 바로 음절, 음보, 시행 등의 상관성에 대한 입론을 필요로 한다는 사실이다. 그러한 위계가 엄격하게 맞아들어가는 점을 볼 수가 있으므로 이를 일정하게 도시하면 다음과 같다.

비야비야 오지마라

음절

음보 - - - |
반행 - - - |
한행 - - - - - - - - - - |

음절은 모두 여덟 글자이다. 음보는 하나로 1음보이다. 1음보가 한 생의 반을 이룬다. 한행은 2음보로 된다. 2음보로 이루어진 것이 한 행이 된다. 이는 다른 음보의 한 행을 이루는 것과 차별성이 있는데, 구전동요 는 간결하면서 뜻이 분명하게 전달되므로 이러한 구성이 가능하다. 음절 과 음보의 상관성이 있다. 음보가 둘이 모여야만 한 행을 이룬다.

시학에서 이러한 율격만 문제되지 않는다. 오히려 구전시의 비밀인 특정한 어구의 반복에 의해서 이루어지는 것이 간단하지 않다. 핵심적 구절이 반복되어서 나타나는 것을 볼 수가 있으며, 이러한 면모는 일련 의 특징상 몇 가지 차별성으로 나타나서 변화가 요구되고, 다른 것들과 결합하면서 이상한 사설이 조직되기도 한다. 이는 구비작시와 전승의 관 계를 말하는 핵심적 요소가 된다.

가령 이규형이 부른 것은 이러한 분석에서 구비공식구가 무리를 지 어 다니는 점을 보여주는 전형적인 사례이다. 이 사실을 통한 몇 가지 사례를 분석하게 되면 이 구전동요의 기억이 어떻게 구성되었는지 알 수 가 있을 것이다. "비야 비야 오지 마라 울아버지 개똥밭에 장구치러 갔 다"라고 하는 것이 구전의 복합에 의한 구연임이 드러난다. 앞의 대목은 전형적인 '비야비야'이나 뒤의 대목은 '하마하마 춤춰라'의 달팽이를 놀 리는 소리에 나온다. 기억은 단일한 것을 결합하지 않고, 여러 가지를 결합해서 소리를 구성하는 점을 이로써 알 수가 있다.

음악은 구전동요 이해에 절대적인 기능을 한다. 아마도 리듬감이 있는 아이들의 정서적 함양과정에서 가장 직절하게 파고드는 것이 바로 이러한 구전동요의 음악적 소인일 수 있을 것으로 추정된다. 김성남의 구전동요를 중심으로 음악학에서 말하는 사설을 기초로 분석을 할 필요가 있다.

비	-	야	비	-	-	야	-	-	오	-	지	마	-	-	라	-	-

[10]

비야비야 오지마라

비－야/비－－/야－－//오－지/마－－/라/－

1음보－－－－－－－－－－－//1음보－－－－－－－－－－－

리듬소－/리듬소－－－//리듬소－/리듬소－－－－－－

소리듬형－－－－－－－－//소리듬형－－－－－－－－－－－

여느리듬형－－－－－－－－－－－－－－－－－－－－－

3소박 6박자－－－－－－－－－－－－－－－－－－－－－－

리듬소는 음보를 기준으로 성립하지 않는다. 음절을 표현하는 방식대로 구현된다. '비야비야'를 표현하는데 있어서 ♪♪♪||♪♪♪|♪♪♪로 구현한다. 앞의 것은 보통박의 하나에 성립한다면, 뒤의 것은 보통박이 두 개로 구성한다. 그러나 소리듬형은 음보로 성립하게 되며, 소리듬형은 1음보이고 보통박 3개가 배당한다. 여느리듬형은 보통박 6개이고, 2음보로 되는 것을 볼 수가 있다.

민속은 이 동요의 놀이적 성격에 관란 논란을 다룰 수 있는 방법이다. 이 구전동요를 부르면서 어떠한 놀이를 하고 소리를 했는가 볼 수

10 정간보의 표기는 일정한 근거를 가지고 있으며, 이에 의한 기보례를 체계적으로 보이면 다음과 같다.

小眼

井間---------------|

大綱--|

小眼은 소박에, 보통박은 정간에, 대박은 대강에 표기한다.

있는 전형성이 있기 때문이다. 가마놀이를 하면서 불렀다고 하므로 이 점에 근거해서 본다면 단순하게 기원하는 놀이 이상으로 의미를 가질 수 있었다고 생각한다. 이 동요에서 발견되는 놀이적 성격이 과연 앞에서 논한 것과 전혀 다른 의미를 가지는 것인지는 의문의 여지가 있다.

아이들은 자신들의 놀이를 하면서 일정하게 소리를 하고 소리를 하면서 자신들의 일체감을 가진 것으로 추정된다. 이 소리는 그러한 놀이의 소산일 개연성이 있다. 가마놀이를 하면서 이를 통해서 일련의 아이 태우기에 관련되었다고 하는 사실은 매우 시사하는 바가 있다. 아이들의 소리와 아이들의 놀이가 하나로 되는 진정한 길이 여기에 있는 셈이다. 이 점에서 이 소리는 일정하게 놀이를 하는 전통 민속놀이와 관련되고, 이에 대한 실체를 밝히는 것이 필요하다.

지리는 구전동요의 핵심적 연구 분야 가운데 하나이다. 지리는 이 구전동요의 분포에 관련된다. 이 소리가 우리나라 전역에 발견되는가 발견되지 않는가 하는 문제가 바로 핵심이다. 분포와 변이를 통해서 일련의 지리적 분포에 대한 해석을 할 수가 있기 때문이다. 그런 점에서 본다면 지리적 분포는 분명한 의의를 가지고 해석해낼 수 있다.

동시에 음악적 지리 역시 중요한 문제이다. 가령 메나리토리와 같은 사례가 지역적 분포를 전횡하고 있는 것이 사실이지만 이를 통한 일련의 해석과 함께 이 소리의 대체적인 선율형이 메나리토리인 점은 지리적 해석에 일정하게 기여를 할 수 있다고 본다. 아이들이 육자배기토리나 경토리로 이 소리를 하지 않는 것이 해석의 근거이자 요체이다.

구전동요를 총체학의 관점에서 연구하자면 이상의 다섯 가지 학문적 분야는 서로 깊은 관련을 가지게 된다. 일단 수평축으로 병렬된 학문의 분야는 서로 깊은 관련이 있다. 기본적으로 말이라고 공통적 발화에 근거하면서도 학문의 개념과 방법에 의해서 달라지는 점이 확인된다.

언어적 위계의 구성단위를 기본으로 하면서 음절에서 문장까지의 관계를 다루는 점이 나타난다. 율격적 위계는 동일한 기준을 다르게 적용하고 시적 율격의 위계 관점에서 다룬다. 음악적 관점에서는 율격적 위계를 근간으로 하면서도 전혀 다른 리듬소와 소리듬형과 여느리듬형을 기준으로 다루고 있음이 확인된다.

언어적 위계	율격적 위계	리듬적 위계
비야비야 오지마라	비야비야 오지마라	비야비야 오지마라
음절	음절	비-야/비--/야--//오-지/마--/라/--
어절	음보---ㅣ	1음보-----------//1음보-----------
구절---ㅣ 구절---	반행---ㅣ	리듬소-/리듬소-----//리듬소-/리듬소-----
문장----------	한행----------ㅣ	소리듬형----------//소리듬형----------
문장이상---------	련--------------	여느리듬형------------------------
		3소박6박자------------------------

　각기 논의한 사실을 정리하면 위와 같다. 언어적 위계에서 음절은 그 자체로 분절의 소인을 가지고 있으며, 위계의 기초적 의의를 가지고 있다. 어절과 구절, 그리고 문장, 문장 이상의 단위가 서로 연계되어 위계를 구성한다. 전체와 부분이 긴밀하게 연결되어 있다. 언어학에서는 최상의 단위로 통사로 보고, 통사론에서 소중하게 보는 것이 바로 문장이다.

　율격에서는 음절이 기초 단위가 되고, 음보가 기저 자질이 된다. 음보보다 위의 단위가 행과 연이다. 행과 연의 상관성이 바로 음보와 깊은 관련을 가지게 되었으며, 율격의 최상 단위가 된다. 그렇게 보면 거의 언어적 위계와 율격적 위계가 같다고 보일 수 있다. 그러나 율격과 언어의 자질이 동일하지 않다. 음보가 준거이고, 언어에서는 각 단위마다 서로 깊은 관련을 가지고 있지 않다. 음절과 어절, 어절과 구절, 구절과 문장 등이 각각의 위계에서 긴요한 구실을 하게 된다.

　리듬에서는 위계가 거의 동일하게 구현된다. 작은 단위에서부터 큰 단위까지 일관성을 가지고 전개된다. 그러나 언어와 율격에서 보는 위계의 음절을 중심으로 하지만 전체적 양상이 다르게 구현된다. 작은 단위와 큰 단위 가운데 소중한 요소가 음보이다. 음절과 음절이 만나서 구성된 음보를 중심으로 하고, 음보가 이루는 리듬소가 매우 중요한 요소가 된다. 리듬소가 이루는 소리듬형과 소리듬형의 구성체인 여느리듬형이 서로 깊은 관련이 있다.

구전동요 하나에 근거해서 보면 학문의 내적 연계가 뚜렷한 것이 있으며, 그것이 언어·율격·리듬을 중심으로 하는 언어학·시학·음악학 등의 관계가 형성된다. 이들 학문은 서로 깊은 관련이 있으며, 내적 연계가 매우 특별하게 이루어지는 학문이다. 모든 학문이 그러하듯이 이 학문의 위계 구성에서 전체와 부분이 중시되고, 구조와 대립요소 등이 긴밀하게 나누어지며 위계를 구성함을 알 수가 있다. 학문적 주제가 다르고 서로 무관하여 보이지만 핵심적으로 드러나는 근본 양상이 유사한 점이 드러난다.

동일한 대상을 중심으로 각각의 위계를 세워서 전체와 부분을 다루는 점에서 각각의 자질에 의한 학문적 구성을 하고 있다. 언어학·시학·음악학 등의 관점은 서로 긴밀하게 연결되어서 있어 서로 분간이 잘 되지 않는다. 분절이 각기 다르므로 이들을 한 자리에서 논하는 기본적 자질을 논하는 것은 서로 어려운 처지이다. 내적 연계가 뚜렷하게 드러나는 점에서 일치하지만 본질적 일치점이 있는 것은 아니다.

서로 밀접하게 관련되어 있으므로 이들 학문은 엉겨 붙는 특징을 가졌다. 엉겨 붙기 때문에 서로 위계도 유사하고 학문적 전개도 유사하다고 하는 점을 부인할 수 없는 것이라고 할 수가 있다. 학문의 내적 인접성은 각각의 학문의 특성을 구현하는 것이라고 할 수가 있으며, 본질적인 특성은 서로 분별되지 않는 것이라고 할 수가 있다. 내적 연계에 의해서 학문의 통일성이 있다.

이에 견주어서 민속·시학·지리 등의 관계를 보이는 것은 서로 긴밀한 특성을 가지면서 상호보완적인 관계를 유지하게 된다. 민속은 이 구전동요의 외적 기능을 연구하는 학문 분야이다. 민속학에서 아이들의 놀이에 주목하면서 이를 논하는 것은 의의가 있다. 외적 관계를 연구하는데 이처럼 소중한 학문 분야가 없다.

지리는 구전동요의 지리적 분포와 변이를 연구하는 것이라고 할 수가 있다. 구전동요의 주된 분포는 강원도와 경상북도 및 경상남도를 중심으로 전승되는 것을 볼 수가 있다. 이들의 주된 선율은 이른 바 메나리토리라고 할 수가 있다. 외적 분포로서의 채록된 사례와 함께 지역유형적 특징을 가지고 있는 점은 서로 긴밀한 관계를 이룰 수 있는 점이 매우 중요하다.

내적 위계에 의한 인접한 학문의 방식은 아니고, 구전동요의 민속·시학·지리는 서로 외적 포함관계를 형성하면서 이를 통한 일련의 관계를 가지고 있는 것을 볼 수가 있다. 외적 위계를 형성하는 것이 바로 이 관계에 의한 것이다. 이 점에서 긴밀한 관계를 가지고 있음이 확인된다. 이러한 분야의 일정한 상관성을 가지고 있으면서 학문의 다면적 특성을 확인하게 된다.

학문의 내용의 분석이 핵심이다. 이 자리에서 구전동요의 내용 분석에 치중하지 못했다. 그러나 형식을 중심으로 하는 구조 분석에서는 일련의 체계를 세웠으며 그를 통해서 학문의 인접성과 포함성을 점검할 수 있었다. 학문의 분야마다 특성이 있으므로 이 특성을 고려하면서 총체학으로서의 구전동요 연구를 시도하는 것이 이상적인 방안이다.

제2부
구전동요의
개체적 연구

제주도 동요 연구

- 제주도 한림읍 애월면 귀덕리 제보자를 예증삼아 -

1. 머리말

제주도 동요는 주로 현지조사에 의한 자료수집과 이를 대상으로 하는
연구를 하는 것으로 양분되어 진행되었다.[1] 자료의 수집은 이론적인 문제
에 입각해서 이루어져야 하는 것이므로 작업을 진행하여야 체계적인 수집
이 이루어진다고 생각한다. 동시에 자료 자체의 수집과 열거가 이론을
대신할 수 있는 것은 아니므로 이론적인 작업에 입각한 논의가 이루어져
야 한다고 본다. 따라서 제주 동요의 연구에 있어서 자료학과 이론학이
일정하게 관련되어야 연구의 단계적 진전과 관점의 전환이 이루어진다.

제주도 동요의 연구에서 자료학에 치중한 현지조사와 연구는 충실하
게 이루어지지 않았다. 이를 충족하는 연구가 없다고 하는 것이 이러한
연구의 절실함과 필요성을 말해주는 증거이다. 제주도 동요에 관한 연구

---

1   이 논문을 발표했을 때에 지정토론자인 한채영선생님을 비롯해서 객석에서 조영배선생님, 확실한 이
름을 기억할 수 없으나 주석의 잘못을 바로잡아준 연구자의 도움으로 이 글을 고칠 수 있었다. 이에
깊은 감사를 드린다.

역시 적절하게 예시할 만한 증거가 없다는 것이 불가피한 실정이다. 한 국동요의 일환으로 제주도의 사례가 다루어진 경우는 있어도 제주도만을 대상으로 연구한 사례는 없는 것으로 간주된다.[2] 다만 제주도의 자료를 자료 조사와 이론적인 안목을 갖추어서 연구한 사례는 좌혜경의 『제주전승 동요』가 적절하다.[3] 적절한 연구 시기에 대상을 선정해서 연구를 진행한 본보기로 삼아야 마땅하다. 특히 아이들 사이에 전승되는 사회풍소요를 많이 담고 있어서 소중하다고 하겠다.

아울러서 제주도 동요만을 대상으로 하는 충실한 자료집이 나왔으니 그것이 곧 윤치부의 『제주전래동요사전』이다.[4] 이 저작은 현지조사를 중심으로 하면서도 동시에 기왕에 나와 있는 선행 조사 자료집을 대상으로 삼아서 총괄적인 자료집을 꾸민 것으로 파악된다. 분류를 시도하면서 여러 자료 조사집을 대상으로 사전을 편찬한 것은 자료학의 성과라고 할 수 있으나 충실한 현지조사 자료집이 아니어서 갖는 아쉬움이 크다. 이 자료집의 조사 지역이 파악된 것은 미덕이나 연구의 출발점을 제보자의 자료로부터 시작하고자 한다면 연구의 기본적인 정보가 흔들리게 되는 것은 어찌할 수 없는 사정이다. 그러므로 아쉬움을 극복하고 대치할 만한 동요의 현지 자료 조사집이 필요하다고 하겠다.

이 글은 제주도 동요를 연구 대상으로 삼아서 다음과 같은 문제를 다루고자 한다. 현지의 제보자를 중심으로 논의를 전개해야 앞서 말한 자

---

2 이를 증거하는 적절한 사례가 곧 문학 쪽에서 김영돈과 음악 쪽에서 강혜진의 사례를 들 수 있겠다. 두 연구자의 작업은 한국은 있어도 제주도는 없는 실정이므로 이를 예증으로 삼아서 거론할 수 있다고 생각한다. 대표적인 연구 업적을 몇 가지 든다.
   김영돈, 「한국전승동요 수집 경위」, 『연암현평효박사회갑기념논총』(형설출판사, 1980); 김영돈, 「한국전승동요에 드러난 청소년의 의식」, 『제주대논문집』 제12집(인문과학편, 1980); 김영돈, 「한국전승동요의 전승변이」, 『이병주선생회갑기념논총』(이우출판사, 1981); 강혜진, 「한국전래동요의 음악적 분석」(서울대학교 음악학석사학위논문, 2004).
3 좌혜경, 『제주전승동요』(집문당, 1993).
4 윤치부, 『제주전래동요』(민속원, 1999).

료학과 이론학을 함께 다룰 수 있다고 생각한다. 민요 연구뿐만 아니라, 동요 연구에서 가장 긴요한 것이 제보자 연구라고 할 수 있다. 민요 가창자가 현저하게 소멸하고 있는 시점에서 제보자 연구는 절대 절명의 연구 작업이라고 할 수 있으며 자료 작업과 함께 기대할 수 있는 시급한 연구 과제라고 할 수 있다. 제보자 조사가 밀착적 현지조사에 의해서 부각되어야 자료 작업과 이론 작업이 둘다 빛날 수 있으며 제보자 연구가 가치로운 학문 대상으로 이론화된다. 제보자 정보가 온전하게 조사되지 않거나 면밀하게 관찰되지 않은 상태에서 연구가 진행된 자료는 그다지 선명한 효과를 낼 수 없으며 자료의 신뢰도가 떨어진다고 하겠다.

이를 충족하기 위해서 이 글에서는 한림읍 귀덕리 두 가창자를 대상으로 해서 가창자 조사를 하고 그 결과를 보고하고자 한다. 이들에 관한 조사는 세 번에 걸쳐 이루어졌는데 이에 관한 조사 보고는 구체적인 제보자 연구에서 예시하기로 한다. 이 가창자에 관한 전반적인 개황은 여러 차례 예시된 바 있는데 이를 구실삼아서 연구에 지속적인 동기로 삼고자 한다. 두 가창자는 지역적으로 인접해서 살고 있으며 각기 다른 곳에서 시집와서 일정한 정신적인 연대를 유지하고 있다. 연구의 폭과 깊이를 더 하기 위해서는 다른 곳의 화자오 견주어야 하겠으나 일단 두 제보자의 사례를 제시함으로써 제주도 동요의 연구 자료 관점을 예시하는데 충분하다고 생각한다.

제주도에 전승되는 전승동요 또는 전래동요가 어떠한 의의가 있는지 본격적인 목록 검토가 필요하다. 전승동요의 총체적인 판도를 알기 위해서는 반드시 총괄적인 검증이 필요하지만 일단 채록된 두 제보자의 자료를 빌미삼아 이 동요의 특성을 파악하는 것이 시급한 과제이다. 좌혜경과 윤치부에 의해서 집적된 연구 성과가 있으므로 이 문제는 좀 더 확실한 결론이 날 수 있는 대상이라고 생각한다. 분류에 입각한 본격적인 연구는 뒤로 미루고 일단 여기에서는 현지조사에서 채록한 자료의 의의를 검증하는 방법으로 제주도의 자료와 육지의 자료를 비교하고 그 의의를 검증하기로 한다.

마지막으로 제주도 동요의 특징에 대해서 논의하기로 한다. 제주도 동요에서 얻을 수 있는 연구 결과가 한국 동요 일반과 연결될 수 있는지에 대한 논의를 시도하기로 한다. 대체적으로 제주도의 언어적 기저 자질이 한국어의 그것과 같으면서도 다르기 때문에 이를 대상으로 해서 어휘, 시상 등을 비교할 수 있으나 이는 필자의 능력을 벗어나는 일이기도 하다. 그러나 제주도 동요의 율격, 장단, 선율 등에 대한 논의는 어느 정도 가능한 영역이므로 이를 구실삼아서 제주도 동요의 특징에 관한 논의를 하면서 제주도 동요의 특징에 대해서 말하는 것이 의의가 있는 일이라고 생각한다.

세 가지 문제를 다룸으로써 우리는 앞서 말한 바 있는 자료 조사에서 분석에 의한 연구 성과를 도출할 수 있으리라고 본다. 제주도 전역의 동요를 전반적으로 조사하면서 이러한 연구를 해야만 타당한 결론을 얻을 수 있으나 현재 그러한 성취를 이룰 수 없는 형편이라고 생각한다. 현장의 심각한 소멸 위기가 그러하고 연구의 진정한 방법론 반성이 수반되지 않는 시각으로 자료학과 이론학의 조화를 꾀하기는 지극히 어렵겠기 때문이다. 이러한 사정은 동요뿐만 아니라, 민요 연구에서도 마찬가지 사정이다.

2. 제주도 북제주군 애월읍 귀덕리의 현지 조사 : 강정심과 이호연

제주도의 동요 전승자로 꼽을 수 있는 가창자는 여럿이 있으나 그 가운데 한 지역에서 두 가창자가 온전하게 소리를 잘 하는 경우는 흔하지 않다. 제주도에서 표본 조사를 하면서 애월읍을 조사하다가 두 제보자가 훌륭한 전승자임을 알게 된 것은 아주 우연한 일이었다. 소중한 정보를 준 사람을 과거 소리왓의 대표를 맡았던 인물인 오영순이다. 오영순의 시집이 애월읍 귀덕리인 관계로 이들 제보자를 주목할 수 있었다. 이 제보자들의 자료를 만나면서 제주도 동요의 자료에 대해서 새로운 시각을 가질 수 있었고 과거 경상북도 현지조사를 하면서 만나게 된 이규형이나 김선이에 못지 않은 제보자임을 직감할 수 있었다.[5] 그래서 만날 필요가 있어 강정심과 이호연을 만날 수 있었으며 강정심은 기력이 쇠진하고 귀가 멀어서 거듭 만나기가 어려웠으며 이호연은 필요에 의해서 한 차례 더 만날 수 있었다. 이들에 관한 개요를 적고 이들의 특징을 비교하기로 한다.

제 1차 조사 : 2003년 2월 7일 한림읍 귀덕리 강정심 / 이호연
제 2차 조사 : 2005년 3월 22일 한림읍 귀덕리 이호연
제 3차 조사 : 2006년 2월 6일 한림읍 귀덕리 강정심

1) 강정심(1917~)

강정심은 1917년생으로 애월읍 어음리에서 태어났다. 친정인 애월읍에서 귀덕으로 시집을 온 것이 18세 때이다. 귀덕으로 시집을 올 때에 가마를 타고 왔는데 그에 관한 기억을 아주 생생하다고 전하고 있다. 강정심은 현지 조사 당시 87세인데도 불구하고 소리에 관한 기억이 정화하고 총기가 있어서 주목되는 동요의 목록을 전승하고 있었음이 확인된다.

강정심의 전승 동요는 강정심의 나이가 7세 때부터 15세까지 익힌

---

5 이규형과 김선이는 경상북도 울진과 포항에 있는 인물로 경상북도 동요 전승자로 적절한 대상임을 알 수 있다. 이들을 대상으로 연구한 업적은 없지만 이들에 대한 자료는 문화방송 자료에 있으므로 충분하게 활용할 수 있다고 생각한다. 『한국민요대전 – 경상북도편』 동요 자료가 수록된 15번 CD 참조.

것으로 주로 동네 아이들과 놀이를 하거나 놀면서 익힌 것이라고 증언한다. 강정심이 전승하는 소리는 다음과 같다.

소리의 제목	첫 구절	소재	소리의 성격
귀뚜라미	시절만 좋아지라	귀뚜라미	곤충요
기러기	우리는 소리를 ᄒ고	새(기러기)	동물요
까마귀	외할망네 집에 가난	새(까마귀)	동물요(문답요)
꿩소리	꿩꿩 장서방	새(꿩)	동물요(문답요)
끝말 이어가기	저산 앞의 꼬박꼬박ᄒ는거	언어	언어유희요
달팽이	곤각시야 송키밧디	달팽이	곤충요
닭잡기 소리	아 새기를 난 보니	닭잡기 놀이	집단유희요
도롱이	도롱아 도롱아 나오라	도롱이	동물요(곤충요)
말놀이 소리	멩에 먹어 멩글멩글	언어	언어유희요
매미	주월재열 ᄂ려오라	매미	곤충요
맹꽁이	비가 오지 말라	맹꽁이	동물요
반딧불	불란디야 불란디야	반딧불이	곤충요
방아깨비	춤추라 춤추라	방아깨비	곤충요
병아리	엄마를 잘 ᄯᆞ르지	병아리	동물요
보리피리 만들면서 소리 나기를 비는 소리	주네불라 사네불라	보리피리	도구유희요
비 그치라는 소리	비야 비야 오지말라	비	천체기상요
새 이 달라는 소리	묵은 이랑 ᄃᆞᆯ아가고	이빨	언어주술요
이빨 빠진 아이 놀리는 소리	앞담 왜 헐어부럿나	이빨	언어풍소요
잠자리	밥주라 밥주라	잠자리	곤충요
풀각시놀이 하는 소리	앞이멍에 햇님 박고	풀각시	도구유희요

강정심이 이밖에도 하는 소리가 여럿이 있으나 여러 가지 소리를 종합해서 보면 이상과 같은 소리가 전부이다. 노래 목록에서 확인하듯이 주로 어렸을 때에 체험했던 소리가 전부이고 동요의 진면목을 보여주는 것이 대부분임을 확인하게 된다. 그래서 동요의 제보자로서는 적격자임을 확인하게 된다. 제주도에 전하는 동요가 한 제보자에 의해서 이 정도 나오는 것은 매우 의의가 있으며 동요 제보자로서의 의의가 있음이 확인된다.

강정심은 동요에만 능한 것은 아니다. 다른 노동요도 아주 잘하는 것

으로 확인된다. 예컨대 〈검질매는소리〉도 잘하고 〈ᄀ래ᄀ는소리〉도 잘
하는 것으로 확인된다. 민요는 생활의 일부이므로 아마도 민요 습득의
경로를 가졌으리라 짐작된다. 그런데 민요보다 잘 하는 것이 동요이고
동요의 전반적인 정황을 기억하는 총기를 가진 것으로 이해된다. 동요에
관한 기억을 가진 제보자로 이만한 인물이 현재 없다.

강정심의 소리는 모두 20여 편이 채록되었다. 이를 제목의 가나다 순
서대로 살펴보면 다음과 같다.

(1) 귀뚜라미

시절만 좋아지라
시절만 좋아지라
조팝ᄒ곡[6] 콕국[7] 끓리곡 ᄒ영
ᄌ진ᄌ진 먹으멍 살키여

이 소리는 다른 제주도의 동요집에 발견되지 않는 소리이다.[8] 제주도
말로 귀뚜라미는 '공중말쭉'이라고 하는데 '말쭉'은 메뚜기이고 공중에
뛰므로 이를 유사한 귀뚜라미에 붙혀서 공중말쭉이라고 한다.[9] 강정심은
이 소리를 특별하게 설명하지 않고, 자신의 기억 속에 있는 소리로 이
소리를 했다. 소리가 대체로 풍요로운 상황을 묘사하고 여러 가멸진 먹
거리를 묘사하고 있음이 확인된다. 귀뚜라미가 이 상황에 나타나서 가을
걷이 뒤의 모습을 암시하는 것으로 파악이 된다.

---

6 조밥 하고.
7 박국.
8 좌혜경의 『제주전승동요』와 윤치부의 『제주전래동요사전』에서 이러한 동요를 찾기 어렵다.
9 이에 관한 정보는 소리왓의 대표였던 오영순선생이 일러주었다.

(2) 기러기

우리는 소리를 흐고 놀아간다
소리를 틀고 우리는 놀아간다
객- 객- 객-

이 소리는 기러기 울음소리를 듣고 이 소리를 묘사하는 것으로 되어
있다. 이 소리의 다른 각편에는 다양한 사설이 묘사되어 있는 것으로 되
어 있으나 이처럼 소리를 묘사하고 결말에서 기러기의 울음소리로 마무
리를 삼는 소리는 없는 것으로 되어 있어서 커다란 차이가 있음이 확인
된다.[10] 아이들이 기러기가 소리를 하며 하늘을 날아가고, 기러기 우는
소리를 듣는 것으로 되어 있음이 확인된다. 소리를 모방해서 흉내 내면
서 이 소리를 목청껏 내는 것은 아주 특별한 현상으로 이해된다. 강정심
은 기러기 소리를 흉내내는 것이 각별해서 이 소리를 듣고서 기러기 소
리로 가까운 것임을 알게 한다. 다른 각편에서는 놀이의 일환으로 소리
를 하거나 편을 가르면서 소리를 하는 것과는 전혀 다른 사설이 있어서
각별한 소리로 판단된다.

(3) 까마귀

외할망네[11] 집에 가난 무신 밥 줘니
자굴 밥을[12] 흐여 줘라

---

10   『제주전승동요』에서는 기러기에 관련된 소리가 모두 7편이 있고, 『제주전래동요사전』에는 모두 10편
      이 있다. 그런데 동일한 동요를 찾을 수 없다.
11   외할머니네.
12   자굴 또는 자굴 풀로 만든 밥.

무신 국을 끓여 줘니

자굴국을 줘라

무신 장 줘니

자굴장 줘라

어디 누엉 자렌 ㅎ여니

선반 우이 누엉 자렌 ㅎ여라

뭣 더껑[13] 누렌 ㅎ여라

뭣 더껑 누렌 ㅎ여니

뒷집 할망 베떼기 가죽 베껴당 누렌 ㅎ여라

베영 눅는 베게는 뭣을 베라고 ㅎ여니

이 소리는 일단 두 가지 사실이 주목된다. 이 소리는 문답요로 되어 있으며, 아이들의 말로 하는 소리로는 소리가 아주 거칠다는 사실을 확인하게 된다. 그러한 사실은 다른 자료집에서도 동일하게 확인이 가능하다.[14] 소리의 사설이 욕설로 되어 있는 점은 이 소리의 특징이 까마귀를 빗대면서 하는 점에서는 거칠다고 하는 점이 두루 확인된다. 이 동요는 외양적인 모습을 노래하는 데서 출발하여 까마귀의 신화적인 설정에 따른 기능을 노래하는 것까지 이어지고 있음이 확인된다. 〈차ᄉ본풀이〉에서 적패지를 물어 나르는 기능으로 말미암아서 주로 상서롭지 못한 죽음을 알리는 기능을 하는 것이 동요에서 발견된다.

이 동요에 사용된 어휘는 매우 격심한 욕설로 되어 있다. 이 동요의 다른 각편을 보면 이 점이 확인되는데, '뒷집할망 (씹)가죽 베껴당 누렌하여라/ 무싱거 더껑 누렌하여니/ 뒷집할으방 (좆)가죽 베껴당 누렌하여라'

13 덮고.

14 『제주전승동요』에서는 9편, 『제주전래동요사전』에는 21편이 채록되어 있다.

로 되어 있어서 이 사설에 사용되는 어휘가 상당히 거칠고 욕설에 가까운 것임을 알게 한다. 이 말은 달리 하자면 아이들의 소리가 순화된 어휘만 사용되어야 한다는 교조적 입장에 반성을 요하는 사례가 아닌가 한다.

(4) 꿩소리

꿩꿩 장서방 뭣을 먹고 사느냐
이담 저담 뛰어 들어서
삼년 묵은 콩 흔방울을
주워 먹고 나는 산다

이 동요는 전국적으로 널리 분포하는 것이 확인되는 동요이다. 동시에 제주도 전체에 많이 발견되는 동요이다.[15] 단형적인 문답으로 전개되는 것도 있고, 이와는 다르게 대화체로 길제 이어져서 서사적인 내용으로 전개되는 것도 있어서 두 가지 유형이 보편적인 것임을 확인하게 한다. 문답식으로 전개되는 사설에서는 꿩의 외면치레를 비롯해서 먹거리에 관한 사설을 한참 엮어나가는 것이 특징이라고 할 수 있다. 아울러서 서사적인 내용에 있어서 사람살이의 비판이 있는 시집살이의 어려움을 한 차례 길게 이야기한 것도 있다. 장꿩과 까투리의 다툼이 콩을 두고서 이어지는 장황한 사건도 있어서 서사적인 내용에 있어서도 하위 유형이 있는 것을 확인하게 된다. 이러한 유형이 전국적으로 확인되는 것은 물론이다. 위의 동요는 서두의 대목만 부른 결과로 보여진다.

---

15 『제주전승동요』에는 27편이 채록되어 있고, 『제주전래동요사전』에는 60편이 채록되어 있음이 확인된다.

(5) 끝말 이어가기

저 산 앞의 꼬박꼬박 흐는거 뭐냐

미삐쟁이다[16]

미삐쟁인 등이 굽나

등이 구부면 하르비여

하르빈 등 굽나

등 구부민 쉐질매가지여[17]

쉐질맷가지는 늬고망[18] 난다

늬고망 나민 시리여[19]

시린 검나

검으민 가마귀여

가마귄 놉든다[20]

놉들민 심방이여[21]

심방은 두드린다

두드리민 철쟁이여[22]

철쟁인 잽진다[23]

잽지민 깅이여[24]

---

16 참억새의 줄기 끝에 이삭같이 된 기다란 꽃. 달리 미꾸젱이 또는 미우젱이라고도 한다.
17 소질마가지. 소 등에 얹는 길마를 이른다.
18 네 구멍.
19 시루.
20 날뛴다.
21 무당.
22 쇠대장장이.
23 찝는다.
24 게.

끝말잇기를 하는 동요는 전국적으로 확인되고 심지어는 역사적으로도 유래가 오랜 것임을 확인하게 된다. 말잇기 유형도 여러 가지가 있으며 단계적인 변화가 거듭 확인된다. 이와 동일한 유형의 각편은 그렇게 많지 않다.[25] 그런데 우리가 주목해야 할 것은 여기에 동원되는 어휘의 운용에 있다. 특별하게 사용되는 어휘의 계열이 각별하다. 꼬박꼬박 하는 것, 미뻬쟁이, 할아버지, 쉐질매까지, 늬고망난 시리, 가마귀, 심방, 철쟁이, 게 등이 명사형과 동사형이 결합되면서 긴밀하게 엮여 간다. 단순한 배열이 아니라, 어휘와 어휘의 배열이 단순하게 이루어지지 않아서 이에 관한 검토가 요구된다. 핵심은 간단하다. 모두 심방의 굿과 관련되는 것이다. 지위가 높은 인물이 굿을 하고 사람과 자연을 조화롭게 연결시키던 전통을 환기하면서 수평에서 수직으로 올라가고 내려오는 사설의 공간 배치를 보여주었다고 하겠다. 이러한 각도에서 말잇기의 전통을 간추린다면 이 소리의 전통을 동요의 발상과 연관지어서 확인할 수 있으리라고 본다.

(6) 달팽이

곤각시야 송키밧듸[26] 기여가지 말라

이 동요는 달팽이를 놀리는 소리이면서 달팽이를 달래는 소리이기도 하다.[27] 제주도에는 달팽이를 '둘뱅이'라고 하는데, '둘뱅이'도 다시 두 가지로 나뉜다. '둘뱅이'는 껍질이 있는 달팽이이고, '옷벗는 둘뱅이'는 민달팽이를 이른다. 달팽이가 생기면 채소밭이 아주 엉망이 된다. 달팽

---

25 『제주전승동요』에는 2편이 채록되어 있고, 『제주전래동요사전』에는 4편이 채록되어 있음이 확인된다.
26 송키밧은 달리 채소밭이라고 한다. 〈오영순제보〉
27 『제주전승동요』에는 2편이 채록되어 있고, 『제주전래동요사전』에는 11편이 채록되어 있음이 확인된다.

이가 채소를 모두 먹어버리기 때문이다. 그래서 달팽이를 달래면서 이 소리를 해서 채소밭에 가지 말라고 이른다. 다른 고장에서 달팽이가 뿔을 내고 춤추는 것을 말하는 동요와 일정한 거리가 있다고 생각한다. 경상북도에서 '하마하마 춤춰라/ 요뿔내고 춤춰라/ 조뿔내고 춤춰라//'라고 하는 것이 적절한 사례이다.

(7) 닭잡기 소리

아 새끼를 난 보니
눈도 코도 으싱거[28] 나졌다
고댁 고댁 고댁 고댁

이 소리는 다른 제주도 동요집에는 없는 것으로 보이는데 이 소리를 하면서 어떻게 놀이를 했는지 짐작하기 쉽지 않다. 아이들이 닭잡기 놀이를 하면서 이러한 소리를 하는 것은 지극히 당연한 것이 아닐 수 없다. 그런데 병아리를 낳은 것을 보고 아이들이 놀라는 양을 말하고 이것이 자라서 닭이 되는 소리를 이렇게 한 것으로 보인다.

(8) 도롱이

도롱아 도롱아 나오라
도롱아 도롱아 나오라

도롱이 소리는 제주도에 전승되는 소리로 간주된다.[29] 도롱이는 일종

의 버렝이로 입에 이빨을 가진 것으로 좀벌레처럼 생긴 것이다. 도롱이 고망이 있어서 보리가시랭이나 풀을 가지고 구멍을 자꾸 찌르면 도롱이가 이를 물고 나와서 잡을 수 있다고 한다. 마당에서 흔히 볼 수 있는 대상이 이제 마당을 세멘트로 바르므로 이러한 벌레를 볼 수도 없고 소리의 내용도 이해할 수 없게 된다고 한다.[30]

(9) 말놀이 소리

맹게[31] 먹어 멩글멩글
독골[32] 먹어 독골독골
생게[33] 먹어 생글생글
합순[34] 먹어 합삭합삭
들굽[35] 먹어 들싹들싹[36]

이 소리는 아이들의 먹거리로부터 비롯된 동요임을 알 수 있다. 이 동요는 제주도에서만 발견되는 특별한 동요이다.[37] 아이들이 제철에 나오는

---

29 『제주전승동요』에는 유사한 말로 된 각편이 5편이 있고, 『제주전래동요사전』에는 역시 13편이 채록되어 있다.
30 이에 관한 증언은 오영순이 해주었다.
31 맹감. 맹개나무를 이르는 말이다. 이 나무의 순은 꺾어서 나물을 한다. 이와는 다르게 이 동요에서 말하는 것은 명개나물의 순을 이른 것이라고 할 수 있다. 이는 선물나물의 순이다. 두 가지 가운데 동요의 문맥으로 본다면 선물나물의 순을 이른다고 할 수 있다. 〈오영순제보〉
32 독골은 쩔레이고 이 나무의 순은 꺾어서 나물을 한다. 〈오영순제보〉
33 생게는 수영이며, 이는 제주도에서 까마귀 술이라고 하여 뜯어 먹으면 새콤새콤한 맛이 난다고 말한다. 〈오영순제보〉
34 합다리. 합순을 먹으믄 합삭합삭 하다고 하는 관용구가 널리 퍼져 있음.
35 들굽은 두릅을 이르는 말이다. 〈오영순제보〉
36 들썩들썩.
37 『제주전승동요』에는 유사한 말로 된 각편이 3편이 있고, 『제주전래동요사전』에는 역시 3편이 채록되어 있다.

것을 따서 먹거나 캐어 먹은 체험을 가지고 이러한 소리를 하는 것이다. 먹거리가 흔하지 않던 시절에 이를 캐어 먹으면서 소리로 말을 엮어나가는 것은 전통시대의 특별한 체험이라고 할 수 있다. 아이들이 소리로 하는 풀은 각별한데, 그것은 아이들이 가지고 놀거나 먹거리로 삼으면 이를 대상으로 하는 소리를 이렇게 동요로 만들었을 가능성이 있다.

(10) 매미

주월[38]재열[39] ㄴ려오라
개똥범벅 ㅎ영주마
쉐똥범벅 ㅎ영주마
주월재열 ㄴ려오라
ㄴ려오라

이 동요는 매미를 대상으로 해서 하는 소리이다.[40] 이 동요에는 주월과 재열이 병렬되어 호칭되고 있다. 매미를 잡기 위한 방편으로 이러한 소리를 하면서 날 것으로 주월을 말하고 매미를 말하면서 이러한 소리를 하는 것이 아이들에게 즐거움이 되었으리라고 생각한다. 쇠똥이나 개똥으로 범벅을 해주겠다고 하는 것이 먹이를 주겠다고 하는 것도 되겠으나 아이들의 관찰에 입각해서 그곳에 알을 까고 먹이를 취하는 친연성 때문에 이러한 소리를 했던 것으로 짐작된다.

---

38 큰 등에의 한 가지. 주얼이라고 한다.

39 매미.

40 『제주전승동요』에는 유사한 말로 된 각편이 3편이 있고, 『제주전래동요사전』에는 역시 20편이 채록되어 있다.

(11) 맹꽁이

비가 오지 말라

날이 좋으라 날이 좋으라

우리는 종에도 쫄르고

ㅎ난 기도 못ㅎ고

걸도 못ㅎ고 ㅎ니까

비가 오지 말앙

날이 좋아도라 날이 좋아도라

맹꽁이는 제주말로 '맹마구리'라고 한다.[41] 맹꽁이가 울면 아마도 비가 많이 오니 이를 정확하게 관찰한 아이들이 이러한 소리를 했을 개연성이 있다. 맹꽁이가 기어가도록 비가 오지 말았으면 하는 것이 이 소리의 바람이라고 할 수 있다.

(12) 반딧불

불한듸야[42] 불한듸야

호박꽃에 앉지 마라

불한듸야 불한듸야

호박꽃에 앉앙 똥 싸불지 마라

개똥벌레 소리는 제주도와 육지의 몇 마을에서 채록된 소리이다. 제

---

41 『제주전승동요』에는 채록된 것이 없고, 『제주전래동요사전』에는 1편이 채록되어 있음이 확인된다.
42 불한듸. 곧 개똥벌레를 이른다.

주도에는 이 소리가 비교적 흔한 것으로 판단된다.[43] 개똥벌레는 달리 반딧불이인데, 이를 대상으로 사설을 비교적 길게 이어나가는 것은 제주도에서 발견되고 제주도에서도 여러 가지 유형이 있으나 사설이 비교적 긴 것은 위에 채록된 각편과 같은 것이라고 할 수 있다. 경상북도에서 개똥벌레에 관련된 소리가 두 편이 채록되어 있는데 이 소리는 물과 관련되거나 제주도처럼 불과 관련되는 것이 보편적이라고 할 수 있다. 경상북도의 소리는 대마도對馬島에서도 비슷한 동요가 채록된 바 있다.[44]

(13) 방아깨비

춤추라 춤추라
산데레[45] 절ᄒ라
구석데레 절ᄒ라

이 동요는 아이들이 방아깨비를 놀리면서 하는 소리라고 할 수 있다. 방아깨비의 발을 잡고 까딱까딱 놀리는 모습은 육지와 그다지 다르지 않으므로 소리의 양태가 같으리라고 짐작되나 육지에서는 이 소리가 없는 것을 본다면 정서도 다르고 소리를 창조하는 관점이 일정 부분 차이가 있는 것으로 짐작된다.[46]

제주도에 이 소리가 대략 30여 편이 되는데, 제주도에서는 만축과 심방만축으로 나뉜다. 만축 또는 말축은 메뚜기이고, 심방만축 또는 심방

---

43 『제주전승동요』에는 각편이 8편이 있고, 『제주전래동요사전』에는 역시 10편이 채록되어 있다.
44 宗武志 編, 『對馬民謠集』 第一書房(1934).
45 산에.
46 『제주전승동요』에는 유사한 말로 된 각편이 9편이 있고, 『제주전래동요사전』에는 역시 27편이 채록되어 있다.

말축이라고 한 것은 방아깨비이고 l이를 달리 산듸말축 또는 산데말축이라고도 한다. 심방이 춤을 추는 것을 능사로 삼으니 이처럼 춤을 추고 소리를 하는 형상에 빗대어서 이러한 말을 붙이고 소리를 하는 것으로 되어 있는 것을 확인하게 된다.

(14) 병아리

엄마를 잘 똘르지 않으면 떨어진다
엄마를 잘 똘르지 않으면 떨어진다
엄마를 잘 따르라

병아리는 제주도 말로 하면 '빙아기'이다. 병아리 소리는 병아리를 두고 소리한 것이지만, 다른 각도에서 보면 병아리를 채가는 일이 예전에는 아주 흔한 일이었으므로 이를 경계하는 소리로 보아야 옳을 것으로 보인다. '똥수래기'라는 솔개가 병아리를 채어 가면 어쩔 수 없으므로 이를 경계하여 소리를 하는 것이 구체적으로 명시되어 있다고 보는 것이 적절하리라고 본다. 비슷한 사설을 가진 것을 보면 이 말의 내력이 다소간 짐작될 수 있을지도 모르겠다. '똥소로기 놉드자/ 빙아기 간듸엇다//' 라고 하는 말에서 이 소리의 내력을 알 수 있지 않을까 한다.

(15) 보리피리 만들면서 소리 나기를 비는 소리

주네[47]불라 사네불라
주네불라 사네불라

47　주네는 주레이고 이는 피리를 말한다.

이 동요는 아이들이 보리피리나 쪽파의 피리를 불면서 하는 소리이다.[48] 아마도 주네는 피리를 말하는 것이고 이를 말의 조음구를 만들기 위해서 이것을 '주네불라 사네불라'라고 말한 듯하다. 아이들이 장난감이나 놀이개가 많지 않던 시절에 할머니의 일을 거들면서 이를 불고 노는 것에서 이를 놀이개 삼아 놀이를 하면서 이 소리가 나온 것으로 이해된다. 강정심할머니는 이 소리를 하면서 소리를 하면 '삑-' 하고 소리가 난다고 말한다.

(16) 비 그치라는 소리

비야 비야 오지 마라
장통밧듸[49] 물넘엄져

이 소리는 제주도에서뿐만 아니라 전국적으로 많이 불려지는 소리이다.[50] 곧 비가 오지 말라는 기원을 담은 소리이다. 그런데도 제주도만의 독자적인 표현법을 가지고 있는 것이 확인된다. 위에 채록된 소리는 사설이 이어지는 것 가운데 앞 대목만을 떼서 소리로 했다. 장통밧에 물이 넘치는 것이므로 시집가는 언니의 신발인 가막창신이 물에 젖는다고 해야 더욱 온당한 소리가 되는데 이 소리는 그 가운데 앞의 소리만 채록되었다고 보아도 잘못이 아니다. 언니가 시집을 간다는 전제에 의하면 이 소리는 전국적으로 유사한 소리와 맥락을 함께하는 소리라고 볼 수도 있겠다.

---

48 『제주전승동요』에는 유사한 말로 된 각편이 7편이 있고, 『제주전래동요사전』에는 역시 16편이 채록되어 있다.
49 움푹 패어 들어가서 비가 내리면 물이 잘 고이는 곳.
50 『제주전승동요』에는 유사한 말로 된 각편이 14편이 있고, 『제주전래동요사전』에는 역시 37편이 채록되어 있다.

(17) 새 이 달라는 소리

묵은 이랑 돌아가곡
새니랑 돌아오라

아이들의 이를 빼고 이 이를 지붕에 던지면서 하는 소리이다.[51] 일종
의 주술요 성격도 겸하고 있는 소리인데, 이 소리는 전국적으로 전승되
는 소리이다. 헌 이를 버리고 새 이를 달라고 하는 주술적인 성격의 일
단을 알 수 있는 것으로 보인다. 육지에서 까치에게 이러한 소원을 비는
것으로 되어 있으니 이를 두고 이러한 소리를 이어서 하던 전례를 염두
에 두고 생각을 할 수 있을 것으로 보인다.

(18) 이빨 빠진 아이 놀리는 소리

앞담 웨 헐어부럿나
뒷담은 웨 헐어부럿나

이 소리는 아이를 놀리는 소리이다.[52] 풍소요나 풍소유희요라고 하는
것은 이러한 각도에서 가능한 것이라고 본다. 이빨이 빠진 아이를 놀리
는 방식이 제주도만의 독자성을 가지고 있어서 육지의 동일한 소리와 견

---

51 『제주전승동요』에는 유사한 말로 된 각편이 2편이 있고, 『제주전래동요사전』에는 역시 10편이 채록
    되어 있다. 그런데 두 연구자의 분류가 다르게 되어 있어서 문제로 된다. 좌혜경은 이를 동물요의
    새소리로 분류했고, 윤치부는 주술요의 새 이나기 노래로 분류했다. 적절성 여부는 차치하고라도 소
    리가 연구자마다 달라지는 것은 문제라고 할 수 있으나 연구의 관점을 분명히 하기 위해서는 연구자
    의 독자적 분류도 필요하다고 본다.
52 『제주전승동요』에는 유사한 말로 된 각편이 10편이 있고, 『제주전래동요사전』에는 역시 24편이 채록
    되어 있다.

주어질 수 있다고 생각한다. 담이 헐린 것으로 생각하는 것은 제주도만의 독자적인 발상이다. 그런데 이러한 사고방식이 제주도 전체의 보편적인 발상이라는 점이 긴요하다. 다른 고장에서는 갈가지가 등장해서 이것이 놀랜다고 하는데 동일한 대상의 성격을 전혀 다른 각도에서 표현하는 사고가 흥미롭게 비교될 수 있다고 생각한다.

(19) 잠자리

밥주라[53] 밥주라 아자난 방석에 앚이라
밥주라 밥주라 아자난 방석에 앚이라

제주도 전역에 이 소리가 전승된다.[54] 잠자리는 제주도 말로 여러 가지가 있다. 밥줄이, 웅재열, 고치재열, 물자리, 밤버리 등이 그것이다. 잠자리를 잡기 위해서 소리를 하는데, 앉은 곳에 앉으라는 소리를 흔히 한다. 말은 달라도 생각은 유사하고 잠자리를 대하는 사설도 일치하는 것으로 나타난다.

(20) 풀각시놀이 하는 소리

앞이멍에 햇님 박고
뒷이멍에 들님 박고
금산벨이[55] 오종종종

---

53 밥주리는 곧 잠자리를 이른다.
54 『제주전승동요』에는 유사한 말로 된 각편이 15편이 있고, 『제주전래동요사전』에는 역시 37편이 채록되어 있다.
55 샛별을 이른다.

홍- 하량

고방 갈락 고방 갈락

아이들이 어렸을 때에 풀로 인형을 만드는데 이를 흔히 풀각시라고
한다. 풀각시를 가지고 놀이를 하면서 갖가지 소리를 하게 되는데 이것을
흔히 풀각시 놀이라고 이른다.[56] 놀이의 방식은 대체로 신랑과 신부를 맞
추어서 가마 타고 시집을 가는 형국을 지어서 그 과정에 따른 놀이와 소리
를 겸하는 것으로 되어 있다. 이 소리를 찾아낸 것만으로도 의의가 있으며
채록하는 과정에서 놀이를 재현하고 소리를 했던 기억이 지금도 새롭다.

이 소리는 풀각시를 걸음을 걷게 하면서 하는 소리이다. 그런데 이
소리는 다른 무가나 민요에서도 발견되는 소리이다. 〈초공본풀이〉에서
나오는 노가단풍 주지맹왕아기씨의 탄생 과정에서 이 소리가 쓰이는 것
을 확인하게 된다. 문면을 살펴보자.

푼처님에 하직ᄒ고 대서 소서 하직헤야 임정국 땅을 ᄂ려사고 하꽁
일을 받은 것이 칠월 칠석 제맞인 날 받아놓고 부베간이 천상베필 무었
더니 아방 몸엔 흰 피를 불러 주고 어멍 몸엔 갑온 피를 불러줘 아옵돌
열돌 준삭 체와 금시상(今世上) 솟아난 건 보난 예궁예(女宮女) 솟아나
는구나. 앞니망엔 헷님이여 뒷니망엔 돌님이여 양단둑지(兩端肩) 금산
사별 오송송이 백인 듯흔 아기씨가 솟아나니 초사흘에 초모욕 치셋메
초일뢰(初七日)에 치셋메 벡일 잔치를 지나 짐진국부인이 말을 ᄒ뒤[57]

---

56 『제주전승동요』에는 유사한 말로 된 각편이 7편이 있고, 『제주전래동요사전』에는 역시 7편이 채록되
　　어 있다. 동일한 소리가 옮겨지면서 생긴 소리이다.

57 현용준, 『제주도무속자료사전』(신구문화사, 1980), 149쪽.

아이들이 부르는 소리에서 무가의 전통적인 관용구를 확인하는 것은 이례적인 일이 아니다. 제주도 사람의 구비전승 속에서 이러한 말은 얼마든지 더 찾아낼 수 있겠기 때문이다. 이야기의 전승 속에서 이러한 구절이 전하고 있는 것이 확인된다.[58] 값진 여자 아이를 묘사하는데 있어서 이런 관용구는 흔하게 사용되는 것임을 알 수 있고, 동요, 민요, 무가, 이야기 등에서 널리 사용되는 것을 풀각시소리에 차용하여 쓰고 있음을 알 수 있다.

2) 이호연(1926~)

이호연은 1926년 제주도 제주시 화북동에서 태어났다. 그곳에서 어렸을 때에 소리를 익히고 한림읍 귀덕리로 출가했다. 소리꾼으로 나선 것은 김영돈교수의 권유에 의한 것이었다고 한다. 친정이 북제주군 화북읍이다.

이호연이 전승하고 있는 소리를 소리의 목록으로 정리하면 다음과 같다고 하겠다. 이를 구실삼아 노래의 목록으로 정리하면 다음과 같다.

소리의 제목	첫 구절	소재	소리의 성격
깅이잡아 놀리는 소리	곤밥 허라 조팝 허라	게	동물요(어류요)
까마귀 1	가막아 가막아 어디가완디	새(까마귀)	동물요
까마귀 2	가막아 가막아 어디가완디	새(까마귀)	동물요
꽃염불소리	니나노 난시가	상여소리	빈상여소리

---

58 김헌선, 『설화연구의 다양성과 통일성』(미발표 원고, 2003). 〈다슴어멍〉의 이야기에서 이러한 대목을
또한 찾을 수 있다. 'ᄀ라가난, 이젠 확 알아 분거 아니? 경허난 이젠 막 독도 잡아놓고 이 놈을 복딱
멕연, 막 겡 좀 제완 해와 뒹 펜질 안네 깡 보난, 아이고 애기가 그렇게 잘난 막 앞 멍에 뒷 이멍에
돌님이여. 막 양 둑지에 금새별에 오신도신 헌 아들을 낳젠, 막 지꺼진 펜질 써네 . 보내시난 그 걸
이젠 찢언 대껴비러 뒌. 이제 이상헌 얘길 나시매, 이걸 내쪼차 부느냐 어떵허느니.' 이 자료는 김순
자의 구연본에서 인용해왔다.

비 그치라는 소리	비야 비야 오지 말라	비	천체기상요
새 이 달라는 소리	묵은 니랑 들아가곡	이빨	언어주술요
윙이자랑	자랑자랑 윙이자랑	잠	가사노동요
이빨 빠진 아이 놀리는 소리	앞담 몰아졌저	이빨	언어풍소요
풀각시 놀이 하는 소리	앞이망에 햇님들고	풀각시	도구유희요
행상소리	어화넝창 아화로다	상여소리	상여소리

위의 소리에서 확인하듯이 이호연의 동요는 강정심에 견주어서 확실
하게 빈약한 양상을 드러내고 있다. 그 이유는 여러 가지가 있으나 본디
이호연은 다른 소리를 익혔기 때문이다. 화북동에서 익힌 소리 가운데
상여소리가 있다. 그곳에서 여러 가지 소리를 익혔는데 내세우는 소리
가운데 하나가 〈꽃염불소리〉이다. 이 소리는 상여소리인데 요절한 사람
을 기릴 때에 상여를 매고 나가면서 하는 소리이다. 이밖에도 다른 소리
에 관심이 많았다. 동요를 열심히 기억하고 전승하고자 무척 애쓰는 인
물이다.

이호연의 장기는 〈풀각시놀이 하는 소리〉이다. 여러 가지 소리를 단
계적으로 이어가는 소리가 매우 정교하게 발달해 있다. 풀각시를 만드는
단계에서부터 풀각시를 가지고 혼인하는 단계, 그리고 둘이서 만나는 단
계까지 일관되게 구성되는 면모를 보여준다. 이에 관련되는 소리를 모두
기억하는 것은 대단하다고 하겠고 이 소리를 기억하는 것이 특히 이호연
의 특장이라고 하겠다.

(1) 깅이[蟹] 잡아 놀리는 소리

아이들이 게를 잡으면서 하는 소리이다. 바닷가에 나가서 갯가나 모래밭에 놀면서 바닷물을 따라 들어온 게가 바위나 모래톱에 숨으니까 이를 잡으면서 놀이를 하는 과정에서 부르는 소리이다. 사람의 말을 게가 알아들을 리 만무하나 게를 가지고 여러 아이가 놀이를 하면서 하는 소리만 상상해도 즐겁기 그지없다.

> 어린 때 해난 소리? 탕건하기 전에?
> 기잡앙 이? 기. 깅이[59] 잡앙 "곤밥[60] 허라 조팝" [61] 허면 부글[62] 부글 부글 해여, 그놈의 것이.
> "곤밥 허라
> 조팝 허라
> 나그네 왐쩌."[63]
> 거 노는 소리.
> (인제 이거를 만약에 저희들이 학생들한테 들려주면, 할머니가 짧게 해버리면 어떻게 되냐면 쓸 데가 없어요. 그니까 고거를 아까 허셨던 것처럼 "곤밥 허라 조팝 허라 나그네 왐쩌" 고거를 좀 반복해서 계속 하셔요. 해보세요.)

> 뜨게[64] 이? 글씨기 좋게?[65]

---

59 깅이는 기, 겡이, 겡이 등으로 제주도 전역에서 쓰는 말이다. 게이다.
60 곤밥은 볍쌀로 지은 밥이다. 입쌀밥 또는 흰밥과 같은 말이다.
61 조팝은 좁쌀로 지은 밥이다.
62 게가 입에 거품을 내는 모양을 말한다.
63 왐쩌는 왔어의 뜻이다.
64 사이가 뜨게 또는 아주 천천이로 이해하였다.
65 받아 적기 좋게 라고 하는 뜻이다.

곤밥 허라
조팝 허라
나그네 왐쩌⁶⁶

다시. 저 구제기 딱딱 이?

(고거를 세 번 정도 하세요.)
세 번?

곤밥 허라
조팝 허라
나그네 왐
(쌀밥 해라 조밥 해라 나그네 왔다)

곤밥 허라
조팝 허라
나그네 왐쩌
(이젠)
곤밥 허라
조팝 허라
나그네 왐쩌

이 소리는 갯가에서 게를 잡으면서 하는 소리이다. 입쌀밥을 해라 조

---

66 이 말은 고운 밥을 하라 조밥을 하라는 뜻인데, 나그네에게 밥을 대접하려고 하자 게가 거품을 내는
    것이 밥을 하는 형국으로 이해되기 때문에 아무래도 이러한 말을 하는 것으로 보아야 하겠다.

팝을 하라고 아마도 주술을 걸면 이것이 나중에는 게가 알아서 거품을 내는 것으로 이해된다. 나그네가 왔으므로 이를 위해서 밥을 하라는 것이고 물이 부글부글 밥물이 끓는 형국으로 이해되어서 이러한 노래가 나왔으리라 추정된다. 이 소리를 어떻게 볼 것인지 문제가 된다. 2소박 2박자인데, 사설은 2박자에 완성된다. 음보로 본다면 2소박 4박자에 완성되는 것인데 이것이 중요한 문제이다. 사설은 세 가지로 떨어지는데 이에 대한 소리의 틀은 미완성인 채로 끝난다. 사설은 박자로 본다면 못 갖춘 것으로 완성된다.

동일한 내용의 게에 관련된 소리는 다음과 같은 것이 선행 연구자에 의해서 조사가 진행된 바 있다.

국하라 밥하라
네미 네비 말탄
덜락덜락 오람저
네미썹 좁져불라
네미썹 좁져불라[67]

(2) 까마귀 1

(다시 한 번만. 고거 한 네 번만 해 보세요.)
가막아 가막아 어디가완디
할망칩 불담으레 가왔쩌
무신밥 해연 줘니

---

67 좌혜경, 앞의 책(1993), 68쪽.

자굴밥[68] 해연 줘라

무신 국 줜니

자굴국 줘라

무신 숟가락 줜니

나무숟가락 줘라

무신 솥 (경해면)

무시 거 벤 누렝 해여니

뒷칩 할으방 조쟁이 그차당 벤 누렝 해였쩌

무시 거 더끙 그렝 허면

뒷칩이 할망 씹가죽 벳기당 더끙 누렝 해였쩌

낄 랑 눕는 거 머이 낄 앙 누랜

뒷칩이 할으방 좃가죽 벳기당 낄 앙 누랜 해쩌

말을 해도 숭칙한 말들을 해영, 예 원. 그거 벳겨주녀, 가마귀새끼

들이 예 원 무신.

까마귀와 아이가 문답하는 식으로 동요가 전개된다. 할머니 집에 다
녀온 까마귀에게 여러 가지 소리를 묻고 답하는 과정에서 걸쭉한 육담이
나온다. 할머니 집에 불을 담으러 왔다고 했고, 밥, 국, 숟가락 등을 가져
온 내력을 상세하게 말하고 있다. 뒷집할아버지의 조쟁이(좃)를 베고 누
우라고 했다고 하며, 할머니의 씹 가죽을 덮으라고 했으며, 깔고 눕는 것
은 뒷집할아버지의 좃가죽을 깔고 누우라고 했다. 아이들이 하는 소리로
는 진정 곱지 않은 말이다. 그러나 동요의 이면적 진실이 자연스러운 것
이라면 거침없는 표현 속에서 아이들이 하고 노는 놀이가 과연 온당한

---

68   자골풀로 만든 밥이다. 자귀풀이라고도 한다.

것으로 볼 수도 있으며 이면 파악에 힘써야 하리라고 본다.

(3) 까마귀 2

가막아 가막아 어디 가완디
할망칩이 불담으레 가왔쩌
무신 밥 핸 줘니
자굴밥 핸 줘라
무신 국 줘니
자굴국 줘라
무신 숟가락 줘니
나무숟가락 줘라
어디 누렌 해여니
선반 우에 누렌 해여라
무신 거 더끙 누렌 해여니
뒷칩이 할망 썹가죽 벳겨당 더끙 누렌 해여라
무시 거 끌 앙 누렌 해여니
뒷칩할으방 좃가죽 벳겨당 끌 앙 누렌 해여라
무시 거 벤 누렌 해니
뒷칩 할으방 좃 그차당 벤 누렌 해여라

까마귀야 까마귀야 어디 갔다 왔니
할머니집에 불 담으러 갔다왔다
무슨 밥 해 주더냐
자귀풀밥 해 주더라
무슨 국 주더냐

자귀풀국 주더라

무슨 숟가락 주더냐

나무 숟가락 주더라

어디 누으라고 하더냐

선반 위에 누으라 하더라

무얼 덥고 누으라 하더냐

뒷집 할머니 씹가죽 벗겨다 누으라 하더라

무얼 깔고 누으라고 하더냐

뒷집 할아버지 좃가죽 벗겨다 깔고 누으라 하더라

무얼 베고 누으라 하더냐

뒷집 할아버지 좃 베어다 베고 누으라 하더라

가마기가 경 소도리 해엿쩌 한다. 누게 무신 본 말이라게. 그저 노는 소리가 그거라. 놀멍서 그자.

(4) 비 그치라는 소리

비야 비야 오지 말라

장통밧에 물글 랍쩌[69]

비야 비야 오지 말라

장통밧에 물글 랏쩌

경허고. 푸끌레기가 부갈부갈부갈 나, 옛날 흑밭에. 이젠 해도 그

---

69 우묵한 곳에 물이 고이는 것을 이르는 말.

혹에 비 좔좔 놔가면

비야 비야 오지말라

장통밧에 물굴랐쩌

비야 비야 오지말라

장통밧에 물굴랐쩌

비야 비야 오지말라

장통밧에 물굴랐쩌

비야 비야 오지마라

구렁밭에 물고인다

(5) 새 이 달라는 소리

(아이들이 인제 자라다 보면 이빨 빠지쟎아요. 그래 인제 이빨 빠
졌을 때 애를 놀리쟎아요. 그걸 뭐라 그래요?)

니빨 빠정이 이, 저래 데낄땐? 그걸 니빨 빠지면 이 이제 지붕우테
레 그걸 데끼는 거라.

묵은 니랑 들아가곡[70]

새 니랑 들아오라

묵은 니랑 들아가곡

새 니랑 들아오라

묵은 니랑 들아가곡

---

70 드라가다는 말이므로 데려가다라고 할 수 있으니 아마도 소리의 상황 설정으로 본다면 가져가고의
뜻이다. 이러한 사정이 일치한다면, 아마도 이 사설은 어떤 생명체에게 의존하는 말이고 이빨을 맡
기면서 하는 소리일 가능성이 있다. 육지에서는 이러한 사설이 발견된다. 여기에서는 그 말이 없다.

새 니랑 돌아오라

그, 그거자. 그거 무신 하늘님인데다 굴아 몰르쥬, 그거.

(6) 웡이자랑

아이를 재우는 소리가 과연 동요인지 의문이다.[71] 어른이 아이를 재우는 소리이므로 동요는 아니다. 다만 아이와 관련되는 소리이므로 이 자리에서 다룬다. 재우는 기능을 한다는 점에서는 기능요이고 아이가 자고 싶어서 자지만 토닥여 주면 자는 것이므로 이를 주술적인 기능을 하는 것으로 볼 수도 있다. 그리고 어른은 노동을 하는 것이므로 노동요로 보아도 무방하다.

이 소리의 상황 설정은 할머니가 손자를 재우는 것인 점이 주목된다. 할아버지가 손자를 재우는 것도 아니고 게다가 할머니가 손녀를 재우는 것은 전혀 아니다. 반드시 상황은 할머니가 아이를 재우면서 자장가를 하는 것으로 되어 있다. 이것이 세계적으로 확인되는 소리인지 우리만의 특별한 현상인지 비교 연구를 통해서 확인해야 한다.

웡이자랑 웡이 자랑
우리 애기 자는 소리
믈 무쉬도 자는 소리
느네 애기 자는 소리
한선빗에 자는 소리
자랑 자랑 웡이자랑
은ᄌᆞ둥아 금ᄌᆞ둥아

---

71 『제주전승동요』에는 29편이 채록되어 있고, 『제주전래동요사전』에는 197편이 채록되어 있음이 확인된다.

나라에는 충실둥아

동네방네 우염둥아

부모에게 효자둥아

자랑 자랑 윙이자랑

아이고 어질어 흔저[72] 자라

엇 쉬쉬쉬 흔저 자라

흔저 자라 흔저 자라

기영 남저 헝그면 아 잠이 절로 와. 아 육지사람들은 "아이구 나 자지쿠덴" 해 자는 사람이서라 이게 해가나.

(7) 이빨 빠진 아이 놀리는 소리

"묵은 니랑 아가곡 새 니랑 들아오라" 게민 아기데신데
"아이고 요 니빨 빠진 하르방 앞담 히어졌쩌 뒷담 히여졌쩌"
니빨 빠지면 "아이고 담 히어저", 울타리 믈아졌다고. 그 니빨을 울
타리 믈아졌다고 헌 말로, 저 이제 울따리 믈아졌다고 그 "앞담 히
였쩌 뒷담 히였쩌" 기영.

동일한 상황을 이호연은 소리로 하지 않고 말로만 했는데 다른 자료에서는 소리로 되어 있음이 확인된다. 다른 지역에서 채록된 이빨 빠진 아이를 놀리면서 하는 소리이다.

---

72 어서, 빨리의 뜻으로 한다.

앞담 몰아졌저

뒷담 몰아졌저

사상밭디 도히어졌저[73]

(8) 풀각시놀이 하는 소리

앞이멍에 햇님 달고

뒷이멍에 돌님 달고

양단 죽지에는

금산 새벨이 오종종종

앞이멍에 햇님 달고

뒷이멍에 돌님 달고

양단 죽지에는

금산 새벨이 오종종종

3) 두 가창자의 비교와 동요유형론의 가설

두 제보자는 여러 모로 비교의 대상이 된다. 각기 다른 곳에서 태어
났으나 서로 한 마을에 살면서 나이가 들어서 적극 교류하였다. 외지에
서 온 현지조사자들에게 자극받고 조사 체험을 가지면서 적극적으로 만
나게 되었다고 해도 과언이 아니다. 무자각적으로 조사에 응하다가 자각
하면서 민요와 동요에 의식화된 생각을 가졌다고 해도 과언이 아니다.
그래서 두 전승자는 서로의 소리 체험을 공유하고 의식적인 교류를 했다
고 하겠다.

---

73 좌혜경, 앞의 책(1993), 92쪽.

강정심은 자연적인 조건에서 동요를 익힌 인물이다. 자연적 전승자이다. 생래적인 과정에서 동요를 생활의 일부로 익히면서 소리를 가다듬고 배운 인물이다. 강정심은 그의 나이 5세 무렵부터 소리를 익히기 시작하여서 시집가기 전까지 대략 15세 무렵까지 소리를 익혀서 놀았던 것으로 보인다. 강정심은 자연적인 동요 전승자라고 하는 것은 이와 같은 이유 때문이다. 생활의 일환으로 소리를 익히면서 자연스럽게 소리를 익혔을 뿐만 아니라, 아이들과 어울리면서 이러한 소리를 전승했던 것으로 보인다. 강정심을 자연적인 소리 전승자라고 보는 것은 이와같은 이유 때문이다.

　　이호연은 자연적인 전승자라고 보기 어려운 측면이 있다. 이호연이 소리를 익히고 본격적인 소리꾼으로 나선 것은 자발적으로 선택한 것은 아니다. 특별하게 김영돈 교수가 추천하여서 이러한 소리꾼으로 나서게 된 것으로 나타난다. 꽃상여소리의 전승자로 나서서 소리대회에 참여함으로써 소리 전승에 본격적으로 참여한 것으로 보인다.

　　이뿐만 아니라, 강정심에게 소리를 배워서 하는 것도 이 소리꾼의 특징이라고 할 수 있다. 강정심과 어울리는 이유는 상세하지 않다. 여러 조사자들이 거듭 조사하게 됨으로써 아마도 이러한 소리 전승이 이루어졌으며 동요에 관한 전승에 참여한 것으로 보인다. 인공적인 조건 속에서 이루어진 상황이므로 이를 우리는 인공적 전승자라고 이를 만하다. 강정심의 소리를 익혀서 자신의 전승 소리와 합쳐서 풍부한 전승 소리를 익힌 것은 매우 의미가 있는 작업이라고 할 수 있다.

　　자연적이고 소극적인 전승자인 강정심이 기억하고 있는 동요의 각편과 유형이 이호연의 자료에 견주어서 다양하고 그 가지 수가 많다는 점이 확인된다. 둘의 소리를 견주어서 보면 일단 여러 가지 소리를 비교하는 근거가 된다. 둘의 공통적인 소리를 비교해서 보이면 이 점이 구체적으로 확인된다.

소리의 제목	강정심	이호연	제주전승동요	제주전래동요사전
귀뚜라미소리	*		0	0
기러기소리	*		7	10
깅이 잡는 소리		*	8	25
까마귀	*	**	9	21
꿩소리	*		27	60
끝말 이어가기	*		2	4
달팽이	*		2	11
닭잡기 소리	*		0	0
도롱이	*		5	13
말놀이 소리	*		3	3
매미	*		3	20
맹꽁이	*		0	1
반딧불	*		8	10
방아깨비	*		9	27
병아리	*		0	0
보리피리 만들면서 소리 나기를 비는 소리	*		7	16
비 그치라는 소리	*	*	14	37
새 이 달라는 소리	*	*	2	10
월이자랑 소리		*	29	197
이빨 빠진 아이 놀리는 소리	*	*	10	24
잠자리	*		15	37
풀각시놀이 하는 소리	*	*	7	7

소리를 견주어서 보면 강정심이 이호연보다 월등하게 아는 소리도 많고 동요 전승자로서 적극적인 인물임을 실감하게 된다. 두 사람이 전 승하고 있는 소리는 각별하게 나타나는 소리도 있으나 대체로 제주도 전 역에 전승되는 유형이나 각편에서 어긋나는 것은 아니다. 위의 목록에서 확인할 수 있듯이 강정심 가창자만 전승하고 있는 소리로 꼽을 수 있는 것이 유형적으로는 〈귀뚜라미소리〉 유형, 〈닭잡기소리〉 유형, 〈병아리 소리〉 유형이 있다. 그리고 동일한 소재적인 유형의 공질성에도 불구하 고 전혀 다른 사설의 특색을 지니고 있으며 잘 발견되지 않는 것이 〈기 러기소리〉 〈도롱이〉 〈매미소리〉 〈맹꽁이소리〉 〈반딧불이소리〉 〈보리

피리 만들면서 소리 나기를 비는 소리〉〈풀각시놀이 하는 소리〉이다. 여기에 제시된 소리는 거의 독립적인 유형이라고 보아도 무방한 특이한 변이유형이라고 할 수 있다.

또한 전국적으로 보편적인 유형이라고 해도 제주도에서만 발견되는 특별한 사설로 이루어진 사설 유형의 소리가 있으니 그것이 곧 〈깅이 잡는 소리〉〈까마귀〉〈달팽이〉〈말놀이소리〉〈방아깨비소리〉〈새 이 달라는 소리〉〈웡이자랑 소리〉〈이빨 빠진 아이 놀리는 소리〉〈잠자리소리〉 등이 이에 해당한다. 이에 예시한 소리는 동일한 유형의 소리가 전승이 되지만 사설의 소재적 유사성에도 불구하고 제주도만의 독자성을 견지하고 있는 소리라고 할 수 있다. 그에 견주어서 전국적인 유형을 그대로 가지고 있는 소리도 있으니 〈꿩소리〉〈끝말이어가기〉〈비 그치라는 소리〉 등이 이에 해당한다.

그렇다면 우리는 위에서 정리된 사실에 의거해서 무엇을 어떻게 정리할 수 있는지 논의의 틀을 마련해야 한다.

> 가. 제주도에만 있는 동요의 유형이 있다. : 3
> 나. 제주도에만 있는 동요의 변이유형이 있다. : 7
> 다. 제주도에만 있는 독자적인 동요 사설의 하위유형이 있다. : 9
> 라. 제주도뿐만 아니라, 전국적으로 확인되는 동요의 광포유형이
> 있다. : 3

가는 제주도의 토착적인 유형이고 이를 매개로 해서 지역유형이 설정 가능한 자료이자 각편이 된다. 가는 개인적인 창작이나 체험으로 인해서 형성된 소리가 될 가능성이 있으나 이는 좀 더 광범위한 추적과 탐색이 필요하다고 생각한다. 나는 다른 고장에서 찾을 수 있는 소재이나 거의 제주도에서만 확인되는 유형이다. 가와 나는 서로 일부 겹치기도

하지만 구체적으로 더 탐색할 여지를 가지고 있는 소리이다. 나에서 가로 이동할 여지를 두고 있는 것이 바로 나이다. 다는 동요 사설 가운데 소재적으로 동일한 유형인데, 제주도에서만 사설이 환경과 언어적 조건 속에서 형성된 아주 특이한 사설을 형성한 유형이라고 할 수 있다. 라는 명백하게 제주도에서만 보이는 것이 아니라, 전국적으로 널리 향유되는 유형임이 확인 가능한 소리를 말한다.

이러한 구분은 장차 더욱 확실한 각편을 가지고 검증을 해야 할 사실이지만, 두 가지 요인에 의해서 동요가 다른 면모를 보이는 것이 아닌가 판단된다. 하나는 전국적으로 널리 퍼져 있는 것으로 흘러 다니다가 뿌리를 내리고 형성되는 것이 있는 유형이 있고, 이와는 다르게 독자적인 발생을 견지하는 유형이 있는가 하면 다른 곳과 동일한 유형의 사설을 가지고 있는 것이라 하더라도 제주도의 토양이나 환경을 반영하면서 변형을 유지하는 것이 있기도 하다. 그래서 다른 곳에서 전혀 볼 수 없는 전혀 색다른 유형의 동요가 있는 것을 확인하게 된다.

이 유형의 판별과 제주도적인 특색을 검토하기 위해서는 좀 더 섬세한 논의가 필요하게 된다. 그 작업을 거칠게 개략을 말하면서 이를 온전하게 모두 말하는 것은 무리가 있다고 생각한다. 다만 우리는 광범위한 논의를 하면서 자료학의 온전한 도달점을 이론화하는 방안을 강구해야 한다고 생각한다. 그렇게 하는데 있어서 과거 논의의 이론적인 방기 영역에 있는 핀랜드학파의 유형론을 새삼스러이 가져와서 논의를 다시 해야 하는 임무가 새삼스러이 부각되었다. 특히 처음에 이론적으로 동조적인 입장이었다가 나중에 독자적인 방법을 선택해서 반론을 제기한 폰 시도프의 용어나 작업을 원용하면서도 극복하는 이론화 작업이 필요하다고 할 수 있다.[74]

동요 유형론에서 시도프의 이론은 아주 유용한 의의를 갖는다고 생각한다. 독자적으로 발생한 동요는 지역적인 특색을 반영하면서 한곳에 머물러 있으나 적극적인 전승자와 다르게 소극적인 전승자의 이동에 의해서 지역적인 판도를 갖추면서 제주도만의 독자적인 소리를 형성하게 마련이다. 이 소리의 소종래를 해명할 수 있는 단서가 바로 가, 나, 다 등에 있는 것이다. 독자적인 발생과 특정 대상을 포착해서 드러내고자 하는 착안의 실체가 구체화되는 것이 곧 지역유형의 실체이다. 그러나 이것이 전부는 아니다. 지역의 거리가 가까워지고 의사소통이 활발하게 진행되면서 이동에 의한 소리가 존재하게 되는데 이것이 곧 이동에 의한 동요의 생성이라고 할 수 있다. 적극적인 전승자 또는 운반자는 지역적인 생성에 의해서 전승되는 소리를 알 수 있는 제보자이고, 소극적인 전승자 또는 운반자는 지역과 지역을 넘어서서 이루어지는 소리의 생성을 이해하는 단서가 된다. 특정 매체나 운반의 소인에 의해서 전국적 전승의 광포 유형을 수용하고 이동시키는 단서가 된다. 그것이 곧 라에 해당한다고 할 수 있다.

2. 제주도 동요의 특징

제주도 동요의 특징은 유형으로만 규정할 수 없다. 동요에 선율형 동

74　Alan Dundes edited. Carl Wilhelm von Sydow, "Geography and Folktale Oicotypes", *International Folkloristics*(New York : Rowman & Littlefield, 1999), pp.137~151 그는 1914년 folklore journal인 Folkminnen och folktankar를 설립하고 1927년 처음 "oicotype"을 제안하였다. 이 용어는 식물의 지역적 형성을 뜻하는 식물학 용어에서 따왔다. 식물이 지역에 따라 기후와 토양 조건이 다른 것을 수용하는 것처럼 설화도 역시 지역에 따른 특성을 가질 것이라는 주장이다. 그는 oicotype은 비교방법의 지역적 확장이라고 한다. 민속이 지역 정체성을 위한 생생한 정보가 될 수 있다. 시도프의 이 주장을 확대하면, 지역 내 특별한 이야기 유형의 여성과 남성 화자의 oicotype까지 설명할 수 있다. …그는 설화나 민요가 다른 지역으로 이동하는 것을 개인 차원에서의 이동으로 다루고, 특히 "적극적 전승자(active tradition carriers)"와 "소극적 전승자(passive tradition carriers)"를 구별하였다. 시도프에 따르면 적극적 전승자나 짐꾼은 공동체 내에서 이야기를 하거나 노래 부르는 개인이고, 소극적 전승자나 짐꾼은 청중이다. 시도프는 이주 또는 이동하는 적극적 짐꾼이 새로운 지역에서 다른 적극적 짐꾼에게 전승을 이야기할 때 민속이 다른 장소로 이동하게 되는 것이라고 생각했다.

요가 있고, 리듬형 동요가 있는 것을 우리는 알 수 있다. 제주도 동요의 특색을 일관되게 구성하고 논의를 하기 위해서 필요한 것은 음악학적 분석이다. 음악학적 분석이 도달점이 되는 것은 아니다. 음악학적 분석은 방편이다. 기왕의 분석에서 이러한 시도를 하지 않은 것은 아니지만 얻은 결론이 너무나 범박하다고 할 수 있다. 이제 그것이 무엇인지 해명을 할 필요가 있다. 이를 검증하기 위해서 여섯 가지 악보를 두고 논의를 하기로 한다. 일단 (가)에서 (라)까지는 필자가 옮긴 것이고, (마)에서 (자)까지는 선행 연구자들이 서양식 오선보로 작업한 것을 정간보에 옮긴 것이다.[75]

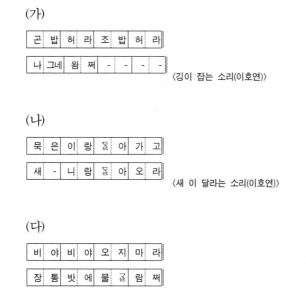

(가)

곤	밥	허	라	조	밥	허	라
나	그네	왐	쩌	-	-	-	-

〈깅이 잡는 소리(이호연)〉

(나)

묵	은	이	랑	들	아	가	고
새	-	니	랑	들	아	오	라

〈새 이 달라는 소리(이호연)〉

(다)

비	야	비	야	오	지	마	라
장	통	밧	에	물	굴	람	쩌

---

75 정간보로 옮기는 데 있어서 규칙은 이보형의 것을 가져와서 그대로 적용하기로 한다. 소안은 소박,
정간은 보통박, 대강은 대박에 적는다.

곤	밥	허	라	조	밥	허	라

소안 정간　　대강
소박 보통박　　대박

〈비 그치라는 소리(강정심)〉

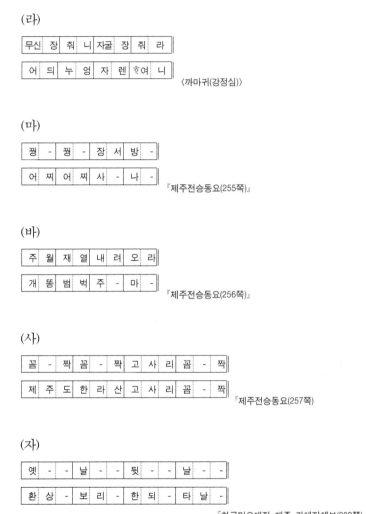

(라)

| 무신 | 장 | 줘 | 니 | 자굴 | 장 | 줘 | 라 |

| 어 | 듸 | 누 | 엉 | 자 | 렌 | ᄒ여 | 니 |

〈까마귀(강정심)〉

(마)

| 꿩 | - | 꿩 | - | 장 | 서 | 방 | - |

| 어 | 찌 | 어 | 찌 | 사 | - | 나 | - |

『제주전승동요(255쪽)』

(바)

| 주 | 월 | 재 | 열 | 내 | 려 | 오 | 라 |

| 개 | 똥 | 범 | 벅 | 주 | - | 마 | - |

『제주전승동요(256쪽)』

(사)

| 꼼 | - | 짝 | 꼼 | - | 짝 | 고 | 사 | 리 | 꼼 | - | 짝 |

| 제 | 주 | 도 | 한 | 라 | 산 | 고 | 사 | 리 | 꼼 | - | 짝 |

『제주전승동요(257쪽)』

(자)

| 옛 | - | - | 날 | - | - | 뒷 | - | - | 날 | - | - |

| 환 | 상 | - | 보 | 리 | - | 한 | 되 | - | 타 | 날 | - |

『한국민요대전 제주 강혜진채보(222쪽)』

동요는 소리의 기본이 되는 것이기 때문에 말의 언어적 특질을 고스란히 반영하고 언어적 자질에 의한 율격과 장단을 생생하게 보여준다는 점에서 긴요하다. 제주도에서 채록된 동요는 한국어의 기본적 자질을 공유하고 있어서인지는 몰라도 말, 음보, 장단 등에 있어서 한국의 다른 지역 동요와 커다란 차이를 보이지 않는 것으로 판단된다.

음절수는 2소박 4박자이든 3소박 4박자이든 2음보를 근간으로 하면서 한 음보당 음절수가 1, 2, 3자로 된다. 2소박 4박자에서는 간혹 1음절이 붙기도 하지만 2음절이 우세하고 더불어서 3음절이 붙기도 한다. 3소박 4박자에서는 1~3음절이 붙기도 하는데 2음절이 가운데의 음절수를 유지한다고 할 수 있으나 동요의 많은 수를 검증한 것은 아니어서 단언하기 곤란하다.

2소박 4박자와 3소박 4박자 가운데 어느 쪽이 우세한가 단언하기 어렵다. 그러나 몇 가지 정황으로 보아서 추정을 할 수 있는데 그것은 가창자를 직접 면담하고 확인한 결과 2소박 4박자가 압도적인 것을 확인하게 된다. 그렇다면 (사)와 (아)는 어떻게 받아들여야 하는지 의문이 생길 수 있다. (사)는 아이들이 부른 것으로 추정되는데 이것은 강강수월래의 〈고사리 꺾자〉를 받아들인 것으로 거의 민요에 가깝다고 할 수 있다. (자) 역시 가창자의 특성으로 보아야 할 것인데, 『한국민요대전』에 4편의 동요가 있는데 두 편을 진성효가 제공했고 한 편이 강기생, 다른 한 편이 김정자가 불렀다. (자)를 서두에 내는 사설붙임 형식 역시 의문스러운 점이 있음이 확인된다. 마치 판소리에서 내드림의 사설 장단을 내는 것과 유사하다. 진성효는 남성 가창자인데 토박이 소리를 하지 않았고, 〈꿩소리〉를 하고 위에 예시한 것은 자신의 작사일 가능성이 높은 소리를 했다.

따라서 조심스러운 추단이지만 3소박 4박자가 예외적인 경우에 해당하고 이를 본격적으로 인정하기 어려운 측면이 있다. 제주도 동요의 음원 전체를 검증하면 두 가지 박자형이 나올 가능성이 있고 변박을 고려하면 여러 장단형이 있겠지만 현재로서는 가창자들의 장단형은 2소박 4박자형이 많다고 말할 수 있다.

음보에 있어서 2음보가 많은 것을 알 수 있다. 이는 종래에 제주도에 3음보가 많다고 하던 견해와는 자못 다른 해석일 가능성이 있다.[76] 선행 연구에서 제주도는 음보가 2음보에서 벗어났으며 3음보 또는 2음보와 3음보의 혼합이 보인다고 했는데 이것은 음절수를 율독하는 율격에서 비롯된 것으로 판단된다. 그러나 필자의 체험과 채록의 결과로 보면 2음보가 적절하게 나타나고 그것을 증명할 수 있다. 가령 (가)의 보례에서 율독으로 처리하자면 명확하게 4·4·5의 음절수를 지닌 3음보로 치부할 수 있으나 과연 그런지 의문이다. 명확하게 율격의 근거를 장단에 입각해서 본다면 2음보로 되어 있고, 오히려 2행의 1음보를 몰아넣고 나머지 1음보를 쉬는 형국으로 되어 있으니 2음보의 성격에 가까운 것을 알 수 있다.[77]

단형의 사설에 의한 소리가 많다고 하는 것도 검토의 요소라고 생각한다. 소리 가운데 단형적인 사설을 이루는 것은 동요의 근본적인 성격이다. 단형의 사설은 항상 행과 관련이 있는데 단형의 사설이 장단과 결합하면서 기수행을 이루는 경우와 우수행을 이루는 경우가 있는데 대체로 제주도의 동요는 우수행을 이루는 경우가 우세하다. 기수로 끝나는 경우가 많지 않은 것으로 확인된다. 육지에서는 우수행이 있기도 하지만 단형의 사설일 경우에는 우수행이 나타나기도 하나 이와 대등하게 기수행으로 끝막음되는 경우가 많다. 기수행으로 막음이 되면 2음보의 우수와 기수행의 기수가 절묘하게 결합하면서 음악적 형식성을 완성하는 특징이 있음이 확인된다. 제주도에서 이러한 단형사설의 경우를 만나는 경우는 흔하지 않은 것으로 추정된다. (라)(마)(자)는 장형의 사설이 이어

---

76 좌혜경, 앞의 책(1993), 250쪽.
77 율격은 세 가지 요소에 의해서 결정된다. 언어적 기저 자질, 가창방식과 장단 유형, 기록시의 형식적 완결미 등이 그러한 요소이다. 이 가운데 우리 학계에서는 언어적 기저 자질을 말하고 가창방식과 장단유형에 대해서는 초보적인 논의를 하고 있으므로 이를 도입해서 심화시킬 필요가 있다.

지는 것을 확인하게 된다. 모두 우수행으로 끝나는 것을 확인하게 된다.

제주도 동요의 특징을 말하는 것은 간단한 일이 아니다. 위의 검토에 의하면 장단에 있어서 특별한 현상이 없는 것이 확인된다. 선율이나 토리의 유형에 있어서도 각별한 점이 발견된다. 제주도의 동요 네 곡을 점검한 결과 이것을 경토리라고 단정한 견해가 있다.[78] 이른 바 sol-la-do′-re′-mi′ 라고 하는 것이 확인된다고 한다. 이 견해는 네 편의 동요만을 대상으로 해서 점검한 것이어서 확정적이라고 단언하기 어려운 실정이다. 그러나 기왕의 다른 연구에서도 제주도 민요의 선율형이 하나로 고정되어 있지 않고 다양하다고 하는 견해는 주목할 만하다.[79]

문제는 동요에 경토리가 출현하는가 하는 문제이다. 선행 연구에서 전국적으로 동요의 토리형을 보면 메나리토리와 경토리가 있는 것을 확인한 바 있다. 동요의 토리가 이렇다는 것은 앞으로 크게 연구해야 할 과제이다. 두 가지 각도에서 말한다면 토리로 잡히지 않는 본질적인 무엇이 가로놓여 있으므로 이러한 두 가지 토리가 우세하게 되어 있을 개연성이 있다. 아직 뼈가 굳어지기 이전에 이러한 근간이 있어서 소리를 내도록 유도하는 것일 수 있고, 아니면 우리가 미리 예측하고 측정하지 못하는 잠재된 무엇이 있는 것으로 보아야 한다.

동요를 지방민요의 지역적 차이를 이루는 개념으로 분석하는 것은 온당한 일이 아닐 수 있다. 선행 연구자의 논문에서 메나리토리의 우세함을 말했으므로 이를 준거삼아서 논의를 확장한다면 결국 동요의 보편성과 특수성이라는 문제로 귀결된다. 동요는 아이들이 부르는 소리임을 감안할 때에 아이들이 장단의 단순성이나 선율의 단순함을 근간으로 해서 새로운 가락을 익히고 장차 소리를 익혀 나가는 것이라고 생각한다면

---

78 강혜진, 앞의 논문(2004).
79 조영배, 『제주도 노동요 연구』(예솔, 1992).

단순성의 골격이 우연한 상동성을 가져서 메나리토리와 관련되는 것으로 보아야 한다. 그것이 연구에 있어서 객관적인 측정치로 작용하여 귀납적인 결과로 메나리토리가 우세한 것이라고 보아도 잘못일 수 없다고 생각한다. 아이들이 부르면서 다른 나라나 다른 민족의 소리와 상통하는 보편성도 이러한 각도에서 수립되어야 한다. 그 점이 논의의 착안으로 이루어져야 한다고 생각한다.

　제주도 동요의 특징은 장단이나 선율에서 발견되지 않으며 오히려 미세한 차이에 의한 사실만 더 확인할 수 있었다. 제주도는 동요의 소재적인 차이와 말이 제주도 말로 되어 있으므로 그러한 차이가 더욱 큰 것임을 거듭 확인하게 된다. 그런데 말에 관한 식견이 없어서 그것이 구체적으로 어떻게 같고 다른지 증명하기는 어려운 실정이다. 언어적 기저 자질이 율격이나 장단에 영향을 크게 끼치지 않는 것이지만 대상이 드러나는 언어적 자질이 있다면 마땅히 연구해야 할 과제가 된다.

3. 마무리

　이 글은 제주도 동요의 특정 지역 가창자의 자료를 구실삼아 현지조사의 결과를 보고하면서 제주도 동요의 근본 문제를 시험삼아 적어본 것에 지나지 않는다. 기왕의 자료집들은 음원을 결하고 있으므로 필자가 조사한 자료를 한 지역의 유능한 가창자 두 사람의 사례를 중심으로 논의를 했다. 제주도 동요는 현지의 연구자만이 할 수 있다고 절감한 것이 일단의 결론이다. 제주도에서 만난 동요를 잘 하는 앞서 말한 강정심이나 이호연 이외에도 가창자가 이러한 인물이외에도 5명 정도가 더 있다. 일단 이들을 총괄적으로 더 조사하고 이들의 음원을 다시금 확인하면서 본격적인 논의를 하기로 한다.

제주도에서 얻은 교훈을 이론적으로 정리하자면 제주도 말이 지니는 특성을 일차적으로 면밀하게 연구하는 텍스쳐texture의 관점이 필요하다. 말도 다르고 심지어 표현법도 다르니 이를 정확하게 연구할 필요가 있다. 그런 점에서 제주도 출신이 아닌 연구자는 일단 접고 갈 수밖에 없는 실정이다. 연구의 출발점이 유리하다고 해서 연구가 잘 되는 것은 아니라고 생각한다. 다음으로 소리 자체에 대한 명확한 구조적 분석이 요구된다. 그것을 흔히 텍스트text의 관점이라고 할 수 있다. 유형과 각편의 관계를 명시하면서 이를 군집과 개체의 위계로 분류하는 것이 필요하고 이 과정에서 육지의 동요와 어떻게 같고 다른지 연구할 수 있다고 생각한다. 이것이 연구의 도달점은 아니다. 동요의 현장 문맥에 관한 연구도 한층 진전시켜야 한다. 그것을 콘텍스트context라고 말한다. 동요의 놀이와 소리의 관련성 가창자, 수용자 등의 입체적인 관련사항을 논의할 수 있으리라고 생각한다.

　　이 세 가지 위계의 층위를 연결시키는 것은 결국 자료와 이론의 갈등과 조화라고 할 수 있다. 자료에서부터 출발해야 이론적 문제의식이 보이는 것은 숨길 수 없는 사실이다. 이론적 문제의식을 앞세워 논단을 하면 허점이 많이 생기는 것을 알 수 있다. 또한 자료만을 늘어놓는 것이 대안일 수 없다. 자료를 그룹핑grouping 할 때에 일정한 원리와 준거가 필요한데, 이것을 매개로 해서 이론적인 작업이 필요하다. 제주도 동요 연구에서 이론적인 작업에 심각한 견해 차이가 있는 점도 이론적인 관점에 의하기 때문이라고 생각한다. 제주도 동요의 분류론이 심각한 문제로 되는 것은 이 때문이다. 제주도만의 독자적인 민요 분류안과 동요 분류안이 다시금 심각한 문제로 떠오른다고 할 수 있다. 제주도 동요의 특수성에 대한 지향이 결국 보편성으로 귀결될 수 있어야 연구는 올바른 궤도에 이를 수 있다고 생각한다. 제주도의 동요를 연구하는 것은 제주도 민요를 연구하는 디딤돌이 된다.

자료학과 이론학이 서로 조화롭게 연결되는데 있어서 가장 중요한 관점이 보편성과 특수성의 관련이다. 제주도적인 전통과 문화를 지향하는 것은 특수성의 추구가 아니고, 한국문화의 전통에 맥이 닿는 보편성의 지향임을 알아야 한다고 생각한다. 제주도 동요를 구실삼아서 보면 제주도의 동요는 유형적으로는 철저하게 제주도적인 면모를 다수 보여주고 있음이 확인된다. 그런데 이것은 제주도만의 특수성이 아니고 한국 동요 일반을 다시 되돌아보게 하는 요소가 됨을 확인하게 된다.

제주도가 들려주는 동요와 귀리지역
구전동요 자료

- 〈깅이 잡는 소리〉와 〈재열 잡는 소리〉 -

우리나라에 여러 섬이 전국적으로 있는 것은 잘 알거야. 섬에 사람이 살고 있는데, 우리나라의 사람 사는 섬을 크기 순서대로 말하는 소리가 있는데. 제주도에서 흔히 들을 수 있는 소리인데, 제주도 말을 옮기면 이렇게 되어 있어. '일제주 이거저 삼남해 사진도 오광해 육완도'라는 소리가 그것이야. 이 소리는 제주도 사람이 이룩한 슬기의 산물이고 제주도에 관한 자부심을 드러내는 소리이기도 해. 제주도, 거제도, 남해도, 진도, 강화도, 완도 등을 크기에 견주어서 말하는 거야.

제주도에는 아주 재미있는 소리가 많이 있어. 그 중에 하나를 알려줄까. '곤밥 ᄒ라/ 조팝 ᄒ라/ 나그네 왐쪄// 곤밥 ᄒ라/ 조팝 ᄒ라/ 나그네 왐쪄//'라는 거야. 같은 소리를 거듭 반복해서 하는데 이 소리가 무엇을 할 때에 부르는 소리인지 궁금하지. 게다가 도대체 무슨 말인지 알아듣겠어. 도저히 알아듣기 어려울 거야. 제주도에서 자라난 동무들도 어쩌면 알기 어려울 거야. 이 말을 표준어로 쓰면 조금 이해할 수 있을 거야. '고운 밥 해라 조밥 해라 나그네 왔어.'라고 하는 말이지. 고운 밥은 쌀로 지은 밥을 말하고 조밥은 조로 지은 밥인데, 살기 어려웠던 시절에는 쌀밥을 먹기가 곤란했는데 귀한 손님이 왔으니 밥을 해서 대접하자는 거야. 솥에 밥을 하면 밥이 끓으면서 밥물이 흘러넘치면서 거품이 나거든. 그 모양을 견주어서 하는 소리야.

사실 이 소리는 예전에 제주도 아이들이 바다 갯가에 나가서 '깅이'를 잡아서 놀리면서 하는 소리야. 깅이는 제주도 말로 게를 말하는 거야. 제주도 아이들은 바닷가에서 옆으로 기는 게를 잡아서 이 소리를 부르는 거야. 노래를 부르면 신기하게도 게가 입에서 거품을 내뿜는다고 해. 아이들은 마치 자기가 소리를 해서 거품을 내는 거라고 생각하게 되지. 우연히 맞아 떨어진 건지, 아니면 소리를 듣고 그러는 건지 매우 궁금하지만 아무튼 아이들은 이 소리를 부르면 그런 일이 생긴다고 생각하는 것 같아.

이 소리를 하고 놀았던 시절이 이 아저씨는 매우 그리워. 요즘 우리들은 장난감을 가지고 놀고, 아니면 외국에서 들여온 교육 완구들을 가지고 노는데, 예전에는 살아있는 생물을 잡아서 놀면서 깔깔거리고 말을 주고받기도 했으니까 너무 차이가 나는 놀이를 실감해. 너희들도 어릴 때 장난감을 가지고 놀 때 장난감이랑 같이 묻고 답하는 버릇이 있었지. 오늘날 우리들은 무생물을 가지고 장난을 삼지만, 예전 아이들은 주변에 펼쳐진 자연에서 얻은 생물을 가지고 말을 하고 놀이를 하면서 소리를 하고 장난질을 했어. 이것이 아주 특별한 방식이고 생명체의 소중함을 아는 방식이기도 한 것 같아.

이 소리는 제주도에 전하는데 제주도 전체 섬에 흔하게 전하는 소리야. 제주도 말은 육지의 말과 너무나 달라. 제주도 말을 이해하는데 적지 않은 어려움이 있어. 제주도에서 태어나서 자라면서 말을 배운 사람은 너무나 자연스럽게 아는 말인데, 다른 말을 배운 사람은 전혀 이 소리에 가까이 다가갈 수 없는 어려움이 있어. 우리가 듣고 자란 말씨와 다르다고 해서 이상하게 여기지 말아. 예전에는 각 고을마다 말이 다르고 음식이 달랐어. 그래서 그 고장에 가서 특별한 말을 들을 수 있었어.

이제는 아예 이런 말이 사라지고 있어.

　사투리는 우리나라에서 풍부하게 가꾸고 이어받아야 할 유산인데, 오히려 창피하게 여기는 생각과 교육기관에서 이 말을 가르치지 않아서 자꾸만 잊어 먹고 있어. 잊을 뿐만 아니라, 더 나아가서 사라지고 있으니 안타까운 일이야. 아름다운 유산, 제주도의 말을 이 소리를 통해서 기억하고 이어가야 할 임무가 우리에게 있는 것은 아닌지 모르겠어. 우리는 천연기념물을 지정하고 문화재를 지정해서 사라져 가는 것을 지키려고 야단을 떨고 호들갑을 떨지만 정작 이 아름다운 소리가 사라지고 있는 것은 아랑곳하지도 않아. 우리가 결심하고 이 소리를 전하고자 하면 미래가 열리고 나라에 가망이 생기는 것은 아닌지 모르겠어.

　제주도 아이들이 즐겨 불렀던 소리가 하나 더 있어. 매미를 잡으면서 하는 소리인데, 도회지에서 목청을 높여 우는 여름철의 매미를 제주도 아이들이 어떤 소리를 하면서 잡았는지 궁금하지. 이 소리가 더욱 재미있을 거야. '주월재열 ᄂᆞ려오라/ 주월재열 ᄂᆞ려오라/ 개똥범벅 ᄒᆞ여주마//' 라고 하는 소리야. 매미를 제주도 말로는 재열이라고 해. 그리고 주월은 등에의 일종인데 말과 소의 피를 빨아먹는 곤충이야. 개똥범벅은 개똥으로 만든 버무리를 말하지. 매미가 변태를 해서 날개를 펴기 전에는 굼벵이로 지내는 거는 다들 있을 거야. 근데 굼벵이가 개똥이나 소똥 말똥 속에서 많이 살았는데 이거를 알고서 이 소리에다 엮어 넣은 것이지. 바로 아이들의 자연에 대한 관찰력이 빛을 발해서 이런 소리를 만들어 낸거야.

　무엇을 하던지 아이들의 눈과 마음을 생각해야 해. 아이들이 들여다보고 있는 세상은 맑고 밝아. 예전 제주도 아이들이 소리로 하는 것은 아름다운 우리나라의 소중한 유산이라고 생각해. 제주도 말을 배우고 제주도 아이들이 마당에서 뛰어놀면서 이 소리를 하는 세상을 일구어야 할 거야.

깅이 잡아 놀리는 소리

창: 이효현
북제주군 애월읍 귀덕1리
채보: 정서은

곤 밥 허 라 조 팝 허 라 나 그 네 왐 쩌

윙이자랑

창: 이효현
북제주군 애월읍 귀덕1리
채보: 정서은

자 랑 자 랑 윙 이 자 랑 우 리 애 기 자 는 소 리 멀 머 쉬 도 자 는 소 리

느 네 애 기 자 는 소 리 한 선 빗 에 자 는 소 리 자 랑 자 랑 윙 이 자 랑

은 자 둥 아 금 자 둥 아 나 라 에 는 충 실 둥 아 동 네 방 네 우 염 둥 아

부 모 에 게 효 자 동 아 자 랑 자 랑 윙 이 자 랑

빠진 이 던지면서 하는 소리

창: 이효현
북제주군 애월읍 귀덕1리
채보: 정서은

묵은 니랑 돌아 가고 새 니랑 돌 아 오 라

가막아 가막아1

창: 이효현
북제주군 애월읍 귀덕1리
채보: 정서은

가 막아 가 막아 어디 가 완디 할망 칩 불 담 으레 가 왔 쩌

무 신 밥 해 줬 니 자굴 밥 해 줘 라   무 신 국 줜 니 자굴 국 줘 라

무 신 숟가 락 줘 니 나 무 숟가 락 줘 라

가막아 가막아2

창: 이효현
북제주군 애월읍 귀덕1리
채보 : 정서은

비야비야 오지마라

창: 이효현
북제주군 애월읍 귀덕1리
채보: 정서은

1. 다리세기(고운일 할아버지)

①(말로)
한다리 인다리 것청게
시자 노자 불망게
너희 삼춘 어디가
시장밧디 총누러가

②(말로)
한다리 인다리 것청게
시자 노자 불망게
또려 또려 곤 옷
쇠 금 돌 깍
돌깍먹은 새순이
쇠똥걸겨 먹었네

③(노래로)
혼다리 인다리 것청게
시자 노자 불망게
또렷 또려 곤 옷
쇠 금 돌 깍
돌깍먹은 예순이
쇠똥걸겨 먹었네

혼다리 인다리 것청게
시자 노자 불망게

또렷 또려 곤 옷
쇠 금 돌 깍
돌깍먹은 예순이
쇠뚱걸겨 먹었네

흔다리 인다리 것청게
시자 노자 불망게
또렷 또려 곤 옷
쇠 금 돌 깍
돌깍먹은 예순이
쇠뚱걸겨 먹었네

④(말로)
흔다리 인다리 것청게
시자 노자 불망게
너희 삼춘 어디가
시장밧디 총누러가
또렷 또려 곤 옷
쇠 금 돌 깍

⑤(노래로)
흔다리 인다리 것청게
너희 삼춘 어데가
시장밧디 총누러가
또렷 또려 곤 옷
쇠 금 돌 깍

흔다리 인다리 것청게
너희 삼춘 어데가
시장밧디 총누레가
또렷 또려 곤 옷
쇠 금 돌 깍

2. 매나 똥수래기 나타나서 병아리 숨으라고 하는 소리

①(고운일 할아버지)
매여 소루기여 뺑구루루룩~
매여 소루기여 뺑구루루룩~

②(고운일 할아버지)
매여 소루기여 뺑구루루룩~
매여 소루기여 뺑구루루룩~
매여 소루기여 뺑구루루룩~
매여 소루기여 뺑구루루룩~

3. 이빨빠진 아이 하는 소리

①(고운일 할아버지)
샌 이랑 돌아오라 묵은 이랑 돌아가라
샌 이랑 돌아오라 묵은 이랑 돌아오라
샌 이랑 돌아오라 묵은 이랑 돌아가라
(이빨을 지붕으로 던진다)
(아이들이 놀리는 소리)

야 너 우리 밧디 담 헷싸부렀지 / 아니다
야 너 우리 밧디 담 헷싸부렀지 / 아니다
너 임제신디 ᄀ라불켜 / 아니다 아니다

4. 머리 깎은 아이 놀리는 소리

①(고운일 할아버지)
중블레기 벗블레기

② (오영순)
중블레기 풋블레기
중블레기 풋블레기
중블레기 풋블레기
중블레기 풋블레기
중블레기 풋블레기
중블레기 풋블레기

5. 도롱이 잡을 때 하는 소리

①(고운일 할아버지)
뱅뱅돌라
뱅뱅돌라
뱅뱅돌라

②(강옥선 할머니)
뱅뱅돌라 도롱이 나오라

뱅뱅돌라 도롱이 나오라

③(강옥선 할머니)
뱅뱅돌라 도롱이 나오라
뱅뱅돌라 도롱이 나오라
뱅뱅돌라 도롱이 나오라
뱅뱅돌라 도롱이 나오라

6. 가마귀에게 하는 소리

①(고운일 할아버지)
가마귀야 가마귀야 어디가 완디
가마귀야 가마귀야 어디가 완디

②(고운일 할아버지)
가마귀야 가마귀야 어디가 완디
식게 먹으레 가 왔저
가마귀야 가마귀야 어디가 완디

③(강옥선 할머니)
가마귀야 가마귀야 어디 가 완디
뒷집 하르방네 집이 식게 먹으레 갔다 왔쩌
가마귀야 가마귀야 어디 가 완디
뒷집 하르방네 집이 식게 먹으레 갔다 왔쩌
가마귀야 가마귀야 어디 갔다 완디
뒷집 하르방네 집이 식게 먹으레 갔다 왔쩌

가마귀야 가마귀야 어디 가 완디
뒷집 하르방네 집이 식게 먹으레 갔다 왔쪄

7. 매미 소리

① (고운일 할아버지)
주열 제열 내려오라 개똥 쇠똥 범벅 허영주마
주열 제열 내려오라 개똥 쇠똥 범벅 허영주마
주열 제열 내려오라 개똥 쇠똥 범벅 허여주마

8. 보리피리 만들며 하는 소리

① (강옥선 할머니)
멍깔라 당깔라 주레산이 불어도라
멍깔라 당깔라 주레산이 불어도라

멍깔라 당깔라 주레산이 불어도라
멍깔라 당깔라 주레산이 불어도라
멍깔라 당깔라 주레산이 불어도라
멍깔라 당깔라 주레산이 불어도라

② (고운일 할아버지)
멍깔라 당깔라 주레산이 불어도라 배염산이 불어도라
멍깔라 당깔라 주레산이 불어도라 배염산이 불어도라
멍깔라 당깔라 주레산이 불어도라 배염산이 불어도라
멍깔라 당깔라 주레산이 불어도라 배염산이 불어도라

9. 꿩노래

① (고운일 할아버지)
…로 옷을 입고
삼년묵은 콩그르에 오년 묵은 풋그르에
돌고 늙은 콩 한 방울 풋 흔 방울 주어먹고 살든보난
눈쟁기린 총쟁이 바락하게 맞쳐보난 꿩은 죽었져
친구 꿩은 고려무난 아이고 아이고 우리 친구 죽었구나
끈잎으로 이불 덮고 매장하여 제지내고 암꿩보고 허는 말이
울지 몰라 울지 몰라 오라 느영 나영 곹이 살게
암꿩은 꿱꿱허멍 같이 붙엉 가부렀어

② (고운일 할아버지)
꿩꿩 장서방 어찌 어찌 사느냐
청비단에 짓을 달고 흑비단에 동전달고 알록달록 옷을 입어
삼년묵은 콩그르에 오년 묵은 풋그르에
돌고 늙은 콩 한 방울 풋 흔 방울 주어먹고 살든보난
눈쟁기린 총쟁이 바락하게 맞쳐부난 꿩은 죽었구나
친구 꿩은 소문들언 고렴오란 아이고 아이고 우리 친구 죽었구나
끈잎으로 이불 덮고 맹하여 제지내고 암꿩보고 허는 말이
울지 몰라 울지 몰라 오라 느영 곹이 살게
오라 느영 곹이 살게허난 암꿩은 꿱꿱허멍 따라 갔져

10. 개미탈(뱀딸기) 따서 이마에 문지르면서 하는 소리

① (고운일 할아버지)

느 머리랑 벗어지랑 나 머리랑 벗어지지 말라 아여 머리여
느 머리랑 벗어지라 나 머리랑 벗어지지 말라 아여 머리여
느 머리랑 벗어지라 나 머리랑 벗어지지 말라 아여 머리여
느 머리랑 벗어지라 나 머리랑 벗어지지 말라 아여 머리여

느 머리랑 벗어지라 나 머리랑 벗어지지 말라 아여 머리여
느 머리랑 벗어지라 나 머리랑 벗어지지 말라 아여 머리여
느 머리랑 벗어지라 나 머리랑 벗어지지 말라 아여 머리여

11. 들에 나갔을 때 하는 소리

① (고운일 할아버지)

또꼬리 먹으면 또꼴또꼴 생게 먹으면 생글생글
맹게 먹으면 맹글맹글 고사리 먹으면 꼬불꼬불

또꼬리 먹으면 똥끌똥끌 생게 먹으면 생글생글
맹게 먹으면 맹글맹글 고사리 먹으면 고슬고슬
맹게 먹으면 맹글맹글 생게 먹으면 생글생글
고사리 먹으면 고슬고슬 또꼬리 먹으면 또끌또끌

12. 미삐쟁이~ (말꼬리 이어가는 것)

① (고운일 어른)

저 산에 꾸박꾸박하는 건 멋꼬

미삐쟁이여

미삐쟁인 힌다

히민 하리비여

하리빈 등굽나

등굽으민 쇠질멧가지여

쇠질멧가진 니구멍 난다

내구멍 나민 시리여

시린 검은닭

검으민 가마귀여

가마권 높뜬다

높뜨민 심방이여

심방은 두드린다

두드리민 철쟁이여

철쟁인 줍진다

줍지민 깅이여

깅인 붉나

붉으민 대추여

대춘 돈다

돌민 엿이여

엿은 흘튼다

흘트민 기러기여

기러긴 보리 먹나

보리 먹으민 쇠여

쇤 뿔 돗나

뿔 돋으민 각록이여

각록은 뛴다

뛰민 베록이여

베록은 문다

물민 물이여

물은 탄다

튼민 배여

밴 뜬다

뜨민 연이여

연은 산넘어 간다

② (고운일 어른)

저 산에 꾸박꾸박하는 건 멋꼬

미뻬쟁이여

미뻬쟁인 힌다

히민 하리비여

하래빈 등굽나

등굽으민 쇠질멧가지여

쇠질멧가진 니구멍 난다

내구멍 나민 시리여

시린 검은닭

검으민 가마귀여

가마귄 높뜬다

높뜨민 심방이여

심방은 두드린다

두드리민 철쟁이여

철쟁인 줍진다

줍지민 깅이여

깅인 붉나

붉으민 대추여

대춘 든다

들민 엿이여

엿은 흘튼다

흘트민 기러기여

기러긴 보리 먹나

보리 먹으민 쇠여

쇤 뿔 돗나

뿔 돋으민 각록이여

각록은 뛴다

뛰민 베록이여

베록은 문다

물민 물이여

물은 탄다

트민 배여

밴 뜬다

뜨민 연이여

연은 산넘어 간다

13. 비오지 마라

①(고운일 할아버지)

비야비야 오지말라~ 장통밧디 물넘엄쩌

비야비야 오지말라~ 장통밧디 물넘엄쩌

비야비야 오지말라~ 장통밧디 물넘엄쩌

비야비야 오지말라~ 장통밧디 물넘엄쩌

14. 뱀 봤을 때 하는 소리

①(고운일 할아버지)

칼 골라 도치 골라

칼 골라 도치 골라

칼 골라 도치 골라

칼 골라 도치 골라

(손이랑 급져불곡)

칼 골라 도치 골라

칼 골라 도치 골라 손이랑 급져불라

칼 골라 도치 골라 손이랑 급져불라

칼 골라 도치 골라 손이랑 급져불라

15. 길 걸어가면서 하는 소리

① (고운일 할아버지)

앞이 가는 건 하우장각시 뒤에오는 건 도둑놈

앞이 가는 건 하우장각시 뒤에오는 건 도둑놈

앞이 가는 건 하우장각시 뒤에오는 건 도둑놈
앞이 가는 건 하우장각시 뒤에오는 건 도둑놈

16. 쇠모는 소리(고운일 할아버지)

①물을 일부리기 위해서 산에 내려 오는 소리
어리여~ 허어어
요산중에 놀던 요 무쉬
　(중간에 끊김)
… 밧디 돌걸럼 식어가게
　이러 이러어~ 어이 헤이러 이러 어리얼 허어어어~
　용시철은 어데 갔당사 해마닥 돌아오람쩌 만은 한번 간 우리 님은
영영 아니 오는 구나 아
　이러 이러 허어 헤이러 이러 어리얼 허어어어~
　그영 저영 느림헐단보난 어느새 상잣으로 하연 하잣달로 허여 놓고
성동산 굴렁드레 오라지였구나
　이러 이러 허어 헤이러 이러 어리얼 허어어어~

② 보리씨 뿌려서 득걸름 불리는 소리
　호로러 러러~ 로~러러~ 러~로~
걸름 위에 보리씨가 히뜩히뜩 보아지염꾸나 한ᄌᆞ들 아래거동 들어
상 조근조근 도근도근 불르라
　아하호 호호호 호~ 아하 아하 허량 하~량
　입동 시월절이 지나가고 소설 시월 중이 들었시난 보리 갈 때가 되
었구나 앙
　아하호 호호호 호~ 아하~ 아하 허량 하~량~

보리 용시도 계절 춧앙 제시기에 갈아사 보리섬 수도 하영난덴 허
는 구나

　아하호 호호호 호~ 아하~ 아하 허량 하~량~

요놈우 쇠야 아메뜬지 요걸럼 오늘 다 불라사한다 오늘 불라당 남
으민 내일 또 불르젠 허민 느도 성가시고 나도 성이 가시는 구나

　아하호 호호호 호~ 아하~ 아하 허량 하~량~

'걸름 다 불라 졌져'

③ 둿걸름 식엉 밧디 가는 소리

　이러~ 이러 허~ 이헤러 허~ 이러~

요놈우 쇠야 에염드레 가지마랑 가운딜로 보상보산 걸음걸라

　이러~ 이헤러~ 허~ 이러~ 어리열 허오오~

에염드레 가당근에 걸름착 담에 걸리민 짐이 토라지곡 허는 구나

　이러허~ 이헤러~ 허~ 이러~ 어리열 허오오~

오놈우 쇠야 아멧든지 느 등펭이허고 나 등펭이로 죽으나 사나 요
걸로 밧다다 날라가사 허는 구낭

　이러허~ 이헤러~ 허~ 이러~ 어리열 허오오~

17. 밭가는 소리(고운일 할아버지)

① 쇠명 밧가는 소리

　머 식게 쪽쪽쪽쪽 머 식게 참 어 이노무 쇠부라이

옆닥머리 맞지 아니허꺼들랑 올라상 똑바랑 등기라

　머 식게 참 어느이 어딸망 그놈우 쇠 이 식 쪽쪽쪽

요놈우 쇠야 내 말 들어보라 양반선비님들 대성전 드나들 때 머리숙영
드나들듯 고개숙영 등기라 고개들렁 등기당 멍에턱이 상하곡하는 구나

머 식께 참 쩍쩍쩍쩍 머 식케

요놈우 쇠야 밥쩍이나 먹어지는 한집 옆에는 밥이 일헌다 밥이 일
헌다하는 구나만은 쇠장남 오몽 아니허영 어떵허영 요 밭은 갈아지엄
직하니

머 식께 참 어느이 어딸망 그눔우 쇠 이 식 적쩍쩍

석쇠는 아명 좋아도 흔 보숭이신낸허는 구나만은 우리집이 석쇠는
일수가 좋앙근에 밧등기당 쟁기가 므을에 걸리민 쟁기테렝 실쩍 물러 삿
당 등기곡허는 구나

이 식게 이 식케 왕왕

밧 다 갈아점쪄

18. 츨비는 소리(고운일 할아버지)

① 손호미(손낫) 츨비는 소리

서~뚜리여~

뚤러~ 어어허호~

어허오~ 어허어어허~ 어허허어 어허어허야~

호호오 홍아기로구나

끼욱

서~뚜리여~

뚤러~ 어어어허 호~

어호오~ 어허어어호~ 어허허어 어허어허야~

호호오 홍아기로 구나

끼욱

19. 낭 끄치는 소리(고운일 할아버지)

서투리도 들엄마~

낭도 팔자 좋은 낭은 대성전 대들보 매완 일만선비들신디 절 받암서라

　혜 혜

낭도 팔자 궂인 낭은 시간집에 디딜팡 놓안 만고풍진 격완헴서라

　혜 혜

요낭 저낭 팔자 존낭 요 산중에 태어난 낭 욘도롱한 방으로 만년부패 할러구나

　혜 혜

낙양땅에 나아졌시민 아방궁을 지을 적에 대들보나 매였일걸 어멍궁을 지을 적에 추녀내나 입장헐걸

　혜 혜

영주산에 나아보난 요내 어깨 맛을 보완 면도롱헌 방으로 만년부패 할러구나

　혜 혜

20. 아기 어르는 소리-아웨소리

① (고운일 할아버지)

아바바바바바바바바바바

좀메 좀메 좀메 좀메

던데 던데 던데

마니 마니 마니 마니

아바바바바

좀메 좀메 좀메 좀메

던데 던데 던데 던데

마니 마니 마니 마니

21. 아기 흥그는 소리

① (고운일 할아버지)

자랑 자랑 웡이 자랑

금자동아 은자동아

만첩청산 보배동이

웡이 자랑 자랑 자랑

나랑에는 충성동이

부모에는 효자동이

동네방네 귀염동이

웡이 자랑 자랑 자랑

친구간에 우애동이

형제간에 화목동이

자랑 자랑 웡이 자랑

우리 애기 재와도라

느네 애기 재와주마

웡이 자랑 웡이 자랑

22. 달래 씻으면서 하는 소리

①(강옥선 할머니)
검은머리 벗어지라 흰머리 돌아오라
정의대정 강 오랑 흰 수건 씌와주마

검은머리 벗어지라 흰머리 돌아오라
정의대정 강 오민 흰 수건 씌와주마

검은머리 벗어지라 흰머리 돌아오라
정의대정 강 오랑 흰 수건 씌와주마

검은머리 벗어지라 흰머리 돌아오라
정의대정 강 오랑 흰 수건 씌와주마

〈말머리잇기〉〈말꼬리따기〉
구전동요의 의미와 리듬

1. 아이들의 마음, 말, 노래

아이들이 가지는 언어 감각은 특별하고도 매우 창조적 성격을 가지고 있다. 다른 민족의 아이들에게도 마찬가지여서 이 아이들이 가지고 있는 특정한 능력을 일찍이 간파한 전례가 있다. 그에 대해서 적극적으로 평가하고 이론적인 문제를 제기한 혁신적 인물이 러시아의 시인이자 동화와 동요 연구가인 코르네이 이바노치 추콥스키Корне́й Ива́нович Чуко́вский(1882~1969)이다. 본래 이 인물은 아명이 니콜라이 바실례비치 코르네이추코프Николай Васильевич Корнейчуков였는데, 오데사의 신문사에 기고하면서 필명으로 코르네이 추콥스키가 되었다.

러시아의 언어적 감각에 의해서 시인으로 자처하면서도 오로지 어린이를 위해서 살았던 시인은 아이들의 언어 감각을 동화나 동시 등을 통해서 전적으로 관찰하고 정리하면서 이들이 자라나는 과정에서 사용하는 말이 가지고 있는 의미를 정리하여 보여준 책이 있다. 그것이 곧 『두 살에서 다섯 살까지От двух до пяти』이다.

추콥스키가 전개한 여러 가지 말이 있는데 이를 필요한 대목을 들면

일리야 래핀의 〈추콥스키〉

마야콥스키의 〈추콥스키〉 캐리커쳐

서 그의 견해를 살펴보기로 한다. 다음의 견해를 들어보면 어느 정도 설득력을 가지고 있을 것으로 보인다.

(가) 두 살이나 세 살 난 아이들은 언어에 대한 감수성이 무척이나 강하고 어형을 변화시키고 활용하는데 민감해서, 아이들이 창의적으로 만들어내는 말이라고 하더라도 괴상하거나 비정상적으로 보이지 않고 오히려 알맞고 아름답고 자연스럽게 보인다.[1]

(나) 내가 보기에 두 살 무렵부터 모든 아이들은 잠시 동안 언어의 천재가 되는 것 같다. 그러다가 대여섯 살쯤 되면 이 재능이 사라지지 시작한다. 여덟 살짜리 아이들에게서는 이렇게 언어적 창의성이 드러나는 훈련을 찾아볼 수 없다. 더 이상으로 필요하지 않기 때문이다. 여

---

1 Kornei Chukovsky, *From Two to Five*(University of California, 1968). 본래 이 저작은 러시아어로 1933년에 쓰여졌던 것이다. 1968년에 영어로 번역되어서 널리 알려지게 되었다.

덟 살이면 모국어의 기본 원칙을 이미 완전히 익힌 상태다.[2]

　　(다) 어린 시절에 익히는 것 가운데서도 가장 가치 있는 것은 단어와 문법이라는 보물이다. 이것을 체계적으로, 편리하게, 빨리 익히기 위해 얼마나 노력을 많이 해야 하는지 아이들은 전혀 알아차리지 못한다. 그렇지만 아이들은 흠잡을 데 없이 정확하게 언어를 사용하면서 아주 많이 기뻐하고 크나큰 야망을 품게 된다. 이 고귀한 야망은 지적 성취를 이루려는 뜨거운 충동에서 나오는데 모든 아이들에게 공통으로 나타나는 특징이다. 그러나 이 주장을 뒷받침할 만한 근거를 충분히 마련하지 못해 안타깝다.[3]

(가)에서는 아이들이 창조적으로 언어를 사용하는 점에서 말하였다. 언어에 대한 예민한 감수성과 함께 창조적으로 언어를 구사하지만 이것에 대한 기괴함이나 비정상적 사용까지도 의미 있는 말이 되고 동시에 아름다움과 자연스러움을 가지고 있음을 강조하고 있다. 언어를 비틀어서 쓰더라도 아름다움이 배가된다는 역설을 우리는 어떻게 설명하고 받아들여야 하는가 의문이 든다. 이 점을 간취한 코르네이의 견해가 소중한 것은 이러한 배경과 무관하지 않다.

(나)에서는 두 살에서 다섯 살까지 천재적인 언어 능력을 보이는 것을 보면서 모국어로 굳어지기 전에 자유롭게 펼쳐지는 언어의 무한한 창조적 역량을 평가하고 있다. 하나의 언어에 국한되지 않는 놀라운 영적 능력을 어떻게 보아야 하는지 깊은 고민이 있음을 볼 수가 있다. 모국어가 언어를 망쳐 놓는지가 가장 중요한 관건이라고 할 수가 있다. 언어를 가지고 있는 능력이 대단하지만 신령스러운 언어의 감각이 죽고 하나의

2　Ibid.
3　Ibid.

체계로 굳어지기 전의 면모를 이렇게 말하였다.

(다)에서는 언어의 창조적 능력이 결국 지적 성취로 이어지고 이 성취를 위해서 아이들이 얼마나 자신들이 자라난 환경의 언어와 문법, 그리고 체계를 심사숙고하면서 배워나가는지 선명하게 집약하고 있다. 아이들의 열정과 뜨거운 야망을 창조적으로 결합해가는 모습에서 이들의 진정한 가치를 발견하고 평가한 추콥스키의 노력을 높게 평가해야만 한다. 아이들은 아이들 이상의 언어를 구사하다가 새로운 야망으로 전환하는 것을 볼 수가 있다.

이처럼 선명하게 아이들의 구전동요와 동화를 정의하고 해석한 견해를 일찍이 본 적이 없다. 그렇기 때문에 우리는 이 견해에 의존하면서 구전동요를 해석하지 않을 수 없다. 아이들이 가지고 있는 순결한 영혼과 순연한 마음, 그 곳에서 이루어진 놀라운 창조를 우리는 다시 생각하고 논의해야 할 것으로 보인다.

2. 구전동요, 말머리잇기와 말꼬리따기

'말머리잇기'와 '말꼬리따기'라고 구분할 수 있는 특정한 구전민요는 우리가 다루게 될 것은 언어적 감각과 능력을 배가시키는 구전동요와 구전동화의 경계면이 불분명한 일종의 형식담 내지는 구전동요의 성격을 가진 것으로 이를 연구를 할 수가 있을 것으로 보인다. 이 구전동화에 일정한 사건이나 내용이 없지만 아이들의 관점에서 언어를 일종의 연쇄담으로 구성하는 것은 분명하게 확인된다.

말을 교묘하게 엮어나가면서 의미를 강화하고 일정한 단위로 완결하는 점에서 말머리잇기와 말꼬리따기는 중요한 유산임을 알 수가 있다. 이 이야기들은 아이들의 구전동요나 일정한 형태의 이야기로 구현된다.

현재 남아있는 자료가 많지 않지만 이를 구전동요로 전승하는 것이 있으므로 이를 중심으로 논의할 필요가 있다.

작품에서 보이는 일련의 연쇄는 의미가 선명하게 이어지는 것은 아니다. 여기에서 다루는 것은 모두 세 편이다.

1. 울진 말머리잇기1(1994. 9. 30 / 울진군 북면 주인1리 / 이규형, 남, 1924)

이웃집 영감 나무지러 가세/ 배 아파 못 갈세/ 무슨 배 자래 배/ 무슨 자래 의무자래/ 무슨 의무 칼 의무/ 무슨 칼 정지 칼/ 무슨 정지 하늘 정지/ 무슨 하늘 청 하늘/ 무슨 청 대청/ 무든 대 왕대/ 무슨 왕 임금 왕/ 무슨 임금 나라 임금/ 무슨 나라 되나라/ 무슨 되 쌀 되/ 무슨 쌀 보리쌀/ 무슨 보리 갈보리/ 무슨 갈 떡갈/ 무슨 떡 개떡/ 무슨 개 사냥개/ 무슨 사냥 꿩사냥/ 무슨 꿩 장꿩/ 무슨 장 강릉 읍내장/[4]

2. 김천 말머리잇기2 (1993. 9. 16 / 김천시 지례면 상부리 / 강신범, 남, 1919)

아이구 배 지구 배/ 무슨 배 자라 배/ 무슨 자래 업 자래/ 무슨 업 전주업/ 무슨 전주 노전주/ 무슨 노 삼노/ 무슨 삼 질삼/ 무슨 질 바느질/ 무슨 바늘 청바늘/ 무슨 청 딸 청/ 무슨 딸 명덕 딸/ 무슨 명덕 두리 명덕/ 무슨 두리 떡 두리/ 무슨 떡 대추떡/ 무슨 대추 빌 대추/ 무슨 빌 촉 빌/ 무슨 촉 활촉/ 무슨 활 뽕나무 활/ 무슨 뽕 줄뽕/ 무슨 줄 광대줄/ 무슨 광대 돌광대/ 무슨 돌 숯돌/ 무슨 술/ "목마릴 직에 쭉 빨아 땡기는 술이올시다"/[5]

---

4   김헌선, 「전래동요」 15-72, 『한국민요대전』 경상북도편(문화방송, 1995).
5   위의 글.

3. 경산 말꼬리따기1 (1993.1.7 / 경산시 자인면 동부리/ 최유곤, 남, 1925)

저 건네 김영감/ 나무하러 가세/ 등 굽어 못갈래/ 등굽으면 질매가
지/ 질매가지는 니 구무/ 니구무만 독시리/ 독시리만 껌지/ 껌으면 까마
구/ 까마구만 찌지지/ 찌지만 무당이지/ 무당이면 높으지/ 높으면 대장
이지/ 대장이면 뛰지/ 뛰면 벼룩이지/ 벼룩이면 붉지/ 붉으면 대추지/
대추먼 달지/ 달면 엿이지/ 엿이면 붙지/ 붙으면 첩상이지/[6]

세 가지 동요가 어떠한 형태이든지 언어의 구사에 있어서 일관성이
있는 것은 아니다. 오히려 이들의 언어 사용에 일관성이나 유기성이 없
는 것이 동요의 중요한 면모라고 할 수가 있다. 유기적인 내용의 연결이
없는 것이 이 동요가 보여주는 힘이라고 할 수가 있으며, 이로 말미암아
서 전통적인 가능성을 보여주는 것이라고 할 수가 있다.

동요가 가지고 있는 힘을 보이기 위해서 우리는 무엇을 검토해야 하는
가? 언어의 연결과 사용이 가지고 있는 의미가 무엇인지 알아야 한다. 다음
으로 중요한 사실이 언어적인 것을 구현하는 일정한 운율과 리듬이 무엇인
지 해명해야만 한다. 그리고 그 둘은 어떻게 결합하는지도 알아야만 한다.

말이 연쇄적인 반응을 하면서 연결되는데 말이 연쇄되는 과정에 차이가
있다. 첫 번째 자료는 말머리가 이어지는 신기한 자료이다. 그러나 엄격하
게 말한다면, 말이 연결되는 말머리의 연쇄가 의미를 가지는 것은 아니다.
그러므로 왜 이러한 연결이 되는지 알아내는 것은 쉬운 일은 아니다. 운을
불러주면서 이 말을 이어나가는 것이 두 각편의 핵심적 말짜임이다.

이와 달리 말꼬리 따기는 주어진 말에 연이어서 마치 끝말잇기를 하

---

6 위의 글.

듯이 계속 연쇄를 시키는 중요한 짜임을 이루는 것이라고 할 수가 있다. 주어진 말이 연쇄적으로 이어지면서 말머리가 되는 것으로 신기한 구성을 하면서 연결되는데 이는 어휘와 문장, 그리고 말의 연쇄를 실감하게 하는 중요한 방식이라고 할 수가 있다.

더욱 중요한 사실은 말머리를 이어가는데 완결된 의미는 중요하지 않다는 사실이다. 기지를 발휘해서 말하는 것에 요점이 있지만 그것이 거대한 구성이나 체계를 지향하고 있지 않다는 사실이다. 자체의 경과를 중시하면서 말이 주는 연상의 즐거움이나 희한한 연결 방식에 우리는 놀랄 따름이다. 그것이 중요한 언어의 유희이고 유희 이상의 의미를 지향하는 것이라고 할 수가 있다.

말로 이어지는 일정한 연쇄가 주는 것이 언어유희로 이어지면서 이를 통한 즐거움을 거듭 강화하면서 말이 말로 연결되는 즐거움을 주게 된다. 말은 단순한 말장난은 아니고 일정한 단위들이 강화되는 일련의 덩어리를 형성한다. 부분과 전체의 연결고리가 모호하기는 하지만 막연한 일상에서 벗어나는 언어의 즐거움이 분명하게 존재한다.

부분의 진실성이 중요하고 부분의 진실성이 다른 부분의 진실성을 방해하지 않고, 전체적인 무의미를 지향하는 이러한 말놀이의 기쁨은 매우 중요한 직조의 원리 자체가 있다. 말 자체가 가지고 있는 의미를 넘어서고 전체적 의미를 고양하기 전에 생성된 언어에 대한 천재적 감각을 말하는 것이 비단 전통적인 구전설화에서만 있었던 것은 아니다.

3. 구전동요의 역사성과 유형 분석

더구나 주목해야 할 사실은 구전동요에서 발견되는 말머리잇기와 같은 것의 구성을 하고 있는 노래가 더 채록되어 있으므로 이를 중시해야 한다. 이러한 구성을 하고 있는 것이 역사적으로도 문헌으로 정착된 사례가 있다는 점이다. 다음의 자료는 이러한 구전동요의 문헌화 과정에도 일정하게 개입하고 있는 역사적 증거물이라고 할 수가 있겠다.

> 동무야 동무야 나무 가자 빈 압하 못가넨네 무슨 빈 자라 빈 무슨 자라 업 자라 무슨 업 청 업 무슨 청 대 청 무슨 대 왕 대 무슨 왕 임금 왕 무슨 임군 됴션인군 무슨 됴션 새 됴션 무슨 새 밧헤 새 무슨 밧 면하 밧 무슨 면화 옥싁 면화 무슨 옥싁 구슬 옥싁 무슨 구슬 불구슬 무슨 불 담베 불 무슨 담베 입 담베 무슨 입 가락 닙 무근 가락 져 가락 무슨 져 도 져 무슨 도 장 도 무슨 장 막대 장 무슨 막대 디 막디 무슨 디 왕 대 무슨 왕 임군 왕 무슨 인군 됴션 인군 무슨 됴션 새 됴션 (以下는 도로 도라가는 말이라)[7]

이용기가 편한 『악부』에 이러한 증거가 남아 있어서 이 자료의 내력이 깊고 내용이 선명하게 집약된 것을 볼 수가 있겠다. 구전동요와 같은 것에 대한 강력한 기억을 바탕으로 이를 모은 가집에 실린 것은 이례적인 일이다. 그렇게 해서 구전동요의 원천이 되는 것을 역사적으로 점검할 수가 있는 증거를 보여주게 되었으므로 긴요한 자료 구실을 하는 것이다. 『악부』는 대체로 1920년대 이왕직아악부에서 필요로 했던 우리말 가사집으로 평가된다. 그렇기 때문에 어떠한 이유에서인지 『아악부가집』과도 일정하게 편제가 일치하는 책이기도 하다.

채록된 것은 몇 가지 어휘의 배열에 차이가 있지만 이는 이 구전동요의 역사적 성격을 지니고 있음을 분명하게 하고 있다. 더욱 중요한 것은

---

7 李用基 編, 정재호 · 김흥규 · 전경욱 주해, 『註解樂府』(고려대학교 민족문화연구소, 1992), 610쪽.

이 소리를 엮어 가는데 역사적 자료로 인하여 일상적 현실성이 발견되고 이를 근간으로 노래가 구성되는 현상을 만날 수가 있겠다. 당대의 일상에서 발견되는 현실적 어휘를 근간으로 하면서 소리가 구성되가는 즐거움을 역사적 자료에서도 일러주고 있다.

처음에 초앞에서는 동무와 나무하러가자는 청유가 있다. 본격적인 말이 전개될 가능성을 정의하는 대목이라고 할 수가 있다. 이어서 "무슨 ○○/ xx ○○/ 무슨 xx/ yy xx/ " 등으로 연쇄를 이루게 된다. 이것이 기본적 맥락이라고 할 수가 있다. "○○과 ○○"은 연결되는 의미를 강화하고 "xx ○○"는 변화되는 즐거움을 주게 된다. "xx xx"는 반복되면서 다른 변화를 주기 위한 준비물이라고 할 수가 있다. 그것이 "yy xx"로 준비된다. 서로 주체가 없이 너나들이를 하면서 말이 엮어나가는 것을 형성하는 자료이다. 이 법칙은 현재 전승되는 데서 동일하게 발견된다.

어휘를 엮어가는 것이 즐거움으로 극명하게 드러난다. 그런데 이것이 어휘의 연결만으로 그치고 있으며, 문답의 형식으로 문장이 되어야 하지만 이러한 형식이 더욱 줄어들면서 말을 더해가면서 이야기가 이어지는 현상을 만날 수가 있다. 어휘의 연결을 중심으로 하는 일련의 변화를 보여주는 점에서 매우 주목할 만한 가치를 가지고 있다.

이와 다르게 문장으로 연결되면서 누적되는 형태가 있다. 원래의 형태가 무엇인지 궁금한데 이를 선명하게 보여주는 사례를 찾아야 한다. 그러한 사례로 우리는 『악부』에서 이러한 현상을 찾아낼 수가 있다. 이 자료가 뚜렷하게 남아 있어서 우리는 구전동요의 중요한 증거물을 하나 더 갖게 된다고 할 수가 있겠다. 문장의 압축형이 아니라 해체형이어서 자료적 가치가 매우 높은 자료이다.

가령 이와 같은 현상을 극명하게 드러내는 것으로 우리는 역사적 자료와 함께 현재까지 전승되는 다음과 같은 현대의 구전동요는 우리를 이러한 발상에 충실하게 되어 있어서 긴장시키기에 충분하다고 할 수가 있다.

먼저 〈센하라비가첩되는말〉이라고 하는 노래를 먼저 살펴보도록 한다.

저긔 저게 무어신고 센하라비라 센하라비는 등 고분이라 등 고분
이은 길마가지라 길마가지는 네 구녕이라 네 구녕은 동시루라 동시루
는 거문이라 거무면 가마귀라 가마귀는 넘노는이라 넘놀면 무당이라
무당은 쑤들기는이라 쑤들기면 대쟝이라 대쟝는 집는니라 집으면 게니
라 게면 궁게에 드느니라 궁게에 들면 빅암이라 빅암은 무느니라 물면
범이니라 범은 쮜느니라 쮜면 베룩이라 베룩은 불그니라 불그면 대츄
니라 대츄는 단니라 달면 엿시니라 엿슨 붓느니라 붓트면 내 첩이라(엿
머거 입겁에 붓트면 내 첩이라)[8]

처음에 의문이 있다. 저기에 저것이 무엇인가? 하는 근본적 의문을
제기한다. 이어서 이에 의한 문장이 핵심적인 단어를 중심으로 엮어나가
게 된다. "센할아비이다. 센할아비는 등이 굽은 이다. 등 굽은 이는 길마
가지이다. 길마가지는 네 구멍이다." 등이 그것이다. 이 문장의 연쇄는
사물을 관찰하고 핵심적으로 요약하여 연결하는 은유적 사고가 요체이
다. 은유적 메타포의 연쇄가 이 노래의 핵심이다.
사물을 은유적으로 정의하면서 결과적으로 신할아비가 마침내 첩이
되는 기이한 결말이 나왔다. 아이들의 사고에 은유적 사고가 요약되어
있으며, 이 요약에 근본적으로 일정한 순환이 생기면서 대상을 모두 갈
무리하고 결과적으로 사물의 목록을 은유적 사고와 어휘로 요약하는 일
상의 총체성을 구현하는 점이 이 노래의 가장 핵심이라고 할 수가 있다.
은유에 의한 자연의 총괄적 구성이 이 노래의 요체이다.

---

8   이용기 편, 정재호·김흥규·전경욱 주해, 『주해학부』(고려대학교 민족문화연구소, 1992), 610쪽.

이상의 자료는 하얀 할아버지가 첩이 되는 말이라고 하는 다소 억측스러운 제목이 붙은 것이라고 할 수가 있는데 이 말에 대한 일반적 이해를 도모할 수 있는 것이 바로 말꼬리따기의 결과로 처음에 있는 말과 맨나중에 있는 말을 하나로 연결하면서 생긴 언어유희적 속성을 강조하는 말이 이러한 것임을 알 수가 있다. 이 말에 의한 언어유희의 결과를 담아서 재미 있게 엮어나가는 것은 구전동요에서 일반적으로 발견되는 현상인데 이러한 사실이 정리되어 있음이 확인된다.

현대의 구전동요에서는 이러한 현상이 더욱 단순화되었지만 재미 있게 길게 이야기로 이어지는 현상을 만날 수가 있다. 이러한 말의 현상으로 주목할 만한 것이 다음과 같이 1970년대에 전승되었던 구전동요에서도 동일한 현상을 만날 수가 있겠다. 다음의 것은 이러한 현상의 대표적 언어유희를 보여주는 구전동요이다.

원숭이 똥구멍은 빨개/ 빨개면 사과/ 사과는 맛있어/ 맛있으면 바나나/ 바나나는 길어/ 길으면 기차/ 기차는 빨라/ 빠르면 비행기/ 비행기는 높아/ 높으면 백두산/
　　백두산 뻗어내려 반도 삼천리-----

일층 위에 이층/ 이층 위에 삼층/ 삼층 위에 사층/ 사층 위에 오층/ 오층 위에 옥상/ 옥상 위에 깃대/ 깃대 위에 태극기/
　　태극기가 바람에 펄럭입니다-----

전형적인 말꼬리 따기의 기법으로 이루어졌는데 그것이 과연 위에서 본 것처럼 무의미한 연결인지는 몰라도 여기에서 보이는 잇기나 꼬리따기에 적절한 예증이 된다고 할 수가 있겠다. 그렇지만 다른 점은 마지막의 말에 이어서 이를 일정하게 노래로 연결시키는 점에서 있어서는 독자적인 의미가 있다고 하겠다. 말을 통해서 보여주는 일련의 고정적인 방식에 주목하면서 같은 형태가 지속적으로 이어지는 것임을 환기할 필요가 있다.

그렇다면 우리는 두 가지 형태가 구전동요 가운데 언어유희를 보여주는 연쇄담의 형식으로 되어 있는 기본적 유형임을 감지할 수가 있다. 은유적 사고 가운데 첫 번째 유형은 단순하게 말을 반복하는 것이지만 문답형으로 질문과 대답을 하는 사고의 형태로 드러난다. 두 번째 유형은 거듭 문장이 은유적 표현으로 이어지면서 연쇄를 구성하는 사고의 형태이다. 표현은 우리가 말머리잇기와 말꼬리따기라고 하는 것이지만 기본적으로 문답법에 의한 연결과 문장의 연쇄에 의한 연결이라고 하는 근본적 차이를 생각할 수가 있다.

이 유형은 우리에게 어떠한 의미로 다가오는가? 그것은 아이들이 거듭 물어보는 질문 방식에서도 찾을 수가 있다. 왜? 무엇인데? 등의 질문이 거듭 이루어지면서 사물에 대한 열거와 나열을 즐겨하게 된다. 그렇기 때문에 이상과 같은 유형의 질문에 대한 대답이 엮여지면서 일정한 나열과 엮임이 가능한 것이다. 첫 번째 유형에서 청유에 의한 이유가 발생한 것이 근본적 의문을 연결하게 되는 시작이었음을 잊지 말아야 한다.

더욱 중요한 사실은 두 번째 유형에서 존재의 시작과 끝이 서로 연결되어 있다고 하는 점이다. 아이들이 보여주는 세계 전체에 대한 상은 은유적인 세계관으로 깊게 연결되어 있다. 어느 하나라고 놓치지 않고 존재의 시작과 끝을 즐겁게 연결하면서 거푸 늘어놓으면서 이야기를 구성하고 문장과 문장을 연결하게 된다. 그렇기 때문에 마침내는 이상한 것으로 귀결되는 기현상을 연출한다. 무엇이든지 말이 되는 현상을 발견하게 된다.

문학적 관점에서 본다면 구전동요는 태반이 말이 되지 않는 시이고, 어쩌면 그렇게 말들을 뒤범벅으로 사용하면서 뒤죽박죽으로 만들어서 표현하는지 알기 어렵다. 그러나 그것 자체가 의미가 있는 시이고, 동시에 사물의 현상을 가장 발랄하게 바라보는 전향적인 역발상의 가능성을 함의하고 있는 대표적인 시라고 할 수가 있다. 무의미의 의미를 가진 시가 아이들의 구전동요이다.

　그러나 더욱 중요한 사실이 하나 더 있다. 그것은 이 구전동요가 구전된다는 사실이다. 구전된다고 하는 것은 개인적 기억으로만 머물지 않는다고 하는 점이다. 집단의 기억, 집단의 전승으로 되살아난다고 하는 점이다. 그렇기 때문에 지역적 차이가 있는 곳에서도 여러 사투리로 이러한 말이 되살아나면서 생명력을 불어넣는다고 하는 점을 잊을 수가 없다. 그렇게 해서 죽은 말이 아니라 살아 있는 말로 기억되고 개인의 기억이 아니라 집단의 전승으로 말의 역사를 되새기고 있음을 잊지 말아야 한다.

　역사적으로 존재하는 두 가지의 자료를 통해서 구전동요가 허망한 것이 아님을 거듭 환기하게 된다. 물론 시대적 차이에 의해서 생긴 변화는 인정할 수가 있으면서도 동시에 이를 통한 일련의 변화가 있음이 다시 생각되어야 한다. 역사적으로 중요한 자료에서 말하는 진실은 구전의 역사가 아주 오래되었으며 인간의 기억을 표현하는데 매우 중요한 가치가 있음을 말한다고 하는 것이다.

　개인적 창조였다면 이는 전승되지 않는다. 구전동요는 우리 아이들이 집단으로 창조한 것이다. 그렇기 때문에 아이들이 미래를 향한 노래를 하면서 이 유산을 우리에게 물려준 것이다. 아이들이 하는 노래는 틀리면서 맞는다고 하는 대원칙에 입각하고 있다. 아이들의 노래에서 미래를 보고 과거를 보는 것은 어렵지 않는 현상이다. 아이들이 꿈꾼 세계에 대한 총체적 면모는 매우 중요한 것이라고 할 수가 있겠다.

4. 구전동요의 말, 율격, 리듬

구전동요는 총체적 학문의 대상이 된다. 그 핵심 요소를 간추리게 되면 거기에 말, 율격, 리듬 등이 있으므로 마땅하게 총체적 학문으로 구성하는 것이 바람직할 것으로 보인다. 자료의 총체적 학문의 관점을 통한 이해는 바람직한 것이다. 그런데 이에 대한 일반적 이해가 부족하여 연구가 지지부진한 형편이다. 자료를 입체적으로 보면서 다각도의 관점으로 이를 살펴보는 것은 매우 중요한 연구 성과를 낳을 수 있음을 잊지 말아야 한다. 그런데 학문적 장벽이 굳어져서 현재 이 연구는 답보 상태에 이르고 있다.[9]

구전동요가 중요한 것은 자연태의 음악으로 가장 소박하지만 근본적인 성격을 지니고 있는 면모가 있기 때문이다. 이를 중심으로 체계적인 논의를 하면서 총괄적인 관점을 견지하는 것이 매우 주목할 만한 것이라고 할 수가 있다. 현재 그러한 연구가 요원하므로 이를 재론해야 할 형편이다.

구전동요 가운데 이러한 것들은 리듬에 의해서 진행되는 특징이 있다. 그러므로 선율에 대한 의존도는 거의 낮다. 오히려 전통적인 선율을 배제하여 그러는 것이 아니라, 동시에 일정한 가치를 가지고 있는 점은 리듬이 특별하다고 하는 사실이다. 이 선율을 보여주는 구체적 예증은 다음과 같은 것에 있다.

1) 말머리잇기 1

서두에서는 느린 청유에 걸맞게 2소박 3박자의 리듬이 유지되었다. 그러다가 뒤에서 말을 연이어서 나갈 때는 문답에 맞게 2소박 4박자의 형태로 리듬을 구성하였다. 문답이 둘씩 짝이 되도록 하고 있는 점이 눈

---

9 강혜진, 「한국전래동요의 음악적 분석」(서울대학교대학원 음악학과 국악이론전공 음악학 석사학위논문, 2004); 강혜인, 『한국 전래동요의 음악문화 연구』(동아대학교 대학원 철학박사학위논문, 2006). 동일한 전래민요를 대상으로 전혀 다른 성격의 논문이 나왔으므로 주목을 할 필요가 있다. 자료의 양과 내용에 있어서 상보적인 논문이라고 할 수가 있겠다.

에 띄는 현상이다.

문장의 형태에서 첫 번째는 한 문장을 두 장단으로 나누어서 보여주었다. 청유문장이다. 그런데 대답은 2소박3박으로 한 장단으로 이루어졌다. 문장은 청유와 대답이었는데 장단을 느리게 하고 여유롭게 배당하였다. 다음부터는 마법에라도 걸린 듯이 질문과 대답을 모두 2소박 4박에다 얹어서 불렀다. 전형적인 어단성장의 법칙에 의거해서 부른 것을 분명하게 확인하게 된다.

<경북15-71-1>

창: 이규형
채보: 정서은

말하듯이

이 웃 집 영 감 나 무 지 러 가 세 배 아 파 못 갈 세

무 슨 배 자 래 배 무 슨 자 래 의무 자 래 무 슨 의무 칼 의무 무 슨 칼 정 지 칼

무 슨 정 지 하 늘 정 지 무 슨 하 늘 청 하 늘 무 슨 청 대 청 무 슨 대 왕 대

무 슨 왕 임 금 왕 무 슨 임 금 나 라 임금 무 슨 나 라 되 나 라 무 슨 되 쌀 되

무 슨 쌀 보 리 쌀 무 슨 보 리 갈 보 리 무 슨 갈 떡 갈 무 슨 떡 개 떡

무 슨 개 사 냥 개 무 슨 사 냥 꿩 사 냥 무 슨 꿩 장 꿩 무 슨 장 강 릉 읍 내 장

리듬꼴에서 전형적인 틀이 무너지는 경우는 없지만 대체로 ♪♪♩/ ♪♪♪♪/ ♩♩ 등의 리듬꼴이 주로 등장한다. 그러나 이에 대한 전위적인 리듬도 있어서 ♩♪♪ 등의 형태도 등장한다. 그러나 이러한 형태는 많지 않다. 다양한 리듬을 중심으로 말을 얹어가는 즐거움을 선사하는 것이 이 말머리잇기의 음악적 내용이라고 할 수가 있다.

2) 말머리잇기 2

이 말머리잇기는 청유나 서두가 없이 바로 중요한 말을 문답으로 전개하는 식으로 되어 있다. 예외적인 부분은 없으며 마무리를 지을 때에 등장하는 숨을 멈추고 이어서 말하듯이 나오는 대목이 인상적이라고 할

수가 있겠다. 문답으로 전개하는 말의 엮음을 한 장단에 두고 진행한다. 한 장단은 2소박 4박자로 된 것으로 모두 23장단이 쓰였으며, 마지막 장단에서 쉬면서 말로 마무리 하는 것이 나타난다.

사설을 엮어나가는 데에 특정한 법칙이 있는 것 같지 않으며 말이 무의미한 것들이 진행되면서 부분의 진실성은 있되 전체적인 의미를 찾아가는 것에는 실패하는 동요이다. 그러나 이것은 전체상을 구현하려는 무의미의 의미라고 하는 관점에서 앞에서 지적하여 말한 바 있다. 말을 엮어서 말이 되도록 하는 것이 긴장감을 자아내게 한다.

음악적 내용은 처음에 살핀 것과 크게 다르지 않다. 리듬꼴도 거의 대등하게 구현되었다. 구체적으로 이를 예시한다면, "♪♪♩/ ♪♪♪♪/ ♩♩/ ♩♪♪" 등의 형태로 되어 있다. 이점에서 본다면 음악적 내용과 리듬의 문제는 구전동요에서 거의 대등한 양상을 보이는 것으로 이해된다. 이 점에서 음악적 내용은 일치되는 특징이며 구전동요의 일반론적 각도에서 말해도 무방하리라고 생각한다.

특정한 리듬이 반복되다가 뒤집어지는 전위의 리듬이 있는 것은 이례적일 수 있는데 그 어휘가 각별하거나 이상한 것들은 아니다. 강조하기 위해서 말하는 것이라고 보기보다는 일종의 분위기를 전환하고 리듬을 새롭게 하기 위한 장치로 보아야 할 것으로 보인다. 말은 같은 형태가 많기 때문일 것이기 때문이다.

3) 말꼬리잇기

처음의 서두에서는 문장이 하나가 한 장단이다. 다음부터는 두 문장이 한 장단에 들어가 있다. 그래서 장단 하나에 많은 말이 촘촘히 들어가 있는 형국이라고 할 수가 있다. 은유적 사고의 집약이 이루어져서 자연스러운 연상이 발견된다. 사물의 핵심 지적을 통해서 사물을 상징적으로 응축하고, 외형적 인식을 통하여 구체적으로 새로운 비약을 거듭하면서 즐거운 말놀이를 이어가고 있다.

창: 최유곤
채보: 정서은

단순한 말놀이가 아니라 말을 이어가면서 일상성과 역사성을 갈무리하는 솜씨가 보통이 아니라고 할 수 있다. 생활의 현장에서 삶의 터전에서 터득한 사물을 발견하고 외형적 특징을 응축하면서 이를 연상하는 기법은 말놀이가 일상적 현실에 기초하고 있다는 뜻이 된다. 그러면서 동시에 역사적 해명도 곁들이게 되는데 가령 무당이면 높다든지 높으면 대장이지 대장은 뛴다는 말과 같은 것은 단순한 것이 아니라 신분제 사회의 유산을 기억하고 있으며 높은 쪽이 낮아지고 역사적으로 변환되는 것을 지적하는 말이라고 할 수가 있다.

리듬은 말이 한 장단에 많이 들어가기 때문에 셋잇단음표나 넷잇단음표 등이 나타나는 것은 당연한 귀결이다. 말이 많으니 말을 리듬으로 나타내려고 한다면 장단 속에 넣어야 하기 때문에 이러한 현상은 당연한 것이라고 할 수가 있으며, 이 말은 집약적 사고를 드러내기 위해서 필요한 현상이라고 할 수가 있다. 리듬과 말이 서로 연결되면서 이루어지는 현상을 말하는 것이라고 할 수가 있다.

4) 종합적 해석에서의 문제

말, 어구, 어절, 문장 등은 시를 구성하는 핵심적인 근간이 된다. 그런데 말, 어구, 어절, 문장 등이 있다고 해서 시가 되는 것은 아니다. 이를 충족하는 새로운 단위가 있어야만 이것이 시가 된다. 시에서는 음절, 음보, 반행, 행 등이 있어야만 시의 단위가 된다. 그러한 특성을 선명하게 집약하고 있으며 이것이 결과적으로 하나의 특성을 구성하는 것이 된다. 소박, 보통박 등이 결합하면서 하나의 장단이 완성된다. 그러한 사례를 선명하게 보여주는 것이 이 구전동요의 특성이라고 할 수가 있다.

학문 ＼ 노랫말	층위구성	무	슨	배	-	자	라	베	-
문장 (어학)	층위1	음절				음절			
	층위2	어절							
	층위3	어구				어구			
	층위4	문장 1				문장 2			
율격 (문학)	층위1	음절				음절			
	층위2	음보				음보			
	층위3	반행				반행			
	층위4	한행							
장단 (음악)	층위1	소박				소박			
		♪	♪	♩	-	♪	♪	♩	-
	층위2	1박		2박		3박		4박	
	층위3	대강박				대강박			
	층위4	한 장단							

이상의 구성은 층위론을 통해서 하나의 구성요소에 대한 사실을 검증하고, 동시에 다른 구성요소와의 상관성을 검토하기 위하여 구성한 것이라고 할 수가 있다. 층위는 일종의 사물을 바라보는 구체적 논리 구성 방식이다. 위계적 질서를 확인하기 위해서 구성하는 방식으로 학문적 공통점과 차이점을 볼 수가 있는 긴요한 구실을 한다. 구전동요가 중요한 것은 이러한 구성 방법에 대한 이론을 실험할 수가 있는 요긴한 요소로 간결하게 되어 있기 때문이다.

서로간의 결이 맞기도 하고 맞지도 않아서 일률적으로 논의하기 어렵다. 결이 맞지 않아서 음절에서는 서로의 일치점이 있으나 어절과 1박은 일치하지만, 음보는 이탈한다. 어구와 대강박, 그리고 음보는 일치하지만, 어구와 반행이 일치하기도 하고, 어구와 음보가 일치하기도 하므로 율격의 구성에서 층위가 불안한 것을 볼 수가 있다. 그렇다고 음보와 반행이 겹쳐지는 현상은 서로 깊은 관련을 가지고 있으면서 차별성을 보이고 있는 것이 관련된다. 한행과 한 장단은 연결되고 문장은 어긋나게 된다.

어학연구, 문학연구, 음악연구 등이 함께 이어지는 대상인데 이들에 관한 근본적 검토가 없었으므로 이를 기본적으로 재론해야 할 임무가 있다. 어학, 문학, 음악 등에 관한 기본적 관점을 합쳐서 재론하면서 이 문제를 타결해야만 한다. 이를 하지 않으면 진정한 학문은 불가능하다고 할 수가 있겠다.

이와 같은 결합양상이 결이 맞기도 하고 맞지 않기도 해서 일률적이지 않은 점이 하나의 동요에서 발견되지만 다른 동요에서도 이러한 양상이 같게 발견되지 않는다. 그것은 서로 구성 층위가 달라지고 노래에 따라서 성격에 따라서 전혀 다르게 되어 있기 때문이다. 그런 점을 감안하면서 동요마다 달라지는 양상에 통일적 원리가 있는가 하는 점을 볼 수가 있을 것이다. 그렇기 때문에 달라지는 점에 의해서 달라지는 양상을 논하는 것은 긴요한 방법이 된다.

　구전동요에 대한 기본적 관점을 정리할 수가 없으며 세 학문이 만나야 할 이유가 없다고 한다면 이는 잘못된 관점이다. 실제로 구전동요를 부르는데 있어서 이러한 학문의 방법을 동원하지 않아도 자연스럽게 연결되고 지장이 없다. 그러나 무의미의 의미를 강화하는데 이러한 분석은 매우 유용하고 새로운 이해를 할 수가 있는 요소가 된다. 그 점에서 구전동요에 대한 연구는 새로운 지평을 확장하고 열어줄 가능성이 있겠다.

5. 마무리

　이 구전동요를 일방적으로 해석하여 사실적으로 말하고자 하는 견해가 있다. 현실적인 맥락 속에서 이를 해결하고자 하는 것인데 과연 그렇게 해석할 수 있는지 의문이다. 가령 다음의 견해를 들어보자.

　　무심코 '배 아파 못 가겠네'라고 했을 때, 뜻밖에 '무슨 배?'라고 물으면 말한 이는 당황할 수밖에 없다. 그래서 '자라 배'라고 대답하면, '무슨 자라?'라고 물으면서 조금이라도 질문에 연관 있는 것을 즉각적으로 답하는 옛이야기다. 있는 말 없는 말을 계속 순발적으로 대답하며 임기응변이나 어휘 공부와 함께 즐거운 분위를 만드는 말머리 따기 놀이이다. 하지만 계속하다 보면 묻는 사람은 '무슨'을 반복하기만 하면 되니까 쉽지만 대답하는 사람은 궁지에 몰리게 된다. 그러나 '자'를 끌어내면서, '그만하자'로 끝낼 수 있으니, 이것도 웃음이 나온다.[10]

10　최래옥, 「말머리 따기를 보자」, 『다시 읽는 임석재 옛이야기 1 – 옛날 옛적 간날 갓적』(한림출판사, 2011), 163쪽.

타당한 해석일 수 있다. 그러나 임기응변으로 이루어진 것이라고 한다면 반복되고 구전되는 이유를 해명할 길이 막연하다. 서로 임기응변에 능하다가 이처럼 고정적인 구성을 갖추고서 전승되는 데에 대해서는 너무 막연한 해설이 될 것이기 때문이다. 구전동요에서 이러한 고정적 율격과 사설의 구성에 있어서 이러한 집단적 기억을 중심으로 하는 견해는 매우 중요한 문제일 수가 있는데 이 점에 천착하지 않았다. 합리적 해석을 하게 되면 자료 전체가 가지고 있는 특성이 극히 평범한 차원에서 해명될 소지가 있다. 그러므로 이를 극력 배제하면서 연구를 하는 것이 이상적인 방안이다.

말머리잇기와 말꼬리따기는 여러 중층적 의미가 있다고 할 수가 있겠다. 아이들이 일정하게 문답법과 문장을 연이어가면서 이룩한 구전동요라는 것을 감안한다면, 이러한 피상적 인식에서 벗어나야 하는 것을 절감하게 된다. 많은 어휘를 압축하고 문답법으로 지속하면서 이를 이어나가는 즐거운 언어유희는 분명하게 신화적 시대의 산물이라고 할 수가 있겠다.

은유법의 두 가지 방식 가운데 의문문을 제기하고 이를 대답으로 해결하는 방법이 있을 수 있다. 답을 찾는 것은 수수께끼와 같은 것을 풀어가는 방식이라고 할 수가 있으며, 동시에 이야기를 근본적으로 엮어나가는 것은 은유적 수법의 변형이다. 이와 달리 은유적 사고의 표현을 통해서 이질적인 것을 연결하는 방식이 있다. 구체적으로 말꼬리 따기와 같은 것을 연결하는 방식이라고 할 수가 있다. 이 점에서 은유적 사고의 표현법이 일정한 구비공식구를 결성하면서 이룩한 것이 이와 같은 구전동요를 파생시켰다고 할 수 있다.

임의적이고 순발력을 발휘하는 것이 아니라 이러한 것을 기억 속에 저장하고 이어가려는 근본적인 언어유희의 본질이라고 할 수가 있다. 뒤죽박죽인 채로 전체를 구성하려는 모순과 역설, 무의미의 의미를 잔뜩 안고 있는 것이 이 이야기라고 할 수가 있다. 저마다의 아름다움을 언어적 표현으로 귀결시키면서 한없이 이어지는 언어의 전승력을 보여주는 것이 이 구전민요라고 할 수가 있다.

아이들의 천재성과 창조력을 임의적인 것으로 돌릴 수 없다. 언어에 대한 열정적 탐구와 집중적인 정신노동의 결과가 현재 우리가 보는 형태로 굳어지게 되었다고 하는 것은 매우 이례적인 일이라고 할 수가 없다. 많은 아이들의 창조는 현재에도 지속되고 있으며 변형되는 것을 이따금씩 만나데 된다.

아이들이 부르는 말꼬리따기의 구전동요가 이어지는 지속성을 생각해보라. 말을 거푸하면서 문장에서 문장으로 이어지면서 마치 자석으로 모래 속에 있는 철을 달라붙게 하는 위대한 힘이 이 구전동요의 창조력 속에 내재되어 있다. 기발하고 발칙하고 전혀 연결되지 않을 것 같은 것을 힘 있게 붙여가는 직조력은 언어의 연금술사와도 같은 위대한 창조자임을 연상하게 한다. 노래가 이야기이고, 이야기가 노래인 점을 감안한다면 이 구전동요는 우리에게 시사하는 바가 있다.

구전동요 〈해야해야〉 분석과 의의

1. 머리말

우리가 우리말을 쓰지 않고 사라지게 될 때도 있겠다. 그러나 우리가 이 땅에서 우리말을 쓰는 한에 있어서 구전동요는 매우 긴요한 연구 대상이 된다. 말은 그 자체로 태생적 숙명을 가지고 있으면서 특히 아이들의 심성에서 우러난 착한 노래가 구전동요가 된다. 구전동요의 멸절은 우리의 멸절이 될 수 있는 점을 부정하지 말아야 한다. 우리말을 배우고 구전동요를 배웠던 전통을 생각하면서 구전동요의 실상을 알리는 작업을 해야만 우리의 미래가 열린다고 감히 자부하여 본다.

그러나 이러한 당위적 논의에도 불구하고 실상은 참담하기 이를 데 없다. 우리의 문화적 환경이 급격하게 달라지기 때문에 구전동요는 더 이상 전승이 뻗어나갈 자리를 잃고 다른 노래에 밀려서 전승의 단절 위기에 곧잘 직면하고 있다. 그 점으로 말미암아서 전승 자체는 물론이고 이것이 연구 대상이 될 수 있는가 하는 의문이 일게 된다. 그렇기 때문에 당위론과 실상론이 서로 충돌하게 된다.

이제 교육부가 고시하는 제8차 교육과정에서는 사투리를 가르친다는 공고가 이루어졌다. 때 늦은 감이 없지 않지만 이 어찌 반가운 일이 아닌지 모르겠다. 그렇다면 무엇을 어떻게 가르칠 것인가 하는 고민이 새삼스럽게 생기게 된다. 교육은 주먹구구식으로 되는 것은 아니고, 적어도 우리말과 사투리를 가르친다고 하면, 언어교육・문학교육・음악교육 등이 하나로 귀일되는 복합적인 통합과정이 되어야 한다는데 이견이 없으리라고 생각한다.

적절한 범례가 되는 것이 구전동요・구전민요・구전설화・구전본풀이 등이 되어야 한다고 하는 점은 매우 중요한 사실이다. 그런데 이를 유지하는 기본적 자료들이 황잡하게 사라지고 있으며, 특정한 이유 때문에 구전본풀이와 같은 것을 학교에서 가르칠 수 있는지 모르겠다. 필요하다면 강제로라도 교육하여야 하겠지만 이미 무속은 삿된 부분이 너무나 많이 노출되어서 과연 이를 받아들일 수 있을지 의문이다.

초등학교에서 가르칠 수 있는 적절한 대상이 되는 대상은 구전동요이다. 사투리와 사투리를 기반으로 하는 토리의 음악이 있기 때문이다. 이것을 확실하게 인지시키고 교육을 한다면 이것을 통하여 우리 민족 언어가 지니고 있는 특성도 알 수 있으며, 동시에 민족문화의 전통 속에서 음악과 문화가 하나가 된다는 점을 인식시킬 수가 있으리라고 판단된다. 그렇게 하기 위해서 철저하게 도구화를 시킬 필요가 있다.

이 글은 그러한 방편의 일환으로 구전동요 가운데 〈해야해야〉를 대상으로 이 구전동요의 중요성을 부각시키고 우리의 전통문화 교육의 일환으로 이를 어떻게 가르치고 무엇을 가르칠 것인가에 대한 기본적인 문제점을 환기하는 것에 주안점을 두고자 한다. 그 목표를 달성하기 위해서 이 노래가 가지고 있는 특징을 전반적으로 확인하면서 이 노래의 노랫말이 지니는 의미, 노랫말과 리듬의 관련성을 제고하고, 언어・문학・음악의 삼자관계를 통해서 이 노래가 어떠한 의의가 있는지 고취시키고자 한다.

그렇게 하는데 있어서 음원이 있는 것을 먼저 살피기로 한다. 문화방송에서 채록한 자료와 음원이 있으므로 이를 중심으로 논의하고 음원이 없는 자료는 대상으로 하지 않는다. 그것은 이치가 자명하다. 음원을 통해서 언어·문학·음악 등의 관계를 확실하게 다져서 전달할 수가 있기 때문이다.

구전동요는 대립과 반복을 핵심으로 한다. 그런데 구전동요가 대립과 반복에 의한 대칭만을 추구하는 것은 아니다. 간혹 아이들의 말이 갖는 위대한 창조력은 비대칭을 만들어내기도 한다. 아이들이 만들어낸 비대칭의 구전동요는 경이로운 것이다. 비대칭의 방법과 요소도 너무나 입체적이어서 이들의 자유에 대한 열망을 한껏 맛볼 수가 있다. 구전동요 〈해야해야〉는 아이들의 창조력을 입증할 수 있는 중요한 자료이므로 반드시 분석될 필요가 있다.

2. 구전동요 〈해야해야〉의 전통적 맥락

이 구전동요는 일제시대 이래로 지속적으로 채록되었던 것이다. 처음으로 이 동요에 주목했던 인물은 김소운이다. 김소운이 펴낸 『언문조선구전민요집諺文朝鮮口傳民謠集』에서 이 노래가 처음 얼굴을 내밀었다.[1] 대체로 비슷한 것이지만 사설이 특이하게 되어 있는 것을 한 가지 들면 다음과 같다.

해야 해야 나오너라
구름 속을 나오너라

---

1 金素雲, 『諺文朝鮮口傳民謠集』 第一書房(1933); 김소운, 『한국구전동요』(앞선 책, 1993).

앞 뒷문을 열어놓고
물 떠먹고 나오너라
제금 장귀 둘러치고
구름 속을 나오너라[2]

　아이들이 이 노래를 하면서 항상 휜다한 소리를 내면서 해를 나오라
고 하는 것은 강력한 주술적 산물이며, 이 노래가 단순한 구전동요적 성
격을 가지고 있지 않음을 말해주는 증거이다. 게다가 다른 하나의 노래
를 보면 이 역시 언어의 유감주술적 성격을 가지고 있는 것임을 거듭 환
기하게 한다.

참깨 줄게 볕 나라
들깨 줄게 볕 나라[3]

　참깨와 들깨가 쓰인 연유를 잘 모르겠지만 이 볕을 주어서 햇빛을 불
러낸다고 하는 발상이 참으로 흥미로우며 이를 통해서 아이들의 정신세
계에서 유감주술적 사고를 연상하는 것은 무리가 아닌 것으로 이해된다.
이러한 전통적인 해에 관한 노래가 두 가지 유형이 있으며 이러한 양상
이 후대에까지 이어지고 있음이 확인된다. 이 자료들은 매우 주목할 만
한 것인데 이를 분석의 대상으로 삼을 수 없는 것은 음원이 부재하기 때
문이다. 역사적으로 오랜 것임을 확인하고 음원을 중심으로 해서 논의하
기로 한다.

　이 동요는 문답을 통해서 아이들이 언제 불렀는지 명확하게 증언되

2　김소운, 위의 책, 29쪽.
3　위의 책, 29쪽.

곤 한다. 그 문맥을 모두 소개할 수 없지만 이 노래를 하는 이유가 분명하다. 이 노래는 증언에 의하면, 대체로 아이들이 멱을 감다가 햇빛이 구름 사이로 쏙 숨어버렸을 때에 오들오들 떨면서 해가 나오기를 기원하면서 불렀다고 한다. 노래를 부르면 해가 나온다고 하는 기원을 담고 있는 노래가 이 노래이다.[4]

노래를 해서 기원이 이루어질 것인지 그것은 아직도 해결되지 않은 문제이다. 그러나 이 노래의 용도와 맥락이 명확하게 밝혀졌으므로 이 노래에 대한 검토가 필요하다. 이 노래의 흔한 것을 하나 들고 이 노래에 대한 해명을 좀 더 해보고자 한다.

> 해야 해야 나오너라
> 짐치국에 밥 말아 묵고
> 장기치고 나오너라[5]

아이들이 이 노래를 부르면서 하는 것은 이른 바 뱃장고를 치는 것이다. 남자와 여자 아이들이 웃통을 벗고서 멱을 감았기 때문에 이 노래를 하면서 흔히 하는 일이 이른 바 자신들의 배를 두드리면서 일정하게 장단을 맞추면서 이 노래를 한다. 처음에 한 명이 하지만 나중에는 여러 명이 힘을 합쳐서 부르면 햇볕이 쨍하고 나타나는 것이 일반적인 순서였다.

---

4 편해문, 『가자 가자 감나무』(창작과비평사, 1998), 109~113쪽; 홍양자, 『전래동요를 찾아서』(우리교육, 2000), 45~46쪽.
  두 저서에서 전혀 다른 방향으로 이 노래를 소개하고 있다. 이 가운데 중요한 것이 바로 편해문의 견해이다. 이 저작의 서술이 필자의 체험과 일치한다. 홍양자도 중요한 말을 했지만 배를 두드리면서 해에게 나오라고 했던 기억이 새삼스럽다.
5 『한국민요대전』경상북도편(한국문화방송주식회사, 1995).
    CD · 15-57-3
    포항 해야 해야 3
    (1994. 12. 20 / 포항시 구룡포읍 석병2리 / 양분연, 여, 1925).

예전 아이들이 특정 지역에서 부르기 때문에 모르는 말도 있으며 특히 사투리로 하기 때문에 오늘날의 감각으로는 알 수 없는 달라진 말이 있을 수 있다. 아마도 이 말을 알아야 노래를 알고 노래를 할 수가 있을 것이다. 이 점에서 노래의 기본이 되는 말을 아는 것이 중요하다. 이 점을 해명하면서 이 노래의 문화적 본질에 들어갈 수가 있을 것이다.

노래 속으로 들어가서 해에게 나오라고 명령한다고 나올 수 있는가? 그렇지 않다. 그런데도 불구하고 아이들은 친근하게 해에게 말을 건네게 된다. 그렇게 해서 해에게 명령하고 여기에 말을 덧보태서 서술하고 있다. 그런데 나오라고 부탁하는 말이 재미있다. 그것은 '짐치국에 밥 말아서 묵고 장기치고 나오너라'고 하는 것이므로 이 말에 대하여 해명이 필요하다. 이 말들은 사투리로 김치국에 먹고 장구치고 나오라고 하는 것이다.

아이들의 토박이 말이 여기에서 생동감 있게 쓰이고 있으면서 이를 통해서 사투리가 가지고 있는 아름다운 결이 살아났다고 할 수가 있다. 아이들이 추워서 떨면서 해가 나오도록 하는 것이 핵심이다. 그러자니 마음도 급하고 여름에는 어디 가려면 짐치국에 밥을 말아먹는 계절이었으니 이러한 말을 한 것이다. 자신들이 치는 뱃장구는 장기치고 하면서 은유한 셈이다.

해더러 나오라고 하고 김치국에 밥을 말아먹고 빨리 나오라고 함으로써 해가 절실하게 그리운 아이들의 모습이 생생하게 나타난다. 자신의 배를 두드리면서 말과 행위를 일치시키는 모습에서 이 노래의 속살이 드러난다. 노랫말이 하나만이 아니기 때문에 다른 말도 찾아볼 필요가 있다. 다른 고장에서 부르는 노랫말은 전혀 다르게 되어 있어서 주목을 요한다.[6]

---

6 위의 책.
   CD · 15-57-1
   의성 해야 해야 1
   (1994. 12. 21 / 의성군 춘산면 빙계2리 하리 / 김순남, 여, 1930)

해야 해야 따끈 나라
얼갠빗[7] 챔빗[8] 주마

해야 해야 따끈 나라
얼갠빗 챔빗 주마

위의 노래는 도대체 무슨 영문으로 이러한 말을 하는지 모를 정도로 이상한 말로 노래를 이어가고 있다. 이 말은 무슨 말인지 명확하지 않으나 아이들의 언어감각에 대하여 이해해야만 이를 해석해낼 수가 있다. '얼갠빗'과 '챔빗'이 핵심이다. 얼레빗과 참빗을 주겠다고 하면서 어서 해더러 따끈하게 나오라고 말하고 있다. 빗을 준다고 하는 말이 공통점이고, 그러니 빛을 받아서 따끈하게 나라고 말하는 것이다.

해가 따뜻하게 나려고 한다면 햇빛이 있어야 하고 이 상태를 아이들은 해에게 빛 또는 볕이 있어야 한다고 생각하는 셈이다. 그렇기 때문에 자신들의 머리를 빗는 머리빗을 이처럼 빗을 주는 것으로 은유하고 있다. 음상의 유사성에 의한 은유적 표현을 통해서 해가 빨리 나왔으면 하는 바람을 전달하고 있다. 이 점에서 해는 햇빛이 나와야 따뜻해지는 체험을 표현한 것으로 볼 수가 있다.

해야 해야 나오너라
저 건넬랑 음달찌고
이 건넬랑 해 나오고[9]

---

7   얼갠빗 : 얼레빗. 빗살이 굵고 성긴 큰 빗.
8   챔빗 : 참빗. 빗살이 작고 촘촘한 빗.
9   위의 책.
     CD · 15-57-2

양분연이 부른 노래는 너무나 평범한 말이지만 아이들의 관찰력을 엿볼 수 있는 말들이 열거되어 있다. 해가 드는 양지와 해가 없는 음지를 대비시키면서 아이들의 해를 바라는 간절한 바람을 이렇게 표현했다고 할 수가 있다. 해디러 나오라고 하면서 빠른 것을 재촉하는 것도 아니고, 빛을 주어서 햇빛을 유도하는 것도 아니다. 아이들에게 모두 필요한 것이기 때문에 주목을 해서 보아야 하는 것이다. 음지와 양지, 응달과 양달에 대한 비교는 매우 흥미로운 사고의 표현이다.

아이들이 사용하는 표현법도 흥미롭지만 햇볕이 나오기를 기원하는 표현이 제각각이면서도 저마다의 표현을 독자적으로 하는 것이 이 동요의 살아있는 증거이다. 저마다의 생태적 토양 위에서 각각의 표현법을 재현해놓고 있는 점은 우리의 소중한 유산이라고 하겠다. 구전동요는 아이들의 마음, 아이들의 생각 등이 그대로 우러나는 것만으로 살아있는 전통문화의 유산이라고 할 수가 있겠다.

3. 구전동요 〈해야해야〉의 율격과 리듬 분석

구전동요 〈해야해야〉를 부른 인물들은 모두 전통적 세계에 살면서 어렸을 때에 자신들이 익힌 구전동요를 중심으로 하는 전승을 실현하였다고 하는 것이 핵심이라고 할 수가 있다. 세 명의 여성화자들이 특히 총기가 있고 예전의 리듬과 노랫말을 잘 기억하고 있어서 이들을 분석의 모델로 삼을 수가 있었다. 우선 이들이 부른 노래를 채보한 것을 중심으로 놓고 이야기를 전개하도록 한다.

포항 해야 해야 2
(1994. 12. 20 / 포항시 구룡포읍 석병2리 / 양분연, 여, 1925).

음원에 있는 순서대로 이를 열거한다.[10] 음원과 비교하고 다른 채보자와 견주어도 동일한 결과가 나왔으므로 이를 신뢰할 만하다.[11] 우선 악보를 제시하고 이에 근거하여 논의를 하도록 한다.

첫 번째 곡은 율격과 리듬에 대한 심각한 문제를 제기하게 하는 곡이다. 일단 외관상 주목되는 것은 비대칭의 배열이 눈에 띈다. 단순한 구전동요에서 이러한 변이가 생긴 것을 어떻게 보아야 할 것인지 의문이 생긴다. 왜냐하면 단순할 것 같은 것이 중요한 문제를 가지고 있기 때문이다. 비대칭이라고 보는 것은 두 가지 준거 때문이다.

---

10 이 음원을 채보는 필자의 무능력으로 말미암아서 이를 정서은선생에게 부탁하여 이를 채록하였다.
11 강혜진, 「한국전래동요의 음악적 분석」(서울대학교대학원 음악학과 국악이론전공 음악학 석사학위논문, 2004), 176~178쪽. 동일한 보례가 채록되어 있는데 몇 가지 사소한 차이점 이외에는 거의 일치되는 면모를 보이고 있다.

하나는 행을 구성함에 있어서 보이는 비대칭이다. 그것은 아주 이상한 것이라고 할 수가 있는데 앞의 대목에서는 3소박 5박자로 행을 구성하였다면, 뒤의 대목에서는 3소박 4박자로 행을 구성하고 있다. 그러므로 이 사실에 근거한다면 이 구전동요는 앞이 무거운 3소박5박자+3소박4박자 결합 형태의 구성을 하고 있음이 발견된다.

다른 하나는 한 행 내에서 가사 부침새의 비대칭이 존재한다. 앞에서 나타난 [해야-/해야+따-끈/나-/라--]의 형태에서 보이는 비대칭이 있다. 중간에 있는 [따-끈]에서 비대칭의 역전이 있으며, [나-/라--]에서의 공박의 위치는 한 행을 마치는 수법으로 흔하게 발견되는 역전과 비약이라고 할 수가 있다. 이 점에서 이 곡에서의 비대칭이 이 구전동요의 아름다움을 발현하는 기본적인 특징이라고 해도 지나치지 않다.

비대칭이 생기는 이유는 여러 가지가 있다. 일단 구전동요를 부르는 인물이 잘못 기억하고 사설을 리듬에 달리 배당했기 때문이다. 망각이나 실수로 인해서 이러한 현상이 생길 수 있을 것이다. 그러나 적극적으로 해명한다면 오히려 적극적인 창조력이 말에 따라서 달리 구현되어 나타난 창조력의 표현이라고 하는 점을 기억할 필요가 있다. 비대칭은 단순한 현상이 아니라 이 노래를 다채롭게 만드는 소인으로 해석해도 된다.

이러한 리듬이 장단으로 표현되는 대목이 불규칙하게 되기 때문에 부르기 어렵지 않겠는가 하는 의문이 생길 수가 있다. 그러나 아이들의 천재적인 창조력은 이를 거뜬하게 해결한다. 아이들은 혼소박으로 된 장단에도 익숙하고 더 나아가 불규칙하고 비대칭한 장단의 곡이라고 해도 서슴없이 거뜬거뜬 불러내는 것을 쉽사리 발견할 수 있다.

이 점에서 아이들의 능력은 무한하다. 막히는데 없이 설렁설렁 부르는 힘이 가능성을 보여준다. 표현이 자유롭고 아무렇게나 불러도 노래가 되는 힘이 구전동요에서 발견되며, 못 불러도 잘 부르는 것이라고 하는 생각을 보이는 것은 매우 주목할 만한 것이라고 하지 않을 수 없다. 그것은 아이들이 감수성이 민감하고 모방과 창조의 언저리를 배회하고 다니면서 자신들의 표현을 서슴지 않기 때문에 생기는 현상이라고 할 수가 있다.[12]

그러나 아이들이 말에만 민감한 것이 아니라 더욱 중요한 사실은 리듬의 천재들이 된다고 하는 점을 부인할 수가 없다. 아이들의 리듬 형성에서 창조는 매우 이례적인 일이 되며 점점 중요한 표현법으로 가능성이 있다. 아이들이 자신의 배를 두드리면서 뱃장고를 치고 노랫말을 붙이는 것은 그렇게 어려운 일이 아닌 셈이다.

두 번째 곡과 세 번째 곡은 각기 사설은 달라도 리듬은 거의 동일하게 배당되어 나타난다. 그러나 이러한 리듬꼴은 크게 3소박4박자인데도 불구하고, ♪ ♩ ┃ ♩ ♪의 대립적 구사를 통해서 이 곡들의 표현을 구체적으로 만드는 형태가 발현된다. 강조하는 말이 있을 경우에는 ♪ ♩을 가지고 가다가 ♩ ♪으로 뒤집는 경우를 보이기도 하고, 이와 달리 곡에 따라서는 이 대립적 리듬을 반대로 구사하기도 하는 것을 볼 수가 있다.

이 곡조는 모두 우리들의 태생이 엄마의 품이듯이 엄마 품에서 듣고 자란 심장의 박동과도 같은 우리 민족의 모성에서 우러난 리듬꼴이다. 하나도 어색하지 않으며 자체로 아름다움을 배가하고 있어서 마치 말을 하는 것처럼 높낮이를 굳이 갖추고 있지 않으면서 자연스러운 리듬을 구현하고 있는 것이 두 번째 곡과 세 번째 곡이다. 리듬과 장단, 그리고 사설은 거의 분리되지 않으면서 자연스럽게 이어지고 있다.

아이들은 쉬운 곡이든 어려운 곡이든 상황에 따라서 임기응변으로 리듬꼴을 변화시키면서 여러 가지 아름다운 노랫말을 열거하고 있다. 위의 세 곡에서 어려운 대목이 있다고 말할 수가 없으며 아이들의 마음, 아이들의 손짓, 아이들의 노래가 곧잘 떠올려지는 것은 당연한 현상인지

---

12   Kornei Chukovsky, *From Two to Five*(University of California, 1968), 본래 이 저작은 러시아어로 1933년에 쓰여졌던 것이다. 1968년에 영어로 번역되어서 널리 알려지게 되었다.

도 모르겠다.

아이들이 부르는 곡을 통해서 우리의 근본을 다시 반추해야 한다. 생래적으로 자연스러운 리듬을 저절로 배웠는데 우리가 이를 음악시간으로 바꾸어서 배우면서 굳어진 장단과 억압적 장단으로 주눅을 들게 했음을 반성할 필요가 있다. 자유와 창조가 없는 노래는 곧 죽은 것이다. 죽은 노래를 배우고 죽은 노래를 가지고 사람의 능력을 측정하니 참으로 갑갑한 노릇이다.

세 곡 가운데 문제의 노래가 첫 번째 것이므로 이를 중심으로 해서 이제 율격과 리듬을 살펴보기로 한다. 율격은 시학의 핵심이자 문학적 이해의 요체가 된다. 율격을 통해서 우리는 무엇을 알 수가 있는가? 그것은 율격의 출발점이나 리듬과 장단의 출발점이 같다고 하는 사실이다. 이러한 대목을 체계적으로 정리해서 보이면 다음과 같다.[13]

해	야	-	해	야	-	따	-	끈	나	-	-	라	-	-
1	2	3	1	2	3	1	2	3	1	2	3	1	2	3
1				2			3			4			5	

[율격과 리듬]

```
해      야    - / 해     야     -  // 따   -   끈 / 나  -    -  / 라  -   -  //
- - - - - - - - - - - - - - - - - 1음보// - - - - - - - - - - - - - - - - - - - - - - - - - - 1음보//
리듬소 - - - - - - / 리듬소 - - - - - // 리듬소 - - - - - - / 리듬소 - - - - - - - - - - - /
소리듬형 - - - - - - - - - - - - - - - // 소리듬형 - - - - - - - - - - - - - - - - - - - /
여느리듬형 - - - - - - - - - - - - - - - - - - - - - - - - - - - - - - - - - - - - - - - /
3소박5박자 - - - - - - - - - - - - - - - - - - - - - - - - - - - - - - - - - - - - - - /
```

[기보 준거]
소안
```
정간 - - - - - - - - - - - -|
대강 - - - - - - - - - - - - - - - - - - - -|- - - - - - - - - - - - - - - - - - - - - -
-|
```
** 소박은 소안에, 보통박은 정간에, 대박은 대강에 기보한다.

---

13 이상의 분석은 일단 이보형의 분석 방법을 거의 그대로 따른 결과이다. 이 결과를 통해서 우리는 구전동요의 특성을 새롭게 해석해낼 수 있다고 믿는다.

율격은 음절과 음절의 결합 패턴이다. 위의 대목에서 율격의 근간은 음절인데 4음절이 둘로 나뉘고 그렇게 해서 비대칭의 전반부를 구성한다. 동일한 방식으로 음절이 결합하여 4음절이 비대칭의 후반부를 구성한다. 앞의 것은 1음보이고, 뒤의 것은 역시 1음보이다. 그렇게 해서 2음보를 형성한다. 2음보를 다르게 배당하여 각각의 음보가 달리 2박자와 3박자의 구성이 이루어졌다.

앞에서 말한 이 비대칭은 이 노래의 결함이 아니다. 과연 이러한 장단이 있는가 의문이 있겠지만 자연태의 음악에서는 이러한 비대칭이 자연스럽게 출현한다. 예술태의 음악에서 역시 이러한 장단이 있는 것이 있다. 가령 신모듬 장단이 이에 적절한 사례로 된다. 이 장단은 제석청배의 권선 다음에 무녀가 춤을 추고, 신모듬이라는 무가를 부를 때에 사용한다.[14]

굿거리보다 한 박이 많은 3소박 5박 장단(3·3·3·3·3)인데, 봉등채 장단만 독립적으로 쓰이지 않고 다른 장단과 연계되어 연주된다. 신모듬과 같은 것은 그러한 의미에서 새로운 장단형으로 긴요한 구실을 하며 아이들의 소리와 다른 특징을 예술태의 형태로 가지고 있음이 확인된다. 아이들의 3소박 5박자 장단은 이렇게 어려운 것이 아니다.

이러한 율격과 리듬의 결합이 반복적으로 구현된다. 그런데 다음 시행의 구절은 더욱 특별하게 구성된다. 이 점을 확인하기 위해서 다음 구절을 위의 분석 방법과 동일하게 분석하고자 한다. 사설과 율격의 결합을 확인하게 위해서 정간보로 옮기면 다음과 같다.

---

14   변남섭·봉등채, 『한국무속신앙사전』(국립민속박물관, 2009).

얼	갠	빗	챔	-	빗	주	-	-	마	-	-

```
1      2      3      2      2      2 //   3      2      3      4      2      3
---------------------------------------1음보//---------------------------------1음보
리듬소-------/ 리듬소------// 리듬소----------/ 리듬소------/
소리듬형-----------------// 소리듬형----------------/
여느리듬형-------------------------------------------/
3소박4박자------------------------------------------/
```

3소박 4박자로 되어 있다. 1음보와 2음보가 사설의 음절수가 불균등
하게 분절되어 있다. 1음보는 5음절로 되어 있으며, 두 번째 다른 1음보
는 2음절로 되어 있다. 어절 구성도 분명하게 이분절되지 않는 세 어절
로 되어 있다. [얼갠빗/ 챔빗/ 주마 등으로 되어 있어서 이 구성에도 차
별성이 확인된다. 앞의 음보는 5음절을 2박으로 나누어서 배치하였고,
뒤의 음보는 2음절을 각각 2박에 한 음절씩 배당하였다.

이 두 가지가 음보와 시행, 시행과 시행을 구성하여 상호불균등의 시
행과 비대칭의 시행을 구성하였다. 그렇기 때문에 이들 상호간의 구성
자체가 특별하다고 할 수가 있으며 이로 인하여 불규칙한 장단이 되었
다. 그러나 더욱 엄격하게 말한다면, 3소박 5박자+3소박 4박자의 구성을
이룩했으며, 구전동요의 자유로운 창조를 만끽할 수 있는 것이 되었다.
노래는 음악과 문학적 창조가 자유로운 것이므로 우리의 구전동요의 가
능성을 가장 활발하게 보여주는 증거이다.

우리는 아이들이 노래를 할 때에 리듬에 맞추어서 부르기보다 이 노래
의 경우에 자신이 불러가면서 리듬을 자유롭게 창조한다는 점을 인식할
수가 있다. 간단한 것을 복잡하게 구성하고, 복잡한 것을 간단하게 구성하
는 점이 위의 노래에서 음보와 사설의 결합, 그리고 리듬의 분할과 결합에
서 확인하게 된다. 이 점에서 본다면 아이들은 어느 모로 보나 입체적 창
조를 하는 작곡가이자 작사가인 점이 선명하게 드러난다.

구전동요는 사설이 반복된다. 반복되는 사설 속에서 이처럼 다채로운

구성을 하게 되고, 리듬과 사설을 자유롭게 만들어서 그 어디에도 이를 수 없는 놀라운 창조력을 구현하는 것이 확인된다. 어른들이 부르는 노래는 높낮이를 굴곡 있게 처리하고 규칙적인 장단에 가창력을 발휘하는 것이 주된 것이라고 한다면, 아이들이 부르는 것에는 이처럼 말과 리듬이 간단하면서도 아이들의 시선에 따라서 노래를 마음대로 조절하는 것이 특징이다. 어른들의 노래는 규칙에 어긋나면 못부르는 것이 되지만 아이들의 노래는 한껏 못불러도 이유가 있어 자유로운 리듬 창조를 하게 된다.

한 행은 이렇게 부르고 다른 한 행은 저렇게 부르는 것을 미덕으로 삼아서 말을 자연스럽게 이끌고 가면서 무한한 가능성을 열어놓고 멱을 감았을 아이들의 자유와 기쁨이 이 노래에 한껏 묻어난다. 해가 따뜻하게 나서 아이들이 몸을 말리거나 추운 몸을 데우고 다시 물 속으로 들어가야 하는 마음을 이렇게 노래하였다고 하겠다. 그렇기 때문에 리듬에 대한 기억을 새롭게 하면서 해를 기원하는 노래의 전통이 수립된 셈이다.

이러한 노래들은 복잡하게 해명해도 말이 되지만 우주의 천체기상동요이고, 낮에는 하늘의 해를 밤에는 달을 보면서 자라나는 아이들의 우주관을 구성하고 있다는 것은 너무 진부한 해설이다. 오히려 아이들의 입속에서 우러난 이 노래들이 결과적으로 우리의 창조성과 우주를 창조적으로 선도하는 즐거움과 기쁨이 있다고 하겠다. 노래의 전통이 이처럼 자유로운데 이 전통을 학습의 장으로 이끌지 못하고 있는 우리네 현실이 너무나 안타깝다.

4. 구전동요 〈해야해야〉의 의의

구전동요는 전통문화가 살아 있던 시대의 아이들이 창조한 위대한 작품이었다. 아이들이 어른들과 다른 시절에 자신만의 세계에 푹 빠져서 놀이로 세상을 살아가려던 시절에 인간과 자연이 그리워서 그들에게 말을 걸면서 노래로 기원하던 시대의 산물이다. 아이들의 숭고한 노래들에 귀를 기울여야 할 때이다. 시골에서 자연을 벗삼아 놀던 때가 그립다면 이 구전동요를 다시 들어야 한다.

이 구전동요는 아이들이 여름철에 멱을 감으면서 함께 어울려서 구름 속에 가려진 해를 되찾는데 불렀던 것이다. 아이들이 여럿이 함께 자신의 배를 두드리면서 뱃장고 장단에 맞추어서 노래를 하면 기원을 했던 소박한 전통에서 비롯된 노래이다. 노래를 부르면서 신명을 맞추고 함께 기원을 하다가 구름에 숨었던 해가 나왔을 때에 일제히 함성을 지르던 광경이 눈에 선하다. 노래를 하면서 어울려 놀고, 함께 즐거움을 만끽하던 아이들의 마음에서 우러난 노래였다.

노래를 부르면서 해에게 기원을 하고 아이들의 동심을 확인할 수 있는 노래는 이제 거의 사라진 전통이 되고 있다. 저마다 태어난 마을에서 할아버지와 아버지의 유산과도 같은 사투리를 배웠던 것은 무엇인가 중요한 것을 잃어버린 우리네의 아픈 추억일 수도 있다. 노래에 녹아 있는 사투리의 말맛을 체험하고 너나 없이 함께 즐기고 있던 노래가 그리운 시대가 되었다. 노래는 단순한 자기 표현이 아니라 시대의 추억을 일으키는 강한 저력이 있다. 이 구전동요는 그에 적절한 특징을 갖추고 있다.

이 구전동요는 말에서 노래로, 말에서 리듬으로 가는 즐거운 창조의 모습이 있다. 종래의 학문에서 각기 나누어서 해명하였던 위대한 예술적 창조·문학적 창조·어학적 창조가 한 군데 어울려 있는 중요한 사례이다. 음절과 율격, 시행과 리듬이 자유롭게 결합하면서 아우러지는 특징이 이 작품에 올곧게 새겨져 있으며 이 작품은 그러한 전통을 통한 일련의 창조물로 깊은 자유를 맛보게 하는 작품임을 숨길 수 없다.

구전동요 가운데 비대칭의 창조를 한 작품에서 도저히 어른들의 시각으로는 연산해낼 수 없는 불규칙과 규칙의 비대칭적 통일이라고 하는 리듬을 창출하였다. 아이들의 노래가 장단이 단순하고 반복이 극심하다고 하는 것은 매우 주목할 만한 현상이다. 이러함에도 불구하고 이 작품은 그러한 법칙을 벗어나서 매우 흥미로운 변형과 자유를 창조한 작품이라고 해도 지나친 말이 아니다. 이 작품이 소중한 이유가 거기에 있다.

아이들의 비대칭적 창조력이 이 구전동요에서는 두 가지로 구성되었다. 첫째는 장단이 5박과 4박으로 구성되어서 사설의 앞과 뒤가 장단이 다르게 되어 있는데, 이것이 비대칭의 근거로 된다. 둘째는 대칭적인 장단으로 된 두 번째에서 사설과 박자가 이루는 비대칭 역시 긴요한 작용을 하게 된다. 비대칭과 대칭의 관계를 입체적으로 해명하고 있는 작품이 이 구전동요이다.

우리는 다시 생각하게 된다. 아이들의 진정한 자유와 창조에 대한 갈망을 어른들의 선입견과 편견을 동원하여 아이들에게 행복을 주겠다고 하는 조건으로 무시하고 짓밟고 있는 것을 생각하지 않을 수 없다. 아이들이 진정으로 누리고자 하는 즐거움을 억누르고 아이들만의 고유한 문화를 앗아가는 것이 시대의 불행이라고 하지 않을 수 없다. 노래를 통해서 진정성을 찾아야 할 이유가 우리 시대의 어른들에게 있음을 잊지 말아야 한다.

폴란드의 작가이자 교육자이자 아동인권옹호자인 야누슈 코르착 Janusz Korczak(1878~1942)의 말을 들어보자. 빛나는 삶을 살았으며 영웅적으로 숭고한 죽음을 선택했던 위대한 성자와도 같았던 그의 말은 구전동요을 위해서도 금싸라기와 같은 구실을 하게 된다. 아이들이 이룩한 세계에 귀를 기울여야 할 엄숙한 사명을 깨달을 수가 있다.

어떻게 하면 미래를 예측하고 예방할 수 있나요?
아이는 몰아치는 폭풍우 속에서 날아다니는
한 마리 나비와 같습니다.

어떻게 하면 아이가 명랑함을 잃지 않으면서도
강인하게 자랄 수 있을까요?
아이의 날개를 비에 적시지 않고도 그 아이를
차분하게 만드는 방법은 없을까요?[15]

사람을 어른과 아이로 나누고
삶을 소년기와 성인기로 나누어 생각하면
세상에는, 그리고 삶에는 정말 아이들이 많다는 것을 알 수 있습니다.
그런데도 우리 자신은 삶과 고민에 빠져서
이들에 대해서는 크게 신경을 쓰지 않습니다.
....

우리는 가능한 한 어른들을 방해하지 않은 아이로
길러 왔습니다.
아이들로 하여금 우리가 정말 어떤 사람이고
무엇을 하는지 알아볼 기회도 주지 않았습니다.[16]

아이들은 창조의 무한한 가능성의 보고이다. 어른이 되기 위해서 자신의 세계를 가지고 있으며, 항상 자연의 말에 귀를 기울이고 항상 미래를 향한 마음을 열어놓은 것을 잊지 말아야 한다. 아이들이 보여준 창조는 위대하다. 왜냐하면 그것들만으로도 우리를 항상 행복하게 하고 뛰어놀던 옛날을 기억하게 하기 때문이다.

아이들은 시대마다 다른 삶을 살아간다고 생각하는 것은 착각이다. 오

---

15 Sandra Joseph, *A Voice for the Child: The inspirational words of Janusz Korczak*(Collins Publishers, 1999); 야누슈 코르착, 『야누슈 코르착의 아이들』(양철북, 2002), 114쪽.
16 야누슈 코르착, 위의 책, 150쪽.

266   제2부 구전동요의 개체적 연구

히려 어른들이 창조한 세상에서 자신들의 세계를 일구면서 살려고 애쓰면서 신명한 놀이와 노래를 자꾸만 만들어가는 것이 이들의 진정한 모습이라고 할 수가 있겠다. 아이들의 삶, 아이들의 마음 속에서 이 노래를 새롭게 일구어낼 날이 필요한 것인지도 모르겠다.

구전동요에 담긴 아이들의 마음을 생각하면서 아이들이 자라날 수 있도록 아이들의 권리장전을 제정하고 아이들의 노래를 한껏 고무시킬 수 있는 위대한 창조적 장전을 일구어야 한다고 믿는다. 구전동요를 통해서 이룩한 미래를 개척해야만 한다. 그것은 한 순간의 잘못으로 인류의 위대한 아이들 창조품을 잊게 해서는 안될 것이다. 아이들이 이 노래를 부르고 자신이 사는 곳을 중요하게 생각하는 일을 이제 해야 할 때가 되었다.

아이들에게 언어·문학·음악은 하나이다. 어느 것 하나도 잃을 수 없는 그 자체의 통합체임을 이 글 속에서 쉽사리 찾을 수가 있었을 것이다. 이를 나누고 분류하고 간섭하고 학문의 범주로 구분하는 것이 어찌 보면 어리석은 일일 수가 있다. 사투리를 쓰고 경상도토리로 된 노래를 하고 음악의 장단을 만들어내는 일은 그 자체로 중요한 의의가 있으며, 이를 교육하여야 할 책무가 있는 셈이다.

구전동요 〈해야해야〉는 언어·문학·음악의 관점에서 분석하지 않았다. 이를 분류하는 것은 어리석은 일이기 때문이다. 자연스럽게 하나로 통일되어 있는 대상을 드러내려고 힘썼다. 하나의 집에 세 개의 문이 있을 뿐, 어느 문을 통해서 열고 들어가도 구전동요 〈해야해야〉가 있는 셈이다. 그 점에서 이 글은 제한적이지만 하나의 관점에서 해명하려고 하였다.

구전동요 〈별헤는소리〉의
리듬구조와 서정적 의의

1. 머리말

구전동요 〈별헤는소리〉는 참으로 소중한 면모를 가진 연구 대상이다. 우리 모두가 밤 하늘의 별을 바라보며 살던 추억이 있었다. 그러나도회지에 사람이 몰려 살기 시작하면서 밤하늘의 별은커녕 밝은 전구와네온사인 불빛으로 밤하늘에 별을 헤아릴 수 없게 되었다. 그러한 별을찾아서 헤아리는 소리가 있었다는 사실도 이제는 과거의 한 구석으로 몰려 나가고 없다. 그러함에도 구전동요를 연구하겠다고 하는 어리석은 생각을 가지는 것이 과연 옳은 것인가?

우리는 별에 대해서 아는 것 같지만 모르는 것 투성이이다. 우리나라고유의 별자리 이름을 그리스 신화의 별자리가 대신하고 있으니 안타까운 노릇이다. 그런 사정은 그렇다고 하더라도 우리의 고유한 구전동요를모른다고 하는 사실이 더욱 문제이다. 구전동요 〈별헤는소리〉가 우리의시야에서 사라지고 온통 감각적인 것으로 넘쳐나는 세상의 욕망만 가득하게 남을 가능성이 많아졌다. 이제 무엇을 배우고 무엇을 가르칠 수 있다는 말인가?

〈별혜는소리〉는 별을 노래하는 마음으로 모든 것을 사랑하던 사람들의 흔적을 살펴볼 수 있는 중요한 노래이다. 아이들이 입에서 입으로 전하던 노래를 살피고 이들이 부른 사설의 의미와 리듬에 대한 중요성을 제기하고 이를 확인하고자 한 것이다. 〈별혜는소리〉는 현장에서 모두 일곱 편을 채록하였는데 사설에 있어서 몇 가지 하위유형이 존재한다. 그리고 별, 달, 해 등의 관계가 다시 노래로 되는 특징을 가진다.

〈별혜는소리〉는 모두 일곱 편을 다루지만, 가창자는 5명이다. 그렇게 된 사정은 가창자가 두 사람이 각기 두 곡씩 불렀기 때문이다. 가창자 가운데 양분연과 김선이는 두 곡씩 부르면서 자연적인 대상을 소리로 했는데 결과적으로 이러한 소리들은 천체를 노래하던 기상요라는 점에서 함께 다룰 만하다. 이 일곱 편의 자료 정리를 통해서 〈별혜는소리〉의 면모를 살펴볼 수가 있을 것이다.

〈별혜는소리〉는 하층민의 아이들이 부른 구전동요였지만 자료를 보게 되면 중세시대에 상층에서도 거의 비슷한 양상을 보이면서 별을 노래하는 한시 작품이 많이 있다. 그 작품들 가운데 특별하게 시인들의 작품을 찾아서 구전동요에 근접한 것과 달리 별에 대하여 소회를 읊은 작품을 살펴보도록 한다. 그렇게 해서 구비시와 기록시의 상관성을 살피기로 한다. 한시로 쓴 작가의 작품도 우리의 작품과 다르지 않다는 사실을 검토하기로 한다.

〈별혜는소리〉의 전통이 근대시인의 작품에 어떻게 이어졌는지 알아볼 필요 또한 있다. 근대시인 세 사람의 작품을 들어서 별을 노래한 서정의 유형을 아울러서 점검하고자 한다. 홍사용, 윤동주, 이용악 등이 대표적인데 이들 작품을 통해서 근대시인이 생각한 별에 대한 소망과 미래를 정리하였다. 〈별혜는소리〉의 전통이 올곧게 계승된 양상을 정리할 수가 있다. 근대소설의 작품에서도 비슷한 것을 더 찾을 수 있다.

〈별혜는소리〉는 이 시대에 모두 끝난 꿈이 아니다. 오히려 우리의 삶을 새롭게 살 수 있도록 도와주는 요점적인 소리이다. 밤하늘의 별을 우러르면서 자신의 삶을 반성하고 진정한 미래를 꿈꾸던 소리의 전통을 이렇게 재현할 수 있도록 도와주는 소리일 수 있다. 별을 헤아려 별을 노래하던 전통이 더욱 그립다. 이 전통에 입각해서 미래를 설계하던 마음이 소중하다는 점을 다시 생각하게 한다.

2. 구전동요 〈별헤는소리〉의 면모

구전동요 〈별헤는소리〉를 다루기로 한다. 서로 결이 달라서 〈별헤는소리〉라고 모두 합쳐서 일방적으로 말할 수는 없지만 유형적으로 흡사하고 서로 간섭작용을 하고 있는 동요이므로 함께 다루면 소기의 성과를 다룰 수 있는 중요한 작품들이므로 이를 함께 다루고자 한다. 구전동요는 모두 일곱 가지 사례를 중심으로 해서 다루기로 한다.

1) 양분연의 구전동요 1[1]

양분연의 구전동요는 달과 별이 함께 등장하고 두 가지가 망태기에 담는 모습을 노래한다. 달과 별을 함께 노래하는 전통은 별노래의 전통

---

1 김헌선 정리, 경상북도 민요 15 : 구전동요 『경상북도민요대전』(문화방송, 1995). 이하 이 자료의 출전에 대해서는 자료의 근거를 밝히지 않고 제시하기로 한다.

과 무관하지 않다. 장차 뒤에서 살피게 되는 개인작의 시에서도 별과 달을 함께 노래했기 때문이다. 달과 별을 함께 노래하면서 이것을 딸 수 있다고 생각하는 것은 아주 특별한 사고의 표현 형태이다. 그것은 신화적 사고의 흔적을 가지고 있다.

이 구전동요는 3소박 4박자로 되어 있으며, 2음보로 되어 있다. 〈별헤는소리〉는 소리를 빠르게 하는게 정상이다. 이 노래에서도 그 점이 선명하게 드러나지만 장단의 꼴이 자진몰이형에 가깝다. 〈별헤는소리〉는 그 전통을 구현하고 있는 것임이 분명하여졌다.

동시에 리름소를 형성하게 되는 점 사분음표의 활용이 다양하게 나타나고 이것의 형태를 바꿔가면서 사설을 충족하는 것이 이 동요의 특징이기도 하다. 이 리듬을 여러 가지 형태로 담고 있으며 장단을 서로 바꾸어 가면서 이를 표현하는 것이 특징이라 하겠다. 그렇게 해서 세 가지 면모가 있는데, ♩♪·♪♩·♪♪♪ 등이 그러한 대립적 요소의 구현이다.

그런데 더욱 중요한 사실은 비대칭의 구현이다. 내드림 대목에서 이 점이 나타나는데 "♪♪♪·♪♩··♪♪♪·♩♪" 등이 그러한 대립적 요소의 구현이다. 단순한 리듬이 아니라 서로 깊은 관련이 있는 것으로 3소박 4박자에서 자유리듬으로 된 것의 구현이라고 하는 점에서 이러한 양상은 주목할 만한 것이다.

길고 짧은 것을 다르게 배열하고 앞뒤의 길이를 다르게 하는 것이 기본적인 면모이다. 장단이 달라지면서 생기는 자연스러운 리듬꼴의 성립은 매우 주목할 만한 가치가 있으며, 이를 통해서 장단의 배열과 리듬에 대한 이해를 도모할 수가 있는 전통이 생기게 마련이라고 할 수가 있다.

기본적으로 구전동요 특히 〈별헤는소리〉에서는 이러한 양태가 단순하지 않고, 사설을 잦게 몰아서 소리를 거듭해서 반복하는 것이 기본적으로 중요하기 때문에 이러한 양상이 구현되었다고 보는 편이 적절하리라고 본다. 이 구전동요의 전통을 통해서 우리는 이 소리의 깊은 저층에 가닿을 수 있을 것이다.

2) 김선이의 구전동요 1

김선이의 구전동요는 명확하게 부른 사례에 해당한다. 절대음과 같은 경지를 구현하는 가창자이다. 김선이의 구전동요는 정확히 〈별헤는 소리〉라고 보기 어렵게 되어 있다. 오히려 해와 달을 각기 따서 서로 바꿔서 걸겠다고 하는 것이 이 노래 사설의 요체이기 때문이다. 그런데도 불구하고 이 동요를 동일한 종류의 소리로 보고자 하는 것은 장단과 리듬 때문이다.

이 구전동요는 3소박 4박자로 되어 있으며 2음보로 구성되어 있다. 리듬꼴의 구조가 앞에서 살핀 것과 같은 많은 사설을 거듭 반복하여 부치면서 장단의 틀을 다르게 구성하는 것인데, 특별하게 되어 있어서 앞에서 부른 것과 달리 정확한 규칙성이 발견되고 리듬꼴이 다양하다고 하지 않을 수 없다. 리듬꼴은 모두 세 가지이다. ♩♪·♪♩·♪♪♪가 그것이다. 게다가 이것이 발현된 양상은 거의 동일하게 나타난다.

"♪♪♪·♪♪♪··♪♩·♩♪" 등으로 정확하게 분석하여 본다면 일정한 리듬의 패턴이 존재한다. 앞에서는 셋으로 나누고 뒤에서는 단장과 장단으로 뒤집어서 구현하고 있다. 그렇게 해서 일정하게 리듬꼴을 정확하게 변화와 반복이라고 하는 틀 속에서 구현한다. 김선이 가창자의 절대적 안정감 있는 리듬감이 변화와 지속이라고 하는 틀을 선명하게 이해할 수가 있는 노래이다.

큰 틀에서는 반복이라고 하는 것을 지향한다. 작은 틀에서는 변화를 구현한다. 큰틀과 작은 틀은 서로 깊은 관련이 있다. "♪♪♪·♪♪ ♪··♪♩·♩♪" 등이 이에 적절한 예증이다. 이것을 반복하면서도 동시에 이를 다르게 구현하는 특징이 있는 셈이다. 변화와 반복은 이러한 구조 속에서 구현되는 것을 볼 수가 있겠다.

시적 상상도 너무나 예외적이고 파격적이기까지 하다. 그러한 의미에서 온전한 것이라고 보기 어려운 특징이 있다. 해와 달을 따서 각기 다르게 걸자고 하는 사설은 좀체로 찾기 어려운데도 불구하고 이는 구전동요가 구전신화와 깊은 관계가 있다고 하는 것을 연상하게 한다. 이 점에서 본다면 이 구전동요는 차분함보다는 격렬한 상상의 결과임을 알게 한다.

김선이는 기억력이 총명하고 가창자로서 절대음감을 가지고 있는 인물이기도 하다. 김선이의 탁월한 가창력은 방송에 출연하여 구전동요를 불러서 이 노래를 통해서 그 출연 작품이 ABU 방송대상을 받기도 했다는 데서 입증된다. 김선이의 가창력에 일정한 신뢰를 하면서 이것을 통해서 새로운 구전동요의 세계를 펼쳐갈 수가 있을 것이라고 본다.

3) 윤경임의 구전동요

<경북15-34-1>

창:윤경임
채보: 정서은

빠르게 말하듯이

별 하나 따 서 홀 태 망 태 넣 서 계 수 남 게 걸 고

별 둘 따 서 홀 태 망 태 넣 서 계 수 남 게 걸 고

별 – 서 이 따 서 홀 태 망 태 넣 서 계 수 남 게 걸 고

별 너 이 따 서 홀 태 망 태 넣 서 계 수 남 게 걸 고

별 – 다 섯 따 서 홀 태 망 태 넣 서 계 수 남 게 걸 고

별 여 섯 따 서 홀 태 망 태 넣 서 계 수 남 게 걸 고___

별 – 일 곱 따 서 홀 태 망 태 넣 서 계 수 남 게 걸 고

별 여 덟 따 서 홀 태 망 태 넣 서 계 수 남 게 걸 고

별 – 아 홉 따 서 홀 태 망 태 넣 서 계 수 남 게 걸 고

별 열 따 서 홀 태 망 태 넣 서 계 수 남 게 걸 고

윤경임의 구전동요는 전형적으로 별을 따는 내용인데 이 별을 따서 계수나무에 걸었다고 하는 것이 핵심적이다. 그리고 이 별을 차례대로 헤

아려서 하나에서 열까지 엮어 나가는 것이다. 아이들이 밤하늘에 별을 바라보면서 노래하는 것이 일정한 규칙을 가지고 있으면서 헤아려나가는데 그러한 현상을 이 구전동요에서 전형적으로 확인할 수가 있다.

윤경임의 구전동요는 2소박 4박자로 이루어져 있으며, 한 행이 2음보로 된 율격이 세 개로 합쳐져서 이루는 특징적인 구성을 하고 있다. 리듬의 꼴은 대체로 규칙적이어서 ♪♪♪♩·♪♪♪♪♩♩·♩♩♩♩ 등으로 나타나며, 이 가운데 주된 출현을 가지는 리듬꼴은 "♪♪♪♪♩ ♩"로 되어 있으며 이것이 일반적 형태인 것을 볼 수가 있다.

이 동요는 유일하게 이 계통의 동요 가운데 높낮이를 갖춘 선율 구성을 하고 있는 것이기도 하다. 선율의 변화는 격심하지 않고 대체로 메나리토리로 되어 있는 것이 특징이다. 빠르게 말하듯이 부름으로써 별을 따서 하는 행위가 주축이 되는 것을 볼 수가 있다. 동요에서 행위를 연상하게 하면서 말을 거듭 반복하고 늘어뜨리면서 부르는 것은 매우 인상적인 노래이다.

4) 정말순의 구전동요

정말순의 구전동요는 별을 헤아리는 대목과 별을 다시 하늘에 올라가 거는 대목이 합쳐져 있는 특별한 사설로 되어 있다. 별을 헤아리는 대목에서는 별을 헤아리는 말이 규칙적으로 결합하고 하늘에 올라가서 걸자고 하는 대목은 예삿 말로 구송되어 있어서 이 둘의 대립적 면모가 서로 결합해 있는 점에서 매우 주목할 만한 동요의 성격을 보여준다. 문장의 행은 한 장단이 한 행을 구성하고 2소박 4박자로 되어 있음이 확인된다.

<경북15-34-2>

창: 정말순
채보: 정서은

♩ = 180

별 하 나 내 하 나 별 둘 이 내 둘 이 별 서 이 내 서 이

별 너 이 내 너 이 별 다 섯 내 다 섯 별 여 섯 내 여 섯

별 일 곱 내 일 곱 별 여 덟 내 여 덟 별 아 홉 내 아 홉

별 열 내 열

하늘에 올라가 별하나 뚝 따
갯불에 후저져서 망타게 담아 동문에 걸고
하늘에 올라가 별하나 뚝 따서
갯불에 후저져서 망타게 담아 서문에 걸고
하늘에 올라가 별하나 뚝 따서
갯불에 후저져가 남문에 걸고
하늘에 올라가 별하나 뚝 따서
갯불에 후저져가 망타게 담아 북문에 걸고
"걸었습니다"

가창자인 정말순에게 물어보니 열가지 숨을 쉬지 않고 계속 부르면 목숨이 늘어난다고 하기 때문에 이렇게 급박하게 열까지 "나와 별"을 함께 대응하여 부른다고 전한다. 그렇기 때문에 정말순이 필자에게 숨을 쉬지 않고 불러주었던 기억이 새롭다. 그렇게 하고 나서는 하늘의 동서남북의 문에다 망태기에 이를 담아서 갯불에 후지져서 거는 것이 요체이다.

리듬은 매우 적절하게 되어 있으며, 리듬의 양상도 흥미롭게 나타난다. "♩♪♪♪♪♩·♩♪♪♪♪♪·♩♪♪♩♪♪·♩♩♪♪0"로 되어 있으며, 이 가운데 가장 흔한 것이 "♩♪♪♪♪♩"이라고 되어 있다. 마지막에서는 자유리듬도 아니고 말로 되어 있는 것을 볼 수가 있다. 말을 하면서 앞에 불렀던 사설을 완성하는 것이 확인된다. 구전동요와 기록시가가 만나는 중요한 접점이 바로 이와 같은 것임을 볼 수가 있다.

별 하나와 나 하나 등의 말을 엮어가면서 나중에 이를 전체적으로 연결하는 것이 중요한 전환점이고 다양한 사설을 엮어가는 것임을 이렇게 확인할 수 있다. 〈별헤는소리〉가 가장 적절하게 구현되는 중요한 발견의 노래이다. 별 하나와 나 하나로 헤아리는 것의 공통적 사설 속에서 여러 가지 말을 엮으면서 다양하게 꾸며 나가는 것이 긴요한 구실을 하게 된다.

5) 양분연의 구전동요 2

양분연의 구전동요는 동일한 계통이나 유형에서 두 번째 다루게 된다. 양분연이 노래를 두 가지로 한다고 하는 것은 자신의 기억과 전승 속에서 둘로 나뉘어 있는 것을 말해주는 증거이다. 그러므로 엄격하게 다루자면 두 가지는 서로 분간해서 다루어야 할지도 모르겠다. 별을 헤아리는 소리로 차별성을 가지고 있는 것이다. 그러나 하늘의 해와 달을 딴다고 하는 행위와 별을 헤아리는 행위가 근본적으로 노래 속에 섞여 있으므로 둘을 분간하는 일이 만만치 않다. 다르면서도 연계되어 있는 이 소리들을 함께 다루어야 한다.

양분연의 구전동요는 2소박 4박자로 되어 있으며, 리듬꼴은 대체로 유사하다. 대체로 리듬을 형성하는 요소는 세 가지 형태로 나타나 쓰이고 있다. "♩♪♪♪♪♩·♩.♪♪♩♪♪·♩♩♪♪0" 등이 그것이다. 이 가운데 압도적으로 우세한 것은 "♩♪♪♪♪♩"이고, 다른 것들은 단 한 번만 출현하고 있다. 리듬꼴은 거의 비슷하고 빠르게 부르다가 마무리할 때에는 약간 느리게 부른다.

헤아리기라는 내용과 별을 따서 거는 것이 구분되었는데 이를 합치게 되면 4)에서 다루는 것과 같은 구전동요의 내용과 같은 것이다. 그러므로 이를 참고해서 양분연의 구전동요 두 가지가 나누어져 있는 것을 하나로 합치게 되면 이는 정말순의 구전동요와 공통점을 가지면서 상통하게 된다. 서로 나누어져 있는 것을 하나로 합쳐져 있는 것을 볼 수가 있으면서 이를 하나로 합치는 일은 가장 긴요하며 이에 의한 갈래 구분을 합치면서 나누고 나누면서 합치는 것이 바람직하다.

양분연의 구전동요는 정말순이 부른 것에 가깝고 거는 행위가 없지만 거의 동일한 형태의 것임을 알 수 있는 적절한 사례이다. 동시에 두 가지를 합쳐서 본다면 〈별헤는소리〉의 원형이 어디에 있는지 추론을 전개할 수가 있는 적절한 사례로 판단된다. 구전동요에 원형과 변이형이 있다고 하는 사실을 이로써 알 수가 있다.

6) 김선이의 구전동요 2

김선이의 구전동요 2는 앞에서 살핀 2.4.의 정말순과 거의 상통하는 동요이다. 그러면서도 이미 김선이의 구전동요 1이 앞에서 있었으므로 이를 함께 고찰해야 할 것으로 보인다. 김선이의 구전동요는 앞에서도 한 차례 다루었는데 해와 달을 서로 견주면서 각기 따서 걸사는 것이므로 이를 다른 계통의 노래로 볼 수도 있다. 그러나 필자의 견해로는 동일한 행위에 의한 것이 있으므로 이들을 다른 노래로 볼 수 없다.

　　김선이의 구전동요 2는 리듬꼴로 되어 있는 것과 말로 되어 있는 것 두 가지로 구분할 수가 있는데, 앞에서 부른 정말순의 것과 거의 비슷하다. 2음보 일행으로 되어 있으며, 리듬꼴은 "♩♪♪♪♪♩·♩♪♪♩♪ ♪·♩♩♪♪0"로 되어 있다. 주로 "♩♪♪♪♪♩"가 쓰이고 다른 것들은 한번만 쓰이는 것을 볼 수가 있다. 말로 된 대목에서는 정말순과 흡사하지만 결과적으로 거는 위치와 거는 도구가 다른 점을 볼 수가 있다.

　　김선이의 구전동요는 사설도 적절하게 온전하게 정리되어 있고 소리를 하는 리듬꼴도 정확하다. 그런데도 불구하고 김선이 가창자가 나누어서 부른 구전민요 두 가지는 많은 것을 생각하게 한다. 구전동요에 대한 일반적 이해를 위해서 필요한 여러 가지 동요를 연구하는데 중요한 지침을 주는 인물이 김선이이고, 그가 부른 구전동요는 많은 것을 생각하게 한다.

　　김선이의 구전동요는 다른 것은 아니고, 문화적으로 볼 때에 음악문화의 특징적인 전승력을 가장 활발하게 보여주고 있는 사례이다. 이 점에서 김선이의 구전동요적 성격을 남다른 면모가 있으며 전승의 지속과 변화, 전승의 변이력을 보여주는데 있어서 매우 주목할 만한 가치를 가지고 있는 사례라고 판단된다. 갈래론의 관점에서도 김선이의 구전동요는 충분하게 연구할 수 있는 대상이 된다고 하는 점을 다시 생각하게 한다. 김선이의 구전동요는 완벽한 소리를 자랑하고 있는 것이 특징이라고 할 수가 있다.

7) 최상대의 구전동요

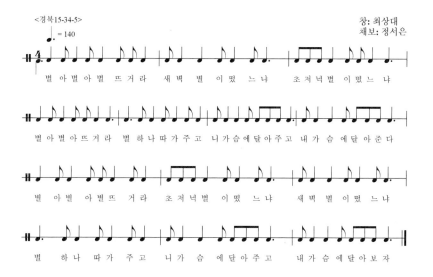

<경북15-34-5>

창: 최상대
채보: 정서은

♩. = 140

별아별아별 뜨거라 새벽별이떴느냐 초저녁별이떴느냐

별아별아뜨거라 별하나따가주고 니가슴에달아주고 내가슴에달아준다

별 아별 아별뜨 거라 초저녁별 이떴 느냐 새벽별 이떴느냐

별 하나 따가 주고 니가슴 에달아주고 내가슴에달아보자

　　최상대의 구전동요는 일단 최상대라고 하는 인물의 특성을 이해해야
만 가치가 있는 접근을 할 수가 있다. 최상대는 정만희와 단짝이었던 인
물이다. 최상대는 특별하게 자신의 구전적 창조를 즐기는 인물이다. 그만
큼 전승력보다는 창조력에 의존하는 인물이다. 그러한 의미에서는 이 구
전동요는 별반 쓸모가 높은 구전동요라고 말하기 어렵다. 구비적 공식구
가 분명하지 않고, 쓰이는 내용의 말과 리듬이 선명하지 않기 때문이다.

　　최상대의 구전동요는 전부 개인적 발화가 많고 집단적 전승에 기반
하고 있지 않다. 사설이 우리가 살펴본 것들과 전혀 다르고 구전동요인
가 의문이 들 정도로 예외적인 내용의 각편들이 너무나 많다. 그런 점에
서 최상대의 구전동요는 가치가 있는 것은 아니다. 구전동요는 제한점이
있으며 이를 온전하게 구전동요로 받아들이기 어렵다.

　　게다가 구전동요로서 특별한 사항이 없다. 오히려 작위적인 사설로

구성을 하고 있다. 리듬꼴을 연구하는데 있어서도 이 노래가 과연 의의
가 있는지 의문이 생길 정도이다. 리듬꼴은 3소박 4박자로 되 어 있으며
리듬의 일정한 형태를 발견할 수 없다고 하는 점도 문제점이라고 할 수
있다. 그런 점에서 최상대의 구전동요는 문제점이 많다고 할 수가 있다.

8) 총괄적 의미

이상으로 해서 현재 음원이 확인되는 자료들을 모두 확인하였다. 논
하는 방식은 각각의 특징과 리듬꼴을 중심으로 논의를 하였는데 이 자료
에 입각한 사실을 정리하면서 재론하고자 한다. 각각 논한 구전동요를
하나로 총괄하면서 다루기로 한다. 이 총괄표를 통해서 일련의 구전동요
가 가지는 특징을 일관되게 정리하고자 한다. 이 사실이 지니는 의미를
그러한 각도에서 해석하고자 한다.

양상	각편	하위유형	장단	말·리듬	리듬꼴
공동	2.1.	달따기 · 별따기 · 담기	3소박 4박자	리듬	♪♪♪ · ♪ ♩ · · ♪♪♪ · ♩ ♪
	2.2.	달따기 · 해따기 · 걸기	3소박 4박자	리듬	♪♪♪ · ♪♪♪ · · ♪ ♩ · ♩ ♪
	2.3.	별따기 · 걸기	2소박 4박자	선율 · 리듬복합	♩ ♪♪ ♩ · ♪♪♪♪ ♩ ♩ · ♩ ♩ ♩ ♩
	2.4.	별헤아리기 · 걸기	2소박 4박자	말 · 리듬복합	♩♪♪♪♪ ♩ · ♩♪♪♪♪ · ♩♪♪♪♪ · ♩ ♩ ♪♪0
	2.5.	별헤아리기	2소박 4박자	리듬	♩♪♪♪ ♩ · ♩♪♪♩ ♪♪ · ♩ ♩ ♪0
	2.6.	별헤아리기 · 걸기	2소박 4박자	말 · 리듬복합	♩♪♪♪♪ ♩ · ♩♪♪♩ ♪♪ · ♩ ♩ ♪0
개인	2.7.	별뜨기 · 따기 · 걸기	3소박 4박자	리듬	

구전동요는 공동작에 충일한 것이 있는가 하면 개인작에 충실한 작품이 있다. 공동작에 충실하다고 하는 것은 말이 율격의 특성과 리듬의 특성을 동시에 구현하게 된다. 그렇기 때문에 유형의 성격이 우세한 각편이 있는가 하면 각편의 창조에 치중한 작품이 있다. 최상대의 각편은 자신의 창조에 가까운 작품이어서 다른 것들과 명확하게 구분된다.

구전동요는 각편에 따라서 완전히 다른 면모가 있지만 이를 정리하자면 대체로 따기·헤아리기·걸기 등의 행위와 의미를 가지고 있는 것들이 대부분이다. 이러한 점에서 사설은 유형적 성격을 가지고 있으며 하나의 단편적인 요소들이 뭉쳐서 유형을 이루는 점을 구현하고 있다.

그러나 따기에서는 해달별 등으로 각기 차이를 가지고 있으며, 헤아리기에서는 별을 헤아리는 것이 일반적이며, 모두 열까지 헤아리는 현상이 나타나고, 걸기는 이것을 어디에 거는가가 초점인데 주로 망태기에 담아서 해와 달의 위치를 바꾸어서 걸거나 계수나무에 건다고 해서 밝기를 더하는 걸기 행위 등이 말로 구현된다.

구전동요의 장단은 일정하지 않으며 대체로 3소박 4박자와 2소박 4박자 등이 서로 출현한다. 어느 것이 고유의 장단이라고 말하기는 어렵다. 그러나 여느 사설은 느린 노래와 별헤리기는 빠른 노래에 배당하는 것을 볼 수가 있다. 이 장단들의 면모는 일정하게 선율을 가진 것은 아니고, 리듬에 우선하는 것들이 대부분이다.

말과 리듬, 그리고 선율의 관계에 의해서 이들을 정리하는 것을 볼 수가 있다. 말과 리듬은 설 긴밀한 관계를 가지고 있으며, 리듬만 제시되어 있는 경우와 말과 리듬이 합쳐져 복합되어 있는 경우, 이와 달리 선율과 리듬이 복합되어 있는 경우로 나뉘는 것을 볼 수가 있다. 이 점에서 자료들은 서로 깊은 차별성을 지니고 있으며 이러한 사실을 통해서 말과 리듬의 관계를 환기할 수 있는 것을 찾아볼 수가 있다.

리듬을 형성하는 리듬꼴은 달리 정리하자면 리듬소인데 대체로 길게 하기, 나누어하기, 장단을 서로 바꾸어서 하기 등이 대체로 쓰이는 형태들이다. 하나의 노래에 이것을 온전하게 바꾸고 배치하는 것으로 여러 가지 리듬 요소를 정리하는 것이 드러난다. 구전동요에서는 이와 같은 리듬꼴이 매우 중요한 작용을 하면서 노래를 다양하게 만드는 구실을 하게 된다.

구전동요는 말이 살아나게 하고 리듬이 살아나게 해서 우리를 즐겁게 하는 생동감 있는 노래이다. 노래를 생동감 있게 하는 것은 다른 동시나 시보다 역동적인 성격을 알 수가 있게 한다. 그러므로 자료를 중심으로 이론을 정리하면서 다양한 이론적 배경과 구조를 논하는 것이 가장 시급한 과제이다. 이 작품은 바로 그러한 양상을 보이는데 중요한 구실을 하는 것이라고 하겠다.

3. 별을 노래하는 서정의 세 유형 : 개인작과 공동작

우주가 생성된 지 137억년이 되었다고 한다. 별의 생성과 소멸 역시 우주 전체의 나이와 무관하지 않다. 별은 별일 따름이고 아름다운 밤하늘에 빛나는 별의 모습은 우연한 배열의 결과일 뿐이다. 이렇게 생각하면 별은 우리와 그렇게 깊은 관련이 없다고 생각될 수 있다. 사정이 이러함에도 불구하고 별이 지속적 의의를 가지는 것은 별을 노래하는 이들이 많았고, 별을 통해서 우주적 상상까지는 아니더라도 아름다운 마음의 되새김 대상이 되었다고 하는 점을 우리는 인류의 흔적 속에서 기억하고 있다.

우리의 경우에 별을 노래하는 서정적 유형은 앞에서 살핀 것들과 합치게 되면 세 가지로 정리된다. 첫째 유형은 한시로 서정시를 작성한 유형이 있다. 조선후기에 여러 가지 작품으로 체현되었으며 특히 별을 헤아리는 말을 선명하게 남기고 있어서 주목된다. 이 가운데 주목할 만한 작품은 한 시 작품으로 두 가지 정도를 꼽을 수가 있다.

먼저 최성대崔成大(1691~1761)가 남긴 〈고잡곡古雜曲〉이 있다. 최성대가
한시의 인습을 타파하고 혁신한 사람이며, 그가 남긴 긴요한 작품 가운
데 하나로 평가된다.

初月上中閨　　초생달이 규중에 떠오르니
女兒連袂出　　계집아이들 소매의 손들을 연이어 잡고 나와
擧頭數天星　　고개 들어 하늘의 별을 헤아리나니
七星儂亦七　　별 하나 나 하나 별 일곱 나 일곱

이 작품은 전형적인 〈별헤는소리〉에 근거한 것으로 주목할 만한 작
품이다. 그렇게 해서 오늘날의 구전동요 〈별헤는소리〉와 거의 차이가
없는 것을 알게 한다. 별을 헤아리기를 했던 맑은 시심과 전통을 이 작
품을 통해서 다시 생각하게 한다. 별에 대한 노래의 기본을 알게 하고
정보를 제공하는 점에서 긴요한 작품이다.

이와 달리 서정의 기본적 면모와 함께 별을 통해서 별을 헤아리면서
밤하늘의 뭇별을 바라보는 작품이 있다. 별이 있는 밤을 통해서 오히려
밤하늘의 광활함을 보여주면서 이로부터 일정한 자아의 반성을 촉구한
작품이 있어서 주목된다. 영남의 남인 계통의 인물로 얼마 살지 못하고
세상을 떠난 인물의 작품이다.

그 인물이 바로 이좌훈李佐薰(1753~1770)이다. 남긴 작품이 많지 않지
만 핵심을 찌른 작품이 적지 않다. 이 인물의 작품 가운데 〈중성행衆星
行〉을 주목해야 하는 이유가 여기에 있다.

夜深淸月底　　밤 깊어 맑은 달 아래에서
衆星方煌煌　　뭇별이 한창 반짝거리네.
微雲掩不得　　옅은 구름으로는 가리지 못하고

朔風就有光	찬바람 불면 빛이 더 반짝이네.
眞珠三萬斛	진주알 삼만 섬이
磊落靑琉璃	파란 유리에서 반짝반짝!
群芒起虛無	허무에서 별빛이 무수히 일어나
元氣乃扶持	우주의 원기를 북돋네.
霏霏露華滋	부슬부슬 이슬꽃 내리고
明河聲在東	동쪽에는 은하수 흐르는 소리.
天機孰主張	누가 천체의 운행을 주관할까?
吾將問化翁	내 조물주에게 물어보리라.[2]

　남인으로 짧은 삶을 살다간 인물이 남긴 고뇌어린 투명한 시정을 느낄 수가 있다. 밤하늘을 바라보는 크기대로 늘어놓고 여러 각감적 도구를 원용하면서 시를 적었다. 감각과 감각이 만나서 밤하늘에 빛나는 별의 모습을 묘사하는데 치중하였다. 젊고 어린 생각으로 우주의 본질까지 탐구하려는 열정도 일부 느껴지기도 한다. 그러나 별을 노래하면서 감각 이상의 의미를 구했는지는 의문이나 남겨놓은 작품은 과학자의 발견과 무관하지 않다.

　작품의 서두에서는 밤하늘의 달과 별을 함께 견주었다. 이러한 현상은 거의 일치되는 모습으로 별을 통해서 달과 비교하는 특징을 가지게 되고, 아이들의 구전동요에서도 거의 같은 양상을 보이고 있다. 섬세한 관찰은 구름과 바람이 별과 관련되는 것을 말하는데 찬바람이 부는 가을철의 별이 한층 또렷하게 빛나는 점을 강조하고 있다.

　감각적 표현으로 다시 옮겨가 흰 진주알과 파란 유리에서 빛나는 것

2　http://news.chosun.com/site/data/html_dir/2012/06/29/2012062902666.html

으로 가까이 있는 귀한 보석과 연계시켰다. 그러면서 단박에 시상이 바뀌어서 전개되었는데, 허무 곧 무극에서 태극으로 만물이 일어나는 것과 견주어서 생각하였다. 감각적 표현에서 근본 이치를 담고자 하는 생각이 있음이 여기에서 드러난다. 우주의 원기가 이로부터 비롯된다는 과학자들이 말함직한 말을 늘어놓았다.

그러면서도 깊은 밤으로부터 일어나는 미세한 변화를 더 서술하였다. 찬이슬이 내리고 은하수가 가로놓여 한 밤을 지나 새로운 세계로 전환하는 점을 밝히고 있다. 이러한 변화의 근본적 주체자는 누구인가? 운행의 주관자가 누구인가? 조물주가 따로 있는가 없는가 하는 근본적 의문을 제기하였다. 그렇게 해서 남다른 작품을 구성하였다.

아무튼 별을 노래하면서 자신의 시정을 전개하는 점은 근대시이의 그것과 다르지 않다. 또한 이러한 시를 짓는 일이외에도 다시금 별을 노래하는 감각적 표현을 통해서 이를 통한 일련의 작품을 지은 작품도 존재한다. 그리고 아이들이 표현하는데 별의 비유를 든 사례도 있다.[3]

둘째 유형은 근대시인이 우리 말로 시를 쓴 것들이 존재한다. 서정시의 성격이 매우 높고 깊은 성찰을 담은 것들도 있어서 이를 통해서 시심의 일단을 읽을 수도 있다. 다음의 세 작품을 보기로 한다.

저 · 기 저 하늘에서 춤추는 저것은 무어? 오 · 금빛 노을!
나의 가슴은 군성거리며 견딜 수 없습니다.
앞강에서 日常 부르는 우렁찬 소리가 어여쁜 나를 불러냅니다.
귀에 익은 音聲이 머얼리서 들릴 때에 철없는 마음은 좋아라고 미

---

3 "稚弟鼎大方九歲 性植甚鈍 忽曰 耳中鳴錚錚 余問其聲似何物 曰 其聲也團然如星 若可覩而拾也 余笑曰 以形比聲 此小兒不言中根天慧識 古有一小兒 見星曰 彼月屑也 此等語妍鮮 超脫塵氣 非酸腐所敢道" 李德懋, 「耳目口心書」 卷1, 『青莊館全書』 卷48.

쳐서 잔디밭 모래톱으로 줄달음칩니다.

　이러다 다리 뻗고 주저앉아서 일없이 지껄입니다.

　銀 고리같이 동글고 매끄러운 혼자 이야기를.

　상글상글하는 太白星이 머리 위에 반짝이니, 벌써 반가운 이가 반가운 그이가 옴이로소이다.

　粉 세수한 듯한 오리알빛 동그레 달이 앞 동산 봉우릴 짚고서 방그레 · 바시시 솟아오리며, 바시락거리는 깁 안개 위으로 달콤한 저녁의 幕이 소리를 쳐 내려올 때에 너른 너른하는 허 · 연 밀물이 팔 벌려 어렴풋이 닥쳐옵니다.[4]

　이 시인의 작품은 낭만과 열정으로 충만하다. 제목이 〈백조는 흐르는데 별 하나 나 하나〉라고 했으므로 별과 관련된 높은 낭만을 말하려고 하였다. 홍사용의 깊은 서정적 시심은 별을 주목하고 있으며 별노래의 전통 속에서 다시 생각하여야 한다. 자연적 시간적 변화를 일으키는 정황 속에서 갈 곳을 정하지 못해서 정향점을 상실한 것을 노래로 하고 있다. 노을이 지면서 별이 돋고 달이 뜨는 시간적 전환을 통해서 마음의 움직임과 느낌을 표현하였다. 생각이 굳어져 있지 않고 자유로움을 만끽할 수 있는 모습을 느끼도록 구성하였다. 이 작품의 낭만성 원천이 별을 헤아리는 것으로 되어 있으며 작품에서 돈독한 구실을 하게 된다.

　그러다가 장차 노을이 지고 어스름이 지다가 별이 뜨고 달이 돋아오르는 광경을 섬세한 언어로 표현하고 있다. 물결이 몸 속에 파고드는 광경을 연출하면서 시심의 정향을 정하려는 맑은 마음을 이 작품은 표현하고 있다고 생각한다. 가다듬어지지 않았으나 들떠 있으며, 여러 곳을 바

4　洪思容,「白潮는 흐르는데 별 하나 나 하나」,『白潮』創刊號, 1922년 1월.

라보면서 의미를 지향하는 망설임과 열정으로 가득한 작품이라고 할 수가 있다.

　윤동주는 별을 노래한 시인이고 별을 제외하고 도무지 윤동주를 말할 수 없다고 하는 점이 문제이다. 별을 노래하는 마음이 우선하고 별을 노래하면서 시와 아름다움과 인생을 노래한 인물이라고 할 수가 있다. 이 점에서 윤동주는 매우 독창적인 면모를 과시하고 있으며 별을 노래하는 시심의 극단을 밀어올린 인물이라고 평가할 수 있다. 윤동주의 〈별헤는 밤〉의 한 대목을 보기로 한다.

　　　季節이 지나가는 하늘에는
　　　가을로 가득 차 있습니다.

　　　나는 아무 걱정도 없이
　　　가을 속의 별들을 다 헤일 듯합니다.

　　　가슴 속에 하나 둘 새겨지는 별을
　　　이제 다 못 헤는 것은
　　　쉬이 아침이 오는 까닭이요
　　　내일 밤이 남은 까닭이요
　　　아직 나의 靑春이 다 하지 않은 까닭입니다.

　　　별 하나에 追憶과
　　　별 하나에 사랑과
　　　별 하나에 쓸쓸함과
　　　별 하나에 憧憬과
　　　별 하나에 詩와

별 하나에 어머니, 어머니,
어머님, 나는 별 하나에 아름다운 말
한마디씩 불러 봅니다.[5]

　　윤동주의 작품은 차분하다. 홍사용의 작품은 별을 노래하는 서정이
지나치게 들떠 있는데 여기에서는 별을 노래하는 마음이 여리고 진정되
어 있다. 별을 헤아리는 것을 통해서 자신의 아름다운 말과 함께 자연에
대한 깊은 통찰을 되새기게 하고 있다. 그러면서도 동시에 자신의 인생
에 대한 깊은 심연의 그림자를 느끼게 하고 있다. 별보다는 별을 통한
자신의 인생 정리를 하고 있는 느낌이 드는 작품이다. 그러면서도 별은
어머니에 대한 그리움을 전제하고 있다.

무엇을 실었느냐 화물열차의
검은 문들은 탄탄히 잠겨졌다
바람 속을 달리는 화물열차의 지붕 위에
우리 제각기 드러누워
한결같이 쳐다보는 하나씩의 별

두만강 저쪽에서 온다는 사람들과
쟈무스에서 온다는 사람들과
험한 땅에서 험한 변 치르고
눈보라 치기 전에 고향으로 돌아간다는
남도 사람들과

5　윤동주, 「별헤는 밤」, 『윤동주자필시고전집』(1999, 민음사), 164쪽.

북어쪼가리 초담배 밀가루떡이랑
나눠서 요기하며 내사 서울이 그리워
고향과는 딴 방향으로 흔들려 간다

푸르른 바다와 거리 거리를
설움 많은 이민열차의 흐린 창으로
그저 서러이 내다보던 골짝 골짝을
갈 때와 마찬가지로
헐벗은 채 돌아오는 이 사람들과
마찬가지로 헐벗은 나요
나라에 기쁜 일 많아
울지를 못하는 함경도 사내

총을 안고 뽈가의 노래를 부르던
슬라브의 늙은 병정은 잠이 들었나
바람 속을 달리는 화물열차의 지붕 위에
우리 제각기 드러누워
한결같이 쳐다보는 하나씩의 별[6]

이용악은 시대를 아파하고 시대의 희망을 노래한 인물로 선이 아주
굵은 시인이었다. 근대시인 가운데 가장 선명한 시의식을 드러내면서 투
쟁과 항거의 저변에 맑은 시심을 자랑했던 인물이 바로 이용악이었다.
그 점에서 이용악은 중요한 시 작품을 많이 남겼는데 그 작품 가운데 별

---

[6]　이용악, 「하나씩의 별」, 『이용악집』(동지사, 1949).

을 노래한 작품으로 위의 것을 꼽았다.

이용악의 작품은 유민과 이민에 아픔을 극복하면서 새로운 나라에 가서 희망을 펼칠 수가 있다는 기대감으로 가득하다. 헐벗은 사람들의 아픔을 느끼면서 동시에 자신의 헐벗음을 나눔으로써 위로하고 새로운 미래를 위해서 전환하려는 기쁨이 있는 것을 볼 수가 있다. 이 점에서 이용악의 별은 희망과 기대로 가득하고 새로운 시대를 맞이하여 자신을 위무하는 기쁨이 있는 것을 볼 수가 있다. 이 작품은 그러한 점에서 매우 주목할 만한 시대의 상징적 전환에 관계되어 있다.

근대시인들에게 별에 대한 서정은 다기한 모습을 보여준다. 그리고 시에 대한 진정성을 느낄 수 있도록 하는 높은 서정을 구축하였다. 그런데도 불구하고 시대마다 별은 시인들에게 다른 의미를 가지면서 자신의 영혼을 밝혔음을 알 수가 있다. 이 작품들을 통해서 근대초창기 시인들의 영혼에 대한 마음을 지켜볼 수가 있었다.

근대시인만이 아니라 근대소설에서도 이러한 양상은 반복되어 나타난다. 가령 이효석의 작품 가운데 〈산〉이라고 하는 작품이 있다. 이 작품은 1936년에 『삼천리』에 발표된 작품인데, 작품의 결말부에 보이는 주인공 중실이 용녀를 생각하면서 산에 들어와서 낙엽에 몸을 눕히고 별을 헤아리는 장면이 있다. 그 작품 가운데 결말 부분을 보자.

> 한번 산에만 들어오면 별수 없지.
> 불이 거의거의 아스러지고 물소리가 더한층 맑다.
> 별들이 어지럽게 깜박거린다.
> 달이 다른 나뭇가지에 걸렸다.
> 나머지 등걸불을 발로 비벼 끄니 골짜기는 더한층 막막하다.
> 어느만 때인지 산 속에서는 때도 분별할 수 없다.
> 자기가 이른지 늦은지도 모르면서 나무 밑 잠자리로 향하였다.

낟가리같이 두두룩하게 쌓인 낙엽 속에 몸을 송두리째 파묻고 얼굴
만을 빠끔히 내놓았다.

몸이 차차 푸근하여 온다.

하늘의 별이 와르르 얼굴 위에 쏟아질 듯싶게 가까웠다멀어졌다한다.

별 하나 나 하나, 별 둘 나 둘, 별 셋 나 셋…………

세는 동안에 중실은 제 몸이 스스로 별이 됨을 느꼈다.[7]

이 작품은 전형적인 서정적 소설이다. 서정적 소설이라고 하는 것은
작품의 주된 갈등보다 세계와의 화합을 자아의 관점에서 주도하는 소설
이다. 세계의 자아화를 특징으로 하는 소설이 서정적 소설이다. 이러한
소설을 중심적 갈래로 썼던 인물이 이효석인데, 이효석의 소설에서 자연
과의 동화가 있다고 하는 말을 이러한 소설의 부차적 특징에서 찾을 수
있다. 그의 소설 〈메밀꽃 필 무렵〉 〈들〉 등에서도 동일한 양상을 찾을
수가 있다.

이 소설은 주인공인 중실이 산에서 나무와 하는 교감이 밤에는 별로
이어진다. 나무와의 교감 가운데 가장 흥미로운 대목은 "눈에는 어느 결
엔지 푸른 하늘이 물들었고 피부에는 산 냄새가 배었다. 바심할 때의 짚
북더기보다도 부드러운 나뭇잎―여러 자 깊이로 쌓이고 쌓인 깨금잎, 가
랑잎, 떡갈잎의 부드러운 보료―속에 몸을 파묻고 있으면 몸뚱어리가 마
치 땅에서 솟아난 한 포기의 나무와도 같은 느낌이다. 소나무, 참나무,
총중의 한 대의 나무다. 두 발은 뿌리요 두 팔은 가지다. 살을 베면 피
대신에 나뭇진의 흐를 듯하다. 잠자코 섰는 나무들의 주고받은 은근한 말
을, 나뭇가지의 고개짓하는 뜻을, 나뭇잎의 소곤거리는 속심을 총중의 한

---

7   이효석, 「산」, 『삼천리』(삼천리사, 1936).

포기로서 넉넉히 짐작할 수 있다."⁸와 같은 것이다.

별을 노래하는 서정의 세 번째 유형은 구전동요에서 살펴본 것처럼 개인작이 아니라 공동작의 아이들 마음이 드러나는 것을 볼 수가 있다. 세 번째 유형의 작품은 아이들이 부르는 구전동요 〈별혜는소리〉이다. 개인작이 아니라 공동작이므로 개인의 생각을 입체적으로 바라볼 수 있는 모습을 볼 수가 있으며 이 작품들의 전통을 통해서 공동작의 유형성과 함께 전승의 소중함을 알아볼 필요가 있다고 생각한다.

구전동요는 말로 전승되고, 사설의 일정한 전승성과 유형성을 찾아볼 수가 있다. 유형의 전승을 통해서 일련의 구조적 공통성을 추출할 수 있으며, 아이들이 입으로 노래하기 때문에 노래를 통한 기쁨과 즐거움을 리듬으로 구현한 특징이 있다. 이 점에서 구전동요는 깊은 공통점과 함께 차이점을 보이고 있으므로 이를 중시하여야 한다. 아이들이 부르는 민요는 어떻게 되어 있는지 이를 살피면서 자연태의 음악이 지니는 아름다움을 구현할 필요가 있다고 생각한다.

4. 마무리

한 시인은 "별을 노래하는 마음으로 모든 죽어가는 것을 사랑해야지"라고 했다. 별은 인간에게 외경의 대상이면서 동시에 아름다움의 대상이었다. 별을 통해서 별을 노래하는 시심의 원천을 우리는 만날 수가 있었다. 구전동요에서 아이들이 가지는 소박한 별에 대한 관념을 만날 수가 있으며, 별을 통해서 별을 노래하는 마음의 시심 이면을 만날 수가 있었다. 별을 노래하는 마음과 별을 헤아리는 행위가 이 구전동요의 요점이

---

8   위의 책.

라고 할 수가 있다.

〈별헤는소리〉는 그간 연구되지 않았던 구전동요이다. 막상 연구해 보니 별을 대상으로 다양한 사설이 엮이면서 불리는 것을 찾아볼 수가 있다. 이 소리는 단순하게 별 하나만을 대상으로 하지 않고, 여러 가지 해달별 등을 대상으로 하고, 동시에 망태기에 걸고, 또한 이를 계수나무와 같은 것에 걸고 문에도 건다고 해서 사설적으로 특별한 행위와 동작이 서로 엮이는 현상을 확인할 수가 있다.

〈별헤는소리〉는 여느 구전동요와 다르게 특정한 장단이 존재하는 것은 아니다. 대체로 구전동요에서 발견되는 것과 거의 대등하게 발견되며, 특정한 선율이나 리듬으로 되어 있는 것은 없다. 선율로 부르는 경우는 한 편뿐이고 다른 것들은 모두 리듬이나 말로 되어 있는 것이 대부분이다. 리듬의 형태 역시 대등한 것을 볼 수가 있다. 이 점에서 〈별헤는소리〉는 다양한 현상으로 발견되는 것은 아니다.

중세시인과 근대시인의 작품에서 별은 각별하게 달라지면서 개인시로의 의미를 강화하고 특정한 의미를 부여하는 작품들이 일부 발견된다. 최성대와 이좌훈의 시에서 별노래의 전통과 별을 노래하는 전통을 발견할 수가 있었다. 이와 달리 근대시인은 낭만의 원천으로 별을 노래하거나 자신의 숭고한 의지나 마음의 아름다움을 노래하는데 별을 활용하는 것을 볼 수가 있다.

이와 달리 근대소설 가운데 서정적 소설을 쓴 특정한 작가의 경우에 자아와 세계의 분열상을 극복하기 위해서 세계의 자아화를 통한 일련의 작품 속에서 자아의 의지를 관철하는데 별을 헤아리는 작품을 쓰기도 했음이 밝혀졌다. 그 대표적 작품이 〈산〉이고 산에서 생활하게 되는 중실이라고 하는 머슴의 삶을 통해서 세계의 자아화 현상을 이른 바 나무와 별을 헤아리는 마지막 대목에서 선명하게 각인하고 있다.

구체적으로 별을 헤아리는 것은 주술적인 것에서 비롯되어 근대 시기에 이르러서 세계의 자아화 방편으로 별을 헤아리는 행위를 한 것을 이렇게 구현하고 있음이 확인된다. 근대시 이루에 이러한 현상은 얼마나 유지되었는지 별을 노래한 시들의 전통을 일일이 확인하지 않았으므로 현대에서 논단하기 어려운 형편이다. 별은 우리를 지켜주는 긴요한 시심의 원천이 되었으며 그러한 현상을 별을 본 사람들만이 지속적으로 이어갈 것이다.

이기철 시인이 쓴 작품 가운데 〈별까지는 가야 한다〉라는 작품의 마무리하는 대목을 보도록 한다.

> 나는 너무 오래 햇볕을 만졌다
> 이제 햇볕을 뒤로 하고 어둠 속으로 걸어가
> 별을 만져야 한다
> 나뭇잎이 짜 늘인 그늘이 넓어
> 마침내 그것이 천국이 되는 것을
> 나는 이제 배워야 한다
> 먼지 세간들이 일어서는 골목을 지나
> 聖事가 치러지는 교회를 지나
> 빛이 쌓이는 사원을 지나
> 마침내 어둠을 밝히는 별까지는
> 나는 걸어서 걸어서 가야 한다

〈꼬부랑할머니〉의 성격과 의의

1. 착안

〈꼬부랑할머니〉는 구전동요로도 채록되었으며 구전설화로도 채록되었다. 이 사실이 이 자료의 중요성을 말해주는 결정적 증거이다. 성격이 겹치기로 중복되어 있으며, 그러면서도 어느 쪽으로도 결격 사유가 없이 양면적 성격을 모두 가지고 있으므로 이에 대한 심도 있는 해석과 논의가 필요한 것도 사실이다.

〈꼬부랑할머니〉는 일단 언어의 독특한 감각이 살아 있는 자료이다. 특히 꼬부랑이라고 하는 말이 주는 감각적 성격과 의미는 이 자료를 가장 선명하게 집약하고 있는 것 가운데 하나이다. 이 자료에서 이 말을 빼면 남는 것이 없으며 어릴 적 체험으로도 이 자료가 선뜻 와닿은 것은 바로 그러한 점에서 의의를 가지고 있었기 때문에 오래 기억되는 것이 아닌가 한다. 바로 이 말의 정체를 찾아서 의미를 해석해야 할 것으로 보인다.

〈꼬부랑할머니〉는 구전동화로 보게 되면 이 구전동화는 소담과 형식담의 성격 두 가지를 모두 지니고 있다. 그렇기 때문에 형식담과 소담의 성격을 어떠한 각도에서 이야기할 것인지 이에 대한 검토를 주로 할 필요가 있다. 형식담의 본질을 이 이야기에서 어떻게 구현하고 있는가, 소담의 성격을 이 이야기에서 특징으로 내세울 수 있는가 하는 점을 점검하고자 한다.

〈꼬부랑할머니〉의 각편이 여러 가지가 있는데 여기에서 각편에서 생기는 변이를 총괄적으로 점검할 필요가 있다. 변이에서 주목되는 바는 결말에 있다. 결말에서 개가 먹은 똥을 먹고 깨갱거리는 것이 있는가 하면 다른 것도 있어서 문제이다. 이 변이들이 가지고 있는 의미를 고려하면서 이야기의 전반을 반성하고 의미를 부여할 필요가 있다.

그런가 하면 유형의 복합적 변이도 발견되므로 이 점에 대해서 한 바탕 정리할 필요가 있다. 유형이 서로 합쳐지는데 일관된 법칙이 있는가 없는가, 법칙 가운데 복합에 기여하는 것이 어떠한 의의가 있는가 하는 점 등이 가장 긴요한 문제이다. 이를 통한 구비설화 유형에 대한 법칙을 찾아내는 것이 가장 긴요한 점이라고 하겠다.

〈꼬부랑할머니〉는 외재율이 있는 구전동요에 속하면서 이야기가 있는 노래이므로 이를 구전서사동요라고 해도 무방하다. 이 율격적 근거와 음악적 특징이 무엇인지 살펴보는 것이 이 구전서사동요 이해에 결정적 기여를 할 수가 있을 것으로 본다. 구전동요의 일반적 법칙과 함께 이 소리의 의의에 대해서 논하는 것도 한층 의미가 있는 것이라고 할 수가 있다.

이 구전서사동요와 형식담에 대한 학문적 접근이 본격적으로 이루어지지 않은 점은 학문적 논의를 어렵게 한다. 기왕의 논의에서 이에 대한 논의를 한 것은 조희웅이다.[1] 자료를 체계적으로 분류하면서 논한 저자

---

1 조희웅, 「형식담」, 『개정증보판 한국설화의 유형』(일조각, 1996), 83~105쪽.

는 최인학이다.[2] 대체로 형식담에 국한시켜서 이 논의를 제한적으로 했을 뿐이다. 이 점에 대한 기존의 연구 업적은 형식담이라고 하는 측면에서 제한적으로만 이를 다루었을 따름이다.[3] 마리아 리치가 편한 책에서도 이러한 형식담에 대한 전통을 논한 대목이 있다.[4]

그러나 이야기의 본질과 구전동요로서의 의의가 있는 것이기 때문에 이 자료를 주목하고 논의를 체계적으로 하는 것은 매우 주목할 만한 가치를 가지게 될 것으로 판단된다. 본질적 논의를 다시 하고 이를 재론하면서 학문적 논의의 지평을 여는 것은 매우 중요한 일이 될 것이다.

모든 학문적 논의는 자료로부터 출발한다. 자료 없이 이론은 도출될 수 없다. 〈꼬부랑할머니〉의 자료는 다음과 같이 정리되어 나타난다.

번호	제목	수록저작	년도
1	꼬부랑 할머니	한국구전설화 : 평안북도편 (임석재전집 3) 154~155쪽	1990
2	꼬부랑 할머니	한국구전설화 : 황해도편 (임석재전집 3) 232쪽	1990
3	꼬부랑	한국구전설화 : 함경남도편 (임석재전집 4) 73쪽	1990
4	꼬부랑 할머니	한국구전설화 : 충청남도편 (임석재전집 6) 300쪽	1990
5	꼬부랑 할머니	한국구전설화 : 충청남도편 (임석재전집 6) 300쪽	1990
6	꼬부랑 할머니	한국구전설화 : 전라북도 편Ⅰ (임석재전집7) 164쪽	1990
7	꼬부랑 할머니	한국구전설화 : 경상남도편 (임석재전집 10) 87쪽	1990
8	꼬부랑 할머니	한국구전설화 : 경상남도편 (임석재전집 11) 32쪽	1990
9	꼬부랑 할머니	한국구전설화 : 경상북도편 (임석재전집 12) 50쪽	1990
10	꼬부랑 할머니와 꼬부랑 개	한국구전설화 : 경상북도편 (임석재전집 12) 50~51쪽	1990
11	꼬부랑 할머니	한국구전설화 : 경상북도편 (임석재전집 12) 51쪽	1990

2 최인학, 「형식담」, 『옛날이야기꾸러미』 5(집문당, 2004).

3 Antti Aarne and Stith Thompson, *The Types of the Folktale:: A Classification and Bibliography(FF Communications No.184)*, Suomalainen Tiedeakatemia; 2nd edition, 1973.
   Hans-Jörg Uther, *The Types of International Folktales. A Classification and Bibliography. Based on the System of Antti Aarne and Stith Thompson. Part II. Tales of the Stupid Ogre, Anecdotes and Jokes, and Formula Tales (FF Communications, 285)*, (Academia Scientiarum Fennica, 2011), pp.511~536.

4 Maria Leach(ed), *The Standard Dictionary of Folklore Mythology and Legend (2 volumes)*, Funk and Wagnalls; 2nd Printing edition (1949), p.412.

12	꼬부랑 할머니	한국구전설화 : 경상북도편 (임석재전집 12) 51쪽	1990
13	꼬구랑할머니	『한국구비문학대계』 7-5 성주군 월항면	1979
14	꼬부랑할머니	『한국구비문학대계』 8-4, 진양군 대곡면 단목리 164쪽	1980
15	꼬꾸랑 할머니(이월아구연)	『한국구비문학대계』 (미채록본, 거제도 하청리 장곡마음)	1979
16	꼬꾸랑 할머니(최양순구연)	『한국구비문학대계』 (미채록본, 경남 의령군 의령읍)	1979
17	꼬꾸랑 할머니(구연자 미상)	『한국민요대관』(미채록본, 유종목 채록본)	미상
18	꼬꾸랑 할머니(홍금진구연)	『한국민요대관』(미채록본, 유종목 채록본)	미상
19	꼬꾸랑할머니	『한국민요대전』 경상북도편(양금순)	1994
20	꼬부랑할머니	『옛날이야기선집』 3권, 교학사(임석재)	1975
21	꼬꾸랑할머니	『다시 읽는 임석재 옛이야기』 1	2011
22	꼬부랑할머니	『한국의 민담』, 서문문고(임동권)	1972
23	꼬꾸랑할머니 1	『한국민담선』, 정음문고(한상수)	1974
24	꼬부랑할머니 2	『한국민담선』, 정음문고(한상수)	1974
25	꼬부랑할머니	『한상수의 한국구전동화』(한상수)	1993

현재까지 확인된 자료가 모두 25편인데, 이 자료들은 일관성을 가지고 있다. 이 자료들을 기본적 특징을 꼬부랑이라고 하는 말을 늘리면서 이를 엮어가는 언어유희와 깊은 관련이 있다고 말할 수가 있다. 이를 온전하게 분석하려면 길지 않기 때문에 자료 전문을 들어서 이를 비교하는 것이 이상적 방안이다.

현재 알고 있는 자료만 이러한 것이고, 여러 가지 자료가 다양하게 더 있을 개연성이 있다. 실제로 구전동화에 근거한 재화된 자료집도 있으므로 그럴 가능성을 배제할 수 없다.[5] 자료의 양상을 보게 되면 완형으로 전승되는 자료가 두 편이다. 그 자료가 바로 18과 23번 자료이다.

자료 겹치는 것을 유념한다면 21번 자료와 22번 자료가 여기에 준거하는 것인데 이 자료를 여기에 근거하므로 이 자료에서는 이를 카운트하지 않기로 한다. 이 완형의 자료 가운데 한상수의 증언을 믿을 수 있다

5　오호선,『호랭이 꼬랭이 말놀이』(천둥거인, 2006). 구전동화 자료에 근거하여 나온 본보기가 될 만한 저작이다.

면 구전동화의 위력을 확인할 수가 있는 자료가 22번 자료이다.

13번과 같은 자료가 있는데 이 자료들은 전승만 되는 것일 뿐이지만 채록되지 않은 것까지 합친다면 두 편이 더 있다. 그래서 필자가 이들에 대한 자료를 다시 채록하였다. 그것이 바로 15번과 16번이라고 할 수가 있다. 이 두 가지 자료는 자료의 유형과 각편을 이해하는데 매우 중요한 각편이다.

2. 〈꼬부랑할머니〉 이야기의 성격

1) 〈꼬부랑할머니〉의 기본 성격

이 〈꼬부랑할머니〉는 구전동화와 구전동요의 성격을 겸하고 있다. 이야기이면서 동요의 성격을 양면에서 가지고 있다는 말이다. 이야기로서 이 자료는 흔히 형식담이라고 정뒤되곤 하였다. 형식담의 정의는 스티스 톰슨이 내린 바 있다.[6] 그 정의로부터 취할 바가 많으므로 이를 참조하면서도 직접적으로 다루고자 하는 대상으로부터 우리는 기본적 성

---

6 Stith Thompson, Formula tales *The Folktale*(New York : Holt, Rinehart, and Winston, 1946), p.229.

A very special group of stories illustrates the difficulty of classifying on the basis either of complexity of plot or of the humannesses of the actors. In this group of stories the form is all-important. The central situation is simple, but the formal handling of it assumes a certain complexity; and the actors are almost indifferently animals or persons. Such stories we call formula tales.

Formula tales contain a minimum of actual narrative. The simple central situation serves as a basis for the working out of a narrative pattern. But the pattern so developed is interesting, not on account of what happens in the story, but on account of the extract form in which the story is narrated. Sometimes this formalism consists in a sort of framework which encloses the story and sometimes in that peculiar piling up of words which makes the cumulative tale. In any case, the effect of a formulastic story is always essentially playful, and the proper narrating of one of these tales takes on all the aspects of a game.

격을 정의할 필요가 있다.

〈꼬부랑할머니〉의 이야기가 살아 있는 자료로부터 이 이야기의 기본적 성격을 정의하기로 한다.

옛날에 꼬꾸랑 할매가 꼬꾸랑 작대기를 짚고 꼬꾸랑 질로 가안께네 그래 똥이 누루바서 꼬꾸랑 솔낡이 있어서 꼬꾸랑 솔낡에 앉아서 똥을, 꼬꾸랑 똥을 누운께네 꼬꾸랑 강생이가 주 묵거든. 이래, 그래 꼬꾸랑 작대기를 가지고 꼬꾸랑 강생이를 탁 세리 주인께네 꼬꾸랑 깽깽, 꼬꾸랑 깽깽 쿰서 달아나더란다.[7]

위의 이야기에서 두드러지는 특징은 특정한 어휘가 반복적으로 사용되면서 이야기를 이끌어가는 특징이 있다. "꼬꾸랑"이라고 하는 특정한 어휘의 반복을 통해서 행위와 서술을 이어가는 형식적 특징이 있기 때문에 우리는 이 이야기를 흔히 형식담이라고 정의할 수가 잇을 것이고, 그러한 특성은 이 이야기 이해에 결정적 도움이 될 수가 있다.

"꼬꾸랑"이라고 하는 말에 차례대로 말이 달라붙은 점을 우리는 이일이 이어진다. 이들 말이 일정하게 덩어리를 이루면서 언어의 조직에 기여하게 되는에 이를 판박이 말로 말할 수 있으나, 달리 구비공식구, 클리쉐, 상투어구 등으로 말한 바 있어서 이를 활용하는 것도 나쁘지 않다.[8] 그러나 서사시와 같은 것은 아니고 간단한 말의 묶을 통한 전달언어의 기법 정도로 말하는 것이 옳을 것이다.

---

7 정상박, 「꼬부랑할머니」, 『한국구비문학대계』 8-4(한국정신문화연구원 어문연구실, 1980), 164쪽.

8 Albert B. Lord, Stephen Mitchell & Gregory Nagy(Editors), *The Singer of Tales*(Harvard University Press; 2nd edition, 2000), p.30.
   There came a time in Homeric scholarship when it was not sufficient to speak of the "repetitions" in Homer, of the "stock epithets", of the "epic cliché" and "stereotyped phrase". Such terms were either too vague or too restricted.

"꼬꾸랑"이 반복되면서 "꼬꾸랑 할매", "꼬꾸랑 작대기", "꼬꾸랑 질", "꼬꾸랑 솔낡", "꼬꾸랑 강생이", "꼬꾸랑 깽깽" 등의 말이 연쇄적으로 거듭 반복되면서 말의 운율 효과를 극대화하는 점을 볼 수가 있다. 간단하고 단순한 형식이지만 이 형식이 매우 중요한 의의를 가지도록 도와주고 있음이 확인된다.

더욱 주목되는 것은 이러한 형식을 결정하는데 있어서 이 형식의 근원이 모두 지방어인 사투리로 구성되어 있다고 하는 점이다. 말맛이 나고 말의 흥미를 느끼기 위해서는 지방어가 아니면 맛을 낼 수 없다고 하는 점을 우리는 절감할 수가 있다. 말의 형식이 지방어에 기초하고 있으며 이를 살릴 수 있는 형식이 아니면 설득력을 가지기 어렵다. 형식은 간단하지만 담고 있는 문제는 매우 복합적이고 다면적 성격을 가지고 있다.

이 이야기에서 가장 주요한 것들 가운데 하나는 주체의 모호성이 있다. "꼬꾸랑"이라고 하는 말에 여러 구성 요소들이 등장한다. 이 구성 요소 가운데 긴요한 것은 할매인 것처럼 보이지만 막상 이야기가 진행되는 것을 보면 이 인물만이 중심이 되는 것이 아니라 앞서 등장한 모든 무정물이나 나무, 질, 강아지 등이 중요하며 말 자체도 중요하다고 하는 점이 선명하게 나타난다.

이 이야기는 상황이 중시되는 이야기이고 말의 반복을 통해서 일정하게 사람들에게 효과적인 흥미를 전달하기 위한 수단으로 작동하고 있는 것임을 절감하게 된다. 이 이야기의 기본적 성격을 이러한 각도에서 찾아보게 되면 주체는 모호하고 상황이 선명하게 집약되는 점을 제대로 살필 수가 있다.

이 이야기에서 사건은 간단하고 이야기의 구성 사건이 복잡하지 않다. 간단하므로 요약되기 쉽지만 오히려 최소한의 사건들이 가지고 있는 요소들이 빛나는 것이며 이러한 요소들의 형식들을 중점적으로 생각하게 되면 이 이야기의 기본이 특정한 어휘들의 특정한 결합에 의해서 효과를 내는 것임을 우리는 알 수가 있다.

더욱 중요한 것은 이 이야기들의 효과가 기능이라고 할 수가 있는데, 그것이 바로 언어유희에 관한 것이라고 하는 사실이다. 언어유희를 통해서 이야기가 진행된다고 하면 이 이야기는 사건의 틀을 통해서 즐거움과 웃음을 얻어낼 수가 있으며 이러한 흥미가 이 이야기의 핵심적 요소임을 우리는 절감하게 된다. 말을 가지고 하는 놀이이고 언어에 대해서 감각이 예민한 아이들에게 언어의 천재적 기교를 암묵적 전승으로 창조한 결과임을 우리는 파악할 수가 있다.

이 이야기가 핵심적으로 어떠한 놀이나 게임에 기여했는지 명확하게 기억해서 알기 어렵다. 단순하게 본다면 말의 장난으로 이 이야기나 민요를 즐겁게 말한 적이 있기 때문에 언어유희적 성격이 강한 것을 이것에서 찾을 수가 있다. 구전동화이면서 구전동요인 것은 이러한 특성 때문이라고 이해할 수가 있다.

2) 〈꼬부랑할머니〉의 언어유희

이 이야기는 철저하게 말놀이에 기초하고 있다. 이를 전문적인 술어로 언어유희라고 한다. 아이들이 순음이나 비음 위주의 언어생활을 하다가 갑자기 새로운 언어의 틀을 인식하면서 급박하게 달라지는 시대의 반영이 독자적인 어휘를 구현하면서 이루어진다. 평면적인 어휘의 어감에서 입체적인 어휘의 어감으로 급격한 변화가 이루어진다.

아이들의 언어적 음감이 예민할 때에 이 노래 또는 이야기를 부르거나 이야기하는 점에 주목을 요한다. 사물은 대립이면서 통일이므로 작은 음운에서도 대립의 질서를 발견할 수가 있다. 가령 자음과 모음, 유성음과 무성음, 평음과 경음, 격음과 평음 등의 대립은 이 음운과 어휘 구성에서 집중적으로 고찰해야 할 대상이 될 수 있다. 말이 각별하고 독특한 감각이 있으므로 이를 중심으로 대립적 원리를 찾아야 마땅하다.

그런데 더욱 기본적 전제는 이 이야기는 경음과 유음(설전음)이 주가 되는 특정한 어휘에 근거하고 있는 이야기이다. "ㄲ" "ㄲ" "ㄹ"이 결합된 "꼬꾸랑"이 핵심적 어휘이다. 이것을 다른 말로 바꾸어도 사정은 거의 일정하게 유입되는 듯하다. 경음과 순음, 유음(특히 설전음 또는 설측음) 등이 긴요한 요소이다. 사투리에서는 이 말이 다르게 쓰이지만 공통적 함수는 역시 격음과 유음이라고 판단된다.

그런데 이러한 현상은 다른 형식담에서도 발견된다. 가령 가장 근사하게 추론할 수 있는 것은 〈찌그락빠그락〉이 적절한 사례이다.[9] 여기에서는 국어에서 나올 수 있는 모든 경음 가운데 반이 등장한다. "ㄲ · ㄸ · ㅃ · ㅆ · ㅉ" 가운데 " · ㅉ ㅃ"라고 하는 것이 그것이다. 그렇지만 이에 근거하여 더욱 중요한 것은 연구개음과 유음이 결합하면서 말의 맛과 깊이를 감각적으로 느끼게 할 수 있는 특징이 있음이 확인된다.

말은 모음과 자음으로 결합하는데 형식담에서 그러한 방식이 각별하다고 할 수가 있으며, 우리가 살피고자 하는 〈꼬꾸랑할머니〉는 바로 이것에 기초하고 있다. 그러면서도 말을 특별하게 맛나게 하는 것들이 흔한 일이다. 〈옥순이찍순이〉와 같은 것은 전혀 이질적인 것을 결합하고 있지만 모음과 경음이 주요한 것들을 통해서 합쳐지는 현상을 발견할 수가 있다.

이러한 현상이 이러한 이야기의 이해에 어떻게 기여할 수 있는가 생각하여 보자. 그것은 이 이야기들이 특별하게 두 경우에 사용되는데 하나는 자체의 독립성을 가지고 있을 때고, 이와 달리 다른 이야기의 마무리로 쓰일 때를 구분해야 할 것 같다. 이야기를 마무리하는 과정에서도 형식담

9　필자가 어렸을 때에는 이 이야기는 우리 고장에서는 〈찌구락짜구락〉으로 들었다.

이나 소담을 원용하면서 이를 마치는 경우가 있으므로 이를 중심으로 하는 점을 살펴볼 필요가 있다.

그러나 여기에서는 자체의 고유성을 가지고 하는 사례를 대상으로 해서 말한다. 이것은 아이들의 독특한 언어 착안에 기초하고 있다. 그것은 말을 알아가고 말의 의미 연쇄를 따지면서 독자적 언어 감각을 길러가는 과정에서 특별하게 아이들의 두뇌를 자극하고 발달시키는 과정에서 나오는 어휘적 작용에 기초하고 있다는 점이다. 아이들이 특별한 과정에서 천재적인 어휘력과 언어에 대한 감각을 발휘할 때가 있는데 이와 같은 언어유희는 이러한 아이들의 노래나 이야기에서 강력하게 머릿속에 각인되는 특징에서 비롯된다.

반복되는 말의 중첩적 각인 속에서 말의 맛을 내고, 유사한 말들을 연상하면서 특정하게 언어를 기억하고자 하는 심리가 있어서 이러한 말들에 대한 일상적 환기와 작용에 이러한 이야기나 노래가 의미를 가지고 있음이 분명하다. 〈꼬꾸랑할머니〉는 말의 반복적 부년과 연쇄적 복합에 의해서 이야기를 엮어가는 것이고, 〈찌그락빠그락〉과 〈옥순이쩍순이〉 등은 말의 유사 연상 속에서 말의 의미를 가지도록 구성하는 것이 분명하다.

형식담은 민족마다 매우 큰 차이가 있을 가능성이 있고, 독특한 언어 감각에 의해서 이루어지는 말의 놀이와 흥미를 한껏 고조시키는 특징이 있다. 말을 배우면서 아이들이 자라면서 자신들의 독자적 언어 감각을 구사하게 되는데 이러한 이야기가 형식담으로 존재하는 것이 이야기의 공통된 민족 유산임을 강조해도 그릇되지 않다. 이 점에서 이와 같은 형식담은 놀이와 게임에서도 한껏 활용될 만한 가치를 가진다. 이야기가 이야기 이상의 의미를 가지게 된다.

실제 작품 하나를 분석하면서 이를 살피는 것도 무의미하지 않다. 이 자료의 실상을 먼저 밝히고 이를 세부적으로 적용하면서 알아보기로 한다.

꼬부랑 할므니가 꼬부랑 지팽이를 짚고 꼬부랑 길을 가다가 꼬부랑 나무에 올라가스 꼬부랑 똥을 누니게 꼬부랑 가이가 와스 꼬부랑 똥을 뜩으스 꼬부랑 할므니가 꼬부랑 지팽이로 꼬부랑 가이를 때리니께 꼬부랑 가이는 꼬부랑 깽깽 꼬부랑 깽깽 하고 도망갔다.[10]

일단 주목되는 것은 사투리에 의존하는 말로 되어 있다. 사투리는 매우 중요한 민족문화와 민족어의 유산이다. 충청도 방언으로 된 이 이야기 유산이 아이들의 정신적 교육적 모태가 된다. 더욱 중요한 사실은 이 말들이 모두 특정한 어휘에 의해서 반복되는 특징이 있다. 핵심적 반복어휘가 "꼬부랑"이다. "ㄲ ㅂ ㄹ ㅇ"이라고 하는 자음과 모음의 결합으로 되어 있으며, 이 말이 위에 있는 사실처럼 "꼬부랑"+"할므니, 지팽이, 길, 나무, 똥, 가이, 똥, 깽깽" 등이 결합하면서 자연스러운 말의 연쇄를 결성하게 되고, 동시에 서술어인 "짚고, 가다가, 올라가스, 누니게, 와스, 뜩으스, 때리니께, 도망갔다" 등이 결합하는 것으로 되어 있다.

기발한 말 들이 반복되면서 의미를 강화한다. 사건은 최소한의 것이고 황당한 말들이 이어지면서 최소한의 사건이 결말에서도 기이하게 종결되는 특징이 있다. 그런데 이러한 말들은 특정한 사건이나 이야기에 종속되지 않고, 오히려 특정한 형태가 우선하고 더욱 본질적인 것처럼 보이는 경향이 있다. 그러한 점에서 형식과 사건은 서로 부조화를 이루고 있다고 해도 과언이 아니다. 어휘와 명사, 동사의 상관성이 일관되게 결합하는 것같지는 않다.

---

10 임석재, 〈꼬부랑 할머니〉, 『한국구전설화 : 충청남도편』 임석재전집 6(평민사, 1993), 300쪽.

3) 형식담과 소담의 경계면

종래에 이 이야기를 형식담으로 이해하는 경우가 대부분의 의견이었다.[11] 그 견해가 잘못되었다고 하는 것은 아니고 오히려 이를 소담적 이해의 바탕 위에서 이해했어야 하는데 이 점에 대한 이해가 결여되어 있다. 소담 Schwank은 단순하게 파악하지 말고 형식담 속의 내용적 분류로 이해해도 되었을 것이지만 기본적으로 이러한 이야기의 본질적 논의를 위해서는 이에 대한 이해가 필요하다고 하지 않을 수 없다.

소담은 익살담으로 정의할 수가 있겠는데 이는 독일민담의 전통에 입각해서 본다면 동물담, 마법담, 소담 등과 어울려 하위의 민담유형으로 볼 수가 있다. 소담에 대한 정의는 여러 각도에서 가능하겠지만 익살과 관련된 짧은 희극이나 희극적 재담에 근거한 것을 이렇게 논의해 볼 수가 있으며 형식담에서만 잘 발견되지 않는 특색 규명이 가능하다고 할 수 있다.[12]

형식의 틀을 통해서 무엇을 하고자 했던 것인가 하는 점을 본다면 이 이야기는 분명하게 익살과 재담에 의한 일종의 언문풍월이나 육담풍월의 전통과도 일정하게 관련을 가지고 있는 것이라고 하지 않을 수 없다. 이 점에서 형식담의 전통으로만 해결할 수 없는 특정한 성격이 발견된다. 형식담의 전통으로 볼 수 없는 전통이라고 하는 것은 오히려 이러한 이야기가 놀이의 전통에 입각하고 있으면서 놀이와 더불어서 재담적 성격을 일부 반영하고 있다는 사실을 반추해야 한다.

언어유희의 용도가 일정한 놀이에 기반하고 있으므로 이를 재담이나

---

11 조희웅, 앞의 책(1996), 83~105쪽; 최인학, 〈형식담〉, 『옛날이야기꾸러미』 5(집문당, 2004).

12 독일문학의 전통에서 이는 광대극이나 희극과 같은 재담의 대화에서 흔하게 발견되는 사례이다.
　　Gerhard Kuttner, *Wesen und Formen der deutschen Schwankliteratur des 16 Jahrhunderts*(Berlin 1934), S. 7.

희극의 전통 속에서 이해해야 한다고 하는 것은 매우 의의가 있다. 그렇다고 해서 형식담의 전통에서 이해하는 것이 잘못된 것은 아니다. 실제로 스티스 톰슨은 이를 이러한 전통 속에서 이해해야 한다는 기초적 작업을 한 바 있으므로 이를 중심으로 해서 본다면 형식담과 소담의 기초적 이해를 도모하는 것은 허황한 방편과 전략은 아닐 것이다.

톰슨이 말한 바의 것을 주목할 필요가 있다. "어떠한 경우에도 형식담적 이야기의 효과는 항상 본질적으로 유희적인 데 있으며, 형식담의 고유한 이야기하기는 게임의 양상을 취하는데 있다(In any case, the effect of a formulastic story is always essentially playful, and the proper narrating of one of these tales takes on all the aspects of a game)."고 말한 바 있다. 언어유희와 언어게임이라고 하는 것은 결과적으로 이러한 이야기가 소담의 전통에서 놀이의 전통과 재담의 전통을 모두 포괄하고 있다고 하는 점에 유념해야 한다.

그러므로 〈꼬부랑할머니〉는 언어유희를 전통적으로 계승한 형식담의 성격을 가지면서도 동시에 재담의 전통과 무관하지 않다고 할 수가 있다. 재담인데 특정한 연희적 공간에서 공연된 것인지는 의문이 있다. 그런데도 불구하고 말을 연이어 가면서 이 상황을 익살적으로 마무리하는 데는 분명하게 익살스러운 이야기의 전통인 재담이나 육담풍월의 전통이 깊숙하게 개입하고 있음이 확인된다.

형식담과 소담의 전통을 각기 존중하게 되면 우리는 접합된 영역의 틈새 또는 경계면을 발견할 수가 있게 된다. 경계면의 접점에서 우리는 이야기도 아니고 노래도 아닌 이 특별한 형식들에 대해서 다시 주목하게 된다. 말의 언어유희를 율격에 맞추어서 하는 것과 이야기를 하는 것이 접합점으로 된 점을 확인된다.

그러나 이들 이야기의 향유계층이 무엇인지 생각하면 더욱 소중한 진실이 발견된다. 그것은 이것이 아이들의 언어유희이며 언어 게임의 소산일 가능성이 우세하므로 이 전통 속에서 이해하게 되면 아이들의 놀이와 연희를 주목하면서 이 문제를 해명할 수가 있을 것으로 보인다. 이 점에서 이 전통은 매우 주목할 만한 성격을 생각할 수가 있는 점을 볼 수가 있다.

4) 각편적 변이

각편의 변이가 있어서 주목된다. 이 변이가 어떠한 의의가 있는지 논할 필요가 있다. 이 사실은 이 작품 이해에 중요한 단서를 제공할 수가 있으며, 작품론을 전개하는데 이 점은 매우 중요한 근거를 이룰 수 있다. 각편의 변이 가운데 가장 중요한 것이 결말의 변이이다. 가령 임석재가 제공한 자료 가운데 그러한 사실이 선명하게 드러난 자료를 하나 확이날 수가 있으니 이를 논할 필요가 있다.

임석재의 각편은 다음과 같이 결말이 되어 있으니 이를 주목할 필요가 있겠다. 결말을 잠시 살펴보자.

꼬부랑 여우랑, 꼬부랑 칡덩굴이랑, 모두 모여 앉아서, 꼬부랑 노래를 부르며, 꼬부랑 춤을 추며, 꼬부랑 떡을 꼬부랑꼬부랑 먹더래.[13]

이 대목에 대해서 어떻게 판단할 것인지 우리는 망설임과 의문이 생긴다. 임석재의 재화인지 아니면 구전인지 확인할 가능성이 없으며 재화라고 한다면 이 결말에 쉽사리 수긍할 수 없는 문제점이 발견된다. 재화의 결정적 증거는 이렇게 풍성하게 반복어구가 나오는 사례가 흔하지 않

---

13 임석재, 『옛날이야기선집』 3권(교학사, 1975); 최인학, 〈형식담〉, 『옛날이야기꾸러미』 5(집문당, 2004), 35쪽; 임혜령 엮음, 『다시 읽는 옛이야기』 1권(한림출판사, 2011), 60쪽.

다고 하는 것이 첫 번째 문제이고, 이와 달리 결말에서 변이는 수긍하지 어려운 면모가 있다. 특히 꼬부랑 떡을 먹는 것과 꼬부랑 똥을 먹은 강아지는 전혀 다른 것이다.

만약의 재화라고 한다면 이 재화는 반구전동화적인 것임이 분명하다. 똥과 떡은 쉽사리 비교될 수 있는 것은 아니다. 아이들의 교훈적인 관점을 선택하면서 더럽고 누추한 것을 피하기 위한 것이었다면 이는 민담이나 형식담의 근간을 흔드는 파괴적인 언사에 가까운 것이다. 재화를 하면서 재화 이상의 의의를 두는 것이 필요한데 형식담의 문법을 파괴하는 것이기 때문일 수 있다.

실제로 동일한 이야기가 전승되는 곳이 있으며 전승의 실제에서도 거의 같은 양상을 보이고 있어서 재화의 문제만으로 치부하기 어려운 측면이 있다. 가령 풍부하게 어휘를 완벽하게 구사하는 사례도 있을 수 있기 때문이다. 실제로 이러한 각편이 하나 있다.

옛날 옛적, 갓날 갓적, 꼬부랑할머니가 꼬부랑꼬부랑 살고 있었다. 하루는 꼬부랑 할머니가 꼬부랑 지팡이를 짚고 꼬부랑 고개를 꼬부랑꼬부랑 넘는데, 꼬부랑 강아지가 꼬부랑 꼬리를 꼬부랑꼬부랑 흔들며 따라오길래 꼬부랑 길로 돌아가니까, 꼬부랑 바위에 꼬부랑 토끼들이 모여 꼬부랑꼬부랑 춤을 추는데, 꼬부랑 다람쥐가 꼬부랑꼬부랑 재주를 넘고, 꼬부랑 황새가 날아와 꼬부랑 나무에 앉아서 꼬부랑 목을 꼬부랑 빼고서 꼬부랑꼬부랑 노래를 하니까, 꼬부랑 여우가 달려와서 꼬부랑 캥캥 꼬부랑 캥캥 짖는데, 꼬부랑 칡덩굴이 꼬부랑꼬부랑 뻗어 나와 꼬부랑 집을 짓고 꼬부랑 떡을 만들어 꼬부랑 상에 차려 놓으니, 꼬부랑 할머니랑, 꼬부랑 지팡이랑, 꼬부랑 강아지랑, 꼬부랑 토끼랑, 꼬부랑 다람쥐랑, 꼬부랑 황새랑, 꼬부랑 나무랑, 꼬부랑 여우랑, 꼬부랑 칡덩굴이랑 모두 모여서 꼬부랑 노래를 꼬부랑꼬부랑 부르며, 꼬부랑 춤을 꼬부랑꼬부랑 추고, 꼬부랑 떡을 꼬부랑꼬부랑 아주 맛있게 먹었단다.(이종만, 66세, 1954년 8월 16일, 충북 음성군 맹동면 인곡리)[14]

구전동화의 본질적인 면모가 이러한 것인지 알기 쉽지 않다. 그러므로 이 자료에 대한 각편을 넓게 수소문한 뒤에 이 자료들을 새롭게 해석하는 것으로 판단을 유보하는 것이 또 한 가지 방법일 수가 있다. 자료의 입체적인 면모를 통해서 본다면 이러한 양상은 쉽지 않을 것으로 판단된다.

다음의 변이형에 대해서 주목할 필요가 있다. 구전동화에서 보여주는 형식담의 변이는 구전성의 법칙을 어긋나게 하는 것일 수 없다. 다음의 기록을 통해서 이를 선명하게 증명할 수가 있을 것이다.

꼬부랑 할머니가 꼬부랑 지팡이를 짚고 꼬부랑 강아지를 데리고 꼬부랑 길을 가는데 꼬부랑 할머니가 꼬부랑 강아지를 꼬부랑 지팡이로 때리니까 꼬부랑 강아지가 꼬부랑깽깽 꼬부랑깽깽 하면서 도망가다가 꼬부랑 강아지가 꼬부랑 똥을 싸니 꼬부랑 똥 길도 하고 멀기도 하더라.[15]

옛날에 꼬부랑 할머니가 길을 가다가 꼬부랑 똥이 마려워서 꼬부랑 나무에 올라가서 똥을 나니까 개가 그 옆에 있다가 꼬부랑 똥을 먹으니까 꼬부랑 할머니가 꼬부랑 작대기로 개를 때리니까 개가 니 똥 먹고 만 년 살어라 내 똥 먹고 천 년 살아라.[16]

---

14   한상수, 〈꼬부랑 할머니〉, 『한국구전동화』(앞선책, 1993), 103쪽.
15   임석재, 『한국구전설화 : 전라북도 편Ⅰ』 임석재전집7(평민사, 1993), 164쪽.
16   임석재, 『한국구전설화 : 경상북도편』 임석재전집 12(평민사, 1993), 51쪽.

이상의 변이에서 주목되는 것은 임석재가 재화한 것과 전혀 다르다. 재화의 창작의도와 다르게 있는 그대로 구전의 구비성에 충실하게 입각하면서 운율과 내용을 사라지게 하지 않으면서 이를 중심으로 하는 일련의 특성을 유지하고 망가지게 하지 않고 있음이 확인된다. 이야기는 이야기의 법칙대로의 특성을 가지고 있으면서 이야기의 전통에 입각한 주요한 면모를 유지하고 있음이 드러난다.

임석재의 재화는 그러한 점에서 재화의 기본적 원칙을 유지했는가 하는 점이 의문이다. 고유의 이야기 의미를 망실하면서 생긴 변화이고 변이라고 보기도 어렵다고 생각한다. 임석재의 『옛날이야기선집』에서의 각편들은 모두 이러한 차원에서 근본적 재검토를 필요로 하고 있으며 이런 구전의 전통을 무시하게 되면 이른 근본적으로 잘못을 일으키는 것이라고 생각한다. 따라서 재화는 신중한 창조의 문제를 수반하고 있음이 이 각편의 변이 속에서 진실을 발견하게 된다.

5) 유형적 복합의 심층

유형적으로 복합되는 〈꼬부랑할머니〉의 자료 양상에도 주목할 필요가 있다. 이미 이에 대해서는 간략한 논의가 있었는데 이를 다른 각도에서 재론할 필요가 있다.[17] 그것은 유형과 하위유형의 관계로 말하는 것인데 이는 온당하지 않은 논의처럼 보인다. 여기에서는 설화의 기본적 면모 가운데 하나인 유형의 간섭 작용에 의한 유형과 유형이 결합의 면모를 보여주는 것을 살펴보고자 한다. 그렇게 살펴보는데 두 가지 양상

---

17 조희웅, 앞의 책(1996), 93쪽. 조희웅은 이 유형과 하위유형을 하나로 합쳐서 이를 논하였는데 가령 5A와 5B로 나누었다. 필자의 관점에서는 5A는 단순유형이고, 5B는 복합유형으로 보는 것이 적절하다고 생각한다.

을 크게 주목하고자 한다. 하나는 〈이박저박〉이라고 하는 유형의 형식
담에 복합되어 나타나는데 그 점을 주목하기로 한다. 다른 하나는 〈메뚜
기의 신고치기〉에도 이 이야기의 유형적 개입이 일부가 나타난다. 이 두
가지 양상 이외에도 복합적 양상이 나타나는데 세 가지 유형이 복합되어
나타날 수도 있으므로 이를 마지막으로 다루기로 한다.

두 가지 양상에 의한 자료의 유형적 복합을 일으킨 자료에 주목하기
로 한다. 그럼으로써 우리는 두 가지 유형의 복합이 사실 상 다른 문제
일 수 있음을 살펴보기로 한다.

> 이 박 저 박 깐추박 다 따 먹은 난두박 재인영감 두름박 쌀로 되니
> 마흔 되 떡을 하니 서른 되 <u>꼬부랑 늙은이 다 먹고 꼬부랑 나무에 올라</u>
> <u>가서 꼬부랑 작대기로 때리니까 꼬부랑 꼬부랑 꼬부랑</u>[18]

위의 한 가지 사례는 구전설화에서 발견되는 형식담의 변이가 단순
한 것이 아니라 복합적 선택임을 환기하게 하는 자료이다. 첫 번째 자료
는 유형 복합의 전형적 사례이다. 형식담 가운데 동일한 유형이 두 가지
로 나뉘게 된다. 하나는 〈꼬부랑할머니〉이고, 다른 하나는 〈이박저박〉
이다. 두 가지가 합쳐져서 이에 의한 복합이 일어나는 점을 주목할 필요
가 있다.

후자의 자료는 유형적으로 독립하면서 이것이 특정하게 놀이로 발전
하고 특히 게임이 되는 것으로 〈다리뽑기〉와 같은 것을 볼 수가 있다.
이 유형에 속하는 것을 두 가지만 찾아보기로 한다. 첫 번째 것은 거의
동일한 유형적 변이를 일으키고 있는 것이라고 할 수가 있으며 이 구전

---

18 임석재, 〈이박저박〉, 『한국구전설화 : 경상북도편』 임석재전집 12(평민사, 1993), 52쪽.

동요 〈꼬부랑할머니〉가 어디에서 말미암았는지 알게 하는 긴요한 자료이다.

이 박 저 박 꼰지박 하늘에 올라 조롱박 다따먹은 난두박 처마끝에 대롱박 할아버지 두룬박 할머니는 쪼대롱 쌀로 되니 마흔되 떡을 하니 자박지 정지문이 딸가닥 수탉 암탉 꼬꼬댁 꼬부랑 깽깽 다먹고 꼬부랑 남게 올라가 꼬부랑 막대 탁치니 꼬부랑 꼬부랑 꼬부랑 깽[19]

이 자료에 대한 일반적 이해를 도모하면서 〈꼬부랑할머니〉가 이와 같은 형태로 결합한다고 하는 것은 의미하는 바가 예사롭지 않다. 형식 담이 놀이와 재담, 게임과 관련이 있었을 것이라고 하는 견해가 이로써 설득력을 가지고 있으면서 찾아지는 점을 다시 상기하게 된다. 〈꼬부랑할머니〉와 〈이박저박꼰지박〉의 결합양상은 그러한 점에서 매우 주목할 만한 특징을 구현한다.

이 자료가 임석재에 의해서 한편 더 채록되었다. 그 자료를 보면 전혀 다른 문맥을 가지고 있으므로 이는 별도의 자료였을 개연성이 없지 않다. 그러한 점에서 이 구전자료를 하나 더 소개하면서 유형의 본질이 무엇인지 검토할 필요가 있다.

이 박 저 박 간치박 정지 門에 노든 박 쌀로 되니 서른 되 떡을 하니 마흔 되 두러너이 다 묵었네[20]

---

19 다음과 같은 사이트에서 찾았으며 이 자료에 대한 본격적인 재검토가 필요하다. 이 일을 장차하기로 한다.
    http://cafe.daum.net/nrikoreanmusic/7ajn/114?docid=1Q0OM|7ajn|114|20120715105800&q=%C0%CC%20%B9%DA%20%C0%FA%20%B9%DA 이 자료는 2012년 7월 31일 오전 11시에 접속하여 찾았다.
20 임석재, 〈이박저박〉, 『한국구전설화 : 경상북도편』 임석재전집 12(평민사, 1993), 51~52쪽.

이 각편은 이 유형 가운데 무엇이 문제인지 생각하게 하는 근거가 된다. 오히려 이 각편에서는 이 유형이 형식담에 가깝고 놀이에 동원된 것도 긴요하지만 유형으로서 독자성이 있음을 보여주는 증거물처럼 보인다. 다른 자료와 다르게 기능은 자세하게 소개되어 있지만 이야기의 소담으로 마지막에 장식되는 것과 같은 구실을 하는 것임이 확인된다. 그러므로 기능과 유형은 반드시 일치하는 것이 아니다. 이 유형의 독립성은 이 각편을 하나의 독자적 각편으로 삼아야 하는 이유를 명시하고 있다. 그러므로 단순하게 〈다리뽑기〉의 기능으로만 이를 해명하는 것을 옳지 않다.

유형적으로 독립되어 있는 것인 〈이박저박〉이 〈다리뽑기〉용으로 전환되면서 이와 같은 갈래의 혼합이 이루어졌을 가능성을 배제할 수 없다. 단편적으로 언어유희로 되어 있는 것들은 추가적으로 소개할 만하다. 유형적으로 독립되어 있는 것이 그다지 길지 않고 명확하게 정리되어 있는 것을 볼 수가 있다.

단순하게 하나의 유형이 형식담에 있어서 독립성을 가지면서 존재하는 것은 얼마든지 있다. 그러한 양상에 있어서 주목해야 할 것은 말에 이한 언어유희를 하는 경우에는 이러한 유형이 독립적으로 존재하는 것을 볼 수가 있다. 단순하든 단순하지 않던 이야기의 고유성은 독립성에 있음은 물론이다.

다음의 두 가지 유형 역시 유형적 독립성을 가지면서 존재하는 것이 명확하다. 참고로 전문을 들어도 그렇게 산만한 것이 아니므로 이 유형의 독립적 특징을 알게 하는 좋은사례일 것이다.

옛날에 찌그락 빠그락이 있었는데 그 집에 감나무가 두 그루 있어서 감이 주렁주렁 열려서 감을 따려고 했다. 그때 도둑이 들어와서 물건을 훔쳐 가려고 해서 찌그락 빠그락은 급히 뛰어내리다가 찌그락은

찌그러지고 빠그락은 빠그라졌습니다.[21]

옛날 어느 깊은 산골에 초가집이 두 채 있었는데 앞집에는 옥순이
네가 뒷집에는 찍순이네가 살고 있었다. 어느 날 이곳에 비가 내리기
시작했다. 며칠 동안 쉬지 않고 비는 계속 내렸다. 그러자 옥순이네 집
은 오그락오그락하며 오그라지고, 찍순이네 집은 찌그럭찌그럭하며 찌
그러졌다.[22]

형식담은 유형적으로 틀이 긴요하고, 틀 속에서 가지고 있는 중요한
특징만 구현하는 점을 명확하게 인식할 수 있다. 터무니없이 겪음의 언어
유희적 현상이 드러나면서 최소한의 서사를 갖추게 되면 이러한 이야기
가 독립적으로 고유성을 가지는 것을 확인하게 된다. 이 점에서 보면 〈꼬
부랑할머니〉 역시 이러한 점에서 주목할 만한 것임이 드러난다.

유형적으로 다음에 복합하는 형태를 하나 선택해서 더 다루고자 한
다. 이것은 두 가지 유형이 복합된 것이다. 하나가 〈꼬부랑할머니〉이고,
다른 하나가 곧 〈메뚜기 신고치기〉이다. 과연 이러한 형태가 복합된 것
이 적절한 판단인가 하는 의문이 들 수 있다. 그러나 아래의 자료에서
보이는 것은 명확하다고 할 수가 있다.

옛날에 꼬부랑 할머니가 길을 가다가 논두렁 밑에서 무엇이 뚝딱뚝
딱 하니까 둑 밑을 내려다 보니 메뚜기란 놈이 신을 고치느라고 뚝딱 뚝
딱거리고 있더래.[23]

---

21 임석재, 〈찌그락 빠그락〉, 『한국구전설화 : 전라북도편 Ⅱ』 임석재전집 8(평민사, 1993), 417쪽.
22 한상수, 〈옥순이네와 찍순이네〉, 『한국구전동화』(앞선책, 1993), 97쪽. 이 자료집에는 제보자가 경기
    도 의정부시 금오동에 사는 황복순(54세)으로 되어 있으며, 제공받은 날짜는 1960년 12월 29일로 되
    어 있다.

형식담들의 복합은 근본적 고유성에 근거하여 복합되는 것이 당연하다. 메뚜기가 논두렁 밑에서 신을 고친다고 하는 것이 하나의 형태로 고유성을 가지고 있다. 다른 자료에서도 이러한 양상이 발견되기 때문이다. 독특한 언어감각에 의해서 메뚜기나 여치 등의 외적 현상과 특징을 말하는 형태가 있는데 이러한 것들이 그러한 형태의 결합으로 존재하는 것이 확인되는 점이 있다.

유형의 복합에서 이와 같은 결합이 우연한 것이 아님을 알리는 중요한 자료 한 편이 더 있다. 이 자료를 중심으로 해서 보면 이상의 변형이 우연한 현상이 아님을 알게 한다.

옛날에 꼬꾸랑 할마이가 질을 홀레홀레 가는데 논두랑 밑에서 뭣이 똑딱똑딱 걷거든. 메뚜기란 놈이 신골(짚신) 치느라고 똑딱똑딱 걷고. 또 옛날에 질을 홀레홀레 가는데 뭣이 홀짝홀짝 걷거든. 미추리란 놈이 아들을 나놓고 미역국 묵니라고 홀짝홀짝 그래. 꼬꾸랑 할마이가 꼬꾸랑 작대기를 짚고 꼬꾸랑 똥을 눗거던. 꼬꾸랑 개가 와서 꼬꾸랑 똥을 지(줏어)묵거든. 꼬꾸랑 할마이가 꼬꾸랑 작대기로 막 꼬꾸랑 개를 때리니 꼬꾸랑 개가 꼬꾸랑 꼬꾸랑 깨갱 꼬꾸랑 깨갱 그래 갖고 홀짝 뛰어가 뿌렀어.

이 이야기 역시 유형적 복합을 이해하는데 있어서 매우 중요한 근거를 제공하는 자료이다. 그리고 다른 자료의 유형 복합 사례를 이해하는데도 긴요한 준거를 제공할 수가 있다. 이 유형의 복합에 있어서 요긴한 문제는 꼬부랑할머니가 길을 가다가 논두렁이나 길에서 만난 메뚜기와 메추리

---

23   임석재, 〈메뚜기의 신고치기〉, 『한국구전설화 : 경상북도편 』 임석재전집 12(평민사, 1993), 54쪽.

의 행위를 묘사하는 것인데 이 유형의 복합적 근거는 너무나 자명하다. 별도로 전승하는 과정에서 이러한 복합이 분명한 근거를 가지고 있는 것임을 환기하게 하는 자료이다.

더욱 심각한 유형의 복합은 다음과 같은 것들이 있다. 이 자료 가운데 가장 특별한 유형적 복합에 해당하는 것이 각편이 하나 있다. 이를 소개하고자 한다.

> 자 뭐꼬, 딸네 집에 간다고 묵을 한 다랭이 이고 지고, 인자 할매 집에 가안께네, (가) 꼬꾸랑한 질로 간께네, 그래 자 뭐꼬 꼬꾸랑 짝대기를 짚꼬 간께네, (나) 연치가 모레 대목장에 신 팔러 간다꼬, 신골 친다고, 뚝딱 뚝딱 그러코고, 미뚜기가 아를 낳고 미역국 먹는다고 홀짝 홀짝 그래 그고들 지내 그래 인자, 한 곳을 들어간께, 한곳을 들어간께네, (다) 한 모랭이를 돌아간께네, 호랭이라는 놈이 나와 가지고, 어 저 머꼬,[24]

이 세 가지 형태의 유형적 복합은 아주 중요한 의미가 있어서 세 가지가 결합된 특성이 발견된다. (가)는 〈꼬부랑할머니〉의 형태이다. (나)는 앞에서 다룬 〈메뚜기 신고치기〉의 형태이다. (다)는 〈호랑이와 세 아이〉의 형태이다. 이 형식담에서는 세 가지 유형이 복합되면서 이야기의 의미를 다면적으로 환기하고 있는 것을 볼 수가 있다.

형식담에서 이렇게 다양한 변이를 통해서 유형적 복합을 기록하고 있는 것은 흔하지 않은 사례이다. 그런데도 불구하고 형식담이 등장할 수 있는 총체를 보여주고 있으면서도 의미를 완결해가는 면모는 주목할

---

[24] 김헌선 채록, 최양순 구연본, 『한국구비문학대계』(미채록본).

만한 것이라고 할 수가 있다. 이 점에서 이야기의 유형적 복합은 매우 중요한 연구 과제임을 다시 상기한다.

　이야기를 만들어가는 창조의 기저인 이야기 하는 마음의 심층에서 우러난 것 가운데 소중한 것이 형식담이다. 형식담을 통해서 표현하고자 하는 무궁무진한 창조는 그러한 점에서 우리 이야기의 전통을 새롭게 인식할 수 있는 중요한 준거가 될 수 있으며 창조의 이면에 자리하고 있는 기본적 심층을 넉넉하게 짐작하게 한다. 이야기의 심층에 말을 가지고 놀고자 하는 것이 이러한 유형의 복합과 기억의 항구성을 만들어낸다.

　유형의 복합 가운데 아직 다루지 않은 영역이 있다. 그러한 사례로 어떠한 이야기를 유형적으로 완성하고 뒤에 소담이나 형식담을 늘어놓는 경우가 있다. 이러한 사례로 꼽을 수 있는 사례도 이제는 많이 사라졌지만 이야기를 하고 "잘 먹고 잘 살았더래" 등과 같은 것은 이렇게 적절한 사례이다.

6) 구전서사동요의 외형률

　〈꼬꾸랑할머니〉는 노래이기도 하고 이야기이기도 하다. 그렇기 때문에 이에 대한 견해를 반영하여 누적담 유형과 둔사적 유형으로 구분하였다.[25] 둔사적 유형이라고 하는 말은 다른 민요에 있었던 것이 전용되어 노래에서 이야기로 나왔을 개연성을 지적하는 데서 유래된 말이다. 둔사적 유형은 달리 전용이나 공용된 유형이라고 보는 편이 적절하다.

　이야기의 외적 형식을 결정하는 주요한 요소 가운데 하나가 노래적

25　조희웅, 앞의 책(1996), 89~92쪽. 둔사적 형식담과 누적담적 형식담 등으로 양분하여 논의를 전개한 바 있다. 이러한 점에서 본다면 이 유형적 분류는 긴요한 구실을 하는 것이고, 사실은 이야기와 노래의 근원적 공유점을 논하기에 적절한 대상이 된다.

성격이 우세한 점을 보이고 있다는 사실이다. 이 사실에 입각한 특정한 언어감각이 단순한 이야기가 아니라 말의 성격을 가지게 하는 점이 결정되는데 이러한 이야기의 형식담에서 외형률적 요소가 노래와 이야기의 경계면을 생각하게 한다.

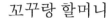

일단 이 이야기를 노래로 간주하고 외형률을 채록하게 되면 위와 같이 나타난다. 이를 악보화한 것을 위의 악보에서 확인할 수 있으므로 제시된 악보처럼 보이도록 한다.[26] 처음에는 2소박 4박자로 말하듯이 하다

---

26 이 채보는 정서은 선생의 작업에 의한다. 악보를 그려준 것에 감사를 드린다.

가 나중에는 2소박 3박으로 형태를 달리했다. 이러한 비대칭이 타당한 것인가, 비대칭의 의미가 무엇인가 말해야 한다. 비대칭은 처음에 비두를 떼는 것에서는 느리게 했지만, 나머지는 거의 같은 방식으로 했음이 확인된다. 이를 통해서 일정하게 율격이 있으며 리듬이 존재하는 것을 볼 수가 있다.

더욱 중요한 사실은 말의 높낮이가 있다는 점이다. 말하듯이 하지만 말의 높낮이가 있어서 이 말의 높낮이를 통하여 일정하게 말을 긴장시키면서 하는 것이 이 노래라고 하는 점을 말하고 싶다. 그러한 기준으로 본다면 이것은 단순한 노래라고 하기 어렵고, 노래이면서 이야기인 점이 새삼스럽게 구현되어 있다. 구전서사동요라고 하는 것은 이러한 기준 때문이다.

음표에서 주목되는 것은 셋잇단음표의 활용에 있다. 이것은 말과 같이 되어 있다는 뜻이고 말하듯이 한다는 원칙에서 많이 사용되는 음표인 것을 보여주는 결정적 증거이다. 이분할보다 삼분할이 많다고 하는 것은 말에 가깝다고 하기보다는 리듬을 더 분할하여 많은 말을 집어넣어야 한다는 것으로 파악할 수가 있다. 들어가야 할 말이 리듬 분할에 일정하게 배분되면서 말하듯이 되는 특징이 구현되는 방편이다.

이 구전서사동요에 두 가지 조건이 작용하면서 이질적인 율격 조건을 결정하였다. 하나는 '꼬꾸랑'이라는 말의 반복적 사용이고, 다른 하나가 2소박 3박자의 리듬꼴이 셋잇단음표로 결정된 점이다. 두 가지가 각기 상이한 작용을 한다. 하나는 반복에 의한 리듬의 율적 긴장감을 지속적으로 고조시킨다. 그것이 세 가지로 페어지도록 하면서 하나의 통사구조 리듬인 행을 완성하고, 동시에 이 두 가지 화합하여 세 가지가 한 행을 이루도록 하는 즐거움을 연출한다.

♩　　　♩　　　♩　　　　♩ (1)

꼬꾸랑　할매이　가　　-

꼬꾸랑　채매를　입고- ---

♩　　　♩　　　♩　　　　　(2)

꼬꾸랑　댕기를　드리고

꼬꾸랑　머리를　얹어서

....

xxxxxxxxxxxxxxxxxxxx　(3)

꼬꾸랑　짝찌를　가지고　가

　(1)은 내드림 식으로 말을 내는 비두이다. 이 때 2행을 구성하였는데 말이 안정되지만 이미 꼬꾸랑이라고 하는 말은 반복적으로 형성되면서 4박을 구성한다. (2)는 하나를 덜어냈으며 3박으로 된다. 이제 말맛이 딱 드러나고 동시에 말맛이 들어맞도록 하는 특징을 보이고 이렇게 해서 모두 7행을 구현하였다. 리듬 하나를 덜어내면서 말을 이어가고 리듬을 최대한 즐겁게 구성하고 있는 것을 볼 수가 있다. (3)에서는 거의 말하듯이 빠르게 이어가고 있음이 주목된다.

　(1)에서 (3)으로 진행되는 것은 빠르기와 함께 느린 것과 빠른 것의 일정한 틀이 있음을 보여주는 증거이다. 리듬의 일정한 형태는 거의 무너지지 않고 지속적으로 이 요소들이 반복되면서 이루어지는 것을 보여준다. 가장 중요한 것은 "꼬꾸랑"이라고 하는 말을 반복해서 모방하는 것이라고 할 수가 있다. 그 때문에 말을 이 구전서사동요에서 반복적으로 구성하면서 일정하게 리듬꼴을 형성하고 조성하는 것이 드러난다. 그러므로 이는 말이면서 노래이고, 리듬이면서 선율인 원초적 면모를 보여준다.

3. 〈꼬부랑할머니〉의 의의

〈꼬부랑할머니〉의 의의는 자명하다. 이것은 형식담이다. 형식담은 일정한 최소의 서사와 함께 틀이 있는 것을 볼 수가 있다. 말을 거듭 늘어놓는 점에서 이는 연쇄담의 성격을 가지고 있으며, 이는 특정한 사고를 집약하는 점에서 매우 주목할 만한 의의를 지니고 있다. 〈꼬부랑할머니〉는 각편 상으로도 매우 주목할 만한 의의가 있으며, 유형적으로 복합되는 면모를 가지고 있는 것이다.

특히 이 이야기는 아이들이 언어감각이 예민하게 발휘되는 과정에서 경음과 유음의 특이한 말로 언어적 세련미보다는 재미나는 말로 된 언어유희에 가까운 이야기임을 우리는 이 자료에서 볼 수가 있다. 말의 세련미를 익히는 것이 아니라 최소한의 서사에 말을 반복하고 리듬감을 익히는데 있어서 이 이야기는 중요한 기여를 하게 된다.

〈꼬부랑할머니〉는 이야기보다 일정한 형식이 우선하는 것으로 이야기이면서 동시에 이야기가 아닌 노래의 특성을 갖추고 있다. 그러므로 동일한 형태의 운율을 가진 것들과 깊은 비교 연구가 요청된다. 말놀이와 말의 유희 형태에 의한 일정한 놀이와 관련이 있을 개연성을 배제할 수 없다. 현재는 변이형 가운데 특정한 동작의 놀이와 게임에 의존하고 있는 점을 일부 발견할 수가 있다.

더욱 중요한 것은 어휘의 반복이 긴요한 구실을 한다. 어휘의 반복에 의해서 이루어지는 특정한 언어감각은 이 이야기가 특정한 시기에 언어의 연마나 언어의 환경에 의해서 이루어지는 특징을 가지고 있음이 부인될 수 없다. 이러한 점에서 어휘의 반복과 운율적 성격을 이 형식담에서 발견하는 것은 어렵지 않은 현상이다.

어휘의 반복에 의한 결합은 단순하게 일상적인 인간에 결합하지 않고, 여러 가지 다양한 요소에 의해서 합쳐지는 것으로 무정물이나 동물

등에까지 광범위하게 결합하여 사물의 총체적 인식과 일정하게 연관되는 듯한 특성을 가진다. 이야기가 주체적이지 않고 상황적인 점을 이러한 각도에서 지적할 수가 있다.

아울러서 이야기의 부차적 특징이 드러나지만 이러한 이야기의 사건이 허황하며, 이야기의 일정한 과장이나 과대포장이 있는 것이 사실이다. 이야기의 허황한 전개는 웃음을 자아내자는 성격과 관련이 있을 개연성이 있다. 이야기의 특정한 전개 과정에서 이야기를 통해서 웃음을 만들어내는 현상이 발견된다.

현재까지 우리나라 형식담의 연구는 답보상태에 머물러 있다. 설화의 유형 분류에서 제기된 문제를 아직 모두 해결하지 못한 채 연구의 지향점과 문제의식을 확산하지 못하고 있다고 생각한다. 연구를 진척하기 위해서 필요한 연구 방향은 두 가지로 요약된다. 연구의 방법론적 다양성을 인정하면서 여러 가지 문제의 항목을 설정하여 이를 다루는 관점이 필요하다.

형식담에 대한 진지한 연구가 필요한 시점에 이르렀다. 형식담의 유형 분류, 특정한 유형에 대한 이해의 진전, 형식담의 연구를 통한 일련의 구조 분석과 의의를 부여하는 작업이 더욱 필요하다. 문제점을 발견하고 유형을 분류하기 위해서 특별하게 착안한 이 연구 결과는 여러 모로 새삼스럽게 기여할 수가 있을 것으로 보인다. 연구의 관점을 새롭게 하는 데 자료가 주는 위대한 지혜는 결코 과소평가할 수 없다.

이 연구에서 진척된 관점을 제시하지 못한 것은 특정한 이야기의 말미에 붙는 이야기의 근본적 형식담이다. 특히 이 형식담에서 발견되는 이야기의 결사 방식은 매우 주목할 만한 이야기의 이해에 도움이 되는 관점이라고 할 수가 있다. 그렇기 때문에 이러한 연구를 체계화하기 위한 방안으로 전반적인 재검토가 있어야 하겠다. 그렇게 하는 작업은 자료의 발견과 취합이 중요한 기여를 하게 될 전망이다.

[부록] 〈꼬부랑할머니〉의 자료

[부록 1] 임석재 구전설화집 소재 동일한 유형과 다른 유형의 자료

1. 꼬부랑 할머니 『한국구전설화 : 평안북도편』(임석재전집 3), 154~155쪽

꼬부랑 할머니가 꼬부랑 나무에 올라가서 꼬부랑 똥을 쌌는데 꼬부랑 개가 와서 꼬부랑 똥을 먹으려다 꼬부랑 작대기로 때리니까 꼬부랑 꼬부랑 하며 달아났다.

2. 꼬부랑할머니 『한국구전설화 : 황해도편』(임석재전집 3), 232쪽

꼬부랑할머니가 꼬부랑지팡이를 집고 꼬부랑길을 꼬부랑고개에서 꼬부랑나무에 올라가 꼬부랑 똥을 사니 꼬부랑개가 와서 꼬부랑 똥을 먹으니까 꼬부랑할머니가 개를 때리니 꼬부랑꼬부랑하면서 달아났다.

3. 꼬부랑 『한국구전설화 : 함경남도편』(임석재전집 4), 73쪽

꼬부랑 늙으니가 꼬부랑 지팽이를 집고 꼬부랑 개를 데리고 꼬부랑 질로 가다가 꼬부랑 나무에 올라 꼬부랑 똥을 싸니 꼬부랑 개가 꼬부랑 똥을 먹으매 꼬부랑 지팽이로 꼬부랑 개를 때리니 꼬부랑 개는 꼬부랑깽 꼬부랑깽

4. 꼬부랑 할머니 『한국구전설화 : 충청남도편』(임석재전집 6), 300쪽

꼬부랑 할므니가 꼬부랑 지팽이를 짚고 꼬부랑 길을 가다가 꼬부랑 나무에 올라가스 꼬부랑 똥을 누니게 꼬부랑 가이가 와스 꼬부랑 똥을 믁으스 꼬부랑 할므니가 꼬부랑 지팽이로 꼬부랑 가이를 때리니께 꼬부랑 가

이는 꼬부랑 깽깽 꼬부랑 깽깽 하고 도망갔다.

5. 꼬부랑 할머니 『한국구전설화 : 충청남도편』(임석재전집 6), 300쪽

꼬부랭이 할므니가 꼬부랭이 지팽이를 짚고 꼬부랭이 다리를 올라가
스 꼬부랭이 똥을 누니게 꼬부랭이 가이가 와스 믁으스 꼬부랭이 할므
니가 꼬브랭이 지팽이로 때리니게 꼬부랭이 가이가 꼬부랑 깽 꼬부랑 깽
하면스 달아났다.

6. 꼬부랑 할머니 『한국구전설화 : 전라북도 편 I』(임석재전집 7), 164쪽

꼬부랑 할머니가 꼬부랑 지팡이를 짚고 꼬부랑 강아지를 데리고 꼬부
랑 길을 가는데 꼬부랑 할머니가 꼬부랑 강아지를 꼬부랑 지팡이로 때리
니까 꼬부랑 강아지가 꼬부랑깽깽 꼬부랑깽깽 하면서 도망가다가 꼬부랑
강아지가 꼬부랑 똥을 싸니 꼬부랑 똥 길도 하고 멀기도 하더라.

7. 꼬부랑 할머니 『한국구전설화 : 경상남도편』(임석재전집 10), 87쪽

꼬부랑 할머니가 꼬부랑 작대기를 짚고 꼬부랑 길을 가다가 꼬부랑 산
에 올라가서 꼬부랑 똥을 누니 꼬부랑 강아지가 와서 꼬부랑 똥을 먹으니
꼬부랑 작대기로 꼬부랑 할머니가 때리니까 꼬부랑 깽깽 꼬부랑 깽깽

8. 꼬부랑 할머니 『한국구전설화 : 경상남도편』(임석재전집 11), 32쪽

부산 꼬끄랑 할머니가 꼬끄랑 작대기를 짚고 길 아래로 가니 꼬꼬랑
똥이 누고 싶어서 꼬끄랑 나무에 올라 앉아서 꼬꼬랑 똥을 누니 꼬끄랑
강아지가 따라와서 꼬끄랑 똥을 주워 먹으니 꼬끄랑 짝대기로 때려 꼬끄
랑 깽깽 꼬끄랑 깽깽 하면서 울었다.

9. 꼬부랑 할머니 『한국구전설화 : 경상북도편』(임석재전집 12), 50쪽

꼬부랑 할머니가 꼬부랑 지팡이를 짚고 꼬부랑 길로 가다 꼬부랑 나무에 올라가니까 꼬부랑 개가 와서 꼬부랑 똥을 누니까 꼬부랑 지팡이로 때리니까 꼬부랑 깽깽 꼬부랑 깽깽 꼬부랑 깽깽 달아났다.

10. 꼬부랑 할머니와 꼬부랑 개 『한국구전설화 : 경상북도편』(임석재전집 12), 50~51쪽

옛날에 꼬부랑 할머니가 사는데 꼬부랑 작대기를 짚고 나무에 올라가니까 꼬부랑 개가 나무에 똥을 누고 있어 꼬부랑 지팡이로 때리니까 꼬부랑 깨깽 꼬부랑 깨깽 꼬부랑 깨깽 그 똥을 짓다고 가더라.

11. 꼬부랑 할머니 『한국구전설화 : 경상북도편』(임석재전집 12), 51쪽

꼬부랑 할머니가 꼬부랑 지팡이를 짚고 꼬부랑 길로 가다가 꼬부랑 똥이 마려워서 꼬부랑 할머니가 꼬부랑 똥을 누니 꼬부랑 개가 와서 먹으니 꼬부랑 할머니가 꼬부랑 작대기로 꼬부랑 개를 때리니 꼬부랑 개가 꼬부랑 갱갱 꼬부랑 갱갱 하고 있더란다.

12. 꼬부랑 할머니 『한국구전설화 : 경상북도편』(임석재전집 12), 51쪽

옛날에 꼬부랑 할머니가 길을 가다가 꼬부랑 똥이 마려워서 꼬부랑 나무에 올라가서 똥을 나니까 개가 그 옆에 있다가 꼬부랑 똥을 먹으니까 꼬부랑 할머니가 꼬부랑 작대기로 개를 때리니까 개가 니 똥 먹고 만 년 살어라 내 똥 먹고 천 년 살아라.

13. 보조자료 : 이 박 저 박 『한국구전설화 : 경상북도편』(임석재전집 12), 52쪽

이 박 저 박 깐추박 다 따 먹은 난두박 재인영감 두름박 쌀로 되니 마흔 되 떡을 하니 서른 되 꼬부랑 늙은이 다 먹고 꼬부랑 나무에 올라

가서 꼬부랑 작대기로 때리니까 꼬부랑 꼬부랑 꼬부랑

14. 보조자료 : 이 박 저 박 『한국구전설화 : 경상북도편』(임석재전집 12), 51쪽

이 박 저 박 꼬두박 장모 할마시 이마박 돌아가는 뚜름박 처남 매부 뚜닥딱 각시 하나 방구통

15. 보조자료 : 이 박 저 박 『한국구전설화 : 경상북도편』(임석재전집 12), 51~52쪽

이 박 저 박 간치박 정지 문門에 노든 박 쌀로 되니 서른 되 떡을 하니 마흔 되 두러너이 다 묵었네

16. 보조자료 : 메뚜기의 신고치기 『한국구전설화 : 경상북도편』(임석재전집 12), 54쪽

옛날에 꼬부랑 할머니가 길을 가다가 논두렁 밑에서 무엇이 뚝딱뚝딱 하니까 둑 밑을 내려다 보니 메뚜기란 놈이 신을 고치느라고 뚝딱 뚝딱거리고 있더래

[부록 2] 『한국구비문학대계』 채록본과 미채록본 동일 유형 자료

[기존 채록 자료]

1. 꼬꾸랑 할마이 얘기

테잎연번 [월항면 설화 20] T. 월항 4 뒤
채록지 대산 2동 울미
채록자 최정여, 강은해, 천혜숙 조사.
구연자 정팔선
출 전 한국구비문학대계 7집 5책, 51쪽.

마을의 유일한 외딴 주막집은 부인네들의 저녁 놀이터 구실을 했다. 주막집 큰방 가득 모인 할머니들은 녹음기를 보고 즐거워 하며 밤에 한 번 잘 놀아 보자고 했다. 서로의 얘기 도중에 참견하며 신명을 보였다.

옛날에 꼬꾸랑 할마이가 질을 홀레홀레 가는데 논두랑 밑에서 뭣이 똑딱똑딱 걷거든. 메뚜기란 놈이 신골(짚신) 치느라고 똑딱똑딱 걷고. 또 옛날에 질을 홀레홀레 가는데 뭣이 홀짝홀짝 걷거든. 미추리란 놈이 아들을 나놓고 미역국 묵니라고 홀짝홀짝 그래. 꼬꾸랑 할마이가 꼬꾸랑 작대기를 짚고 꼬꾸랑 똥을 놋거던. 꼬꾸랑 개가 와서 꼬꾸랑 똥을 지(줏어)묵거든. 꼬꾸랑 할마이가 꼬꾸랑 작대기로 막 꼬꾸랑 개를 때리니 꼬꾸랑 개가 꼬꾸랑 꼬꾸랑 깨갱 꼬꾸랑 깨갱 그래 갖고 홀짝 뛰어가 뿌맀어.

2. 꼬부랑 할머니

테잎연번 [대곡면 설화 53], 대곡 7 뒤
채록지   단목리 단목
채록자   정상박, 성재옥, 김현수 조사.
구연자   김영숙
출 전   한국구비문학대계 8집 4책, 164쪽.

전설이 잘 나오지 않고, 민담 중에서 부녀자와 관계가 있는 것이 구술되어서 동화 자료를 얻을 수 있을까 하여 조사자가 손자들에게 해 주는 이야기를 해 보라니까, 흔한 '꼬부랑 할머니□ 이야기를 하였다. 우는 아기라도 이 이야기를 하면 좋아서 울음을 그친다고 한다. 손자에게 이야기하는 것을 가상하면서 구술하였다.

옛날에 꼬꾸랑 할매가 꼬꾸랑 작대기를 짚고 꼬꾸랑 질로 가안께네 그래 똥이 누루바서(누고 싶어서) 꼬꾸랑 솔낡이 있어서 꼬꾸랑 솔낡에 앉아서 똥을, 꼬꾸랑 똥을 누운께네 꼬꾸랑 강생이(강아지)가 주(주어) 묵거든. 이래, 그래 꼬꾸랑 작대기를 가지고 꼬꾸랑 강생이를 탁 세리 주인께네 꼬꾸랑 깽깽, 꼬꾸랑 깽깽 쿰서 달아나더란다.

[기존 미채록분]

3. 꼬부랑할머니

1979년 7월 31일, 경상남도 거제군 하청리 장곡마을 칠청천도 외도 소싯 적에 영감 할마이가 사다가, 어찌 딸네집에 집에 가고 지픈지, 영감 내비려 두고, 할머니가 허리가 꼬꾸라지 가지고, **뿔뿔** 기이 가거등, 요눔의 개가 따라오는 기라, 꼬꾸랑 개가 그래 이눔의 할망구가 어찌 똥이 매려운지 꼬꾸랑 남개 올라가서, 똥을 싸노이개네, 이 눔의 꼬꾸랑 개가 와서, 우저, 꼬꾸랑 개가 꼬구랑 미바서 꼬꾸랑 짝때기를 가지구서, 꼬꾸랑하구 가더란다

4. 꼬부랑할머니

경남 의령군 의령읍 최양순 할머니의 채록본이다.

자 뭐꼬, 딸네 집에 간다고 묵을 한 다랭이 이고 지고, 인자 할매 집에 가안께네, 꼬꾸랑한 질로 간께네, 그래 저 뭐꼬, 꼬꾸랑 짝대기를 짚꼬 간께네, 연치가 모레 대목장에 신 팔러 간다꼬, 신골 친다고, 뚝딱 뚝딱 그러코고, 메뚜기가 아를 낳고 미역국 먹는다고 홀짝 홀짝 그래 그고들 지내고, 또 그래 인자, 한 곳을 들어간께, 한곳을 들어간께네, 한 모링이를 돌아간께네, 호랭이라는 놈이 나와 가지고, 어 저 머꼬, 호랭이라는 놈이 나와가꼬, 할매 할매 그기 뭐시오, 우리 딸 집에 간다꼬, 내가 묵 한 덩거리 이고 간다꼬, 묵 한 덩어리를 주면 안잡아 묵지, 그래 한 덩거리 끊어 줬다, 끊어주고, 또 그래 또 또한 곳을 가니, 이 놈의 호랑이가 또 따라 옴서러, 할매 할매 그게 머시오, 아, 묵 한 덩거리 지고 우리 딸네 집에 간다, 묵 한 덩거리 주면 안 잡아묵지, 그래 그러코로 저로 코로 인자, 이 눔의 호랑이가 또 잡아들어오고, 한 곳을 따라 들어오면 또 따라들어오고 또 따라들어오고, 따라 들어와가 한 군디를 따라 오게 되면 또 따라 들어와 도 들어와가 먹구, 또 들어와 묵꼬, 또 따라 들어와니, 그래 묵 한 두레미를 호랑이한테 다 팔리고, 세 덩거리가 남는 거를, 즈그 딸네집에 이고 갈라꼬 가이께네, 동네 밖에 떡

들어간께네 꼬꾸랑 저 강생이가 한 마리 나오더니 올올올 나와서 왕왕 왕 왕왕왕 물었싸거덩 어데 가노 저거 여 아무데 우리 딸집인데, 그리 갈라꼬 하이께네, 묵 한 두레비를 호랭이한테 다 빼앗기고 세 덩거리 이고, 우리 저 딸네집에, 왈칵 달라 들어서 끌고 가고 말이지 퍼뜩 달겨 들어서 두레미를 퍼뜩 붙여갔고, 들어가지마는 가지마는 묵 시덩거리 강생이한테 다 빼앗기지 그런 얘기지 머, 그래 가고 빈 걸로 딸네 집에 찾아갔다는, 그런 이야기를 손자 때 들었지.

5. 꼬부랑할머니 『한국민요대관』
경상남도 사천시 용현면 송지리 신송마을 마을회관

옛날에 옛날에, (아들이 하는 말이라), 옛날에 옛날에, 꼬꾸랑할매 가, 꼬꾸랑 짝대기를 짚고, 꼬꾸랑 장에 가니깨, 산에 가다다, 꼬꾸랑 똥이 누버가꼬, 꼬꾸랑 똥을 눈께, 꼬꾸랑 개가 와서, 꼬꾸랑 똥을 주어 먹거등, 꼬꾸랑 작대끼를 갖고, 탁 쎄린께, 꼬꾸랑 깽깽, 꼬꾸랑 깽깽, (웃음)

6. 홍금진, 꼬부랑깽깽할머니 『한국민요대관』
경상남도 사천시 축동면

옛날 옛날 아주 옛날에, 꼬부랑 할머니가 질로 가는데, 꼬부랑 꼬 부랑 질로 가는데 , 꼬부랑 똥이 눕꼬저서, 꼬부랑 꼬부랑 할머니가 꼬 부랑 꼬부랑 나무에 올라가서 꼬부랑 똥을 눈께네, 꼬부랑 개가 와서 그 똥을 주 먹어, 그런께네 꼬부랑 할머니가 꼬부랑 작찌를 갖고 탁 쎄려 주어 논께네 개가 꼬부랑 캥캥 꼬부랑 캥캥 꼬부랑 캥캥 하고 죽 더래요.

[부록 3] 한상수의 『한국구전동화』의 〈꼬부랑 할머니〉

출　전 : 한상수, 『한국구전동화』, 1993, 103쪽.
구연자 : 이종만, 66세
채록일 : 1954년 8월 16일
채록지 : 충북 음성군 맹동면 인곡리

　　옛날 옛적, 갓날 갓적, 꼬부랑할머니가 꼬부랑꼬부랑 살고 있었다. 하루는 꼬부랑 할머니가 꼬부랑 지팡이를 짚고 꼬부랑 고개를 꼬부랑 꼬부랑 넘는데, 꼬부랑 강아지가 꼬부랑 꼬리를 꼬부랑꼬부랑 흔들며 따라오길래 꼬부랑 길로 돌아가니까, 꼬부랑 바위에 꼬부랑 토끼들이 모여 꼬부랑꼬부랑 춤을 추는데, 꼬부랑 다람쥐가 꼬부랑꼬부랑 재주를 넘고, 꼬부랑 황새가 날아와 꼬부랑 나무에 앉아서 꼬부랑 목을 꼬부랑 빼고서 꼬부랑꼬부랑 노래를 하니까, 꼬부랑 여우가 달려와서 꼬부랑 캥캥 꼬부랑 캥캥 짖는데, 꼬부랑 칡덩굴이 꼬부랑꼬부랑 뻗어 나와 꼬부랑 집을 짓고 꼬부랑 떡을 만들어 꼬부랑 상에 차려 놓으니, 꼬부랑 할머니랑, 꼬부랑 지팡이랑, 꼬부랑 강아지랑, 꼬부랑 토끼랑, 꼬부랑 다람쥐랑, 꼬부랑 황새랑, 꼬부랑 나무랑, 꼬부랑 여우랑, 꼬부랑 칡덩굴이랑 모두 모여서 꼬부랑 노래를 꼬부랑꼬부랑 부르며, 꼬부랑 춤을 꼬부랑꼬부랑 추고, 꼬부랑 떡을 꼬부랑꼬부랑 아주 맛있게 먹었단다.

현대 구전동요 연구*

1. 현대구전동요의 다층적 경계면

아이들의 삶을 생각한다. 아이들의 삶에 미래가 있는가? 우리의 앞선 세대가 이룩한 문화적 동질성은 아랫세대로 이어질 수 있는가? 아이들이 놀아야 할 골목길이 없어지고 예전에 뛰어놀던 산천이 사라져 더 이상 놀 곳이 없어진 아이들은 점차로 안으로 움츠려드는 삶을 살게 되었는데 전통계승의 이상理想은 이어질 수 있는가? 이제 더 이상 놀던 곳이 없어 졌으니 이대로 아이들의 삶이 마무리되고 마는가? 매우 회의적인 질문들이 앞서지만, 이에 대해서 '전혀 그렇지 않다'는 것이 나의 생각이다.

아이들은 여전히 노래하고 놀이하면서 자유로운 삶을 깜찍하게 이어가고 있다. 이로써 우리는 아이들이 실제로 우리의 전통을 이어가는 운반자인 것을 다시 한 번 느끼게 된다. 삶을 비관하지 말고 미래를 낙관하면서 열심히 이어가야 할 임무가 여기에 있으며 아이들은 그래서 존재

---

* 이 연구를 하는데 있어서 한국학중앙연구원 박사과정의 정서은이 채록된 음원을 채보하고 악보화 하는데 결정적 도움을 주었다. 나중에 단행본으로 간행할 때에 연구의 담당 몫을 명시해서 공동연구였음을 해명하기로 한다.

이유가 있는 것이다. 아이들은 그 자체로 무형문화적 가치가 있으며 어떠한 회의도 있을 수 없다.

현재 아이들은 어떠한 노래를 하고 놀이를 하면서 놀고 있는가 궁금한 일이 아닐 수 없다. 아이들은 갇혀 사는가 아니면 저 나름대로 놀이하고 또래 아이들과 어울려 노는가 하는 궁금증이 우리들의 매우 긴요한 관심사가 아닐 수 없다. 아이들은 적어도 유치원에서부터 초등학교 5학년까지는 지속적으로 놀이를 하고 노래를 하고 있음이 확인된다. 지금의 아이들도 노래와 놀이를 열심히 하고 있으며, 그것이 예전과는 많이 달라졌지만 조상 전래로 이어져온 노래나 놀이와 전혀 무관하지 않음에 적잖은 놀라움이 있다. 특이한 점은 초등학교 5학년을 넘어선 여자아이들은 남자아이들을 때리며 노는 놀이를 한다고 한다. 학교에서 아이들이 놀이를 하는 시간은 대체로 쉬는 시간인데 선생님이 계셔도 무관하게 여자아이들이 남자아이들을 때리는 놀이는 진행된다고 한다.

'현대구전동요 연구시론'이라는 거창한 제목을 가지고 이 논의를 하는 것은 장차 '현대구전동요 연구'를 마무리를 짓기 위한 설계도를 이 글이 가지고 있기 때문이다. '현대구전동요 연구'라는 방대한 작업의 시발점인 이 연구에서는 우선 엉성한 면모와 설계도만을 제시하고자 한다. 동요연구는 어떠한 방식이 되었든지 아이들 속에서 현상을 발견하고 아이들이 충만하게 구현한 그들만의 문화를 존중하면서 이루어져야 한다고 생각한다. 또래를 짓는 아이들은 훌륭한 구비시인이자 연행자이고, 스스로 자족하는 구비문화를 구현하는 증언자이며 시대를 아우르는 총체적인 인간형을 지어낸다. 이들이 헛된 일을 하지 않고 풍요로운 구비문화를 구현하고 있는 것에 가치를 두는 연구는 매우 중대한 것이라고 생각한다.

현재 우리나라는 세 가지 구전동요가 병존하고 있다고 생각한다. 세 가지 구전동요의 구분은 문화적인 것이라고 하기보다는 인적 구성의 존재와 그들로부터 우러난 삶에서 비롯된다. 세 가지 구전동요 중 첫 번째는 어렸을 적의 전래동요를 기억으로 간직한 세대의 구전동요이다. 이 세대의 동요는 이제 막바지에 이르렀으며 소멸될 운명에 처해 있다. 멀지 않은 장래에 사라질 전망이다. 사라지는 것은 아까운 일이나 생성과 소멸에 입각해서 본다면 지극히 당연한 것이고 인위적인 보존의 노력으로 자취만을 기록할 수 있을 따름이다. 대체로 1920~1940년대 태생의 기억 속에서 이러한 구전동요가 많이 발견된다.

두 번째 구전동요는 서구와 일본에서 수입된 구전동요의 영향을 받았으면서도 전래동요를 기억하고 있는 세대들의 동요이다. 이 동요들은 단층적으로 존재하는 것이 아니라 기억의 저장 창고에서 프리즘처럼 서로 겹치면서 이어지는 특징이 있다고 할 수 있다. 이것이 이 세대의 구전동요에서 발견되는 특징인데, 전래동요의 위력이 있지만 경계면에 서구와 일본에서 유래된 동요와 엇섞이면서 서로 겹쳐져 있는 것이 이 세대 구전동요의 특징이라고 할 수 있다. 이러한 동요는 항구적일 수 있을 만큼 요긴하고 다층적으로 얽혀 있으며 1950~1970년대 태생의 기억 속에서 폭넓게 분포하고 있다.

세 번째의 구전동요는 80년대 생부터 90년대 생까지 기억하고 있는 것으로 앞선 세대의 기억 퇴적층을 모두 간직하고 있으면서 점진적으로 윗세대와는 다른 구전동요를 간직하고 있는 세대들이라고 할 수 있다. 이들은 급격한 음악환경의 변화는 물론하고 다른 각도에서 구전동요의 원천을 달리하고 있다. 이른바 기존의 전래동요와 질적으로 변화된 구전동요를 모두 기억하고 있으면서도 점진적으로 구전동요가 달라지는 현상을 구현하고 있는 것이 이 세대의 면모라고 할 수 있다. 구전동요의 끝자락이지만 다층적으로 연결되고 있는 현상을 만날 수 있으며, 여러 가지 방식에 있어서 구전동요의 실상을 그대로 유지하면서 변화되고 있음을 알 수 있다.

위에서 언급한 세 가지의 구연동요는 각기 존재하는 것이 아니라 서로 밀접하게 얽혀 있으면서 불가분의 관계를 맺고 있다. 서로 겹치기도 하고 다면적 관계를 맺고 있으며 긴밀한 관련을 가지고 있음이 확인된다. 곧 중층적인 곳에서 서로 얽혀서 자리를 잡고 있다는 것이다. 중층적이라고 하는 것은 전통적인 전래동요, 서양식이나 일본에서 유래된 동요, 다시 변화된 동요 등이 서로 얽혀 있는 것이 현재 구연동요의 실상이라는 것이다.

이 하늘 아래 어떤 창조도 전혀 새로울 것이 없듯이 구전동요 역시 이와 같다. 아이들은 새 시대를 살면서 새로운 동요를 부르고 자신들만의 구전동요를 구전문화에 맞게끔 만들어내는데 이것은 항구적이고 지속적으로 이어질 전망이다. 말이 존재하고 구전문화의 현실적인 의미를 가지고 있듯이 이러한 전망과 의의가 지속되는 것은 불가피한 현실이라고 할 수 있다. 전망이 새롭고 의의가 있는 자료가 아이들에 의해서 만들어지면서 이어지는 현상은 거스를 수 없는 구전문화의 생명력일 것이다.

세 가지 구전동요는 단층적인 것이 아니라 이어지는 것이면서 서로 포개져 있다. 기억의 속성이 지속적인 것이면서 변화적인 것이듯이 구전동요는 구전문화적 속성을 가장 분명하고도 확실하게 가지고 있어서 어떠한 문화적 소인을 지닌 것이든지 지속적으로 가지고 있음을 알 수 있다. 구전동요가 하나이면서 하나가 아닌 이유는 구전동요가 여러 모로 존재하고 변화와 지속의 면모가 동시에 구현되고 있는 점을 들어 알 수 있다.

현대구전동요에 대한 착안은 아이들의 놀이와 노래가 궁금해 찾아나서면서 얻어진 결과이다. 이러한 관점을 견지하는데 여러 연구가 자극이 되었으나 결국 문제의식은 대상의 발견에 있었다. 아이들은 미래가 있으며 아이를 통해서 문제를 가다듬고 이를 정리하면서 결국 놀이와 노래를 발견했다.

자료 작업으로 평가할 수 있는 것은 가령 홍양자의 연구 업적을 들

수 있다.[1] 전적으로 모든 견해를 동조할 수 있는 것은 아니지만, 자료학의 이상을 구현한 업적으로 이 저작을 들어도 무방하리라고 본다. 이 연구의 밑그림을 그리는데 홍양자의 업적은 매우 긴요한 지침이 되어서 필자가 자료를 발견하고 이 자료의 타당성 여부를 검증하는데 지침을 주었을 뿐만 아니라 해석의 심도를 더하는데 유용한 것이었다고 하겠다.

홍양자의 연구는 자료 집약에 요점이 있지만, 자료를 다루는 기본적 시각에 한계가 있다. 홍양자의 연구는 지역적인 한정성을 가졌음에도 불구하고 이를 전국적으로 확대하는 일정한 비약이 있다. 게다가 연구를 진행하는데 있어서 일본과 한국의 전파론적 관계를 명시하면서도, 전래동요에서 현대구전동요로 이어진 단절과 극복 그리고 창조를 논하는 이점異點이 있다. 그러나 이 연구의 무게를 소종래를 주장하는데 할애함으로써 아이들의 삶과 창조성에 대한 해석은 일정 부분 한계를 보이고 있음이 확인된다. 자료 작업의 성실성을 표하면서 우리가 새롭게 할 수 있는 연구의 기본이 무엇인지 반성적 제안을 담고 있다.

자료를 해석하는데 절대적인 기준이 되는 것은 역시 아이들이 어떠한 방식으로 놀이를 하고 노래를 하는 것이 기본적인 관점이었다고 할 수 있다. 홍양자의 연구는 음악과 놀이의 상관성에도 일정한 기여를 할 만했는데 이에 관한 연구가 평면적으로 진행된 것이 참으로 안타까운 면이다. 연구는 자료의 발굴과 자료학이 가지는 의의를 말할 수 있는 것이지만, 연구의 이상은 그것이 어떻게 종합되고 해석될 수 있는지 하는 것이 기본적 대안이라고 할 수 있다.

구전동요연구의 이론적 논의는 빈약하여 현저하게 뒤져 있는 실정이다. 다만 음악학 쪽에서 분발하여 구전동요에 대한 음악이론적 논의를

---

1 홍양자, 「한국어린이가 부르고 있는 와라베우타」(중앙대학교 석사학위논문, 1996); 홍양자, 『빼앗긴 정서 빼앗긴 문화』(도서출판 다림, 1997); 홍양자, 『전래동요를 찾아서』(우리교육, 2000).

시도하고 있는 논문이 최근에 나왔다.[2] 광범위하게 수집된 자료 중에 되고 논의가 온전하게 될 수 있는 자료가 일정 부분이 있어서 자료 채집과 더불어 연구가 가능했는데, 역시 시대적으로 일정한 전래동요만을 한정하고 있어서 문제가 된다. 이러한 연구의 빈약한 이론적 안목은 시각을 확장하고 논의를 입체적으로 하지 않은데서 비롯된다. 이에 관한 연구가 못 미치는 이유는 자료에 대한 입체적·다각적 해석력이 부족했기 때문이라고 생각한다.

기존 음악학 연구의 요점을 정리하면 동요의 특수성과 보편성이 어떠한 것인지 논의를 하지 못하고 있다고 판단된다. 동요 일반의 장단과 선율이 어떠한 의의를 갖는지 증명하는 것이 핵심적인 과제인데 이에 관한 연구는 미흡할 뿐만 아니라, 현상에 대한 분석을 넘어서서 이를 보편화하고 해석하는 것은 빈약하다. 분석과 해석은 분명히 다른 차원의 일이다. 얻은 결론이 간단한 것이지만 해석에 대한 이론의 여지가 분명하게 있으므로 재론을 할 수 있는 것도 적지 않다.

2. 현대구전동요의 실상 : 구전동요와 개사곡의 사례 검토

현대구전동요는 아이들이 기록적인 수단인 교과서나 대중매체에 의해서 학습되거나 교육된 동요가 아니라, 전적으로 구연을 수단으로 하여 노래를 짓고 전달하며 수용하는 동요를 말한다. 따라서 대체로 또래 집단의 놀이문화에 의해서 자족적으로 만들어지는 노래를 말한다. 이 구전

---

2 김순제 외, 「구전동요의 음악적 분석」, 『인천교대논문집』 11집(인천교육대학출판부, 1976); 강혜진, 「한국 전래동요의 음악적 분석」(서울대학교대학원 석사학위논문, 2004); 강혜인, 『한국 전래동요의 음악문화 연구』(동아대학교 대학원 철학박사학위논문, 2006).

동요는 원천이 비록 기록이나 다른 매체의 산물이라고 하더라도 개인적인 독창적 창조가 아닌 구전에 의해서 보편화되는 동요를 말하는 것이다. 따라서 어느 지역에서 아이들이 조잘대면서 하는 노래를 다른 지역에서도 동일한다면 그것은 구연동요로 가정할 수 있다. 구전동요는 예전부터 구전되던 전래동요와 개사가 이루어져서 구전되는 것으로 가를 수 있는데 편의상 채록된 순서대로 이 동요를 말하는 것이 바람직하리라고 생각한다.

아이들이 무슨 노래를 부르고 있을까 궁금한 일이 아닐 수 없다. 공식적인 노래 말고 또래 집단에서 실제 놀이를 하면서 부르는 개인적으로 부르는 노래에는 어떠한 것이 있을까? 우리는 이러한 노래를 매우 궁금하게 생각하지 않을 수 없다. 아이들이 즐겨 부르는 비공식적인 노래를 찾아 나서게 되는 계기가 있을까 하는 기대가 떠나지 않았다.

아이들이 부르는 노래는 반드시 놀이를 수반하고 있으므로 놀이에 불려지는 노래를 찾을 생각을 오래 전부터 많이 했다. 이 생각을 한참 잊어버리고 있다가 집에 아이가 이상한 노래를 하는 것을 듣고 이 노래를 찾을 필요가 있다고 생각했다. 아이가 '코카콜라 맛있다/ 맛있으면 또 먹어/ 또 먹으면 배탈 나/ 배탈 나면 병원 가/ 딩동딩동 척척박사님//'이라는 노래를 읊조렸다.

아이가 2007년 2월에서 3월경에 이 소리를 하였는데, 무심코 듣다가 구전동요임을 알고 이 소리를 누구에게 배웠는지 묻자 초등학교에 다니는 누나에게 배웠다고 하여 이를 벼르고 있다가 이 노래를 채록할 계획을 세우게 되었다. 이런 종류의 소리를 하는 아이들을 널리 만나려는 야심 찬 계획을 짜고 본격적인 작업을 해야 하겠다고 생각했다.

그러나 시간이 많이 허락되지 않아서 이를 현지조사하고 있지 못하다가 마침내 2007년 5월 24일에 경기도 일산시 서구 주엽동 유성아파트 12단지에서 이 노래를 녹음을 할 수 있었다. 정아영은 성저초등학교에서 전학을 해서 한수초등학교에서 같은 또래 친구들을 사귈 즈음이었는데 이들에게 소리를 녹음할 수 있었다.

이 날 정아영의 또래 아이들이 두 명이 더 왔는데 정아영, 배정은, 이경신 등이 그들이다. 노래를 해준 대가로 피자를 사주기로 했는데, 나중에 자신들이 상의하더니 이미 피자를 먹었으므로 이를 수정하여 치킨을 사 줄 것을 요구하였다. 아이들이 성심껏 소리를 했으나 녹화가 되지 않아서 두 차례 거푸 동일한 상황을 연행했기 때문에 아이들이 많이 지치게 되었으나 성심껏 응해주어 단박에 좋은 자료를 얻을 수 있었다.

세 명의 아이들을 통해서 여러 아이들이 요즘 어떠한 노래를 하고 있는지 명확하게 알 수 있었다. 아이들은 이 소리의 용도가 무엇이고 어떠한 놀이 과정을 통해서 구체적으로 부르는 것인지 분명하게 보여주었는데 이는 매우 고무적인 일이었으며 장차 이 방면의 연구에 긴요한 지침과 근거를 주는 계기가 되었다고 할 수 있다.

아이들이 신나게 노래한 것은 한두 가지가 아니었으나 놀이에 따른 것이 압도적으로 많았다. 이를 일단 모아놓고서 논의의 빌미로 삼고자 한다. 아이들이 부르는 노래를 놀이의 방식을 기준삼아 말한다면 아주 전통적인 것에서부터 새롭게 만들어진 신식 놀이가 있었다. 놀이에서 전통과 신식이 함께 공존하는 것은 아주 특이한 일이었으며 이 방식에 대해서 밀도 있는 연구가 필요하다고 하는 것을 인지할 수 있었다.

일단 아이들이 부른 노래를 종류대로 살피고 이 노래들을 따져서 종합적으로 알아보는 것이 필요하다고 할 수 있다. 다음의 소리를 차례대로 보기로 한다. 두 아이가 부른 노래는 서로 전승관계가 분명해서 이들이 어떠한 상관성을 가지고 있으며 어떠한 경로로 전승되는지 분명하게 알 수 있는 자료라고 생각한다.

〈코카콜라〉는 두 가지가 채록되었는데 김태형(2002년생)이 부른 것은 정아영(1996년생)이 부른 것을 듣고 이를 구비로 전달받아 부른 것이다. 이 노래를 언제 어떻게 부르는지 알지 못하고 리듬과 선율을 기억해서 불렀는데 이것을 통해서 현재 아이들이 어떠한 소리를 하고 노는지 가름하여 알 수 있게 되었다. 리듬도 정확하고 선율도 분명해서 전승에 있어서 정확한 제보자로 평가해도 지나치지 않는다. 그러나 부분적으로 잘못 알고 있는 것도 있어서 원제보자의 자료를 보고 바로잡을 수 있었다. 잘못 알고 옮겨 부른 것도 있어서 이를 중심으로 자료를 삼을 수 있다. 김태형 어린아이가 부른 것을 악보로 옮기면 다음과 같다.[3]

코카콜라

노래: 김태형
채보: 정서은

처음에 이 노래를 들었는데 무슨 알쏭달쏭한 말을 하는가 의문이 들었다. 뿐만 아니라 또래 아이들과 어울리고 오면 이상한 놀이를 하나씩

---

3 이 소리는 2007년 5월 24일에 서울에서 아침에 부른 것이다.

해서 매우 놀라는 대목도 적지 않았다. 여기에 분명한 의의를 가지고 있는 부분이 있어서 '노래하는 아이들'의 의미를 일깨울 수 있었다. 놀이를 하고 노래를 하는 것이 모방 또는 흉내임을 알 수 있었고, 자신들만의 구전적 성격에 의해서 구현하는 것인지를 나중에 알게 되었다.

궁금해서 다시 시켜보니 장단, 그리고 음정과 선율이 비교적 정확하게 나와서 이것이 구전동요일 것이 분명하다고 생각했다. 두세 번 반복해 들어봤더니 이 노래의 실상이 구전으로 이루어지는 구전동요임을 확증하였으며 널리 자료를 찾으면서 이에 대한 생각이 더욱 분명해졌다. 그리고 이 노래가 놀이와 함께 이루어지는 것도 알게 되었다.

가령 이 노래를 하고 이상한 '가위 바위 보'를 하자고 요구했다. 두 손으로 다하고 갑자기 '하나 빼기!'를 하게 했는데 이 과정에서 손을 하나 빼는 것이 인상적이었다. 다소 생뚱맞아 보이는 행위였던 것으로 나중에 알고 보니 이 아이가 하는 말과 행위가 구전으로 하는 것이고 근거와 내력이 있는 것임을 알 수 있었다. 이것의 원래 의미는 다음과 같은 데서 연유되었으며 갑자기 어렸을 때에 놀던 노래였으며 놀이 동작에서 비롯된 것이고 내력이 있음을 알 수 있다.

감자에 잎이 나서/ 싹이 나서 감자/ 감자 감자 쎄요/ 하나 빼기

2소박 4박자로 되어 있으며 말과 박자가 분명하게 맞아떨어지는 특징이 있음이 확인된다. 말의 의미가 끝나는 데서는 2소박 1박에 말이 붙지 않아서 자연스럽게 정지되는 특징이 있어서 말의 의미가 분절되는 특징이 있다. 그래서 온전한 놀이의 노래로 일정한 리듬감을 형성하는 것을 이 대목에서 확인할 수 있다. 마지막에 한 부분에서는 일정한 장단에 불규칙이 생겼는데 그것은 소리를 잘못 붙이고 놀이에 대한 이해가 없어서 이러한 현상이 생긴 것은 아닌지 의문이 든다.

코카콜라를 내세우는 것은 이상한 일이다. 아이들이 즐겨먹는 탄산음료의 다국적 브랜드 가운데 하나인 이 상표를 표제어로 삼아서 이 노래를 하는 것은 분명히 이유가 있을 터인데 이에 대한 의미를 알 수가 없으며 이 노래를 부르는 절대적인 이유를 알 수가 없다. 다만 아이들이 코카콜라를 노래의 첫부분에 하므로 이것이 제목으로 삼아져서 널리 퍼졌을 것으로 짐작된다. 아이에게 콜라를 먹게 한 적은 없는데 갑자기 이 노래를 해서 적지 않게 당황하게 되었다.

이 소리는 아이들 사이에 널리 퍼져 있는 것으로 다른 연구자에 의해서 이미 채록된 것을 알 수 있었다.[4] 노래가 세련된 것처럼 보이지만 이 노래는 아이들이 전래 놀이로 전해지는 것을 하는 과정에서 새로운 동요로 개작하거나 말을 달리 하면서 새롭게 부르는 것임을 알게 되었다. 아이들이 이 노래를 하면서 새로운 상황에 새로운 말을 지어내면서 노래를 하고 놀이를 하는 특징이 있는 것을 알 수 있었다. 이것이 현재 동요의 새로운 점이라고 할 수 있다. 놀이는 일정하게 대응하면서 말이 특정 대목에서 섬세하게 달라지는 것으로노래가 변하는 점이 너무나 흥미로웠다.

그러나 처음에 부른 노래가 잘된 것은 아니다. 이 노래를 부른 아이는 정확한 문맥을 알지 못했으며 이를 가르쳐준 아이를 만나서 조사하면서 의의가 있는 것을 재확인하게 되었다. 아이들이 특정하게 노래를 배우지만 막연하게 아는 것에서 분명하게 하는 단계로의 진전이 있는 것을 알게 되었다.

두 번째로 채록된 자료에서는 이 노래가 어떠한 용도로 쓰이며 어떠한 문맥에서 노래로 쓰이는지 알 수 있었으며 앞에서 〈코카콜라〉를 전

---

4 홍양자, 앞의 책(2000), 106쪽.
'코카콜라 맛있다 / 맛있으면 더 먹어/ 더 먹으면 배탈나/ 배탈나서 병원가서/ 주사를 맞어 딕덩뽕'이라고 되었는데 이는 색다른 결말을 하고 있었다.

달받은 아이가 무엇을 어떻게 잘못 구연하고 있는지 분명하게 알 수 있는 자료이다. 〈코카콜라〉는 분명하게 다리뽑기놀이를 하면서 부르는 소리이다. 일단 세 아이가 놀이를 실연하면서 노래를 했으므로 이 노래를 악보로 옮기고 소리를 들어보기로 한다.[5]

코카콜라

노래: 배정은, 이경신, 정아영
채보: 정서은

온전한 사설로 된 이 노래가 의미의 연락관계가 분명한 것은 아니다. 앞대목과 뒷대목이 불연속 관계에 있다. 곧 아이가 코카콜라를 많이 먹

---

5 이 소리는 2007년 5월 24일 일산에서 채록하였다. 아울러서 동일한 노래를 여러 가지 다양한 곳에서 채록할 수 있었으며 서울 지역의 초등학교로 작업을 확대하고 있다. 미동초등학교, 경기초등학교, 마포초등학교 등이 이 작업의 사례들이다.

어서 배탈이 나고 그것 때문에 병원에 간 것은 인정되지만 척척박사에게 의문을 알아맞춰 보라고 하는 것은 분명한 연쇄관계를 의미하는 것은 아니다. 그리고 이 대목에서 일정했던 장단이 흩어지는 것을 확인할 수 있는데 이것이 어떤 의미를 가지는지 의문이 든다. 마지막에 화살표라는 것을 말해서 장차 뽑힐 아이의 다리가 누구 것인지 가리키는 것으로 이해되지만 정확하게 의미를 지니는지 의문이 든다.

전통적인 방식으로 하는 소리가 보통 이렇게 되어 있는 것은 아니다. 이 노래가 놀이라는 점에서 그것도 전통적인 방식으로 하던 다리뽑기 놀이에서 부른다는 점에서는 일치하지만, 놀이의 장단이나 선율이 그대로 전승되는 것은 아니다. 전통적인 다리뽑기놀이에서 부르는 소리는 2소박 4박자와 3소박 4박자가 둘 다 등장하는데 현재의 것보다 과거의 것에서는 3소박 4박자가 우세하다. 이것이 연결되는 것인지 의문이 든다. 그러므로 일정한 한계를 가지고 있음이 확인된다.

전통적인 동요를 기억하고 있는 제보자 두 사람의 자료를 보면 두 가지 형식이 모두 등장하고 있어서 비교가 된다. 동일한 사설을 두 가지 방식으로 전승하고 있는데 이 가운데 하나를 들어본다. 예전에 다리뽑기를 하면서 하는 것을 전승 자료로 삼고자 한다.[6]

이거	리	저거	리	각	거	리	-	상	두	맹	근	도	맹	근	-
짝	-	발	이	히	양	군	-	도	리	짐	치	장	도	칼	-
수맹	이	동	근	꼬	-	빵	-								

---

6   『영동의 민요』(영동문화원, 2005). CD 5번 자료가 동요를 수록한 음반 자료이다. 이 가운데 씨디 자료 전사 정간보화한 것이다. 첫 번째 것은 충북 영동읍 계산리의 김관순이 부른 것이고, 둘째 것은 충북 영동군 양강면 계산리의 정태수가 부른 것이다. 제보자 김관순은 채록 당시의 나이가 89세였고, 정태수는 70세였다.

이	거	리	저	거	리	각	-	거	리	-	-	돈	-	두	맨	-	두	도	맨	-	도	ㅡ	ㅡ
짝	-	-	발	-	이	호	양	-	근	-	-	소	-	리	김	-	치	사	-	리	육	ㅡ	ㅡ

사설의 많고 적은 정도의 차이가 있지만 동일한 노랫말을 운용하는 방식에 있어서 차이가 있다. 근본은 같은데 노래하는 방식이 변해서 단조로워지고 노랫말이 변했음을 알 수 있다. 말이 특별한 의미를 갖는 것이 아니라 이상한 말이 결합되어서 의미를 불분명하게 하고 있는 점도 동일한 것임을 알 수가 있다.

아이들이 부르는 동요의 의미가 일관되게 구성되리라고 보는 것은 과도한 기대라고 생각한다. 이 동요는 일단 말의 의미가 서로 닿지 않는다. 이른 바 무의미의 의미를 가진 시로 되어 있음이 확인된다. 하지만 구체적으로 말이 서로 연결되어야만 이것이 의미가 연결되는 것은 아니다.

아이들이 말에 대해서 지속적인 탐구를 하고 이에 대한 결과를 가지고 말을 구성하는 것이 사실이지만, 이와는 다르게 아이들이 탐구한 결과가 때로는 황당한 경우에 이를 수 있을 가능성이 있다. 하나하나 해체해서 보면 그럴 듯한 말 같지만 이들을 모아놓고 보면 말이 되지 않는 경우가 종종 흔하게 발견된다. 이러한 현상은 동요 전반에 모두 발견되는 것은 아니고 특정한 놀이에 결부된 동요에서 이러한 사례가 있음이 확인된다.

우리나라 동요에서만 그런 것은 아니고, 다른 나라 동요에서도 그러한 현상이 있음이 구체적으로 확인된다. 가령 영국과 러시아의 전래동요에서 이러한 현상이 있다고 하는 사실이 있음이 증명되었다. 아래의 동요를 보기로 한다.

히텀, 피텀, 페니, 파이,
팝 어 로리, 징키 자이!

이나, 메나, 미나, 모
바사, 리바, 리나, 로!

텐, 텐, 포테텐 ……
포스트리굴리, 포미굴리 ……
콜랴, 몰랴, 셀렌가 ……
페랴, 에랴, 수하, 류하 ……
치켄, 비켄 ……[7]

위의 것은 영국동요이고, 아래 것은 러시아동요이다. 이 동요는 아이들이 너무 좋아하는 인상적인 동요 가운데 하나인데 이 동요의 진정한 맛이 리듬과 말의 묘미라고 할 수 있다. 이 말들이 각별한 뜻을 가지고 있는 것이 아니라 단순한 말들을 연결하면서 일정한 변화를 꾀하는 특별한 것이라고 할 수 있다. 아이들의 언어적 감각이 남다르다고 할 때에 위에 든 사례는 무척 흥미로운 것이라고 보아도 잘못이 아니다.

우리나라 동요까지 모두 합쳐서 세 가지 동요의 공통점을 말한다면, 별다른 의미가 없는 말을 열거한다는 점, 그러나 일정한 리듬이 있고 이에 따른 각운이 있다고 하는 점이 각별하다고 할 수 있다. 이것이 공통점이다. 과연 우리나라 동요에도 각운이 있는지 의문이 있을 수 있다.

그런데 흥미롭게도 다른 동요에서와 마찬가지로 일정한 각운이 있는 것을 확인하게 된다. '이거리 저거리 각거리 천도 만도 도만도' 등에서 각운이 없다고 말할 수 없다. 아이들이 탐구한 언어적 본질에 대해서 우리는 일정한 의의를 부여할 수 있을 것으로 본다. 단순한 반복에 그치지

---

7   코르네이 추콥스키, 홍한별 옮김, 『두 살에서 다섯 살까지』(양철북, 2002), 107~108쪽.

않고 일정하게 운율적인 변화까지도 일으키는 것이 사실이다.

현재의 아이들이 부르는 동요는 매우 각별하지만 이상한 것은 아니다. 문답법에 근거하고 있지만 과연 이 문답이 일관성이 있는지 의문이다. 일단 상업성이 높고 맛이 있는 콜라를 대상으로 해서 말을 엮어나가고 있는데, 일정한 변화 속에 의문과 먹고 싶은 욕망 그리고 절제하는 욕망 등을 말하는 것이 이 노랫말의 의미인데 나중에 결말로 붙은 말은 의미가 있는 것은 아니고 의성어와 다리를 지시하는 말이 결합되어 있는 것을 확인할 수 있다. 의미가 완결되지는 않지만 알쏭달쏭 재미있는 말이 매우 긴밀하게 이어진 것이라 할 수 있다.

더욱 파격적인 것은 동일한 다리뽑기를 하는데 더욱 이상한 말을 하고 있는 것이 확인된다. 다음의 동요는 말이 없는 것이지만 허밍음으로 각별한 노래를 하고 있는 경우에 해당한다.

니나니나

노래: 배정은, 이경신, 정아영
채보: 정서은

니 나 니 나 니 고 릴 라 다　점 잘 생 겼 다　점 못 생 겼 다　점

이 노래는 베토벤의 〈엘리제를 위하여〉라는 피아노곡에다 노랫말을 붙인 것인데 의미가 분명하게 되어 있는 것은 아니다. 다만 상용화된 컬러링이 된 것이므로 아이들에게 익숙하니 여기에다 말을 붙인 것으로 이해된다. 그런데 다리뽑기에 적절하도록 말을 붙이는 것이 분명하도록 리듬을 구성한 것이지만 의미가 분명하게 되어 있는 것은 아니다. 고릴라가 잘생긴 것인지 못생긴 것인지 알기 어렵지만 이에 대한 의미 부여와

무관하게 독자적인 의미를 무의미하게 가지고 있는 점을 확인하게 된다.

또한 이 노래는 다리뽑기 이외에도 아이들이 서로 놀리면서 하기도 하는데, 아이들 스스로 이 노래는 다른 사람을 놀릴 때에 하는 것임을 강조하기도 한다. 다리뽑기에 쓰는 것과 다르게 여러 가지 놀이를 하면서 다양하게 변용하면서 부르는 것임을 말하고 있다.

아이들의 음악적 환경이 다변화되어서 여러 방면에서 이것이 형성되는 것이므로 이러한 변화가 생기면서 기발한 의미를 갖도록 되었음이 확인된다. 다리뽑기에 베토벤의 음악을 받아들여서 변형시킨 것은 아주 이례적인 일이라고 할 수 있다. 이 점에 있어서 매우 각별한 변화가 생긴 것이라고 할 수 있다. 음악적 환경이 변화하면서 이것을 받아들여 바꾸는 능력이 각별한 점을 확인하게 된다. 변화의 요점은 창조적인 것으로 놀이에 이를 원용하는 일이 매우 중요하다고 할 수 있다.

꼬꼬댁이

노래: 배정은, 이영신, 정아영
채보: 정서은

현재 아이들이 부르고 있는 노래 가운데 다소 막연하긴 하지만 놀이를 하거나 아이들을 놀릴 때에 부르는 소리가 또 있어서 이를 살펴본다. 즉 이 노래는 분명한 기능이 있는 것은 아니고 아이들을 놀릴 때에 부르는 소리라는 것이다.

소리에 분명한 의미가 있는 것은 아니지만 닭, 펭귄 등이 사람과 어우러져 이루어지는 소리를 이렇게 표현한 것으로 본다. 이 소리는 분명한 의미를 가지고 있지 않지만 똥에 대한 더러움을 표시한 것이라고 할 수 있다. 아동도서 시장에 똥 시리즈가 매우 인기가 있게 되면서 아마도 이러한 소리가 연관되어서 창작되었을 개연성이 있는데 이것이 과연 타당한 의의가 있는지 의문이다.[8]

리듬은 2소박 4박자로 단조로운데 선율은 분명하게 파악되지 않는다. 그것이 과연 어느 정도 의의가 있는지 이 선율이 지니고 있는 의의가 무엇인지 알기 어려운 실정이다. 아이들이 예전에 닭잡기 놀이를 하면서 부르던 소리가 있었는데 이것과는 전혀 관련이 없는 것처럼 보인다. 개인의 창조처럼 보이지 않고 변화된 상황 속에서 일련의 공동적 전승에 의해서 창조된 작품으로 판단된다.

아이들이 놀이를 하면서 내기에 진 아이를 엎어놓고 하는 것이 곧 등두드리기이다. 엎드려서 전혀 누구인지 알 수 없는 상황 속에서 여러 아이들이 등을 두드리면서 노래를 하는데 이것이 아이들 사이에 구전으로 널리 전하는 것이 있다. 대체로 어떠한 노래를 한 끝에 '일층 위에 이층, 이층 위에 옥상, 옥상 위에 태극기' 하는 식의 소리가 이러한 구성에 해당한다. 이 노래는 필자도 초등학교에 다닐 적에 많이 불렀던 것 가운데 하나인데 여전히 이런 노래가 불린다고 하는 것은 흥미로운 일이다. 이 소리가 어디에서 기원을 하고 있는지 분명하게 알 수 없으나 이 소리를 어떻게 평가해야 할지 전승이 지속적으로 이어지고 있는 것이라고 할지 의문이 제기된다.

'일층 위에 이층…'이라는 노래를 하다가 나중에 태극기에 대한 노래

8　김희경, 『똥벼락』(사계절, 2001); 베르너 홀츠바르트 글, 볼프 에를부르흐 그림, 『누가 내 머리에 똥 쌌어?』(사계절, 2002).

를 하지만, 필자가 불렀을 때처럼 이 노래가 지속되는 것은 아니다. 중간에 중동무이를 하고 이것의 끝에 '펄럭펄럭'이라는 말을 넣어서 이 말에다 아이의 등을 때리는 일이 계속되도록 하는 동작을 해야 하므로 이 노래를 한다. 이 노래의 용도는 아이의 등을 때리면서 놀리는데 초점이 있다고 할 수 있다. 경우에 따라서 아이들이 집의 층수를 단층에 머물게 하지 않고 이것을 여러 층에 걸쳐서 하는 특징이 있다. 여기에 초점이 있다.

태극기가 바람에

노래: 배정은, 이경신, 정아영
채보: 정서은

놀이를 하면서 아이들을 괴롭히고 즐거움을 갖자는 노래도 있어서 매우 흥미롭다. 가령 〈빨간모자〉와 같은 것은 이러한 놀이노래의 전형적 사례이다. 이 놀이는 일단 술래를 정하기 위해서 가위·바위·보를 하고, 이긴 아이가 진 아이 한 명을 골라서 팔뚝을 대게 하고 여기에다

홍미로운 놀이를 하는 것으로 되어 있다. 이 과정에 팔뚝을 계속해서 여러 가지 방식으로 놀리는데 다음과 같이 전개된다.

"빨간모자가 올라갑니다(두 손가락으로 하나, 둘 하면서 걸음을 걷듯이 팔뚝에다)"

"(주인아저씨한테)아저씨, 빨간모자 있어요?, 아니 없는데, 그 대신 토끼를 주마"

"빨간모자가 내려갑니다, 토기도 내려갑니다(손가락 두 개로 뜀을 뛰듯이 하면서)"

"빨간모자가 올라갑니다, 토끼도 올라갑니다"

"(주인아저씨한테)아저씨, 빨간모자 있어요?, 아니 없는데, 그 대신 고양이를 주마"

"빨간모자가 내려갑니다, 고양이도 내려갑니다(손가락 다섯 개를 펴서 손톱으로 긁으면서 팔뚝을 훑으면서 내려간다)"

"빨간모자가 올라갑니다, 고양이도 올라갑니다"

"(주인아저씨한테)아저씨, 빨간모자 있어요?, 아니 없는데, 그 대신 게를 주마"

"빨간모자가 내려갑니다, 게도 내려갑니다 (엄지손가락과 검지손가락으로 꼬집으면서 팔둑을 내려간다)"

"(주인아저씨한테)아저씨, 빨간모자 있어요?, 아니 없는데, 그 대신 고릴라를 주마"

"빨간모자가 내려갑니다, 고릴라도 내려갑니다(주먹을 쥐고서 팔뚝을 두드리면서)"

(다 마치고서)

"빨간모자가 여기 있네"(팔뚝이 빨갛게 된 것을 말한다)

본디 이 노래와 놀이는 어떠한 용도로 쓰였는지 궁금하다. 노래라고 볼 수 있는지 의문이지만 적어도 이 노래는 말로 되어있지만 리듬은 충만하고 일정한 공식구가 있어서 이것을 가지고 변형하는 것인데, 이것이 매우 이채로운 면모이다. 다른 고장에서는 이 노래는 벌칙을 가지고 형성된 것인데 일정한 변형이 생긴 것으로 짐작된다.

이 노래를 부르는 경기도 지역의 아이들은 이 놀이에서 일단 술래를 정하고 술래가 지정한 아이를 벌칙 받을 아이로 정하고 아이의 팔뚝을 벌겋게 만들어서 결국 놀이에서 찾는 빨간모자가 팔뚝에 그려진 그림인 것을 알아내는 방식이다. 아이의 팔뚝을 빨갛게 만드는 것이 초점이라고 할 수 있다.

다른 고장의 아이들은 이것을 놀이에서 진 아이를 곯려주는 놀이로 용도가 결정되었다. 제주도에서 채록된 자료를 보면 이 점이 분명하게 드러난다.

고릴라 한 마리가 지나갑니다 쿵
고릴라 두 마리가 지나갑니다 쿵쿵
고릴라 세 마리가 지나갑니다 쿵쿵쿵[9]

가마솥에 누룽지
박박 긁어서
오순도순 씹으면 정말 맛있어
맘모스 한 마리가 쿵
맘모스 두 마리가 쿵쿵

---

9   홍양자, 앞의 책(2000), 110쪽.

맘모스 세 마리가 쿵쿵쿵

맘모스 네 마리가 쿵쿵쿵쿵

병아리 한 마리가 빡

병아리 두 마리가 빡빡

병아리 세 마리가 빡빡빡

병아리 네 마리가 빡빡빡빡[10]

아이들이 지니고 있는 창의성의 한계는 어디까지인가? 그것은 한계가 없는 것임을 쉽사리 알게 된다. 벌칙으로 아이의 등을 두드리는 것을 변형해서 이 노래를 만들어내고 여러 가지 환경에 걸맞는 변형을 시도하는 것은 매우 이채로운 현상이라고 할 수 있다. 동물원에서나 볼 수 있는 동물을 가져다가 여러 가지 벌칙을 강화하고 있는 것이다. 이 벌칙은 아주 각별해서 이 벌칙을 통해서 아이의 등짝을 못살게 하는 규칙이 있는 셈이다. 노래와 놀이를 변형하는 창조성을 다시금 확인할 수 있다. 경기도의 노래와 견주어서 본다면, 창조성은 매우 중요한 의미가 있어서 경기도의 아이들은 놀이 자체로 변형하였다면 제주도의 노래는 놀이가 아닌 놀이의 벌칙을 부과하는 놀이로 의의를 두고 있다.

아이들이 부르는 노래 가운데 기성의 노래를 곡은 그대로 두고 이를 노랫말을 바꾸어서 부르는 이른 바 개사곡이 적지 않은 것으로 판단된다. 문제는 개사곡에 그치지 않고 이것이 다시 구전으로 전하면서 심각한 구전성과 함께 패러디의 성격을 띠고 있는 점이 각별하다고 할 수 있다. 이것이 구전동요의 중요한 변화 요인 가운데 하나라고 보아도 잘못이 아니다. 아이들이 어느 시기에 이르게 되면 거침없이 불경스러운 말을 하면서

---

10 위의 책, 110쪽.

말을 바꾸어서 하는 특징이 두드러지게 되는데, 지각이 생기고 더욱 물미가 트인 아이들이 개사곡이라는 노래를 통해서 자신들의 의사를 표명하고 있으며, 사회에 일정한 비판을 가하고자 하는 점에서 남다른 면모가 있다.

개사곡은 개인작인가 아니면 공동작인가 하는 의문이 있을 수 있다. 이를 바꾸어서 말하면 개사곡은 작사가와 작곡가가 분명한데 이를 과연 구전동요로 볼 수 있는지 의문과 직결된다. 개사곡은 원칙적으로는 구전동요가 아니다. 기록에 의한 개성이 있는 곡조이므로 구전동요의 일차적 의미에서 벗어난다. 개사곡이므로 특정한 작자인 개사자가 있어서 이 노래를 이용하여 노랫말을 구현한 것으로 볼 수 있을 것이다. 개인작일 수 있는 근거가 여기에 있다.

개사곡 최초의 발생 단계 즉 노랫말의 변형이 생기는 과정에서는 이러한 논리가 타당하지만, 각도를 달리해서 보면 이러한 것이 개사곡의 구전적 성격을 모두 제약하는 것이라고 보기 어렵다. 오히려 개사된 그 시점에 있어서부터 부차적인 구전의 위력이 발휘된다. 구전의 방법에 의해서 이 노래가 불려지고 이 노래의 구전적 의미를 획득하는 과정이 부가적으로 이루어지는 것이기 때문이다. 구전으로 전달되면서 개사곡의 의미는 구전적으로 검토되고 구전에 의해서 이룩되는 힘이 생기게 마련이다. 구전의 방법이 아니고서는 이러한 노래는 무의미하게 여겨질 정도라고 할 수 있다. 일부러 잘못 부르는 것이 아니라 이 노래를 기억으로 전승하면서 생동감 있는 현실로 구체화하는 것이라고 할 수 있다.

아이들의 집단적 선택이 비록 한시적이라고 해도 구전에 의해서 검증되고 전달되면서 이 노래는 의의를 가지고 불려지게 마련이다. 개인작으로 시작해서 구전되는 노래로 일정한 의미를 획득하면서 즐거운 노래, 집단적 노래로 성격이 변화되었음을 알 수 있다. 이 과정의 역동성은 개인작을 무색하게 하는 특징이 있으며 구전동요의 주요한 항목으로 논의를 하는 필요성을 갖게 한다. 개사곡의 의의는 아무리 강조해도 지나치지 않는다. 그러나 구전동요의 본질적인 면모보다는 의의를 더 평가할 수 없는 것은 사실이다.

개사곡의 내력을 모두 염두에 두고 볼 때에 이 문제는 분명하게 드러난다. 가령 노가방의 경우도 이러한 성격을 가지게 되는데 이것은 분명히 구전의 힘을 빌리고 있지만 개인적이고 한시적인 시대성을 가진 것이라고 할 수 있다.[11]

개사곡은 두 가지를 골라보았는데 그것이 하나는 〈애국가〉를 개사곡으로 부른 것이고 다른 하나는 〈아빠와 크레파스〉를 개사곡으로 부른 것이다. 누가 지었는지 분명하지 않지만 노래의 핵심이 분명하게 드러나고 이 노래를 가지고 일정한 의도를 전하고자 하는데 있어서 주목되는 노래라고 생각한다. 먼저 〈애국가〉를 개사한 것이 전승되는 사례를 보기로 한다.

〈애국가〉는 나라의 공식적인 행사에만 쓰이는 것인데 이에 대해서 문제의 요점이 분명하게 드러났다. 하나는 나라를 팔 수 있다는 생각이 드러났는데, 이는 상당히 불경한 일이고 게다가 나라의 존립 근거를 뒤흔드는 일일 수 있으리라고 생각하는 사람은 아무도 없을 것이라고 본다. 아이들이 발랄하게 총합으로 십만 구천 팔백원에 세일하여 팔 수 있다고 했으니 생각이 귀엽고 깜찍하다고 할 수 있다.

---

11 돈암동 "노가방"의 작부 노래 같은 것이 이에 적절한 사례이다. 작부들이 기성의 가요를 음탕한 사설로 바꾸어서 노래로 하는데 이는 구전가요이지만 확산력이나 전달에 있어서 구전을 전제로 하는 것은 아니다. 실제 녹음된 자료에 입각해서 본다면 구전가요는 한정적인 계층으로 특정한 사람을 대상으로 하는 노래임을 분명하게 인지할 수 있다.
1995년 10월 정도로 기억되는데 돈암동 노가방에서 작부 노래를 채록했다. 일자는 불분명한데 이 자료를 채록하기 위해서 문화방송 프로듀서들이 갔으며, 90분 테잎 두 개로 남아 있다. 그런데 이 노래를 잘 하는 세대의 연구자도 있어서 도움이 된다. 가령 권오성과 같은 연구자는 이 계통과 다른 구전가요를 필자에게 들려준 적이 있다. 녹음하지 못했다.

동해물과 백두산이

노래: 배정은, 이경신, 정아영
채보: 정서은

동 해 물 과 백 두 산 이 삼 만 구 천 팔 백

원 하 느 님 이 세 일 - 해 서

만 구 천 팔 백 원 무 - - 궁 화

삼 - 천 리 삼 천 원 이 다

대 한 민 국 세 일 - 해 서 십 만 구 천 팔 백

원

사설에서 말하고 있는 가격을 모두 합산해도 가격이 일치하지 않는다. 그것은 말에 따라서 즉흥적으로 의미를 고려하지 않고 말을 했다는 것을 말한다. 그래서 선후가 맞지 않는 의미를 부여하고 있음이 확인된다. 아이들이 부르는 노래에서 심각한 의미를 찾으려고 해서는 안 된다고 생각한다. 말이 구전으로 전달되면서 다양한 변이가 개사곡에서도 일어나고 즉흥적인 변수가 있는 것을 감안한다면 이 노래는 이러한 각도에서 의의를 부여해도 좋은 것이라고 생각한다.

아빠와 크레파스

노래: 배정은, 이경신, 정아영
채보: 정서은

〈아빠와 크레파스〉는 아이들이 자신의 울타리가 되어야 할 가족에 대한 생각과 아버지에 대한 의미를 되새기는 노래인데 이 노래는 의미가 무지막지하다. 그래서 듣는 사람을 놀라게 하지만 다시 생각하면 의미를 생각할 수 있는 노래로 개사곡이라고 할 수 있다. 이 시대의 아빠를 어떻게 생각하고 있는지 무지막지한 생각 속에 아버지에 대한 그리움을 노래하고 있는 것을 알 수 있다.

원래 이 노래는 아빠가 사 가지고 온 크레파스로 인해 상상의 세계로 들어가는 모습을 분명하게 보여주는데, 이 작품의 본디 의미를 왜곡해서 이 노래를 아버지의 무지막지한 폭력적 인물로 묘사하고 있다. 크레파스를 사오지 않고 대신에 쇠몽둥이를 사 가지고 와서 이를 가지고 아이를 때리는 것으로 작품에서 형상화했다. 이 노래는 의미를 새롭게 하는 것이라기보다는 폭력 가족에 대한 풍자와 비판으로 읽어야 의미를 가지게 되는 것으로 생각한다.

아이들이 손뼉을 마주치면서 노래를 하면서 놀이를 하고 노래를 하는 전통은 매우 오래되었으며 이 전통은 전래동요에서는 발견되지 않는 것인데 근대 시기에 이르러서 손뼉을 치는 노래가 유행하기 시작했다. 이 노래는 의미를 부여해도 좋은 것인데 이 노래를 이른 바 '쎄쎄쎄'라고 하는 것으로 널리 유행한 것이 이 노래의 구전동요적 속성을 말하는 것이라고 볼 수 있다.[12]

본래 이것은 일본에서 유래된 것인데 이러한 손뼉치기는 유래가 그리 오래된 것이 아니라고 생각한다. 그런데 이 소리는 우리의 노래가 아니라 이미 일본에서 유래된 것이라고 단정하면서 논의를 하는 것에 의의를 두어야 할 지 말아야 할 지 의문의 여지가 생긴다. 일단 이에 대해서 문제를 가다듬어서 생각해야 한다고 본다. 이 노래는 내력이 아주 오랜 것으로 보인다. 일단 일본에서 영향을 받은 것을 인정하지만 다른 각도에서 본다면 이를 변형해서 보여주는 전례를 과연 그렇게만 볼 수 있는지 의문이 있다.

손뼉치기를 너무나 일본의 영향으로 해석하는 것에 신중한 견해가 필요하다. 농악에서 이러한 가락과 놀이가 많은데 이를 무시하는 것은 옳은 처사는 아니다. 가령 필봉농악이나 선산무을농악에서 독자적인 수박치기가 있으므로 이를 준거삼아 아이들이 하는 손뼉치기 전통이 과연 일본의 영향만으로 볼 수 있는지 의문이 든다.[13] 일본의 영향이라고 하더라도 과연 이것만이 전부는 아니라는 점을 알 수 있다.

수박치기는 농악에서 기본적인 리듬에 맞추어서 손뼉을 치는 것을 말하는데 치배와 놀이패를 둘로 나누어서 한다. 단 둘이서 하는 아이들의 놀이와 다르게 농악대가 하는 수박치기는 일정한 행렬을 맞추고 이에 따

---

12 이에 대해서 손뼉치기 놀이가 일본에서 유래된 것이라고 말하면서 이를 일본의 영향을 받은 현대동요로 규정하고 길게 논의한 바 있다. 이 견해는 일정한 의의가 있지만 이에 대해서 재론의 여지가 있으므로 이에 대한 논의를 해야 할 것으로 보인다.
홍양자, 앞의 책(1997), 101~113쪽; 홍양자, 앞의 책(2000), 122~123쪽.
13 양진성, 『호남좌도임실필봉굿』(신아출판사, 2000), 258~259쪽; 양진성, 『무을풍물』(구미문화원, 2005), 98쪽.

라서 손뼉을 치는 것을 말한다. 동일한 방식이 각기 있었던 것이고 이것을 내적 전통으로 하면서 일정한 영향을 받은 것으로 보아야 한다.

요즈음 아이들에게 가장 흔하게 발견되는 놀이는 역시 손뼉치기이다. 손뼉치기는 단순한 놀이가 아니라 내력이 깊은 것인데 아이들 사이 특히 여자어린아이들 사이에 널리 퍼져 있는 놀이라고 할 수 있다. 여러 가지 손뼉을 치는 동작이 있지만 대체로 정확한 박자관념과 한치라도 어긋나지 않는 동작의 일치감이 이 노래를 부르는 의의가 있다고 할 수 있다. 놀이를 통해서 보여주는 의의와 노래가 부합되는 것이 이 노래의 특징이 있다고 할 수 있다. 아이들이 이 노래를 부르면서 두 가지 놀이를 하였는데 둘 다 의의를 가지고 있는 것이라고 할 수 있다.

아이들이 쉬는 시간이 되면 자신들만의 놀이를 한다고 한다. 이 놀이를 하는 이유는 여러 가지 긴장을 풀고 수업으로 벗어나기 위한 방편으로 이러한 일을 하는 것이다. 이 놀이를 하면서 자유롭게 놀이를 하고 노래를 하는 것은 매우 흥미로운 현상이다. 여러 가지 노래를 하지만 노래는 대체로 4학년까지 하고 이후에는 잘 하지 않는다고 한다. 아이들의 심성이 자라고 어른이 되는 과정에서는 이 노래와 놀이를 하지 않음을 알 수 있다. 여기에 '놀이가 있는 노래'의 요점이 있다고 할 수 있다.

일제시대 이후에 유래된 것으로 추정되는 아이들의 손뼉치기 노래가 있다. 그런데 전에 하던 것과 아주 색다르게 요즘 아이들이 〈야광도깨비〉와 〈여보게 이방〉이라는 노래를 하는데 이를 살펴보기로 한다. 이 노래는 리듬감과 자유로운 노랫말과 몸짓을 하는 특별한 노래임을 알 수 있는데 같은 놀이를 하면서 부르는 것으로 흥미로운 익살을 만날 수 있는 노래라고 생각한다. 이 노래를 차례대로 살펴보기로 한다.

야광도깨비

노래: 배정은, 이경신, 정아영
채보: 정서은

　　〈야광도깨비〉는 전래동화에 근거해서 만든 것이라고 하는데 일리는 있으나 과연 그런지 의문이 든다.[14] 왜냐하면 소재적인 차원에서는 그렇지만 이 노래는 엄연히 창작곡이고 이것이 여러 노랫말로 전하는 것을 보면 분명히 의의가 있기 때문이다. 노래가 놀이에 따른 것이지만 아이들의 창조성이 가장 선명하게 확인되는 놀이노래이다.

　　특정 시대에 만들어진 창작동요를 중간에 넣고 이를 손뼉을 맞추는 놀이를 하면서 연주를 하는 식의 사잇말을 하는 것이 기본적 특징이라고

14　홍양자, 앞의 책(2000), 147쪽.

할 수 있다. 노랫말의 진행과 함께 사이사이에 넣는 '깨비깨비'라는 말이 결합하면서 절묘한 리듬감을 자아내는데 이는 아이들의 순수한 창작이고 기존에 있는 일본식의 단순한 놀이 방식과도 다르다.

이 노래의 기본적인 것은 필자가 어렸을 적에 배운 바 있는 '아버지는 나귀 타고 장에 가시고 할머니는 건넌 마을 아저씨 댁에'라는 동요라고 할 수 있으며, 웬일인지 동요가 변질되어서 '금 나와라 와라 뚝딱'이라는 노래로 바뀌어 있다.

이 동요를 그대로 가져와서 독창적인 변형을 이룩하는 것이라고 본다. 일본 동요의 영향인 점은 배제할 수 없으나 놀이나 형식에 있어서 근본적인 변화가 생긴 것이라고 생각한다. 이 변화가 우리 아이들이 구현하는 창조적인 현상이며 문제의 핵심이다. 단순하게 수용하는 것으로 그치지 않고 이를 받아들여 새로운 의미를 부여하면서 의의를 가지게 하는 특징이 발현된다. 구전동요에 놀이와 노래가 결합되는 독창적 창조가 이어졌다.

〈여보게 이방〉은 역시 손뼉치기를 하면서 부르는 것인데 매우 독창적인 변형을 이룩한 것이라고 생각한다. 가운데 중심을 이루는 동요는 외국 곡에 개사를 한 것이고 다시 여기에 크리스마스 캐롤 가운데 한 대목을 넣어서 노래를 짠 것으로 생각한다. 내용은 사또와 이방의 적대적인 관계를 중심으로 노래를 짜나가는 특징이 있다. 사또가 미워서 하는 행위를 놀이에 연관지으면서 등 뒤에다 껌을 붙여 놓았다고 하면서 마무리를 짓는 노래이다.

아이들이 손뼉치기를 하면서 노래를 한다는 점에서는 같지만 이 노래는 아이들이 독자적으로 변형해서 노래말과 놀이를 찾아서 재창조한 것이라는 점에서 의의가 있다. 아이들은 기존의 것을 가지고 와서 자유롭게 변형하는 창조의 자유를 누린다. 창조는 다른 것이 아니라 원래 있는 것에 심각한 변형을 주는 것이다. 이 변형은 매우 중요한 의의가 있

여보게 이방

노래: 배정은, 이경신, 정아영
채보: 정서은

으며 기존의 있는 것에 변형을 주는 것이 특징이라고 할 수 있다.

아이들이 줄넘기를 하면서 부르는 소리에서도 창조적 변형을 찾을 수 있다. 이 소리는 핵심이 곧 서양에서 유래된 것을 바꾸어서 변형했다는 점이다. 본디 이 소리는 서양에서 들어온 것으로 원곡은 이른 바 〈Teddy Bear〉이다.[15] 이 곡은 미국의 전래동요인데 이것이 일본에 들어와서 잡지에 번역 소개되어서 이 노래가 일본에서는 〈곰돌아 곰돌아 〈

まさん〈くまさん〉로 되었다.[16] 이것이 우리나라에 와서는 〈꼬마야 꼬마야〉
로 바뀌었다.

매우 다양한 놀이의 지시가 있으므로 이 소리는 놀이와 긴밀하게 연
관되는데 실제로 이 노래는 본질은 아이들에게 많이 잊혀지고 노래말 자
체에 심대한 변형이 생겼을 따름이다. 이 노래는 노래의 변형으로 이해
할 수 있는 긴요한 의의가 있다. 반복적으로 이어지는 반복구를 생략하
고 행위만을 지시한다는 사실 자체가 이러한 변화를 말하는 것이다. 노
래를 하나 살펴보기로 한다.

꼬마야 꼬마야

노래: 배정은, 이경신, 정아영
채보: 정서은

꼬마야 꼬마야 뒤를 돌아라 돌아서 돌아서 땅을 짚어라 짚어서 짚어서 만세를불러라

불러서 불러서 잘 - 가 거 라

왜 이 줄넘기 노래가 〈꼬마야 꼬마야〉로 이름이 되었는지 해명이 간
단하지 않다. 곰을 고마라고 하는 전례가 있으므로 이에서 비롯된 것이
아닌지 의문이 든다. 이것이 경음화되면서 이를 구전동요에서 꼬마야 꼬

---

15 미국의 노래는 원문 사설이 이렇게 되어 있다. 홍양자, 앞의 책(1997), 116쪽에서 재인용한다.
    Teddy bear teddy bear turn around/ Teddy bear teddy bear tourch the ground/ Teddy bear
    teddy bear show yor shoe/ Teddy bear teddy bear clap your hands/ Teddy bear teddy bear
    that will do/ Teddy bear teddy bear say good-bye//
16 일본의 노래는 원문 사설이 이렇게 되어 있다. 위의 책, 115~116쪽에서 재인용한다.
    くまさん くまさん まわれみぎ/ くまさん くまさん 手をついて/ くまさん くまさん 片足あげて/ くまさ
    ん くまさん 両手をあげて/ くまさん くまさん おじぎして/ くまさん くまさん おんぶして/ くまさん
    くまさんさようなら//

마야로 가져간 것일 수 있다. 이러한 추정이 타당하고 근거가 될 수 있다면 노랫말에 따라서 놀이의 형태에 의해서 추론이 가능하다면 이 동요는 명백하게 외래의 동요를 이은 것으로 생각된다.

아이들이 누리면서 즐기고 있는 구전동요는 놀이와 긴밀하게 관련이 있으며 원천이 다양한 것으로 밝혀졌다. 놀이는 다채로운 것은 아니지만 주로 손뼉치기, 줄넘기 등이 있고 이 놀이 가운데 벌칙이 있어서 벌칙을 통해서 다시 부르는 동요들이 있다. 이밖에도 아무 뜻이 없이 노래말을 바꾸어서 부르는 개사곡들이 많은 것을 알 수 있다. 아이들의 동요가 소재적 원천을 다양하게 구성하고 있지만 구전에 의해서 창작된 노래도 있고, 외국곡인에 이것을 개작해서 사용하는 경우도 있어서 소재적 원천에 따라서 다양한 것을 알 수 있고 음악환경이 달라지면서 그에 따라 이루어진 것들이 적지 않다.

3. 현대구전동요의 특징과 의의

1) 현대구전동요의 중층적 성격

구전동요는 시대적 의의를 가지고 있으며 이 점이 매우 중요하다. 현재 우리에게 있는 세대적 차이에 의한 구전동요는 삼단계의 면모를 가지고 있다. 일본 동요가 영향을 주는 시점을 준거삼아서 이에 앞선 세대의 구전동요가 있을 수 있다. 이를 우선 구전동요 1이라고 칭하자. 일본동요의 영향을 그대로 안으면서 이어가고 있는 동요를 구전동요 2라고 하자. 이와는 다르게 일본동요를 극복하면서 다양한 노래를 부르는 현재의 동요를 구전동요 3이라고 하자. 우리는 세 가지의 동요를 통시적으로 비교하면서 동시에 공시적으로 비교할 수 있다.

구전동요 1은 일제시대 이전의 그것과 거리를 두고서 이루어진 것으로 현재의 70살 윗대의 구전동요를 말한다. 전래적인 동요의 이른 바 민족적 정체성을 유지하고 있지만 대체로 구전동요의 주체는 기억이라는 수단에 잠재되어 있으며 기억 속에 있는 것을 말한다. 이 소리는 구전동요의 본질적인 것이지만 문제는 소멸위기에 놓여 있는 것이 분명하다는 점이다. 구전은 되는데 부대적인 상황이 분명하게 되어 있지 않은 것이 구전동요 1의 약점이라고 할 수 있다.

구전동요 2는 전래적인 동요와 다르게 특별한 단계의 매개를 통해서 이식된 것이어서 이에 대해 분명한 의의를 가지고 있다. 독자적인 수용과 변형이 이루어진 것이 곧 구전동요 2의 특색이라고 할 수 있다. 이 구전동요 2는 전래동요의 깊은 영향과 함께 극복의 면모가 일부 있으나 온전하게 극복되지 못하고 여러 가지 모습으로 되어 있는 것을 확인하게 된다. 가령 손뼉치기로 하는 〈아침바람 찬 바람에〉 〈잘잘잘〉 등이 이에 적절한 사례이다. 일본을 매개로 하는 〈꼬마야 꼬마야〉 〈여우야 여우야 뭐하니?〉 등도 사례에 해당한다.

구전동요 3은 이들과 완전히 결별하지 않고 다양한 원천을 두루 활용하면서 노래들을 새롭게 창조하는 것이 구전동요 3의 특징이다. 놀이는 남아있는데 노래가 바뀌면서 독창적으로 만들어진 〈코카콜라〉, 외국곡을 바꾸어서 창조한 〈니나니나〉 등은 이러한 특징을 숨길 수 없는 사례라고 할 수 있다. 동시에 일본에서 전래된 것을 완전히 리듬적으로 재창조하고 이를 자유롭게 부르는 〈야광도깨비〉 〈여보게 이방〉 등은 독자적인 창작이라 할 수 있다.

시대적으로 계속되는 구전동요의 창작은 서로의 연관성이 없으면 계승이라고 하는 말을 쓰기는 벅찬 것이다. 그런데 문제는 구전동요 1과 구전동요 2 그리고 구전동요 3이 있는데 이 세 가지가 서로 대립적이고 심지어 단절적인 면모를 가지고 있으면서도 전승되고 있는 것이 확인된다. 가령 구전동요 1과 구전동요 3은 심각한 변화와 전승에 있어서 비교 논의를 할 필요가 있다.

구전동요 1과 구전동요 3은 현저한 놀이의 일치점에도 불구하고 서로 달라진 점은 심각하다고 할 수 있다. 〈다리뽑기〉를 예증으로 삼아서 논의할 때에 구전동요 1에서는 2소박 4박자와 3소박 4박자가 균등하게 출현하고 이 가운데 3소박 4박자의 의의가 현저하게 격감하지 않았다. 그런데 현대구전동요인 구전동요 3에서는 3소박 4박자는 완전히 사라져 버리고 나타나지 않는다. 우리네 리듬의 전통적인 것이고 박자의 심층이라고까지 말한 3소박 4박자가 존재하지 않게 된 것은 너무나 심각한 전통의 소멸이라고 평가해도 지나치지 않는다. 구전동요 2에서도 이러한 3소박 4박자도 일부 발견되기는 했지만 위기의 단절이라고 보아도 잘못이 아니라고 볼 만큼 느린 박자로 된 리듬감의 소멸은 현저하게 문제가 되는 것이라고 생각한다.

음악학자들이 내린 결론 가운데 흥미로운 견해는 전래동요를 분석하면 이 아이들의 동요는 메나리토리가 우세하다고 하는 것이다. 우리는 다시 생각하면서 이 문제를 분석적으로 재검토해야 한다고 생각한다. 박자 분석에서는 대체로 전통적으로 출현 가능한 모든 자료를 보아도 분명하게 전통적인 가락을 유지하고 있는데 선율에 있어서 특정하게 메나리토리가 우세한 이유가 해명되지 않았다고 생각한다.[17] 이제 이를 넘어서

---

17 음악학자들의 연구가 이 글의 서두에 예시되어 있는 것처럼 해석이 부족한 이유를 재점검할 필요가 있다. 과거에 얽매여 있으면서 내린 결론을 살펴보자. 아이들이 부르는 노래에 메나리토리와 경토리의 상관성을 논의하면서 다음과 같이 결론 삼았다.
"경토리는 경기지역에서만 나타난다고 알려진 기존의 사실과 달리 전래동요에서는 경남을 제외한 남한 전지역에서, 모든 동요(기능 및 내용과 상관없이)에서 고루 나타난 점이 밝혀졌다. 이상의 사실로 보아 전래동요의 토리는 메나리토리가 기층 선법을 이루고 있으며, 그 위에 경토리가 덧씌워져 있는 중층 형태를 취하고 있다고 할 수 있겠다. …(중략)… 따라서 전래동요를 음악적으로 분석한 결과, 한국음악의 가장 간단한 음악문법은 4·4조의 사설에, 3소박 4박자의 박자구조, do'→la→mi형의 메나리토리 선율이라고 할 수 있다."[강혜진, 앞의 논문(2004), 63~64쪽].
이러한 해석은 탁상공론이 낳은 문제점으로 충실한 예증과 반증을 고려해서 논의했어야 할 문제점을

는 연구가 되어야 온당한 길로 들어선다고 생각한다.

2) 현대구전동요의 특징

현재의 구전동요는 소재적 원천이 다양해서 개사곡으로 된 것들까지도 포괄하고 있으며 이를 구전의 개념으로 확장하고 적용해야 할 이유가 생긴다. 의례적인 것에서 사용하는 음악이나 노래를 변형하는 것에서부터 기존의 가요나 동요로 알려진 것은 물론하고 외국의 기악곡까지도 일정하게 노랫말을 붙이고 이를 변형하면서 노래로 재창조하는 사례로 필요한 것도 있으므로 이를 주목해야 마땅하다.

그런데도 불구하고 구전적 창작의 수단을 가진 것도 있지만 대체로 노래가 가지는 소재의 원천이 다변화되지 못하고 소재를 제공하는 문화적 환경이 억압적으로 작용함에 따라서 아이들의 동요는 단조로운 소리로 획일화하는 것을 볼 수가 있으며 이것이 현재의 구전동요를 한계로 결정하는 것을 볼 수가 있다. 아이들의 구전동요는 장단이나 선율이 단조롭고 정체성이 모호한 것이 많다는 사실을 알 수 있다.

아이들이 현재 부르는 동요는 두 가지 점에서 일정한 한계가 있다. 선율의 차별성이 없어지고 단일화되는 것이 특징이고 느린 장단이 아닌 빠른 장단으로 노래를 하는 것이 결정적으로 발견되는 공통점이라고 할 수 있다. 아이들이 부르는 구전동요가 급격하게 바뀐 것은 이상한 현상이지만 현재의 사회에 적응한 결과이므로 이해할만한 일이라고 생각한다. 구전동요의 획일화는 심각한 문제이면서도 불가피한 현상이라고 생

가지고 있다. 현상적으로 옳은 것 같지만 제대로 조사하지 않아서 (자료가 문화방송 자료로 한정되었음) 이것이 전래동요에서 생긴 결과인지 현대사회에서 적응하면서 생긴 결과인지 궁금한데 어떤 식으로도 연구하지 않아서 문제점이 매우 큰 견해라고 생각한다. 현대구전동요와 상관성은 있는지 없는지 문제점이 심각한 것인데 말하지 않았다.

각한다.

구전동요에서 동요의 개념에 일정한 특징이 발견된다. 구전동요는 대체로 놀이와 더불어서 창작되는 것이 예사이다. 동요의 엄격한 기준은 모호하기는 하지만 놀이에 의해서 노래를 하고 노랫말을 갖추는 것이 예사임을 알 수 있다. 노래는 일정한 원리를 가지고 만들어지는 것이지만 모두 놀이를 기준으로 형성되는 것임을 알 수 있다. 아이들이 같이 하는 놀이에서 이러한 기준이 작용하면서 노랫말이 만들어지는 것인데 교과서나 공식적인 루트를 통해서 들을 수 없는 것이 이 구전동요의 특징이라고 할 수 있다. 기존에 놀이와 함께 불려지던 동요가 현재 불려지는 경우, 창작이나 변형보다는 기존의 노래를 거의 그대로 부르는 것을 알수 있다. 이것이 구전동요의 특징 가운데 아이들의 놀이가 절대적인 기준이 된다는 것을 알게 된다.

구전동요에서 리듬감은 절대적인 근거를 갖는다. 아이들이 노래를 지어내는데 있어서 적절한 것은 놀이인데 놀이는 개인적인 놀이와 집단적인 놀이가 대부분이고 이 놀이를 통해서 노래의 장단과 리듬은 중요한 구실을 한다. 아이들의 독창적 창조는 놀이보다는 노래를 창조적으로 만들어내는 것이다. 창조적인 노래는 리듬감을 증폭하고 유희적인 성격을 확대하는 것인데, 놀이와 어울리는 노래의 리듬감은 폭발적이고 기존의 노래를 완전하게 달라지게 하는 특징이 있는 것이라고 생각한다. 아이들의 창조력을 볼 수 있는 것이 곧 리듬과 장단을 만드는 방식이라고 할 수 있다.

구전동요에서 발견되는 노랫말의 특징 역시 무시할 수 없는 것이다. 의미가 연결되는 노래에서부터 의미가 연결되지 않는 노래로 갈라지는데 무의미의 의미를 추구하는 것은 아주 특이한 사례이고, 오히려 의미를 지니고 있는 노랫말은 아주 이채로운 것이 많다. 이 말 가운데 세상을 이상하게 생각하는 노래가 너무 많다.

가령 충격적인 것은 〈아빠와 크레파스〉의 개사된 내용이나 〈애국가〉의 노랫말을 바꾸어서 보여주는 것은 현대사회의 이상한 심리 같은 것이 발견된다. 아빠가 과연 그러한 존재인지 나라에 대한 자부심이 그 정도인지 의문이 많이 드는 것을 배제할 수 없다. 구전동요에서 보여주는 각별한 말들은 구전동요만이 아니라 아이들의 건강성을 많이 상실한 것이라고 해도 지나치지 않는다. 자연태의 말에서 벗어나 가족 간의 문제나 나라의 문제를 전체적으로 보여주는 각별한 면모가 있다.

현대구전동요에서 놀이 끝에 따르는 벌칙 노래가 많아진 것이 많은데 이 노래가 매우 긴요한 것이라고 생각한다. 노래가 달라지면서 놀이가 바뀌고 놀이에 따른 변화가 있게 된 것은 심각한 변화라고 생각하는데 이는 자연스러운 일일 수 있으나 놀이의 승패에 따른 벌칙노래가 다양하게 발달한 것은 참으로 흥미로운 현상이라고 할 수 있다. 놀이가 달라지고 벌칙이 발달해서 아이들이 서로 두드리거나 괴롭히는 일은 이채로운 현상이라고 하겠다. 놀이의 즐거움보다는 승패에 따른 가학이 훨씬 중요한 일이 되었다고 할 수 있다.

벌칙노래 역시 리듬을 가지고 하는 것도 있고, 이와는 다르게 놀이에 따른 자유리듬의 노래가 있는 것은 매우 흥미로운 일이라고 하겠다. 그 가운데 등짝을 두드리면서 부르는 〈태극기가 바람에〉와 〈빨간 토끼〉가 이에 적절한 사례이다. 앞서 악보에서 발견된 동요는 이러한 의미 부여에 적절한 것이라고 할 수 있다. 이에 대하여 〈빨간 토끼〉의 놀이와 노랫말은 아이를 할퀴고 두드리고 긁고 하는 것의 흥미로운 벌칙을 수반하는 것이라고 할 수 있다.

3) 현대구전동요의 의의

구전동요를 온전하게 연구하기 위해서는 구전동요라는 개념의 재정립을 요구한다. 구전동요에서 '구전'을 정의하면서 이에 대한 실상을 재인식하도록 요구한다. 구전은 구전시가의 전통적인 개념인 구비로 작시하고 구전으로 전달하고 구전으로 수용하는 것을 의미하는 전통적인 구전시가의 개념을 받아들이면서도 이러한 정의로부터 구전동요를 재정립하도록 요구한다.

기록시가인데도 불구하고 구전문화의 산물에서 받아들여진 놀이라는 맥락을 가지면서 구전동요라는 대상을 재정립하는 단계와 인식 전환의 설정이 필요하다. 엄격한 의미의 전통적인 구전동요는 이 시대에 무의미해졌다. 구전동요는 기록시가를 구전적으로 재해석하고 이를 창조하는 것으로 판별하고 확장하는 단계의 개념으로 확대되고 전환될 필요를 가진다. 기록시가의 창작을 구전으로 전달하고 활용하면서 여기에 자체의 구전성을 갖도록 하는 특성이 요구된다. 여기에 일정한 구전 또는 구비의 개념 수정을 요구한다. 현재 아이들이 부르는 동요는 그러한 인식의 전환을 필수적으로 요구한다.

현대구전동요의 의의는 두 가지로 요약된다. 일단 현대구전동요의 시대적 의의에 앞서서 자체로 의의가 있는 점을 찾아낼 수 있다. 자체의 의의는 아이들의 노래가 구전으로 존재하는 의의가 있는 점을 부인할 수 없다. 어느 시대나 구전으로 전하는 노래가 있어왔으며 동요에서도 예외가 아니다. 구전동요는 시대적 조건에 적응하면서 구전적인 힘을 발휘하고 있는데 이 구전적인 힘은 절대적이며 항구적이다.

구전시 또는 구비시가의 위력이 현저하게 약화된 시기에도 일정한 의의를 가지면서 이 노래가 적용되는 점을 확인하게 된다. 총체적인 구전문화를 온전하게 실현하는 것은 아니지만 적어도 아이들의 노래와 놀이 속에서 구전으로 전하는 구전동요는 일정한 의의를 가지면서 확인되는 것을 알 수 있다. 모든 구전이 끝난 것 같은 상황 속에서 구전동요는 힘을 발휘하면서 여전히 노래로 지어지고 불려지는 위력을 실감하게 한다.

여보게 이방

노래: 배정은, 이경신, 정아영
채보: 정서은

코카콜라

노래: 김태영
채보: 정서은

코 카 콜 라 맛 있 다 맛 있 으 면
또 먹 어 또 먹 으 면 배 탈 라
배 탈 라 면 병 원 가 딩 동 딩 동
척 척 박 사 님

코카콜라

노래: 배정은, 이경신, 정아영
채보: 정서은

코 카 콜 라 맛 있 다 맛 있 으 면
또 먹 어 또 먹 으 면 배 탈 나
배 탈 나 면 병 원 가 척 척 박 사 님
알 아 맞 춰 보 세 요 딩 동 댕 동
화 살 표

태극기가 바람에

노래: 배정은, 이경신, 정아영
채보: 정서은

태극기가 바람에

노래: 배정은, 이경신, 정아영
채보: 정서은

꼬꼬댁이

노래: 배정은, 이영신, 정아영
채보: 정서은

꼬 꼬 댁 이 똥 을 쌌 다 펭 권 이 먹 었 다 더 러 워 서 못 살 겠 다

펭 권 이 랑 절 교

니나니나

노래: 배정은, 이경신, 정아영
채보: 정서은

니 나 니 나 니 고 릴 라 다 점 잘 생 겼 다 점 못 생 겼 다 점

동해물과 백두산이

노래: 배정은, 이경신, 정아영
채보: 정서은

동 해 물 과 백 두 산 이 삼 만 구 천 팔 백

원 하 느 님 이 세 일 해 서

만 구 천 팔 백 원 무 궁 화

삼 천 리 삼 천 원 이 다

대 한 민 국 세 일 해 서 십 만 구 천 팔 백

원

아빠와 크레파스

노래: 배정은, 이경신, 정아영
채보: 정서은

어 제 밤 에 우리아빠가 다 정 하 신 모 습 으 로 한 손 에 는 쇠몽둥이를

사가지고오셨 어요 음 음 한 대 맞 고 코피났어요 두 대 맞 고 기절했어요

세 대 맞 고 죽었 어요 네 대 맞 고 날 라 갔어요 음 음

꼬마야 꼬마야

노래: 배정은, 이경신, 정아영
채보: 정서은

꼬마야 꼬마야 뒤 를 돌아라 돌아서 돌아서 땅 을 짚어라 짚어서 짚어서 만 세를불러라

불 러서 불 러서 잘 - 가 거 라

야광도깨비

노래: 배정은, 이경신, 정아영
채보: 정서은

쎄 쎄 쎄 야 광 도 깨 비 깨 비 깨 비

이 상 하 고 아 름 다 운 도 깨 비 나

라 방 망 이 로 두 드 깨 비 깨 비

무 엇 이 될 - 까 깨 비 깨 비 금 나 와 라 와 라

뚝 - - - 딱 금 나 와 라 와 라 뚝 - - 깨 비 깨 비

제3부
한국구전동요
자료

한국구전동요 자료

1. 양주소놀이굿전수회관에서의 할머니의 구전동요 노래판

2004년에 양주 지역의 민속과 구전문학을 찾는 일정한 여행을 하고 다녔다. 그러다 경로당에서 만난 두 할머니가 소리도 잘하고 구전동요도 잘한다는 사실을 발견하고 두 할머니인 문귀례 할머니(64세)와 박병순 할머니(76세)를 모시고 녹음을 한 적이 있다. 자연스럽게 유도하자 여러 가지 민요, 구전동요 등을 소리해주었다. 그 때 그 할머니들의 청냥한 소리를 잊을 수가 없다. 그리고 어렸을 때에 노래를 하던 추억을 떠올리면서 소리를 해주었던 기억이 새삼스럽다. 2004년 7월 21일 저녁 8시경에 소놀이굿전수회관에서 소리를 하였다. 두 할머니는 양주읍 방성3리 무태인마을에 거주하고 계셨던 할머니들이다.

1) 문귀례(1940년 경진생, 2004년 당시 64세)

*문귀례는 전라도 출신의 여성이다. 여러 가지 소리를 아주 잘했고, 총기가 있어서 모르는 노래가 없었던 기억이 새삼스럽다. 흥글소리, 아

이들의 육아요, 동시에 구전동요 등에 능했던 인물이다. 여기에 그 전모
는 아니지만 일부를 소개하여 둔다.*

밭매는 소리(1)

어매 어매 우리 어매
멋헐라고 나를 낳서
이 고생을 시키는가
차라리 부잣집에 태났으면

학교라도 가는건데
없는 집이 태어나니까
학교도 못 가고

밭매는 소리(2)

어매 어매 우리나 어매
멋헐라고 나를 낳서
이 고생을 시킨가
서산에 지는 해는 지고

싫어 지느냐
날 버리고 가신님은 가고
싫어 가느냐

밭매는 소리(3)

어매 어매
멋헐라고 나를 낳서
이 고생을 시키는가
차라리 태어나 안했으면

이 고생을 안헌것을
아이고 어매 아빠 나 못 살
겄네
더워서 나 못살겄네

곡소리

아이고 아이고
영감 왜 죽었어
나는 어떻게 하라고

나는 어떡 하라고
애들허고 나는 어떻게 살
아라고

그 고생을 다 해 놓고
이렇게 가면 나는 어떡해
날 다려가요 날 다려가요
나랑 같이가요
나는 어떻게 허라고

살아라고 먼저 가요
죽어서나 존데로 가고
일 좀 안허게 존데로 가
평생 살아요

종지종지 찾아라

정기정기 찾아라 오정기
찾아라
정기정기 찾아라 오정기
찾아라
정기정기 찾았다 오정기

찾았다
정기정기 찾아라 오정기
찾아라
정기정기 찾았네 오정기
찾았네

숨가깜질 소리

꼭꼭 숨어라 머리카락 보인다
꼭꼭 숨어라 머리카락 보인다
꼭꼭 숨어라 머리카락 보인다
꼭꼭 숨어라 머리카락 보인다
꼭꼭 숨어라 머리카락 보인다

자장가(1)

자세 자세 자세 자세
우리 아기 잘도 잔다
자장 자장 잘도 자자

자세 자세 잘도 잔다
자장 자장 잘도 잔다
우리 아기 잘도 잔다

자장가(2)

자장 자장 잘도 잔다
우리 아기 잘도 잔다
자장 자장 잘도 잔다
우리 아기 잘도 잔다
자장 자장 잘도 자자
우리 아기 잘도 잔다
자세 자세

우리 아기 잘도 잔다
자장 자장 잘도 잔다
자세 자세
우리 아기 잘도 잔다
자장 자장
우리 아기 잘도 잔다

자장가(3)-박병순

자장 자장 워리 자장
앞집 개도 잠도 자고

뒷집 개도 잘도 자고
우리 애기 잘도 잔다

꼰대 꼰대 꼰댄가

꼰대 꼰대 꼰댄가
꼰대 꼰대 꼰댄가
우리 새끼 애쁘다
꼰대 꼰대 꼰대야
꼰대 꼰대 꼰대야

짱짱도 허다
꼰대 꼰대 꼰댄가
꼰대 꼰대 꼰댄가
우리 새끼 짱짱허다
꼰대 꼰대 꼰대야

불무야 불무야

불무야 불무야 불무야
우리 새끼 잘도 논다
불무야 불무야 불무야 불무야
어허 둥둥 나 새끼

잘 도나 자라라
불무야 불무야 불무야
우리 새끼 잘도 논다
불무야 불무야 불무야

쨤쨤쨤쨤

잠 잠 잠 잠

잠 잠 잠 잠

잠 잠 잠 잠

잠 잠 잠 잠

잠 잠 잠 잠

잠 잠 잠 잠

깬지깬지 깬지야

깬지깬지 깬지야

깬지깬지 깬지야

깬지깬지 깬지야

깬지깬지 깬지야

깬지깬지 깬지야

깬지깬지 깬지야

깬지깬지 깬지야

깬지깬지 깬지야

깬지깬지 깬지야

꼰지 꼰지 꼰지야

꼰지 꼰지 꼰지야

꼰지 꼰지 꼰지야

우리 강아지 잘도 논다

꼰지 꼰지 꼰지야

꼰지 꼰지 꼰지야

꼰지 꼰지 꼰지야

우리 새끼 잘도 논다

꼰지 꼰지 꼰지야

도리 도리

도리 도리 도리 도리

도리 도리 도리 도리

도리 도리 도리 도리

도리 도리 도리 도리

도리 도리 도리 도리

도리 도리 도리 도리

도리 도리 도리 도리

도리 도리 도리 도리

오재미 소리(1)

아오바 시께레니 사쿠라이노　　고노시도 가게니 도모도모 데
사도나 왔다레 유마또데　　　　요노요코 쓰이요 쓰쿠쓰쿠다

오재미 소리(2)

아오바 시께레니 사쿠라니노　　요노요코 쓰이요 쓰쿠쓰쿠도
사도나 왔다레 유마쿠데　　　　진나고 요로요니 소라나치
고노시도 가게니 도모도모 데

똥따개 부따개(1)

똥따개 부따개　　　　　　똥따개 부따개
똥따개 부따개　　　　　　똥따개 부따개
똥따개 부따개　　　　　　똥따개 부따개
똥따개 부따개　　　　　　똥따개 부따개

똥따개 부따개(2)

똥따개 부따개　　　　　　똥따개 부따개
똥따개 부따개　　　　　　똥따개 부따개
똥따개 부따개　　　　　　똥따개 부따개
똥따개 부따개　　　　　　똥따개 부따개
똥따개 부따개　　　　　　똥따개 부따개
똥따개 부따개

고무줄 소리(1)

오저사마　　　　　　　　오하이르

오하이리	곤네쯔와

고무줄 소리(2)

오저사마	오저사마
오하이르	오하이르
오하이리	오하이리
곤네쯔와	곤네쯔와

밭매는 소리(저녁소리)

못다나 맬 밭 다 매고 나니	아라리가 났네
골목 골목 연기가 난다	아리롱 웅웅웅 아라리가
아리 아리롱 스리 스리롱	났네

2) 박병순(1926년 병인생, 2004년 당시 78세)

* 박병순은 나이를 잊고 문귀례와 단짝이 되었던 인물이다. 아는 것도 많고 소리도 잘해서 여기에 일부를 소개하여 둔다. *

다리세기(1)

이거리 저거리 각거리	수아리 빡꼬 딱빡고
청사 망사 주망사	앵기 땡기 열두 양
수아리 빡꼬 딱빡고	이거리 저거리 각거리
앵기 땡기 열두 양	청사 망사 주망사
이거리 저거리 각거리	수아리 빡꼬 딱빡고
청사 망사 주망사	앵기 땡기 열두 양

이거리 저거리 각거리   수아리 빡꼬 딱빡고
청사 망사 주망사   앵기 땡기 열두 양

자장가(1)
자장 자장 워리 자장   뒷집 개도 잠을 자고
앞집 개도 잠을 자고   우리 애기 잘도 잔다

자장가(2)
자장 자장 워리 자장   뒷집 개도 잠을 자고
앞집 개도 잠을 자고   우리 애기 잘도 잔다

자장가(3)
자장 자장 워리 자장   뒷집 개도 잠을 자고
앞집 개도 잠을 자고   우리 애기

자장가(4)
자장 자장 워리 자장   뒷집 개도 잠을 자고
앞집 개도 잠을 자고   우리 애기 잘도 잔다

불무소리
불어라 딱딱 불무야   경상도 대불무다
이 불무가 누 불무냐   불어라 딱딱 불무야
경상도 대불무다   이 불무가 누 불무냐
불어라 딱딱 불무야   경상도 대불무라
이 불무가 누 불무냐   불어라 딱딱 불무야

| 이 불무가 누 불무냐 | 경상도 대불무라 |

쪼막쪼막

쪼막 쪼막 쪼막 쪼막	쪼막 쪼막 쪼막 쪼막
쪼막 쪼막 쪼막 쪼막	쪼막 쪼막 쪼막 쪼막
쪼막 쪼막 쪼막 쪼막	쪼막 쪼막 쪼막 쪼막
쪼막 쪼막 쪼막 쪼막	

짐짐짐짐

짐 짐 짐 짐	짐 짐 짐 짐
짐 짐 짐 짐	짐 짐 짐 짐
짐 짐 짐 짐	짐 짐 짐 짐

도래도래도래

| 도래 도래 도래 도래 | 도래 도래 도래 도래 |
| 도래 도래 도래 도래 | 도래 도래 도래 도래 |

숨바꼭질 소리(1)

꼭꼭 숨으라 머리카락 보인다
꼭꼭 숨으라 머리카락 보인다
꼭꼭 숨으라 머리카락 보인다
꼭꼭 숨으라 머리카락 보인다

숨바꼭질 소리(2)

꼭꼭 숨으라 머리카락 보인다
꼭꼭 숨으라 머리카락 보인다

꼭꼭 숨으라 머리카락 보인다
꼭꼭 숨으라 머리카락 보인다

이 뽑는 소리

헌 이는 너 가져가고	헌 이는 너 가져가고
새 이는 나 도가	새 이는 나 도가
헌 이는 너 가져가고	헌 이는 너 가져가고
새 이는 나 도가	새 이는 나 도가

풍뎅이 놀리는 소리

뱅뱅 돌아라	뱅뱅 돌아라
거리 가마 죽고	거리 가마 죽고
이리 오마 살고	이리 오마 살고
뱅뱅 돌아라	뱅뱅 돌아라
거리 가마 죽고	거리 가마 죽고
이리 오마 살고	이리 오마 살고

방아깨비 소리

콩닥 콩닥 찌라	콩닥 콩닥 찌라
콩닥 콩닥 찌라	콩닥 콩닥 찌라
콩닥 콩닥 찌라	콩닥 콩닥 찌라
콩닥 콩닥 찌라	콩닥 콩닥 찌라
콩닥 콩닥 찌라	

오재미 소리

가산도요 도요가 니조

가산도요 도요가 니조

가산도요 도요가 니조

가산도요 도요가 니조

가산도요 도요가 니조

가산도요 도요가 니조

옆동네 아이 놀리는 소리

서북골 날라리

밍태 껍데기

육사 매디가

시끔 시끔

서북골 날라리

밍태 껍데기

육사 매디가

시끔 시끔

서북골 날라리

밍태 껍데기

육사 매디가

시끔 시끔

서북골 날라리

밍태 껍데기

육사 매디가

시끔 시끔

서북골 날라리

밍태 껍데기

육사 매디가

시끔 시끔

옹기장사 아들 놀리는 소리(1)

쟤가 쟤가 누애냐

옹구장시 아들이예

감자 붕알 톡 까서

기름 발라 꾸먹자

쟤가 쟤가 누애냐

옹구장시 아들이예

감자 붕알 톡 까서

기름 발라 꾸먹세

쟤가 쟤가 누애냐

옹구장시 아들이예

감자 붕알 톡 까서

기름 발라 꾸먹세

쟤가 쟤가 누애냐

옹기장사 아들 놀리는 소리(2)

재가 재가 누애냐
옹구장시 아들이예
감자 붕알 톡 까서
기름 발라 꾸먹세
재가 재가 누애냐
옹구장시 아들이예
감자 붕알 톡 까서
기름 발라 꾸먹세

재가 재가 누애냐
옹구장시 아들이예
감자 붕알 톡 까서
기름 발라 꾸먹세
재가 재가 누애냐
옹구장시 아들이예
감자 붕알 톡 까서
기름 발라 꾸먹세

다리세기(2)

이거리 저거리 각거리
청사 망사 주망사
수아리 빡꼬 딱빡고
앵기 땡기 열두 양
이거리 저거리 각거리
청사 망사 주망사
수아리 빡꼬 딱빡고
앵기 땡기 열두 양
이거리 저거리 각거리
청사 망사 주망사

수아리 빡꼬 딱빡고
앵기 땡기 열두 양
이거리 저거리 각거리
청사 망사 주망사
수아리 빡꼬 딱빡고
앵기 땡기 열두 양
이거리 저거리 각거리
청사 망사 주망사
수아리 빡꼬 딱빡고
앵기 땡기 열두 양

다리세기-문귀례

한다리 만다리
니기 삼춘 어데 갔냐

소 사러 갔다
멫 마리 땄냐

닷 마리 땄다
무거리 탱
한다리 만다리
니기 삼춘 어데 갔냐
소 사러 갔다
멫 마리 땄냐
닷 마리 땄다
무거리 탱
한다리 만다리
니기 삼춘 어데 갔냐

소 사러 갔다
멫 마리 땄냐
닷 마리 땄다
무거리 탱
한다리 만다리
니기 삼춘 어데 갔냐
소 사러 갔다
멫 마리 땄냐
닷 마리 땄다
무거리 탱

새쫓는 소리(1)

워이 워 새야 가그라
워이 워 워이 워

날아 가그라 새야
가그라 가 워어이

새쫓는 소리(2)-박병순

우여
알록새는 알로 가고
울록 새는 울로 가고

니 나락 내 나락 다 까먹고
우여 딱딱

새쫓는 소리(3)-박병순

우여
울록 새는 울로 가고
알록 새는 알로 가고
니 나락 내 나락 다 까먹고

우여 딱딱
우여
울록 새는 울로 가고
알록 새는 알로 가고

니 나락 내 나락 다 까먹고 ┃ 우여

새쫓는 소리(4)-박병순

우여

울록 새는 울로 가고

알록 새는 알로 가고

니 나락 내 나락 다 까먹고

우여 딱딱

우여

울록 새는 울로 가고

알록 새는 알로 가고

니 나락 내 나락 다 까먹고

우여 딱딱

우여

울록 새는 울로 가고

알록 새는 알로 가고

니 나락 내 나락 다 까먹고

우여

새쫓는 소리(5)-문귀례

워 워 ┃ 워어 워

새야 다 날라가그라

화투노래

상월 송학 다 지내고

이월 매조에 맺아 놓고

삼월 사구라 심난한 마음

사월 흑싸리 두러 앉고

오월 난초 꽃이 피어

나부 한쌍이 날아든다

유월 모간 춤을 추니

칠월 홍돼지 홀로 누워

팔월 공산 달 밝은데

유산 쓰고 유람가자

구월 국화 굳은 절기

시월 단푸이 다 지도록

오동추야 긴긴 밤에

임이 없이는 못 산단다

동백 따러 갔다가

동백 따러 간다고 ｜ 어랑 어랑 어야
동백궁 동백궁 가더니 ｜ 어난다 디야
동박나무 밑에서 ｜ 모두도 내 사량아
두께비 씨름만 붙였네 ｜

2. 한국구전동요, 간추린 자료 51가지

한국구전동요의 실상을 모두 한 자리에 모아서 구전동요의 전체 면모를 알려주는 작업이 필요한데 아직 자료의 포괄적 작업이 이루어지지 않았다. 편의상 필자가 녹음하는데 참여하고 긴요한 구전동요가 모여 있는 것을 골라서 여기에 제시한다. 그 원전을 제시하면 다음과 같다.

(가)『한국민요대전』 경상북도편, 문화방송, 1995.

(나) 이소라,『파주민요론』, 파주문화원, 1997.

(다) 김진순,『삼척민속지1 – 산이 산중이지 사람조차 산중이냐』, 삼척문화원, 1997.

(라)『광주의 민요』, 광주민속박물관, 1999.

(마)『진도민요집』 제1집, 진도문화원, 1997.

(바) 임석재,『한국구연민요』, 집문당, 1997.

(사) 안성군지 편찬위원회,『안성군지』, 안성군청, 1991.

(가)는 필자가 현지조사를 하면서 채록한 것들이다. 구전동요에 대한 깊은 애착이 있었던 김승월 프로듀서 때문에 많은 것을 감발하고 구전동요를 다수 체험할 수 있었다. 그러한 애착이 결과적으로 연구의 방향을

획기적으로 돌릴 수 있었다. 그 시절로 되돌아가 자료를 수집하고 가열 찬 작업을 이어서 했었어야 한다는 아쉬움이 많이 남았다. 그렇기 때문에 자료가 알차고 알심 있는 가창자를 만났다고 하겠다.

(나)는 민요를 현장에서 채록한 이소라선생이 착실하게 작업을 하여 파주민요를 채록하는 가운데 구전동요를 다수 채집하여 중요한 자료를 모을 수 있었다. (다)는 현지조사의 충실한 작업을 한 김진순선생이 모은 자료 가운데 희귀한 자료를 가려서 뽑았다. 현장의 체험이 아니면 도저히 건져 올릴 수 없는 자료들이 여기에 있어서 좋은 길잡이가 된다. (라)는 단발적인 작업이었지만 자료 속에 긴요한 것이 있어서 보완자료로 삼을 만하다. (마) 역시 그러한 자료의 성격이 있어서 도움이 된다. (바)는 현장에서 직접 자료를 채록하였는데 아이들에게 직접 채록한 자료라고 하는 점에서 구전동요의 실제를 보여주는 적절한 예증이 된다. (사)는 안성 지역의 동요를 옹골차게 모아서 도움이 되는 자료집이다.

1) 황새

* 논농사를 하기 위해서 논에 물을 채워 넣으면 여러 가지 물고기와 곤충들이 생긴다. 농약을 치기 전에 있던 예전 논에서 생태적 건강함을 자랑한 구체적 증거이다. 여기에 황새가 날아와서 이것 저것을 먹으면서 긴 목을 자랑한다. 그 모습을 보면서 아이들이 노래한 데서 유래한 것들이다. *

(1) 경북 경주시 산내면 내칠1리 상개태, 이달근, 여

황새 들새 꼬드랑새	니 목아지가 지지
니 목아지가 지나	내 목아지가 지나
내 목아지가 지나	

(『한국민요대전』 경상북도편)

2) 꿩

* 꿩은 장끼와 까투리로 암수를 구분하는 말이 있다. 꿩은 우리 민속이나 구전동요, 그리고 서사민요 등에서 아주 중요한 구실을 하는 날짐승이다. 꿩을 보고 하는 구전동요의 다양성을 볼 수 있는 노래이다. *

(1) 경북 김천시 부항면 월곡리, 김옥남, 여

낄낄 장서방	고개 고개 넘어서
자네 집이 어덴고	버디기 밑이 내 집이네

(『한국민요대전』 경상북도편)

(2) 경기도 파주군 문산읍 마정4리, 이성매, 여, 295

꿩꿩 꿩서방	홀딱까진 당나귀
다리다리 지서방	고놈의 자지 고자지

(이소라, 『파주민요론』, 파주문화원, 1997)

3) 비둘기

* 산비둘기의 울음소리는 을씨년스럽고 청승맞기 이를 데 없다. 그래서 비둘기 울음소리를 흉내내면서 슬픈 사연을 거듭 늘어놓는 사설이 일품이다. 사람의 딱한 처지를 반영하면서 비둘기를 기리는 것이 인상적이다. *

(1) 강원도 삼척시 가곡면 풍곡리 덕풍, 박금수, 여, 162

뿍꾹 지집 뿍꾹 지집	자석 죽고 애참하고
지집 죽고 상체하고	뿍꾹 지집 뿍꾹 지집

산중 전지 실룽지고   뻑꾹 지집 뻑꾹 지집

물가 전지 수패한다

(김진순, 『삼척민속지1 - 산이 산중이지 사람조차 산중이냐』,

삼척문화원, 1997)

4) 부엉이

* 겨울날에 을씨년스럽게 부엉이가 울면 여러 짐승들이 함께 운다.
그 부엉이 소리를 흉내내는 특별한 소리가 있어서 이 소리를 통해 시름
과 걱정을 제시하고 있다. *

⑴ **경북 울진군 북면 주인1리, 이규형, 남**

양식 없다 부헝   걱정 마라 부헝

(『한국민요대전』 경상북도편)

⑵ **경북 청송군 부남면 중기2리 중성지, 정말순, 여**

양식 없다 부헝   솥씨까 놓고 바래라

내일 모리 장이다   (『한국민요대전』 경상북도편)

5) 기러기

* 기러기는 철새인데 일정한 대형을 유지하면서 나르는 모습을 보고
서 이러한 노래를 했을 개연성이 있다. 기러기는 일정한 대형을 이루면
서 날아가는데 그 대형은 선두가 없어지면 대열이 흩어졌다가 다시 만나
대형을 이루는 면모를 가진다. 전자민주주의 상징으로 이들을 드는 것이
흔한데, 우리 아이들은 이를 놀이의 대명사로 만들었다. *

(1) 경북 울진군 북면 주인1리 이규형, 남

앞에 가는 도둑놈   뒤에 가는 꿩새

뒤에 가는 양반

（『한국민요대전』 경상북도편）

(2) 경기도 안성군, 514

기러기 기러기   앞서 가는 놈은 장수

워데 가느냐   뒤에 가는 놈은 도둑놈

（『안성군지』）

6) 까마귀

* 까마귀는 어두운 이미지가 있는데 이 노래에서도 그러한 면모를 보여준다. 대체로 〈차사본풀이〉와 깊은 관계가 있는 점을 볼 수가 있다. *

(1) 제주도 북제주군 애월읍 고성리, 김정자, 여, 222

가마귄 가와 생인 쪼짝   옥초지 밥초리

강돌라리 침떡 한빗 또라   고망딱새 납짝

（『한국민요대전』 제주도편）

7) 두견새

* 최서방새에 관한 것은 강원도의 영서와 영동 지역에서 발견되는 특징적인 구전동요이다. 이에 대한 전설이 있어서 이 새의 울음소리에 대한 사연이 더욱 간절하게 전해진다. 최서방이 술값을 내지 않았으므로 이를 받으려는 데서 이 소리가 유래되었다고 전한다. 최서방새는 소쩍새

를 이른다. *

(1) 강원도 삼척시 가곡면 탕곡리 음지모전, 윤순연, 여, 181

　　　뒷집 최서방 술값내　　　　　│　　　　뒷집 최서방 술값내

　　　　　(김진순, 『삼척민속지1 - 산이 산중이지 사람조차 산중이냐』,

　　　　　　　　　　　　　　　　　　　　　삼척문화원, 1997)

(2) 강원도 삼척시 가곡면 탕곡리 양지모전, 임은산, 여, 203

　　　호호호호　　　　　　　│　　　　술값 없다

　　　뒷집 최서방　　　　　　│　　　　해떡 자빠지고

　　　술값내소　　　　　　　│

　　　　　(김진순, 『삼척민속지1 - 산이 산중이지 사람조차 산중이냐』,

　　　　　　　　　　　　　　　　　　　　　삼척문화원, 1997)

8) 잠자리

* 잠자리를 잡기 위해서 부르는 노래가 이 노래이다. 잠자리에게 손짓을 하면서 멀리 날아가지 못하도록 하면서 이 노래를 한다. *

(1) 경부시 산내면 내칠1리 상개태, 김태조, 여

　　　철뱅이 꽁꽁　　　　　　│　　　천리 만리 가면

　　　앉은뱅이 꽁꽁　　　　　│　　　니 모가지 뚝 떨어진다

　　　앉인 자리 앉거라　　　　│　　　소금 실코 넣라

　　　　　　　　　　　(『한국민요대전』 경상북도편)

(2) 대전 서구 도마동, 송영순, 여, 202

잠자리 동동	동보리 밭에 가면
파리 동동	똥물 먹고 죽는다
여기여기 앉어라	

(이소라, 『대전민요집』, 대전중구문화원, 1998)

9) 달팽이

* 달팽이가 껍질에서 뿔을 내고 춤을 추는 모양을 흉내내면서 묘사하는 것이 이 동요이다. *

(1) 경북 포항시 흥해읍 북송리 북송, 김선이, 여

하마 하마 춤춰라	느그 각씨 개똥밭에 장구친다

(『한국민요대전』 경상북도편)

(2) 경기도 파주군 문산읍 선유리, 이유진, 여, 290

달팡아 달팡아	내 장구치께 춤춰라

(이소라, 『파주민요론』, 파주문화원, 1997)

(3) 경기도 안성군, 515

달팽아 달팽아	소시랑 가지고 나와라
네 집에 불났다	달팽아 달팽아
둘레 둘레 보아라	둘레 둘레 보아라

(『안성군지』)

10) 방아깨비

* 어렸을 때에 방아깨비를 놀리면서 이 노래를 했다. 긴다리를 가진 방아깨비를 한 손으로 쥐고 이 노래를 하게 되면 방아깨비가 방아를 찧은 시늉을 하게 된다. *

(1) 항굴래야 방아쪄라

사래기 받아 떡 해주께
사립 밖에 손님 온다
항굴래야 방아쪄라
사래기 받아 떡 해주께
산 넘에도 손님 온다

항굴래야 방아쪄라
사래기 받아 떡 해주께
집이 가여 꾸바 가지고
니하고 내하고 둘이 묵자

(『한국민요대전』 경상북도편)

(2) 경북 포항시 죽장면 입암1리 솔내동, 최상대, 남

홍굴랍아 홀굴랍아
꺼꾹 찍을래 마른꾹 찍을래
살꾹 낼래 방아 찍을래
홍굴랍아 홍굴랍아
방아 찍어라
많이 찍으먼 니 잘 살고
적게 찍으먼 내 본 사고

홍굴랍아 홍굴랍아
알곡 찍어 밥 해 가지고
니 잘 묵고 내 잘 묵고
우리 둘이 잘 사자
홍굴랍아 홍굴랍아
많이 찍어라

(『한국민요대전』 경상북도편)

(3) 강원도 삼척시 가곡면 탕곡리 음지모전, 윤순연, 여, 191

항갑항갑 방아찧라 | 싸래기 받아 죽 쒀주마

(김진순, 『삼척민속지1 – 산이 산중이지 사람조차 산중이냐』,
삼척문화원, 1997)

11) 반딧불이

* 반딧불이를 잡아서 이것을 놀리면서 이를 노래로 하는 것이 이 구전동요이다. 경상북도에서는 반딧불이를 부르면서 하는 노래가 있어서 특별하다고 할 수 있다. *

(1) **전남 진도군, 132**

개똥불아 개똥불아	저쪽냇은 깊으단다
불써갖고 이리온나	이쪽냇은 얕으단다
저리가면 더웁단다	뜨물먹고 까랑까랑
이리오면 서느랍다	뜸물먹고 까랑까랑

(『진도민요집』제1집, 진도문화원, 1997)

12) 풍뎅이

* 풍뎅이를 아이들이 잡아서 다리를 떼어내고 이를 방바닥에 뒤집어 놓고 아이들이 방바닥을 치면서 이 노래를 하게 되면 풍뎅이가 날기 위해서 애를 쓰는데 그 형국을 통해서 이 노래를 하게 된다. *

(1) 광주시 동구 산수동, 이연순, 여, 257

돌아라 돌아라 돌아라	울어라 울어라 울어라
핀둥아 빙빙 돌아라	울어라 우렁 잡아줄께

(『광주의 민요』광주민속박물관, 1999)

* 풍뎅이를 잡아 목을 비틀면서 부르는 노래.

(2) 경남 남해군 설천면 모촌마을, 유동률, 남, 211

핑기야 핑기야	재온네 밭에 손님온다
마당 씰어라	마당 씰어라

(임석재, 『한국구연민요』, 집문당, 1997)

(3) 경남 남해군 삼동면 마조리, 정만석, 남, 211

핑깅아 핑깅아	핑깅아 핑깅아
마당 씰어라	빙빙 돌아라

(임석재, 『한국구연민요』, 집문당, 1997)

13) 다람쥐

* 다람쥐에 대한 고유한 노래가 있는가 의문이다. 뒤에 노래는 다른 것들을 차용하면서 변이시킨 것으로 추정된다. *

(1) 강원도 삼척시 가곡면 탕곡리 너머탕실, 변금란, 여, 227

다람아 다람아 춤춰라	모시적삼 해주마

(김진순, 『삼척민속지1 - 산이 산중이지 사람조차 산중이냐』,
삼척문화원, 1997)

(2) **강원도 삼척시 가곡면 탕곡리 너머탕실, 김춘금, 여, 227**

　　다람아 다람아 춤춰라　　　│　　니 할애비 장구친다

(김진순, 『삼척민속지1 - 산이 산중이지 사람조차 산중이냐』,
삼척문화원, 1997)

14) 쥐

　　* 쥐에 대한 특별한 소리가 있는 것만으로 소중한 노래이다. 그러나 과연 적실한 자료인지 의문이 든다. *

(1) **강원도 삼척시 가곡면 탕곡리 음지모전, 윤순연, 여, 190**

쥐야 쥐야 어데갔노	행주 덮고 잤다
부뚜막에 잤다	뭐가 깨미더노
뭐 비구 잤노	불개미가 깨미더라
빡죽 비구 잤다	뭔 피가 나더노
뭐 덮고 잤노	연지피가 나더라

(김진순, 『삼척민속지1 - 산이 산중이지 사람조차 산중이냐』,
삼척문화원, 1997)

15) 대추

　　* 가을에 대추가 열려 익으면 이를 따먹기 위해서 아이들이 노래를 하고 있는 것을 흔하게 볼 수가 있었다. 바람이 불면 대추가 떨어질 것을 바라는 아이들의 간절한 마음을 엿볼 수가 있다. *

(1) 강원도 삼척시 가곡면 풍곡리, 전연녀, 여, 151

바람아 바람아   할배요 자 보소

대추야 넬쩌라   예끼놈 침 주자

(김진순, 『삼척민속지1 – 산이 산중이지 사람조차 산중이냐』,
삼척문화원, 1997)

(2) 경남 남해군 설천면 덕산리, 한동순, 여, 212

탱주야 널찌라   할매 이보소

바람아 불어라   에이놈 춤추자

(임석재, 『한국구연민요』, 집문당, 1997)

16) 할미꽃 놀이

* 꽃을 들고 놀이를 하는 전통이 흔한데 이 노래는 그러한 전통 속에서 우러난 놀이이자 노래임을 알 수가 있다. *

(1) 강원도 삼척시 가곡면 탕곡리 너머탕실, 김춘금, 여, 226

할멈할멈 씹 감좌라   씹 쪼로 온다

동네영감 쪼막떡 들고

(김진순, 『삼척민속지1 – 산이 산중이지 사람조차 산중이냐』,
삼척문화원, 1997)

* 할미꽃을 뜯어서 쏙쏙 뽑으면 하얗게 까발려지는데, 그것을 한뭉치 들고 부른다. 몇번을 반복하면 할미꽃의 털이 모두 안으로 들어가서 동그랗게 되어 아주 예쁘고 희한하게 된다.

(2) 강원도 삼척시 가곡면 탕곡리 대촌, 김금녀, 여, 242

할멈할멈 씹 감최라 │ 씹 비러 온다

서울영감 쪼막도구 들고 │

(김진순, 『삼척민속지1 – 산이 산중이지 사람조차 산중이냐』,

삼척문화원, 1997)

17) 가자 가자 감나무

* 아이들이 하는 노래 가운데 나무를 통한 유희요를 하게 되는데 이
것이 적실한 사례이다. 이 점에서 이 노래는 간절한 가치를 가지고 있는
것이라고 할 수가 있다. *

(1) 경기도 안성군, 520

가자가자 감나무 │ 쏙쏙뽑아 나생이

오자오자 옻나무 │ 오용도용 널맹이

은다지 꽃다지 │ 이개저개 지침개

(『안성군지』)

18) 비

* 비가 내리는 것이 눈물이라고 하는 앙증맞은 착상이 있는 희귀한 구
전동요이다. 아이들의 언어감각을 볼 수 있으며 주술적 세계관으로 아롱
져 있는 것을 볼 수 있는 구전동요이다. 구전으로 전해진 것과 일찍이 채
록된 것을 병기하여 보면 우연한 사고가 아닌 공질성을 확인하게 된다. *

(1) 강원도 영월군 중동면 녹전리 유전, 김덕자, 여, 283

부슬부슬 비가 오네 　　　　　형님 딸님 눈물 오네
아침비는 형님 눈물 　　　　　부슬부슬 비가 오네
저녁비는 딸님 눈물

(『한국민요대전』 강원도편)

* 비가 오는 것을 표현한 동요

(2) 충북 단양

오네오네 비가오네 　　　　　오네오네 비가오네
우룩주룩 비가오네 　　　　　우룩주룩 비가오네
아츰비는 햇임눈물 　　　　　밤에밤에 오는비는
저녁비는 달임눈물 　　　　　青龍黃龍 눈물인가

(고정옥, 『조선민요연구』, 수선사, 1949)

19) 곰보 놀리는 소리

* 천연두가 흔했던 시절에 아이들이 곰보가 된 경우가 흔하였다. 현재는 이 병을 모두 이겨냈지만 어린아이들의 질병이 만연했던 시절에 살아남은 아이들이 천연두를 앓게 되면 이렇게 놀림감이 되기도 하였다. *

(1) 경북 청송군 부남면 중기2리 중성지, 정말순, 여

빡빡 빡주야 　　　　　대포살이 맞아서
니가 와 얽었노 　　　　　빡빡 얽었다
만주전쟁 가다가

(『한국민요대전』 경상북도편)

(2) 경북 포항시 흥해읍 북송리 북송, 김선이, 여

| 빡빡 빡주야 | 콩 마다아 엎어져서 얽었다 |
| 니 와 얽었노 | |

(『한국민요대전』 경상북도편)

(3) 경기도 안성군, 518

| 솥 때우소 | 곰보 대가리 때우소 |
| 냄비 때우소 | |

(『안성군지』)

| 경기도 안성군, 519(4) | 대패로 밀어빼기 |
| 얼기 빼기 절기 빼기 | |

(『안성군지』)

20) 마른 아이 놀리기

* 빼빼 마른 아이들을 자신들의 관점에서 놀리는 노래가 있었는데 이 노래를 그러한 아이를 놀릴 때에 하게 된다. *

(1) 경기도 안성군, 518

| 시골떠기 꼴떠기 | 말라빼진 꼴떠기 |

(『안성군지』)

21) 머리 깎은 아이 놀리기

* 머리를 깍은 아이가 흔하였는데 이를 놀리는 노래가 있었다. *

(1) 경기도 안성군, 518

중중 까까중	김치국에 빠진중
울 넘어 팽개중	

(『안성군지』)

22) 땅에 떨어진 것을 주워 먹는 것 놀리기

* 먹은 것이 귀한 시절에 땅에 떨어진 것을 주워 먹기도 할 때에 이를 본 아이들이 놀리는 노래이다. 그런데 오늘날에도 아이들이 잘 주워 먹는 것을 볼 수가 있다. *

(1) 경기도 안성군, 518

거지 거지 땅거지	거지 거지 땅거지

(『안성군지』)

23) 노인 놀리기

* 아이들의 구전동요 가운데 거의 육담에 가까운 것들이 있는 것을 볼 수가 있다. 아이들의 노래라고 해서 깨끗하고 아름다운 말로만 되어 있는 것은 아니다. *

(1) 경기도 안성군, 518

영감 불알 딸랑 딸랑	말보지가 가려 가려

(『안성군지』)

24) 잘 보지 못할 때 놀리기

* 왕따는 아니지만 아이들이 아이들을 곯리는 일은 성장과정에서 필요 불가결한 일이다. 아이들을 곯려 먹을 때에 하는 소리이다. *

(1) 경기도 안성군, 519

눈깔이냐 뚝깔이냐   호박나물 저깔이냐

(『안성군지』)

25) 술래 놀리기

* 놀이에 술래가 된 아이를 놀리는 일은 매우 중요한 의미가 있었다. 그래서 언어 유희를 통해서 술래를 놀리는 일이 이러한 노래로 발전하였다. *

(1) 경기도 안성군, 519

술래장이 째장이   내일 모레 오너라
이불밑 에 이 잡아먹고   구데기 쌀밥 퍼 줄께
송장 밑에 피 빨아먹고

(『안성군지』)

26) 고자질 하는 애 놀리기

* 또래 아이들이 자신들의 동질감을 저버리고 어른들에게 고자질하는 일은 탐탁하게 여기지 않았다. 그래서 이러한 아이들을 놀리는 노래가 있었다. *

(1) 경기도 안성군, 519

일러라 찔러라   콕콕 찔러라

너의 할아버지   일러라 찔러라

콧박 콕콕 찔러라   너의 할아버지

대추나무 가시로   배떼기 콕콕 찔러라

（『안성군지』）

27) 이빤 아이 놀리기

* 이가 빠진 아이를 놀리면서 하는 소리이다. 그러나 놀리는 대상이 왜 이러한 것들이 되어야 하는지 알 수 없는 수수께끼이다. *

(1) 경기도 안성군, 517

앞니 빠진 중강세   암탉한테 채인다

소리질루 가지마라   수탉한테 찍힐라

（『안성군지』）

28) 싸움 부추기는 소리

* 싸움은 신명난 놀이의 확대되고 거친 과정이다. 이 과정에서 하는 소리가 곧 이 소리이다. *

(1) 경기도 안성군, 525

이겨라 이겨라   아무나 아무나 이겨라

（『안성군지』）

29) 사금파리 깨기

* 사금파리는 그릇의 조각 같은 빤질빤질한 것들을 가지고 소꿉장난이나 놀이를 하면서 쓰기 위해서 하는 것인데 그때에 이 소리를 했다고 전한다. *

(1) 경기도 안성군, 525

사금파리 깨져라	야금야금 깨져라
조금조금 깨져라	우직우직 깨져라

(『안성군지』)

30) 숨박꼭질하는 소리

* 숨바꼭질을 하면서 여러 가지 소리를 한다. 숨으라는 소리도 하고, 찾겠다고 하는 소리도 하고, 찾았다고 하는 소리 등도 다양하게 한다. *

(1) 경기도 안성군, 523

꼭꼭 숨어라	고양이가 핥아도
머리카락 보인다	꼭꼭 숨어라

(『안성군지』)

31) 모래집짓기

* 강변이나 해변에서 아이들이 하는 일이 두꺼비집을 지으면서 이 소리를 한다. *

(1) **대전 서구 평촌3구, 도옥희, 여, 202**

두껍아 두껍아   두껍아 두껍아

네집하고 내집하고 바꾸자

(이소라, 『대전민요집』, 대전중구문화원, 1998)

(2) **강원도 삼척시 가곡면 풍곡리 덕풍, 박금수, 여, 162**

까치 까치 집지어라   또 다지고

곱게곱게 지어라   곱게곱게 지어라

다지고 다지고 다지고

(김진순, 『삼척민속지1 – 산이 산중이지 사람조차 산중이냐』,
삼척문화원, 1997)

32) 모래장난

* 모래를 가지고 장난을 하면서 부르는 구전동요이다. *

(1) **경기도 안성군, 524**

아범 밥이 많으냐   어멈 밥이 많으냐

(『안성군지』)

* 모래를 손바닥에 얹으면서 부르는 노래

33) 다리뽑기

* 아이들이 방안에 모여서 겨울 철이 되면 서로 마주 앉아서 다리를
겹쳐 끼고 이 소리를 하면서 다리뽑기를 하면서 부르는 구전동요이다. 이

구전동요의 양상을 전국적으로 각양각색이다. 그렇기 때문에 이 동요의
가지수를 모아서 정리하는 일이 필요하다. *

(1) 광주시 동구 산수동, 이연순, 여, 258

한다리 두다리 열두다리　　　　　한다리 두다리 열두다리
니기 삼춘 어디갔냐　　　　　　　니기 삼춘 어디갔냐
꿩밭에 꿩잡으로 갔다　　　　　　뽕밭에 뽕따러갔다

한다리 두다리 열두다리　　　　　한다리 두다리 열두다리
니기 삼춘 어디갔냐　　　　　　　니기 삼춘 어디갔냐
콩밭에 콩뽑으러 갔다　　　　　　나락밭에 매뚜기 잡으러
　　　　　　　　　　　　　　　　갔다

(『광주의 민요』, 광주민속박물관, 1999)

(2) 전남 진도군, 167

한다리 만다리 이부따부　　　　　몇말 땄냐 닷말 땄다
느그 삼춘 어디 갔느냐　　　　　　부중밭에 불이 났네
하산으로 불쓰러 갔단다　　　　　옥곰 좃곰 부주 탱

(『진도민요집』 제1집, 진도문화원, 1997)

(3) 경기도 안성군, 525

한 놈 두 놈　　　　　　　　　　　지름에 당궈
메골 띠골　　　　　　　　　　　　모 판
오반주 꺾어

(『안성군지』)

(4) 경기도 안성군, 525

한거리 등거리 대청거리	다리 달 쑥 고드레
막달 고달 진달 여미	모니 똥기 떵

(『안성군지』)

34) 호박따기

* 꼬리따기와 같은 유희의 형태로 하는 아이들의 놀이는 다양하게 발달해 있다. 전국적으로 이 놀이를 호박따기, 동애따기, 오이따기, 외따기 등이 이것이다. 상대편이 함께 서로 열을 늘어서서 이 소리를 하는 것이 매우 중요한 의미가 있으므로 이를 꼬리따기라고 한다. *

(1) 경기도 파주군 문산읍 마정4리, 이성매, 여, 169

호박 따러 왔소	호박 따러 왔수
씨 사러 갔어요	이제 꽃 폈어요
호박 따러 왔수	호박 따러 왔수
이 제 씨 심었어요	이제 열렸어요
호박 따러 왔수	호박 따러 왔수
이제 났어요	따 가세요

(이소라, 『파주민요론』, 파주문화원, 1997)

* 호박 역할의 아이들이 겨드랑이 밑으로 양팔을 깍지 끼고 일렬로 앉는다. 술레가 "호박 따러 왔소" 하면서 힘으로 떼어도 보고 간지럼을 태워보고 갖가지 방법을 동원하여 호박을 대열에서 떼어내야만 술래를 면할 수 있다. 이 때 호박들은 "이제 씨 심었어요, 이제 났어요" 하면서 시간을 끌면 술래는 호박을 따지 못한다.

35) 어깨동무놀이

* 아이들이 어깨동무를 하면서 부르는 구전동요이다. *

(1) 경기도 안성군, 524

어깨동무 청청	어떤 길로 가나
가깨동무 청청	바른 길로 가지

(『안성군지』)

36) 줄넘기

* 이 구전동요는 여럿이 하는 줄넘기를 하면서 부르는 것으로 〈곰돌이〉(Teddy Bear)의 노래를 번안해서 부리는 것이지만 의미가 있으므로 여기에 소개하여 둔다. *

꼬마야 꼬마야 뒤를 돌아라	짚어서 짚어서 만세를 불러라
돌아서 돌아서 땅을 짚어라	불러라 불러라 잘 가거라

(『안성군지』)

37) 맴돌이 소리

* 아이들이 한 손은 코를 잡고 다른 한 손은 땅바닥을 짚고 맴을 돌면서 하는 소리이다. 박태준이 지은 창작동요와 사설이 일치하지만 구전동요의 맛을 내고 있는 구전동요이다. 조리질을 하는 모습이 유사하기도 하고, 그래서 이러한 소리를 곁들여서 했을 가능성이 있다. *

(1) 경기도 안성군, 524

조리 사려 반죽고리 사려 　｜　 조리 사려 후추가루 사려

(『안성군지』)

(2) 경기도 안성군, 524

고추 먹고 맴맴	돌아오실 때
담배 먹고 맴맴	담배 먹고 맴맴
할머니 장에 갔다	고추 먹고 맴맴

(『안성군지』)

38) 달달달

* 이 구전동요 역시 언어유희가 흥미롭게 드러나는 동요이다. 소종래가 분명하지 않지만 아이들이 부르는 것을 채록하였다. 언문풀이처럼 말을 엮어가는 모습이 재미를 더해주는 것이다. 달달달이라고 하는 후렴이 이어지는 것도 특별하다. *

(1) 경남 남해군 삼동면 마조리, 고순남 · 박선지, 여, 212

한나 하면 할머니가	곰보가 난다 달달달
지팡이 짚는다 달달달	다섯 하면 다람쥐가
두울 하면 두부장수	알밤을 깐다 달달달
종을 친다 달달달	여섯 하면 여우들이
세엣 하면 새 각시가	빵을 먹는다 달달달
거울을 본다 달달달	일곱 하면 일본놈이
네엣 하면 네 얼굴이	칼춤을 춘다 달달달

여덜 하면 여학생이	가방을 멘다 달달달
춤을 춤다 달달달	여얼 하면 엿장수가
아홉 하면 아우들이	화투를 한다 달달달

(임석재, 『한국구연민요』, 집문당, 1997)

39) 먹고 노래

* 아이들의 언어 감각이 예민하다는 사실은 널리 알려져 있다. 이 먹고 노래 역시 아이들의 언어 감각이 선명하게 드러나는 대표적 구전동요이다. *

(1) 전남 진도군, 140

딱지 먹고 딱업저서	배추 먹고 배가지고
빼비 먹고 빽해서	나숭게 먹고 나서

(『진도민요집』제1집, 진도문화원, 1997)

40) 이빨 빼면서 하는 소리

* 이빨을 빼면서 하는 소리로 새 이빨이 나라는 축원을 하고 헌 이빨을 초가지붕 위로 하는 소리이다. *

(1) 대전 서구 도마동, 송영순, 여, 202

까치야 까치야	새 이 다오
헌 이 가져가고	

(이소라, 『대전민요집』, 대전중구문화원, 1998)

* 헌 이를 지붕위에 던지며 부르는 노래.

(2) **경기도 안성군, 517**

까치야 까치야	새 이빨 다구
내 이빨 가져가라	까치야 까치야
헌 이빨 가져가구	내 헌 이빨 가져가라

(『안성군지』)

(3) **강원도 삼척시 가곡면 풍곡리, 천장수, 남, 142**

바당물이 많나	바당물이 많구나
속물이 많나	(속물이 많구나)

(김진순, 『삼척민속지1 – 산이 산중이지 사람조차 산중이냐』,
삼척문화원, 1997)

* 바당물은 밖에 있는 물이고 속물은 귀에 들어간 물이다.

(4) **강원도 삼척시 가곡면 풍곡리 덕풍, 박금수, 여, 161**

후여어어	쥐먹어라
아랫녘새 웃녘새	후여어이
천지고불 녹두새야	멀리 멀리 가라
우리밭에 쥐 먹지 말고	후여
저 건네 장자집 밭에 가	

(김진순, 『삼척민속지1 – 산이 산중이지 사람조차 산중이냐』,
삼척문화원, 1997)

* 정월대보름날 이 소리를 하면 새가 곡식을 안 쪼아먹는다고 한다.

대보름날 아침에 어른들이 보름밥 먹자마자 나가서 쫓으라고 시켰는데, 그냥 맨손으로 돌아다니며 소리를 했다.

41) 대보름 뽀드라지

* 대보름 풍속으로 하는 소리이다. 더위를 팔거나, 종기가 나지 말라고 기원하는 노래가 다수 존재한다. *

(1) 경기도 파주군 문산읍 마정4리, 이성매, 여, 290

나나니 방귀 통방귀 │ 대추나무 뽀드라지

(이소라, 『파주민요론』, 파주문화원, 1997)

* 일년 내내 종기가 나지 말라고 정월보름날 아침 부럼을 깨어 마당에 던지면서 부르는 노래.

42) 새 쫓는 소리

* 가을 철에 곡식이 익을 무렵에 새를 쫓는 소리를 하는 것이 긴요하다. 전라도와 경상도 유형이 있어서 서로 깊은 관련이 있다. 동시에 정월 대보름과 같은 절기에 미리 풍농을 기원하기 위해서 이 소리를 하기도 했다. 유감주술적 기원을 담은 소리 구실을 했다.*

(1) 경북 문경시 영순면 율곡2리, 윤경임, 여

후여 바가치 뚝딱 후여 │ 내일은 까묵지 마라

오늘만 여 까묵고 │ 김선달네 맏딸애기 잔채에

술 얻어 먹으러 가그러 후 │ 여

(『한국민요대전』 경상북도편)

(2) 경북 영덕군 병곡면 원황1리, 문상우, 여

후여 후여 후여 후여 후여	후여 후여 후여
이 새야 오늘만 까먹고	오늘만 까먹고
내일랑 까먹지 마라	내일랑 까먹지 마라
구리이선배 장개 가는데	구리이선배 장개 가는데
놀러갈따	귀경하러 간다
후여 후여 후여 후여 후여	후여 후여 후여 후여 후여

(『한국민요대전』 경상북도편)

(3) 전남 진도군, 133

새야 새야	나락잎을 타고 앉으면
참새떼야	나락이개 끊어진다
나락밭에 앉지마라	

(『진도민요집』제1집, 진도문화원, 1997)

(4) 전남 진도군, 171

훠 훠	하박구 쪼박구
웃녘 새야 아랫녘 새야	열나무 장구체 따르랑
천지고부 록두새야	훠 훠

(『진도민요집』제1집, 진도문화원, 1997)

43) 소 부르는 소리

* 소는 영물이다. 소에 대한 노래가 있다고 하는 점이 매우 중요하다. *

(1) 강원도 삼척시 가곡면 풍곡리, 천장수, 남, 136

오각뿔이 자각뿔이	니에미 따라라
횃대뿔이 곤대뿔이	머어머와
먹으나 굶으나	

　　　(김진순, 『삼척민속지1 – 산이 산중이지 사람조차 산중이냐』,
　　　　　　　　　　　　　　　　　　삼척문화원, 1997)

* 소를 산에 풀어놓고 먹이다가 저녁에 소를 몰고 집으로 올 때나 다른 곳으로 이동할 때 부르는 노래.

(2) 강원도 삼척시 가곡면 탕곡리 양지모전, 박춘매, 여, 194

너와 너와	날 따라라 너와
큰암쇠 날만 따라라 너와	너와 너와
큰암쇠 날만 따라라	에미만 졸졸 따라라
너와 너와	너와 너와
오각뿔이 횃대뿔이	너와 너와

　　　(김진순, 『삼척민속지1 – 산이 산중이지 사람조차 산중이냐』,
　　　　　　　　　　　　　　　　　　삼척문화원, 1997)

44) 타박타박 타박네야

* 이것은 서사민요이다. 서사민요로 전국적인 분포를 보이지 않는다.

특정한 지역에서만 발견되는 것으로 이 유형에 대한 본격적 탐구가 필요하다. 아이들이 부르는 점에서 매우 긴요하다. 이 점에서 이 서사민요는 구전서사동요이다. *

(1) 경기도 안성군, 515

따분따분 따분재야
너혼자서 어디가니
우리엄마 산소앞에
젖먹으러 간단다
산 높아서 못간다
산 높으면 기어가고

물 깊으면 헤엄쳐가지
산소앞에 갔더니
노랑참외 열려서
그것 하나 맛보니
우리 엄마 젖맛이야

(『안성군지』)

(2) 강원도 삼척시가곡면 탕곡리 너머탕실, 변금란, 여, 236

따복따복 따복녀야
니 워둘로 울고가나
울어머니 뫼에가요
산높아서 못간단다
산높으면 기야가지
물 짚으믄 해야가지
은을 주끼이 가지마라
돈을 주끼이 가지마라

은도 싫소 돈도 싫소
울어머니 뫼에 가니
개똥참이 널었더라
한개 따서 맛을 보니
울어머니 젖맛일레
살광밑에 삶은 팥이
썩기 쉽지 싹나겠나

(김진순, 『삼척민속지1 −산이 산중이지 사람조차 산중이냐』,
삼척문화원, 1997)

45) 담사리

* 담사리는 더부살이와 같은 것을 의미하는데 아이는 이것을 다른 의미로 사용하였다. 땅강아지와 같은 것이 있는데 이것을 두고 이르는 말이다. *

(1) 경남 남해군 설천면 모촌마을, 강향림, 여, 209

담사라 담사라	머리풀고 나오이라
너어매 죽었다	

(임석재, 『한국구연민요』, 집문당, 1997)

46) 돼지불알

* 이 구전동요 역시 아이들이 직접 부른 것인데 이 동요가 지니고 있는 특징이 돼지불알에 대한 것이어서 흥미롭다. 남해군에 실제로 이 인물이 장성하여 살고 있다는 점에서 긴요한 소리이다. *

(1) 경남 남해군 설천면 모촌마을, 유동률, 남, 210

엄마야 뒷집이 강께	맛 좋드나
돼지 울알 쌂드라	맛 좋드라
쫌 주드나	꾸꾸 꾸룽내 나드라
쫌 주드라	찐찐 찐내 나드라

(임석재, 『한국구연민요』, 집문당, 1997)

47) 할매집에 강께는

* 이 노래는 아이가 직접 부른 것인데 이 아이의 소리로 보면 처량하기 이를 데 없다. 할머니 집에 갔다가 얻어맞은 기억을 떠올리고 이를 욕하는 점에서 즐거움을 자아내는 것이다. *

(1) 경남 남해군 설천면 덕산리, 한동순, 여, 212

할매집에 강께는	쌔리기만 쌔리고
밥도 안주고	예끼사 할매야

(임석재, 『한국구연민요』, 집문당, 1997)

48) 연잎댓잎

* 연잎과 댓잎을 비교해서 노래한 것으로 특이하여 소개한다. *

(1) 경기도 안성군, 515

새곰새곰 새장꺄	어머니는 연잎이요
푸렁덩덩 검은꺄	아버지는 댓잎이라
놀기좋다 백성들아	연닢댓닢 쓰러지면
이내꽃을 꺾어들고	우리형제 어찌사나
쪼각문을 열고보니	

(『안성군지』)

49) 개떡

* 예전에는 개떡을 많이 쪄먹었다. 모양새도 없고 특별한 아름다움도

없는 것으로 보릿겨와 같은 껍질 등속으로 쪄먹는 것인데, 배고픈 시절에 긴요한 음식이 되었다. 그렇지만 가난을 면하는 것에 대한 긴요한 가르침이 있었다. *

(1) 경기도 안성군, 519

오라버니 오라버니	개떡먹은 숭보지마우
개떡줄까 쇠떡줄까	이담에 잘살거든
햇빛이나 삿갓줄까	찰떡치고 메떡쳐서
목마르까 물떡줄가	고대광실 마지리라
오라버니 집에가건	

(『안성군지』)

50) 매미

* 매미는 철마다 종류마다 다른 것들이 울게 된다. 매미가 굼벵이로 16년 또는 12년을 살다가 마침내 약충에서 17년과 13년의 매미로 생겨나며, 새로운 존재로 전환한다. 매미는 울음소리로 서로 의사소통을 하게 되는데, 짝짓기를 하기 위해서 노력하는 과정이다. 이에 대한 매미의 생태를 예리하게 관찰한 이들이 매미 소리를 특정하게 발현하여 이 소리를 하였는데 이러한 소리는 지역마다 존재하였으며 경상도형과 전라도형을 현재 확인하였다. *

(1) 경북 포항시 죽장면 입암1리 솔내동, 최상대, 남

이촉강 이촉강	맹 맹 매애
이촉강 이촉강	

| 매롱 매롱 매롱 매롱 | 들녘 들녘 들녘 들녘 들녘 |
| 맹 맹 매애 | 애 애 애 |

(『한국민요대전』 경상북도편)

51) 뱀

  * 어렸을 때에 보릿밭이나 밀밭을 가다가 뱀이 또아리를 틀고 있는 것을 보게 되면 섬뜩하고 무서웠다. 특히 혀를 날름거리는 형국을 보게 되면 뱀이 지니고 있는 모습에 소름이 돋을 정도였다. 뱀을 잡아 본 사람 수대로 아이들이 토막을 내기도 했는데 그러한 형국을 형상화한 노래이다. *

(1) 경북 김천시 농소면 월곡4리 못골, 김정배, 남

| 시시 칼 내라 | 너거 집에 불났다 |

(『한국민요대전』 경상북도 편)

(2) 경북 울진군 북면 주인1리, 이규형, 남

| 범아 범아 칼 갈아라 | 저놈 잡아 회 해 먹자 |

(『한국민요대전』 경상북도 편)

참고문헌

강혜인, 『한국 전래동요의 음악문화 연구』, 동아대학교 대학원 철학박사학위논문, 2006.

강혜진, 「한국전래동요의 음악적 분석」, 서울대학교 음악학석사학위논문, 2004.

김소운, 『諺文朝鮮口傳民謠集』, 第一書房, 1933.

＿＿＿, 『한국구전동요』, 앞선책, 1993.

김영돈, 「한국전승동요 수집 경위」, 『연암현평효박사회갑기념논총』, 형설출판사, 1980.

＿＿＿, 「한국전승동요에 드러난 청소년의 의식」, 『제주대논문집』 제12집(인문과학편), 1980.

＿＿＿, 「한국전승동요의 전승변이」, 『이병주선생회갑기념논총』, 이우출판사, 1981.

김헌선, 〈전래동요〉 15-72, 『한국민요대전』(경상북도편), 문화방송, 1995.

＿＿＿, 『한국구전동요의 총체성과 개체성』, 2012(미발표).

김헌선 채록·최양순구 연본, 『한국구비문학대계』 미채록본

김회경, 『똥벼락』, 사계절, 2001.

『무을풍물』, 구미문화원, 2005.

베르너 홀츠바르트 글, 볼프 에를부르흐 그림, 『누가 내 머리에 똥 쌌어?』, 사계절, 2002.

변남섭, 봉등채, 『한국무속신앙사전』, 국립민속박물관, 2009.

야누슈 코르착, 『야누슈 코르착의 아이들』, 양철북, 2002.

양진성, 『호남좌도임실필봉굿』, 신아출판사, 2000.

『영동의 민요』, 영동문화원, 2005.

윤치부, 『제주전래동요』, 민속원, 1999.

오호선, 『호랭이 꼬랭이 말놀이』, 천둥거인, 2006.

李用基 編, 정재호·김흥규·전경욱 주해, 『註解樂府』, 고려대학교 민족문화연구소, 1992.

임석재, 『옛날이야기선집』 3권, 교학사, 1975.

＿＿＿, 『임석재전집 : 한국구전설화』 1-12, 평민사, 1990.

임혜령 엮음, 『다시 읽는 옛이야기』 1권, 한림출판사, 2011.

정상박, 꼬부랑할머니, 『한국구비문학대계』 8-4, 한국정신문화연구원 어문연구실, 1980.

조영배, 『제주도 노동요 연구』, 예솔, 1992.

조희웅, 형식담, 『개정증보판 한국설화의 유형』, 일조각, 1996.

宗武志 編, 『對馬民謠集』, 第一書房, 1934.

좌혜경, 『제주전승동요』, 집문당, 1993.

최래옥, 「말머리 따기」를 보자, 『다시 읽는 임석재 옛이야기 1-옛날 옛적 간날 갓적』, 한림출판사, 2011.

최인학, 형식담, 『옛날이야기꾸러미』 5, 집문당, 2004.

코르네이 추콥스키, 홍한별 옮김, 『두 살에서 다섯 살까지』, 양철북, 1993.

편해문, 『가자 가자 감나무』, 창작과비평사, 1998.

한상수, 〈꼬부랑 할머니〉, 『한국구전동화』, 앞선책, 1993.

홍양자, 『빼앗긴 정서 빼앗긴 문화』, 도서출판 다림, 1997.

_____, 『전래동요를 찾아서』, 우리교육, 2000.

『한국민요대전』 경상북도편, 문화방송, 1995.

Alan Dundes edited. Carl Wilhelm von Sydow, "Geography and Folktale Oicotypes", *International Folkloristics*, New York : Rowman & Littlefield, 1999.

Albert B. Lord, Stephen Mitchell & Gregory Nagy(Editors), *The Singer of Tales*, Harvard University Press; 2nd edition, 2000.

Antti Aarne and Stith Thompson, *The Types of the Folktale;: A Classification and Bibliography (FF Communications No.184)*, Suomalainen Tiedeakatemia; 2nd edition, 1973.

Gerhard Kuttner, *Wesen und Formen der deutschen Schwankliteratur des 16 Jahrhunderts*, Berlin, 1934.

Hans-Jörg Uther, *The Types of International Folktales. A Classification and Bibliography. Based on the System of Antti Aarne and Stith Thompson. Part II. Tales of the Stupid Ogre, Anecdotes and Jokes, and Formula Tales (FF Communications, 285)*, Academia Scientiarum Fennica, 2011.

Kornei Chukovsky, *From Two to Five*, University of California, 1968.

Maria Leach(ed), *The Standard Dictionary of Folklore Mythology and Legend* (2 volumes), Funk and Wagnalls; 2nd Printing edition (1949).

Sandra Joseph, *A Voice for the Child: The inspirational words of Janusz Korczak*, Collins Publishers, 1999.

Stith Thompson, *Formula tales The Folktale*, New York : Holt, Rinehart, and Winston, 1946.